Pôlefiction

Du même auteur
chez Gallimard Jeunesse :

L'Anti-Magicien

1. L'Anti-Magicien
2. L'Ombre au noir
3. L'Ensorceleuse
4. L'Abbaye d'Ébène
5. Les Traîtres de la cour

Sébastien de Castell

L'Anti-Magicien

Traduit de l'anglais (Canada)
par Laetitia Devaux

GALLIMARD JEUNESSE

Titre original : *Spellslinger*

Édition originale publiée en Grande-Bretagne
par Hot Key Books, un département
de Bonnier Zaffre Limited, Londres

Pour mon frère Peter, qui a toujours eu un faible pour les animaux les plus infects.

FER
SOIE
SABLE
SOUFFLE
OMBRE
SANG
BRAISE

II
DEUX de SORT

LA PREMIÈRE ÉPREUVE

Chez les Jan'Tep, il faut remplir trois conditions pour se voir attribuer un nom de mage. La première, c'est d'avoir la puissance de défendre sa famille. La deuxième, c'est d'être capable de manier la haute magie qui protège notre peuple. La troisième consiste simplement à atteindre l'âge de seize ans. À quelques semaines de mon anniversaire, je découvris que je ne remplirais aucune de ces trois conditions.

1. Le duel

Les vieux maîtres de sort aiment raconter que la magie a un goût. Les sorts de braise ressemblent à une épice qui vous brûle le bout de la langue. La magie du souffle est subtile, presque rafraîchissante, un peu comme si vous teniez une feuille de menthe entre vos lèvres. Le sable, la soie, le sang, le fer… chacune de ces magies a son parfum. Un véritable adepte, autrement dit un mage capable de jeter un sort même à l'extérieur d'une oasis, les connaît tous.

Moi ? Je n'avais pas la moindre idée du goût de la haute magie, ce qui était précisément la raison pour laquelle j'avais tant d'ennuis.

Tennat m'attendait au centre des sept colonnes en marbre qui bordent l'oasis de notre cité. Il avait le soleil dans le dos, ce qui projetait son ombre dans ma direction. Il avait sans aucun doute choisi cette position pour obtenir précisément cet effet. Et c'était réussi, parce que j'avais la gorge aussi sèche que le sable sous mes pieds, et le seul goût dans ma bouche était celui de la panique.

– Kelen, ne fais pas ça, me lança Nephenia en accélérant le pas pour me rejoindre. Tu peux encore déclarer forfait.

Je m'arrêtai. Une petite brise tiède agitait les fleurs des tamarix qui bordaient la rue. Leurs minuscules pétales flottaient dans l'air et scintillaient sous le soleil de l'après-midi comme autant de particules de magie du feu. J'aurais bien eu besoin d'un peu de magie du feu, à cet instant.

En réalité, j'aurais accepté n'importe quelle magie.

Nephenia remarqua mon hésitation et ajouta, ce qui était totalement inutile :

– Tennat a raconté partout en ville que si tu te présentes devant lui, il va te réduire en bouillie.

Je souris, surtout parce que je n'avais pas d'autre moyen d'empêcher la terreur qui me dévorait le ventre de gagner mon visage. Cela avait beau être mon premier duel de mages, j'étais à peu près sûr qu'apparaître pétrifié devant son adversaire n'était pas une tactique très efficace.

– Ça va aller, dis-je en reprenant un rythme régulier en direction de l'oasis.

– Nephenia a raison, insista Panahsi, qui soufflait et suait d'avoir pressé la marche pour nous rattraper. (Il avait le bras droit le long du bandage serré qui lui maintenait les côtes en place.) Tu n'es pas obligé de défier Tennat pour me venger.

Je ralentis le pas, résistant à l'envie de lever les yeux au ciel. Panahsi avait toutes les qualités pour incarner l'un des mages les plus doués de notre génération. Il aurait peut-être même pu devenir un jour la figure de proue de notre clan à la cour, ce qui aurait été dommage, parce que son corps naturellement musclé était déformé par sa passion pour les petits gâteaux aux baies jaunes, et ses traits fins rongés par les boutons, autre conséquence desdits petits gâteaux. Mon peuple connaît de nombreux sorts, mais aucun contre l'obésité ni l'acné.

– Kelen, ne les écoute pas ! me cria Tennat comme nous approchions du cercle des colonnes en marbre blanc.

Il se tenait dans un périmètre d'un mètre de diamètre dessiné sur le sable, les bras croisés sur sa chemise en lin noir, dont il avait découpé les manches pour que tout le monde puisse constater qu'il avait fait étinceler non pas une, mais deux de ses bandes. Les encres métalliques de ses tatouages chatoyaient et tourbillonnaient sur la peau de ses avant-bras tandis qu'il invoquait déjà la magie du souffle et du fer.

– Je trouve ça mignon de sacrifier ta vie juste pour défendre l'honneur de ton obèse de pote, ajouta-t-il.

Un chœur de gloussements s'éleva parmi les autres initiés, dont la plupart, très excités, se tenaient derrière Tennat. Tout le monde adore les bagarres. Sauf le perdant, bien entendu.

Panahsi n'avait peut-être pas la fière allure des anciens mages guerriers sculptés dans les colonnes en face de nous, pourtant il était deux fois plus fort que Tennat. Jamais il n'aurait dû perdre aussi lamentablement son duel. Même là, après deux semaines au lit et allez savoir combien de sorts de guérison, Panahsi assistait péniblement aux cours.

Je fis mon plus beau sourire à mon adversaire. Comme tout le monde, Tennat était persuadé que c'était par excès de confiance que je le défiais pour mon tout premier duel. Certains initiés croyaient que je voulais venger Panahsi, mon meilleur ami et plus ou moins le seul, d'ailleurs. D'autres pensaient que je tentais là d'accomplir un acte noble pour que Tennat cesse d'importuner les autres élèves et de terroriser les serviteurs Sha'Tep qui, eux, n'avaient pas de magie pour se défendre.

– Ne le laisse pas te provoquer, Kelen, me dit Nephenia en posant la main sur mon bras.

Quelques-uns croyaient sans doute que je faisais ça pour impressionner Nephenia, la fille aux magnifiques cheveux bruns et au visage qui, s'il n'était pas parfait, incarnait à mes yeux la perfection. Vu sa façon inquiète de me regarder et sa fébrilité, on n'aurait jamais pu imaginer que, pendant toutes ces années d'initiation, elle ne m'avait jamais prêté attention. Pour être honnête, elle n'était pas la seule. Mais aujourd'hui, c'était différent. Aujourd'hui, tout le monde s'intéressait à moi, même Nephenia. Surtout Nephenia.

Éprouvait-elle juste de la pitié ? Peut-être. N'empêche, la vue de ses lèvres crispées me faisait tourner la tête. Je rêvais de les embrasser depuis que j'avais découvert qu'un baiser n'était pas juste une morsure entre deux personnes. Sans oublier la sensation de ses doigts sur ma peau… Serait-ce la première fois qu'elle me touchait ?

Mais comme je n'avais pas choisi de me battre pour l'impressionner, je repoussai doucement sa main et pénétrai dans l'oasis.

J'avais lu un jour que, dans d'autres cultures,

une oasis désigne une terre fertile en plein désert. Une oasis Jan'Tep, c'est très différent. Elle est entourée par sept colonnes en marbre représentant chacune des sept formes de magie. Dans le cercle de dix mètres de diamètre, il n'y a pas d'arbre ni de verdure, juste un tapis de sable argenté qui, même secoué par le vent, ne franchit jamais la limite des colonnes. Au centre, un petit bassin en pierre rempli d'une matière ni liquide ni gazeuse qui miroite quand elle se soulève par vagues. C'est ça, la véritable magie. Le Jan.

Le mot Tep signifie «peuple», ce qui vous laisse deviner à quel point la magie est importante pour mon peuple. À tel point que lorsque mes ancêtres sont arrivés là, comme d'autres peuples avant eux, ils ont renoncé à leur nom pour devenir les Jan'Tep, le «peuple de la magie véritable».

En théorie, en tout cas.

Je me baissai pour dessiner dans le sable un cercle de protection autour de moi. «Cercle» était peut-être un terme un peu trop précis.

Tennat ricana.

– Maintenant, j'ai vraiment peur, lâcha-t-il.

En dépit de ses fanfaronnades, il n'était pas aussi impressionnant qu'il le croyait. Certes, il était tout en muscles noueux et en méchanceté, cependant, il avait oublié de grandir. Il était aussi maigre que moi, et avait une demi-tête de moins. Ce qui, d'une certaine manière, ne faisait qu'accroître son agressivité.

– Chacun d'entre vous est-il toujours décidé à se soumettre à ce duel? demanda maître

Osia'phest qui, jusque-là, était assis sur un banc en pierre au bord de l'oasis.

Le vieux maître de sort me regardait, et non Tennat. Il n'y avait aucun doute dans ses yeux sur celui des deux qui aurait dû renoncer.

– Kelen ne déclarera pas forfait, annonça ma sœur, qui surgit derrière notre professeur.

Shalla n'avait que treize ans, mais elle s'apprêtait déjà à passer ses épreuves. Elle était meilleure mage que toutes les personnes réunies dans l'oasis, à part Panahsi, comme en attestait le fait qu'étincelaient déjà sur ses avant-bras les bandes de la magie du souffle, du fer, du sang et de la braise. Si certains mages ne maîtrisaient pas plus de trois disciplines de toute leur vie, ma petite sœur avait bien l'intention de les acquérir toutes.

Et moi, combien de bandes avais-je fait étinceler ? Combien des symboles tatoués sous les manches de ma chemise luiraient et tourbillonneraient quand j'en appellerais à la haute magie qui caractérise mon peuple ?

Aucun.

Certes, dans l'oasis, j'étais capable de réaliser les sorts d'exercice qu'on enseigne à tous les initiés. Mes doigts connaissaient les formes somatiques aussi bien, voire mieux, que les autres élèves. J'étais capable de prononcer chaque formule à la perfection, de visualiser la géométrie la plus ésotérique avec une clarté parfaite. Je maîtrisais tous les aspects du jeté de sorts – à l'exception de la magie.

– Kelen, retire-toi de ce duel, me dit Nephenia. Tu trouveras un autre moyen de passer ton épreuve.

Le véritable problème, c'étaient bien sûr les épreuves. J'aurais bientôt seize ans, et c'était là ma dernière chance de prouver que je disposais de la magie nécessaire pour me voir attribuer un nom de mage. Ce qui signifiait que je devais réussir chacune des quatre épreuves, à commencer par le duel. Si j'échouais, je rejoindrais les Sha'Tep et passerais le reste de ma vie à cuisiner, à nettoyer ou à gérer l'intendance chez l'un de mes anciens camarades de classe. C'était un destin humiliant pour n'importe quel initié, mais pour un membre de ma famille, pour le fils de Ke'heops ? C'était inconcevable.

Pourtant, ce n'était pas la raison qui me poussait à défier Tennat.

– Ayez bien à l'esprit que nos lois cessent de s'appliquer durant les épreuves, nous rappela Osia'phest d'un ton aussi las que résigné. Car seuls ceux qui ont la puissance d'affronter nos ennemis lors d'un combat peuvent prétendre à un nom de mage.

Le silence s'abattit sur l'oasis. Nous connaissions tous la liste des initiés qui avaient voulu passer leurs épreuves avant d'être prêts. Nous savions de quelle manière ils étaient morts. Osia'phest se tourna une dernière fois vers moi.

– Es-tu réellement bien préparé ?

– Yep, dis-je.

Ce qui n'était pas une façon appropriée de s'adresser à un maître, mais ma stratégie exigeait que je dispose d'une confiance en moi inébranlable.

– Yep, répéta Tennat sur un ton moqueur. (Il se mit en garde de façon classique, jambes écartées, bras ballants, prêt à jeter les sorts qu'il allait utiliser au cours du duel.) Dernière chance, Kelen. Dès que ça commence, je ne m'arrête pas avant que tu sois à terre. (Il gloussa en observant Shalla.) Je n'ai pas envie que l'immense douleur que je vais t'infliger cause une souffrance superflue à ta sœur.

Si Shalla perçut la fausse galanterie dans cette remarque puérile, elle n'en montra rien. Elle se contenta de rester les mains sur les hanches, tandis que sa chevelure blonde et brillante s'agitait gracieusement dans le vent. Elle avait de bien plus beaux cheveux que le balai à frange jaune sale que je devais sans cesse repousser de mes yeux. Nous avions tous deux le teint clair de notre mère, mais chez moi, il virait au translucide, car j'avais passé presque toute ma vie à être malade. Au contraire, le teint de porcelaine et les traits fins de Shalla attiraient l'attention de chaque initié du clan. Bien entendu, aucun garçon ne l'intéressait. Elle savait qu'elle possédait davantage de potentiel que nous tous, et elle avait la ferme intention de devenir mage seigneur comme notre père. Les garçons ne faisaient tout simplement pas partie de cette équation.

– Je suis sûr qu'elle supportera sans problème mes cris d'agonie, déclarai-je.

Shalla croisa mon regard. Elle avait l'air amusée tout autant qu'intriguée. Elle savait que j'étais prêt à tout pour réussir mes épreuves. C'est pour ça qu'elle me surveillait de si près.

« Quoi que tu croies savoir, Shalla, je t'en supplie, tais-toi. »

– Kelen, dans la mesure où tu es celui des

deux duellistes qui a fait étinceler le moins de bandes, reprit Osia'phest, c'est à toi de choisir la discipline de magie utilisée pendant le duel. Quelle sera ton arme ?

Tout le monde me regarda en cherchant à deviner ce que j'allais prendre. Dans l'oasis, nous pouvions tous manier un peu de chaque forme de magie, juste ce qu'il fallait pour nous entraîner. Mais ce n'était rien comparé à ce dont on était capable après avoir fait étinceler une bande. Comme Tennat avait déjà acquis celles du fer et du souffle, j'aurais été fou de choisir l'une de ces deux magies.

– Le fer, prononçai-je assez fort pour que tout le monde entende.

Mes camarades de classe me dévisagèrent comme si j'avais perdu la tête. Nephenia blêmit. Shalla plissa les yeux. Panahsi voulut dire quelque chose, mais Osia'phest le réduisit au silence d'un seul regard.

– Je n'ai pas bien entendu, prononça lentement notre professeur.

– Le fer, répétai-je.

Tennat était aux anges. Un rougeoiement grisâtre s'élevait déjà de la bande sur son avant-bras et glissait vers ses mains alors qu'il rassemblait ses pouvoirs. Tout le monde savait combien Tennat aimait la magie du fer, qui permet de mutiler et d'écraser son adversaire. On voyait l'excitation monter en lui, le frisson qu'il éprouvait à maîtriser une magie de cette qualité. J'aurais rêvé de connaître cette sensation, moi aussi.

Tennat était tellement impatient que ses doigts créaient déjà les formes somatiques des sorts qu'il allait utiliser contre moi. L'une des premières choses que l'on apprend au sujet des duels, c'est qu'il faut vraiment être idiot pour montrer ses mains avant même le début du combat. Mais comme il lui semblait impossible que je le batte avec la magie du fer, il se dit sans doute qu'il n'avait rien à craindre.

Ce qui était précisément la raison pour laquelle je souriais.

Car voyez-vous, les semaines précédentes, j'avais observé chaque duel de Tennat contre d'autres initiés. Ce qui m'avait permis de voir que même des élèves plus puissants que lui – qui, en toute logique, auraient dû le battre facilement – s'étaient tous inclinés.

Et là, j'avais compris.

La magie, c'est de l'escroquerie.

Plongée dans le silence, l'oasis était presque paisible. Sans doute tout le monde s'attendait-il à ce que je lâche un rire nerveux en annonçant, avant qu'il ne soit trop tard, que je plaisantais. Mais je me contentai de rouler des épaules et d'incliner la tête à gauche, puis à droite, pour faire craquer mon cou. Ça n'allait pas faire venir la magie à moi, mais je me disais que ça me donnerait peut-être l'air plus intimidant.

Tennat renifla d'un air confiant. Comme d'habitude, mais en plus fort.

– On aurait pu croire qu'une personne presque incapable d'allumer une lanterne sans risquer la crise cardiaque se montrerait plus prudente dans le choix de son adversaire, lâcha-t-il.

– Tu as raison, répondis-je en remontant mes manches pour exhiber l'encre uniforme et sans vie de mes six bandes tatouées. Dans ce cas, tu devrais te demander pourquoi c'est toi que j'ai défié.

Tennat hésita un instant avant de répondre :

– Peut-être que tu as envie de mourir et que tu sais que je suis le mieux placé pour t'aider à gagner le passage gris, et ainsi abréger tes souffrances.

– Peut-être, concédai-je. Mais juste pour la rhétorique, supposons qu'il y ait une autre raison.

– Comme quoi ?

J'avais imaginé raconter que je m'étais tatoué seul la bande de l'ombre, la septième forme de magie, une source mortelle qui nous était interdite. Si ça ne lui faisait pas peur, j'avais une autre piste : évoquer les grands mages qui, parmi nos ancêtres, étaient capables d'en appeler à la haute magie sans jamais faire étinceler leurs bandes. Mais au moment où j'allais ouvrir la bouche, je vis un faucon dans le ciel au-dessus de nous et décidai de changer de tactique.

– On n'a pas besoin de faire étinceler ses bandes quand on a un animal de puissance.

Tout le monde leva la tête. Le sourire narquois de Tennat s'atténua juste ce qu'il fallait pour montrer que la nervosité commençait à le gagner.

– Plus personne ne s'intéresse aux familiers. Et puis, comment quelqu'un avec si peu de magie que toi serait capable d'attirer un animal de puissance ? Un faucon, en plus ? C'est impossible, Kelen. Même en un millier d'années.

Je remarquai alors que le faucon s'apprêtait à piquer sur un petit oiseau.

– Vas-y, mon coco, murmurai-je juste assez fort pour que tout le monde entende.

Ils eurent le souffle coupé quand le faucon fondit sans pitié sur sa proie. Je me dis que j'aurais pu devenir un bon comédien, si ça n'avait pas été un métier interdit chez les Jan'Tep.

– D'accord, d'accord, dit Osia'phest en agitant la main, comme s'il essayait de jeter un sort d'oubli sur nos bêtises. (J'étais presque sûr que le vieux bonhomme se doutait que je n'avais pas de familier, mais je savais aussi que ce n'est pas bien de trahir les secrets d'un autre mage, même quand il s'agit de mensonges. Quoique, peut-être qu'il s'en moquait, tout simplement.) Je reconnais que les tentatives d'intimidation avant un duel sont… d'usage, mais là, je pense que ça suffit. Êtes-vous prêts ?

J'acquiesçai. Tennat ne prit pas cette peine, car l'idée qu'il puisse ne pas être prêt était en soi une insulte.

– Très bien, déclara Osia'phest. Je commence le compte à rebours.

Le vieil homme prit une profonde inspiration, sans doute exagérée, car il se contenta de dire :

– Sept.

Il y eut un coup de vent, et mon ample chemise en lin claqua contre ma peau. Je m'essuyai les mains dessus pour la dixième fois et me raclai la gorge. « Ne tousse pas. Aucune faiblesse. Quoi qu'il arrive, ne laisse pas voir la moindre faiblesse. »

– Six.

Tennat fit un immense sourire, comme s'il me préparait une grosse surprise. Ça aurait pu m'effrayer si je n'avais pas déjà vu ce sourire avant chacun de ses duels. De toute façon, j'avais déjà tellement peur que j'étais à un doigt de tomber dans les pommes.

– Cinq.

Le rapace volait à nouveau au-dessus de nous. Je levai la tête pour lui faire un clin d'œil. Le sourire de Tennat faiblit. De toute évidence, il était capable de me croire nul tout en s'imaginant que j'avais réussi à m'attacher un animal de puissance.

« Crétin. »

– Quatre.

Sa main gauche créa la forme somatique du sort de bouclier. Je ne l'avais jamais vu préparer le bouclier avant l'épée. Puis il baissa les yeux vers ses mains pour contrôler sa forme. Pas de doute, il se sentait un peu inquiet.

– Deux.

Deux ? Et le trois ? Comment ne l'avais-je pas entendu ? « Concentre-toi, bon sang. » La main droite de Tennat forma le geste somatique du sort d'attaque de fer qu'entre nous, nous appelions « épée de tripes ». Les doigts parfaitement alignés pour provoquer le maximum de douleur chez l'adversaire. Il avait toujours la tête baissée, mais je crus voir qu'il avait recommencé à sourire.

– Un.

C'était bien ça : Tennat souriait. Peut-être que finalement, mon idée n'était pas si bonne.

– Que le duel commence ! s'écria Osia'phest.

L'instant suivant, mes organes se tordaient de douleur.

Mais comme je l'ai déjà dit, la magie, c'est de l'escroquerie.

Ou presque.

En apparence, il ne se passait rien. Il n'y eut ni éclair ni coup de tonnerre, seulement la lumière du soleil déclinant et le petit bruit du vent en provenance du sud. La magie du fer ne produit aucun effet visuel ou sonore. C'est entre autres pour cette raison que je l'avais choisie : le véritable combat se déroule à l'intérieur du corps.

Tennat tendait la main droite avec laquelle il maintenait sa forme somatique : les doigts centraux réunis comme des couteaux dressés, l'index et l'auriculaire repliés pour enfoncer et trancher. Sa volonté se matérialisa dans mon torse, se faufilant le long de mes organes. Cette douleur, ajoutée à l'horreur de sentir quelque chose de lourd et de coupant onduler en moi, me donna envie de m'effondrer au sol en implorant la pitié. « Bon sang, il est vraiment très rapide et très fort. Pourquoi pas moi ? »

Mais je me contentai de lâcher un petit rire, puis de sourire comme si de rien n'était. Vu la tête que faisait Tennat, je compris que je lui foutais la pétoche. Comme à tout le monde, d'ailleurs. D'autant que les sourires confiants n'étaient d'habitude pas ma marque de fabrique.

Je laissai les coins de ma bouche s'abaisser légèrement en plissant les yeux pour mieux fixer Tennat. Puis je levai la main, comme si je frappais l'air. Un geste bien trop violent et précipité pour un initié qui jette le sort de bouclier. Là où Tennat créait ses formes somatiques avec soin et précision, les miennes étaient floues, presque bâclées, ce que peu de mages s'aventureraient à faire, de crainte de les briser.

Au début, ça ne changea rien. Je sentais toujours la puissance de Tennat m'enserrer les tripes, alors je souris largement pour lui faire croire qu'il était en train de perdre. Les tiraillements en moi baissèrent en intensité comme il me dévisageait pendant quelques terribles secondes. Tout à coup, il écarquilla très, très grand les yeux.

Et là, je sus que j'allais gagner.

L'autre raison pour laquelle j'avais choisi la magie du fer alors que je ne la possédais pas, c'est parce que lorsqu'un mage utilise l'épée de tripes, il doit faire usage, pour se protéger, d'un deuxième sort appelé bouclier du cœur. Ce n'est pas un objet rond et dur comme vous pourriez vous le figurer. Dans ce sort, vous utilisez votre force magique afin de conserver l'intégrité de vos propres organes. Pour ça, il faut se représenter son cœur, son foie, son… bref, tout ça, et essayer de les maintenir ensemble. Mais si vous paniquez, ou disons, si vous vous imaginez que l'autre mage est plus fort et que rien de ce que vous faites ne fonctionne, vous pouvez par mégarde compresser vos propres organes.

C'est de cette façon que Tennat avait vaincu Panahsi. C'est comme ça qu'il l'avait si grièvement blessé ; cependant, personne à part moi – pas même Tennat – ne l'avait compris. Pan se concentrait tellement sur son bouclier qu'il avait fini par écraser ses propres organes. Et là, Tennat était tellement convaincu que ses sorts échouaient qu'il était à son tour en train de se focaliser sur son bouclier du cœur. J'avais toujours atrocement mal, mais je m'y attendais. Je m'y étais préparé. Pas lui.

Il voulut accentuer son attaque alors que, sans s'en rendre compte, il s'étouffait avec son propre sort de bouclier. Je sentis mes jambes trembler et ma vision se troubler car la douleur devenait insupportable. Pourtant, sur le papier, ça m'avait paru une très bonne idée.

Tout à coup, Tennat quitta son cercle en titubant.

– Arrête ! hurla-t-il. Je me rends… Je me rends !

D'un coup, la puissance de ses doigts se dissipa. Je pouvais à nouveau respirer. Je fis de mon mieux pour que mon soulagement ne s'affiche pas sur mon visage.

Osia'phest s'approcha lentement de Tennat qui, à genoux, haletait.

– Décris-moi ce que tu as ressenti, demanda notre professeur.

Tennat regarda le vieil homme comme si c'était un idiot, une impression que donnait fréquemment cet enseignant.

– J'ai cru que j'allais mourir. Voilà ce que j'ai ressenti !

Osia'phest ne lui tint pas rigueur de sa colère.

– Était-ce la même sensation qu'avec les autres élèves ?

La peur m'envahit quand je me rendis compte

qu'Osia'phest nourrissait des doutes à mon égard. Tennat me regarda un instant, puis tourna de nouveau la tête vers le vieil homme.

– Je… Pas au début. D'habitude, c'est une douleur violente, comme une main qui serre très fort, mais avec Kelen, c'était différent. On aurait dit des tentacules autour de mes organes. À la fin, j'ai cru qu'il allait les écraser.

Osia'phest garda longtemps le silence. La brise soufflait puis retombait autour de nous. Les autres initiés m'observaient en se demandant comment un élève n'ayant fait étinceler aucune de ses bandes avait pu battre le plus doué des duellistes de notre classe. Pourtant, tous avaient vu Tennat défaillir, tous l'avaient entendu décrire ce qui ressemblait à une magie supérieure. Pour finir, Osia'phest déclara :

– Kelen de la maisonnée de Ke, je te félicite. Il semble que tu viennes de réussir ta première épreuve.

– Et je remporterai aussi les trois suivantes, complétai-je.

« J'ai gagné, me dis-je, tout à ma joie. Je l'ai battu. J'ai vaincu Tennat. » Plus besoin de regarder fixement pendant des heures les bandes sur mes avant-bras en priant pour que les liens qui retenaient les sigils se brisent et leur permettent d'étinceler. Plus besoin de passer la nuit assis sur mon lit à me demander à quel moment je devrais quitter la maison, condamné à être Sha'Tep et à devenir commerçant, employé, ou bien – ancêtres, épargnez-moi ça – serviteur personnel de Tennat.

Quelques initiés applaudirent. À part Panahsi

et peut-être Nephenia, personne n'avait souhaité que je batte Tennat, mais disons que dans mon peuple… on aime bien les gagnants. Même Tennat s'inclina, avec le peu de respect dont il était capable. Son avenir de mage n'était nullement en péril. Tout initié a droit à trois duels, or, il en avait déjà remporté plus d'un.

– Très bien, conclut Osia'phest. Le duel suivant opposera…

– Arrêtez ! s'écria une voix, qui interrompit notre professeur.

Avec plus de force que tout sort de magie de ma connaissance, cette voix brisa tout ce que j'avais accompli. La mort dans l'âme, je vis ma sœur repousser Osia'phest puis approcher à grands pas avant de s'immobiliser face à moi, les mains sur les hanches.

– Kelen a triché, annonça-t-elle tout simplement.

Et là, mes rêves et mes espoirs s'effondrèrent d'un coup.

2. *La trahison*

Je sentis une multitude d'yeux braqués sur moi. Tout le monde attendait ma réaction suite à l'accusation proférée par ma propre sœur. Déjà que mon esprit n'était pas bon à grand-chose, à part à me trouver des excuses, bluffer et mentir ; là, il demeura obstinément vide. J'aurais pu inventer n'importe quoi (« Shalla est possédée par le démon ! Je détiens le secret de la huitième magie ! Le conseil des mages m'a envoyé pour vous défier ! Ce n'est qu'un rêve ! Vous êtes tous en train de rêver ! »), mais quelle explication me dispenserait d'un autre duel, cette fois contre un initié qui ne se laisserait pas avoir par ma ruse ?

Alors je fis ce qu'il ne faut jamais faire dans ce genre de situation. J'observai le visage des gens autour de moi dans l'espoir que l'un d'eux prenne ma défense. S'il y a plus sûr moyen de prouver sa culpabilité, je ne le connais pas. Bizarrement, ce fut mon professeur, Osia'phest, qui se porta à mon secours. Le vieil homme prit une expression ennuyée et agita la main.

– Ma fille, je veux bien accepter que tu passes aussi ces épreuves, en revanche, je ne te laisserai pas les troubler. Va plutôt importuner maître He'met.

– Mais il triche ! dit-elle en pointant le doigt vers moi. Kelen n'a même pas...

– Shalla, va-t'en, fis-je entre mes dents serrées.

Je tentai de lui dire avec les yeux : « Je t'en supplie, si tu m'aimes un peu, tais-toi. »

Peut-être qu'elle comprit, mais elle n'en tint pas compte. Elle croisa les bras et resta plantée devant moi, comme si elle allait retenir sa respiration jusqu'à obtenir gain de cause.

– Maître Osia'phest, il triche. Il n'a pas jeté le moindre sort.

Tennat, qui refusait de comprendre que Shalla avait décidé depuis longtemps qu'il ne possédait pas assez de pouvoirs magiques pour qu'elle tombe un jour amoureuse de lui, saisit cette opportunité pour poser la main sur son bras avec un sourire entendu.

– Crois-moi, Shalla. Je l'ai bien senti. Ton frère...

– Toi, tais-toi, dit-elle en le repoussant, puis en me désignant du doigt. Kelen n'a pas utilisé de sort. Il te l'a juste fait croire, et tu as marché parce que tu es un imbécile. Il t'a persuadé qu'il allait gagner, alors tu as utilisé ton propre pouvoir contre toi. C'était presque intelligent, mais ce n'était pas de la magie.

Tout le monde se tourna vers moi : Panahsi, Nephenia, les autres initiés. Tennat ne savait pas trop quoi penser. Je vis qu'il se demandait désormais si ce qu'il avait ressenti était réel ou pas. Des élèves se mirent à pouffer sans trop savoir pourquoi.

La ruse était tellement évidente que, sur le moment, personne n'y avait pensé. Mais à présent, ça leur sautait aux yeux. « Pourquoi tu ne m'as pas laissé ça, juste ça, Shalla ? »

Osia'phest fronça les sourcils. Il eut un regard étrangement doux quand il croisa le mien. « Il savait déjà, me dis-je. Il savait depuis le début. Mais pourquoi n'a-t-il rien dit ? »

– Bon, murmura-t-il. Je vais devoir en référer à…

– Il est capable de jeter des sorts, il faut juste qu'il travaille davantage, l'interrompit Shalla en se plaçant dans le cercle que Tennat occupait quelques instants auparavant. Tu n'as pas besoin de ruse, Kelen. C'est juste parce que tu n'as pas confiance en toi.

Malgré la douleur de sa trahison, je faillis éclater de rire. « Elle s'imagine qu'elle m'aide ! me dis-je. C'est tout Shalla, d'essayer de me faire devenir l'homme que je devrais être, selon ses critères. »

– Tu en es capable, insista-t-elle. Je le sais. Tu es le fils de Ke'heops ! Tu es mon frère, pas une mauviette de Sha'Tep. Prouve-leur. Montre-leur. Maintenant !

Elle tendit la main et, tout à coup, je sentis ses doigts autour de mon cœur. « Arrête », voulus-je dire, mais rien ne sortit. Elle avait attaqué aussi rapidement et violemment que Tennat. Mais cette fois, je ne parviendrais pas à retourner son sort contre elle. J'allais devoir répliquer avec allez savoir quelle magie il y avait en moi. Ma main gauche créa la forme somatique du bouclier, quatre doigts repliés devant ma poitrine et le pouce tendu, tout en essayant d'invoquer les pouvoirs de l'oasis. Mais l'encre sur la bande du fer à mon bras droit étant uniforme et inerte, j'en fus incapable. « Étincelle », lui commandai-je. Les encres métalliques miroitèrent un instant dans les rayons du soleil, à croire qu'elles se moquaient de moi. « Étincelle ! Tu vas te mettre à briller, oui ! Je suis le fils du mage le plus puissant de ce clan. J'en suis capable. Étincelle, bon sang. Étincelle ! »

Shalla m'attaquait avec une force constante, et je finis par pousser un cri. Même me voir à l'agonie ne l'apitoya pas. Ma sœur était convaincue que j'étais aussi fort que tous les autres, et elle s'imaginait que seul un enjeu majeur me ferait sortir de ma léthargie.

– Trouve le calme en toi, Kelen, murmura-t-elle. Laisse-le t'envahir.

J'avais beau être désespéré, j'essayai quand même. Je cherchai le calme, comme les maîtres nous l'avaient appris, mais je ne sentais que la force de la volonté de Shalla me comprimer le cœur. « Ô ancêtres, ça fait vraiment très mal. »

– Courage, Kelen, insista Panahsi.

Je mis toute mon énergie dans mon bouclier. Chaque particule de volonté que je pouvais rassembler, et plus encore. Je repoussai mes limites. Je les traversai comme on déchire un parchemin. Mes bandes étaient toujours ternes, mais je m'en moquais. « Tu veux voir ma puissance, petite sœur ? Eh bien, la voilà, espèce de peste stupide et arrogante. Voilà tout ce qu'il y a en moi. »

Tout à coup, je me sentis calme et vide. « C'est

donc ça dont parlent les maîtres ? Le “silence profond de l’esprit” ? »

Mais le silence n’était pas dans ma tête, il était dans mon corps. J’avais cessé de respirer depuis quelques instants déjà… Et pourquoi ? La réponse me vint alors que mes genoux cédaient et que je m’effondrais par terre.

À cause de ma petite sœur, mon cœur avait cessé de battre.

3. *Le passage gris*

Mon peuple appelle le moment entre la vie et la mort le « passage gris ». C'est l'endroit sombre où tout mage attend un jour que retentissent les trois coups de tonnerre qui le convoqueront pour être jugé par ses ancêtres.

« C'est injuste », pensai-je en regardant le monde s'incliner comme je m'affalais à la manière d'un brin d'herbe coupé par une faux. Déjà, c'était nul de mourir, mais mourir de façon aussi humiliante, tué par sa propre sœur ? Je n'avais même pas encore seize ans. Je n'avais jamais embrassé de fille. Je n'avais presque rien fait de ma vie. Je n'avais à mon actif pas le moindre acte noble à offrir en échange d'une place dans l'au-delà de nos ancêtres, les tout premiers mages.

J'entendis un bruit sourd, sans doute mon dos qui heurtait le sable de l'oasis. J'essayai (un acte plutôt héroïque d'ailleurs, vu ma situation) de prendre une bouffée d'air. En vain.

Je réfléchis à des mensonges à raconter aux ancêtres, des aventures où j'aurais combattu des mages fougueux jusqu'à ce que mort s'ensuive, ou bien sauvé des animaux sans défense, mais je craignais que les déités ne soient pas faciles à berner. Et puis, tricher ne m'avait guère porté chance, ces derniers temps.

Les anciens de mon clan disent que la réincarnation, c'est la sentence que les dieux infligent pour des péchés commis au cours d'une vie faite de mauvais choix. Cela consiste à revenir plus bas sur l'échelle de l'existence, par exemple sous forme de rat ou de petite fougère. Mais comme je n'avais rien accompli dans mon existence, je n'avais pas non plus de graves péchés à me reprocher. Alors, quand mon corps eut fini de s'affaler dans le sable, je parvins à l'inévitable conclusion que je traverserais le passage gris pour être renvoyé sur terre retenter ma chance tel un initié Jan'Tep chétif et sans magie. « Je vous en supplie, je vous en supplie, ne me laissez pas mourir. »

Les anciens m'auraient réprimandé pour des réflexions aussi insolentes, en me rappelant que le passage gris est un moment de paix et de douceur où le mage mourant entend ceux qu'il admire le plus chanter ses louanges.

Moi ? Je n'entendais que des cris.

En provenance de plusieurs directions. Osia'phest criait le plus fort. Il hurla aux initiés de s'écarter puis jeta un sort qui, si j'entendais bien, comportait une formule ressemblant étrangement à celle que prononce un cuisinier pour éviter que la nourriture pourrisse. Osia'phest était gentil, mais ce n'était pas le mage le plus puissant de notre cité. Il s'exprimait d'une voix stridente et désespérée, ce qui commençait mal, car la haute magie exige un calme absolu et une concentration sans faille.

« Lève-toi, me dis-je. Respire. Sinon, Osia'phest va te transformer en abricot sec. Debout ! »

Panahsi criait, lui aussi. Il demandait qu'on aille chercher les guérisseurs. Je pense qu'il avait encore moins confiance dans les capacités d'Osia'phest que moi.

J'entendis cependant une voix calme et presque apaisante. Celle de Nephenia.

– Kelen, essaie de respirer, essaie juste de respirer.

Elle répétait sans cesse cette phrase, comme si elle pouvait m'en persuader.

« Chère Nephenia, ça ne sert à rien, pensai-je. Essaie plutôt un baiser, peut-être que ça fera de nouveau battre mon cœur. En tout cas, ça me fournira quelque chose à raconter aux ancêtres. » J'aurais ri de moi si j'en avais eu la capacité physique. Qui aurait imaginé que même la mort ne mette pas fin au désir chez un adolescent ?

– Son teint vire au gris, constata quelqu'un.

Ce qui déclencha de nouveaux cris.

Dans tout ce bruit, la seule voix que je n'entendais pas, c'était celle de ma sœur. J'étais pourtant certain de sentir son souffle.

Quand nous étions petits, nous partagions la même chambre. Et lorsqu'elle faisait un cauchemar, je me réveillais. Elle avait cette respiration lourde très particulière, comme si elle courait vers le sommet d'une colline. Si bien que j'eus soudain l'envie absurde de lui prendre la main pour la réconforter, comme quand nous étions enfants, lorsque aucun de nous ne possédait la moindre magie, et que nous évoquions jusque tard dans la nuit combien nous deviendrions un jour des mages puissants. Je préférais la Shalla d'alors. Sans doute que c'était réciproque.

« Combien de temps s'est écoulé depuis la dernière fois que mon cœur a émis un battement ? » me demandai-je. Une minute ? Deux ? Combien de temps pouvez-vous vivre sans qu'une goutte de sang ne circule dans vos veines ? Et si c'était ça, le passage gris, alors pourquoi tout le monde s'agitait-il ? Sauf moi, bien évidemment.

Les anciens promettent qu'apparaissent aux yeux du mage agonisant ceux qu'il a chéris et ceux qui l'aiment en retour. Ce qui, visiblement, se révélait à nouveau exagéré. Moi, la seule chose que je voyais, c'était une braise parfaitement immobile. « Le soleil », compris-je. J'étais tombé vers l'ouest, et j'avais les yeux grands ouverts face aux derniers rayons de soleil de la journée. « Ce qui explique pourquoi ça me brûle. »

J'étais toujours conscient, même si mon cœur ne battait plus ; cela signifiait que le sort désespéré d'Osia'phest servait peut-être à quelque chose.

La lumière ambrée se ternit et se transforma en Shalla agenouillée devant moi. La douleur dans mes yeux s'apaisa. Ma sœur avait compris que le soleil allait finir par me rendre aveugle. Je distinguais mieux son visage, et je vis qu'elle était à la fois effrayée, triste et… quelque chose d'autre. Déçue. « C'est elle qui m'a tué, et maintenant, elle est déçue. »

Je me sentais étrangement calme. C'était sans doute logique, puisque les symptômes de la panique – pouls rapide, respiration superficielle, transpiration abondante – requièrent un cœur en état de marche.

Les psalmodies d'Osia'phest se firent plus lointaines. Plus j'essayais de me concentrer, moins je comprenais. Mon avenir était-il en train de s'assombrir ?

– Le sort de préservation s'épuise, constata Panahsi d'un ton anxieux.

– Je ne peux pas continuer. Il faut que les guérisseurs interviennent. Tout de suite, dit Osia'phest d'une voix rauque qui faisait presque pitié.

– Utilisez la sympathique du sang ! s'écria Panahsi. Il faut que son cœur se remette très vite à battre !

– Je ne peux pas, répondit-il. Il faudrait que je lie son cœur au mien, or je suis trop vieux pour ça.

– Vous avez peur, surtout !

– Bien sûr que j'ai peur, petit malin. Si je meurs, le sort qui le protège disparaîtra totalement.

Shalla s'écria enfin :

– Dans ce cas, montrez-le-moi, et je vais le faire !

– C'est impossible, répondit Osia'phest. Tu... manques d'expérience. Je ne veux surtout pas... être celui qui annoncera à ton père que... que j'ai...

Tout à coup retentit un bruit sourd.

– Maître Osia'phest ? fit Shalla d'une voix aiguë.

– Il vient de s'évanouir, dit Panahsi. Il ne pouvait plus tenir le sort.

« Génial, me dis-je. Je suis entouré de mages, mais il n'y en a pas un pour me sauver. »

Quelqu'un pleurait. Les sanglots ressemblaient à des gouttes de pluie qui tombent dans un puits. Où était donc cette musique apaisante que promettent les ancêtres ? Où étaient toutes ces voix supposées chanter mes louanges ?

J'entendis un bruit de bottes sur le sable.

– Écartez-vous, imbéciles, gronda une voix féminine. (Ce dernier mot sonna comme une vérité. Elle n'avait pas l'accent Jan'Tep, et sa voix traînante me donna envie de rire.) Et restez à l'écart, sauf si vous avez envie de passer la semaine à vous gratter au sang à travers ces jolis vêtements que vous portez.

Je sentis quelque chose de poudreux sur ma peau. Je me demandai si c'était de la neige. Tout d'abord, ça me picota, puis ça me brûla et, pour finir, ça me démangea d'une façon si abominable que j'eus l'impression que j'allais devenir fou.

– Désolée, gamin, dit-elle, je sais que c'est pas drôle.

La démangeaison se propagea jusqu'à mes yeux, et l'instant d'après, je voyais de nouveau. La femme était penchée sur moi. Elle avait de jolis traits anguleux encadrés par de longs cheveux roux bouclés, et une unique mèche blanche qui s'échappait d'un chapeau comme ceux des gens de la Frontière. Ou bien des cavaliers daroman quand ils déplaçaient leurs troupeaux de bétail sur leurs terres. On voyait rarement des Daroman sur les territoires Jan'Tep ces derniers temps. Cette femme portait une chemise blanche pas très propre sous un gilet en cuir noir. Elle pinçait quelque chose entre ses lèvres. Un bâton avec une lueur rouge qui produisait de petits nuages gris. « Un roseau de feu ? Mais qui ose fumer à la figure d'un mourant ? Et ces démangeaisons ne vont-elles jamais cesser ? »

Il y eut une altercation quand Shalla essaya de reprendre le contrôle de la situation.

– Qui êtes-vous ? Éloignez ce machin de lui. Il est...

– Dégage, gamine, rétorqua la bonne femme en repoussant ma sœur avant de se concentrer de nouveau sur moi. Cette démangeaison que tu ressens, c'est à cause de la poudre qui excite tes nerfs. Le sort que le vieux bonhomme te jetait aurait fini par te paralyser et te bousiller le cerveau... Même si ça fait pas l'ombre d'un doute que les Jan'Tep ont tous plus ou moins le cerveau bousillé.

– Il lui faut de la vraie magie, pas un stupide remède de la Frontière, protesta Shalla.

– De la vraie magie, ricana la femme, avant d'ajouter : Je sais que ça n'est déjà pas agréable, mon petit, mais la suite va vraiment faire mal.

Et là, je sentis quelque chose s'écraser contre mon torse, comme si on me plaquait au sol. Puis la femme leva les poings pour me frapper à nouveau.

– Arrêtez ! hurla Shalla. Vous allez le tuer !

« Ça, je crois que tu t'en es déjà chargée, Shalla. » Si ça continuait, mon cadavre ne serait vraiment pas beau à voir. Peut-être pourrais-je en faire une histoire que les ancêtres apprécieraient suffisamment pour m'accepter parmi eux. « Votre Déité, j'étais déjà étendu par terre quand une folle furieuse m'a tabassé avec ses poings. »

– Si vous n'arrêtez pas, je vous jette un sort d'entrave, la menaça Shalla.

– Petite, tu commences à me pomper l'air.

La femme cogna une troisième fois sur mon torse, puis une quatrième. Ensuite, elle se pencha vers moi, et je sentis quelque chose de doux et d'humide sur mes lèvres. C'était une sensation étrange et agréable. Serait-elle en train de m'embrasser ? Les dieux avaient vraiment un étrange sens de l'humour.

Mais apparemment, ils n'aiment pas qu'on se moque d'eux parce qu'un instant plus tard, le baiser cessa et les coups reprirent. Ça ne faisait plus aussi mal qu'avant, et les démangeaisons avaient disparu. « Je ne sens plus rien. Je suis vraiment en train de mourir. »

Les anciens disent que lorsque vous atteignez le bout du passage gris, le tonnerre retentit trois fois pour vous convoquer à votre jugement. J'entendis le premier coup.

On aurait dit un craquement puissant, suivi par une violente douleur dans mon flanc gauche. L'une de mes côtes venait de céder.

Le tonnerre retentit de nouveau. Cette fois, ce fut un bruit puissant qui monta des profondeurs de mon corps. Mon cœur venait juste d'émettre un battement furieux.

« Je suis vivant, me dis-je, comme mon torse agonisant s'ouvrait à la recherche d'un peu d'air. Je respire ! » De façon absurde, je pensai aussitôt à ce que j'allais dire afin de passer pour un individu intelligent et courageux. Puis j'entendis le troisième et dernier coup de tonnerre, un rugissement si fort qu'il menaça de faire trembler la terre et de tous nous envoyer cul par-dessus tête.

Ce n'était bien sûr pas plus le tonnerre que les deux fois précédentes. Ce que je venais d'entendre, c'était la voix de mon père.

Qui avait l'air très, très en colère.

Apparemment, les dieux devraient attendre pour le jugement dernier.

4. *Le coup de tonnerre*

Je me souviens de la suite essentiellement par bribes. Juste quelques flashs dans la pénombre qui enveloppa mon retour à la maison depuis l'oasis. Ça commençait par mon père qui me ramassait par terre et me murmurait à l'oreille :

– Ne pleure pas devant eux. Même si tu as envie de pleurer, retiens-toi encore un peu.

« Un Jan'Tep se doit d'être fort », me rappelai-je.

De toute façon, je ne suis pas du genre à pleurer, je n'ai jamais compris à quoi ça servait. Mais là, j'étais à bout, furieux et plus qu'un peu effrayé, alors il me fallut rassembler une quantité ahurissante de sérénité pour dire :

– Je ne pleurerai pas.

Mon père me fit un petit signe de tête et le plus discret des sourires. Je ressentis une chaleur telle que je me demandai s'il ne venait pas de me jeter un sort de feu, même s'il ne pouvait créer de forme somatique en me portant dans ses bras.

Dans l'oasis, tout le monde était debout et silencieux à part Osia'phest, toujours couché par terre. D'après les marmonnements qui s'échappaient de sa bouche, il était en train de reprendre connaissance. Panahsi, Nephenia, Tennat et les autres initiés ne nous quittaient pas des yeux.

Mon père était grand et son épaisse chevelure noire formait un contraste saisissant avec la blondeur que Shalla et moi tenions de notre mère. Il entretenait soigneusement sa moustache et un petit bouc, et sa dignité en imposait à tout le monde. Il possédait toutes les qualités vénérées chez les Jan'Tep : la puissance physique, la puissance mentale et la puissance magique. Vu sa tête, Panahsi se demandait vraiment comment je pouvais être le fils d'un individu aussi puissant que Ke'heops.

– Je suis capable de marcher, dis-je à mon père, car j'étais terriblement gêné d'apparaître si faible devant les autres initiés.

Mais il me garda dans ses bras. Shalla s'approcha à pas prudents.

– Père, ne sois pas fâché contre…

– Silence, dit-il, et ma sœur se tut.

Je vis qu'il détaillait la scène, ses yeux s'arrêtant sur chaque personne présente. Je savais qu'il lisait en elles aussi facilement que s'il avait accès à leur esprit rien qu'à observer leurs réactions, à décrypter les regards furtifs ou la façon dont elles détournaient les yeux. Il comprenait ce qui venait de se passer en analysant et en quantifiant la peur ou la culpabilité de chacun. Mais, tout à coup, il eut l'air un peu perplexe. Je tournai la tête et vis qu'il regardait ma sauveuse.

– Comment vous appelez-vous ? demanda-t-il.

Elle fit un pas vers lui, comme pour prouver qu'il ne l'impressionnait pas.

– Furia Perfax, annonça-t-elle en tendant sa main gantée pour essuyer quelque chose sur mon visage. (Je distinguai des grains de poussière verts et gris sur le cuir marron de son gant.) Il va avoir besoin d'un bain. Cette poudre peut provoquer des effets terribles si elle s'incruste dans la peau.

Mon père la laissa à peine finir sa phrase avant d'intimer :

– Suivez-nous.

Furia Perfax qui, malgré la mèche blanche qui ressortait sur sa chevelure rousse maintenue en place par son chapeau, paraissait de plusieurs années plus jeune que mon père, posa les mains sur les hanches et éclata de rire.

– Moi qui croyais que vous autres, Jan'Tep, vous connaissiez *toutes* les formules magiques !

Parmi mes camarades, il y eut des grognements. D'autres eurent le souffle coupé. La plus abasourdie était Shalla. Personne ne s'adressait comme ça à Ke'heops, surtout pas une vagabonde daroman sans pouvoirs. En regardant mon père, je vis sa mâchoire se crisper légèrement. Il se corrigea :

– Je vous prie de m'excuser. Voulez-vous bien nous accompagner jusque chez nous, s'il vous plaît ? J'ai des questions importantes quant à la guérison de mon fils.

Furia me fit un clin d'œil comme si elle venait de faire éclater un orage par une journée sèche.

– Bien sûr.

Je me sentais bizarrement obligé de participer à la conversation. Alors je dis :

– Je m'appelle Kelen.

– Ravie de faire ta connaissance, Kelen, dit-elle en retirant son chapeau pour le remettre sur sa tête une seconde plus tard.

Les Daroman avaient d'étranges rituels.

Tout à coup, il y eut un peu d'agitation non loin. Dans l'indifférence quasi générale des élèves, Osia'phest tentait de se relever.

– Seigneur Ke'heops...

– Que quelqu'un lui vienne en aide, ordonna mon père.

Aussitôt, deux initiés saisirent Osia'phest sous les bras et le remirent sur pied. Le vieux maître de sort fit quelques pas mal assurés dans notre direction.

– Je peux expliquer de façon exhaustive les circonstances qui...

– Allez vous reposer, dit mon père. Que des initiés vous ramènent chez vous. Nous nous verrons demain.

Osia'phest avait la tête d'une personne à qui on vient d'annoncer une peine de prison. Furia lâcha d'un air dégoûté :

– Ah, ces mages, comme si ce mot avait dans sa bouche une autre signification que dans la nôtre.

À voir le vieil homme presque porté par ses élèves, puis la façon dont ces derniers levaient les yeux au ciel en me regardant, je me sentis honteux.

– Je suis capable de marcher, répétai-je à mon père.

Il plissa les yeux, mais me reposa par terre. La brusque faiblesse dans mes jambes et ma vision qui se brouilla sur-le-champ furent les signes que je commettais une terrible erreur.

– Je n'ai jamais vu quelqu'un dont le cœur a cessé de battre se remettre aussi vite, déclara Furia en me tapotant le dos.

Sauf qu'elle ne me tapotait pas vraiment le dos. Avec sa main, elle agrippait ma chemise pour m'empêcher de plonger tête la première.

Mon père fit admirablement mine de ne rien remarquer, et s'avança de façon que les autres ne voient pas que Furia me tenait maintenant à deux mains.

– Il est temps pour chacun d'entre vous de rentrer dans vos familles, déclara-t-il. Vous pouvez disposer.

En quelques secondes, l'oasis fut déserte. Personne ne s'arrêta pour me dire quoi que ce soit. Pas même Panahsi ni Nephenia. Tennat ne prit même pas la peine de m'insulter.

Une fois tout le monde parti à part Shalla et Furia, mon père se plaça face à la Daroman et fit un petit signe de tête. Elle retira ses mains, et je m'effondrai. Mon père me récupéra dans ses bras.

– Dors, maintenant, me dit-il.

Ce n'était ni un ordre, ni un sort qu'il me jetait. J'aurais pu rester éveillé si j'avais rassemblé toutes mes forces. Mais il y avait une possibilité minuscule, infinitésimale, que si je m'endormais, je me rende compte à mon réveil que tout ça n'avait été qu'un cauchemar, si humiliant soit-il. Alors, dans cet espoir, je fermai les yeux.

5. *L'impasse*

Sur le trajet du retour, je me réveillai plusieurs fois. Malgré mon poids, mon père avançait sans faiblir. Quand j'ouvrais les yeux, le ciel était toujours plus sombre, mais il s'illuminait lorsque nous passions sous l'une des lanternes en verre rougeoyant qui éclairaient de façon magique les rues de notre cité.

– Vous allez vraiment faire exploser l'une de ces boules de feu si vous ne vous retenez pas, fit remarquer Furia Perfax, qui menait son cheval gris pommelé à notre hauteur.

– Vous mettez en doute la maîtrise de mon père ? protesta Shalla d'un air outragé.

Mon père prononça deux mots – « ma fille » – et les yeux de Shalla plongèrent vers le sol sablonneux.

Furia lâcha un petit rire en agitant la tête.

– Qu'est-ce qu'il y a de drôle ? demandai-je.

– Il y a plein de formules magiques dans votre langue. Qui aurait cru que « ma fille » soit synonyme de « silence » ?

Je sentis les bras de mon père se crisper alors qu'il continuait à me porter.

– Très pertinent, comme remarque. J'imagine que vous êtes amuseuse publique ? Dois-je vous offrir quelques pièces en échange de votre prestation ?

Aux yeux de mon père, les comédiens et les troubadours étaient encore plus inutiles que les puces de lit.

– Je vous remercie, grand Ke'heops, répondit Furia sans comprendre le sarcasme, ou plutôt en faisant mine de ne pas le comprendre. En réalité, je suis plus ou moins cartographe.

– Vous dessinez des cartes ? m'exclamai-je en jetant un coup d'œil aux sacoches à l'arrière de sa selle, à la recherche des longs tubes creux que ma mère utilisait pour protéger ses cartes si fragiles. Et où les mettez-vous ?

Furia tapota la poche de son gilet en cuir noir.

– Ici.

On ne peut pas ranger une véritable carte dans une poche. J'allais le lui signaler quand je remarquai que les bâtiments devant lesquels nous passions se faisaient de plus en plus miteux. Ce n'étaient plus les demeures en pierre blanche à trois ou quatre étages ni les sanctuaires en marbre qui bordent l'allée des Ancêtres, mais de petites maisons en bois brut ou en pierre mal taillée, dépourvues des fioritures en cuivre ou en argent qui caractérisent les habitations Jan'Tep. Il n'y avait plus ni statues ni décorations, uniquement quelques vieilles enseignes. Les rares lumières dans la rue provenaient de lampes à huile que l'on distinguait à travers les fenêtres sans vitres.

– Pourquoi passes-tu par les quartiers Sha'Tep ? demandai-je à mon père. L'allée des Ancêtres est plus rapide.

– Ce chemin-là est plus… calme.

« Plus calme ». Vous comprenez que vous êtes vraiment tombé très bas quand votre propre père est gêné de s'afficher avec vous en public. Je sentis ma poitrine se contracter. J'avais certes battu Tennat sans avoir jeté le moindre sort, mais ça ne changeait rien à ma situation. Personne ne me considérait comme intelligent ni courageux, pas même mon propre père. La seule chose qui comptait, c'est que ma magie était faible.

– C'est logique de prendre le chemin le plus calme quand on cherche à éviter les ennuis, déclara Furia en plongeant la main sous son gilet pour en sortir un mince roseau de feu.

Ce commentaire me parut inoffensif, mais Shalla était prête à s'insurger contre tout ce qu'elle jugeait insultant envers notre père.

– Comment osez-vous suggérer que Ke'heops irait… ?

– Ma fille !

Ces mots avaient surgi si vite et si fort qu'il me fallut une seconde pour comprendre que c'était Furia qui les avait proférés. Shalla en était éberluée. Elle ne bougeait plus, à croire qu'on l'avait enchaînée avec un sort.

– Vous avez vu ça ? gloussa Furia. Ça marche ! Je viens de jeter mon tout premier sort ! (Elle glissa le roseau de feu entre ses dents et se pencha vers Shalla.) Petite, tu as du feu ?

Ma sœur lui décocha un regard noir, l'air de dire qu'en aucun cas elle ne jetterait pour elle ce sort pourtant très simple. Même si j'aurais mieux fait de m'abstenir, je levai la main droite et j'en appelai à la magie du feu. Je convoquai toute la puissance de mon âme et toute ma volonté pour visualiser l'espace entre mon pouce et mon index où devait jaillir la flamme. Quand je fus convaincu d'être prêt, je murmurai la formule incantatoire :

– *Sepul'tanet.*

Rien.

Loin de l'oasis, je n'arrivais même pas à jeter un sort de bougie. Je me sentis juste épuisé, et j'eus l'impression que le tatouage de la braise sur mon bras me déchirait la peau.

– T'embête pas, lâcha Furia. J'ai ma propre magie pour ça.

Elle claqua des doigts, et une allumette apparut. Puis elle passa le pouce sur le bout de l'allumette, qui s'enflamma. Quelques instants plus tard, elle recrachait dans l'air des ronds de fumée rouges et épais.

– On est observés, ajouta-t-elle.

– Ça ne peut pas être une personne d'importance, dit mon père en reprenant sa marche. Sans doute juste quelques Sha'Tep curieux.

– Père a jeté un sort d'évitement quand on a quitté l'oasis, expliqua Shalla. Si un mage s'approche à moins de cent mètres, il le saura.

– Vraiment ? fit Furia. Vous êtes capable de faire ça ?

Shalla eut un sourire narquois.

– On a des sorts pour tout, Daroman.

Furia tira une bouffée sur son roseau de feu.

– Dans ce cas, ô grands et puissants mages, je me demande s'il n'existe pas un sort contre le sort d'évitement.

Avant que Shalla ou mon père puissent répondre, elle conclut :

– Parce que les gens dont j'ai parlé ne sont pas des Sha'Tep.

Des voix s'élevèrent dans les ténèbres. Puis on entendit l'écho de sandales qui approchaient.

– Ke'heops ! Venez répondre des crimes de votre maisonnée !

Mon père me posa par terre. Comme j'avais encore les jambes en coton, je m'agrippai à l'embrasure branlante d'une boutique de tissus. En me retournant, je vis Ra'meth en toge rouge qui approchait.

Comme mon père, Ra'meth était un mage seigneur de notre clan. C'était peut-être la seule personne qui me détestait encore plus que Tennat, son fils, qui était là lui aussi, avec ses deux frères aînés.

– Bonsoir, mage seigneur, dit mon père à Ra'meth.

Puis il hocha la tête à l'intention de ses fils en disant :

– Bonsoir, adeptes. Et bonsoir, initié.

Les deux frères de Tennat avaient passé leurs épreuves de mage deux ans auparavant. Ra'fan était devenu enchaîneur, et Ra'dir mage guerrier. Ils avaient l'air calme, presque cordial, l'attitude d'usage quand on se prépare à jeter des sorts. Ce n'était pas du tout de bon augure.

Mon père ne montrait cependant aucune inquiétude.

– Ra'meth, vous ne pouvez avoir oublié l'édit du prince de clan. Nos deux maisonnées ont interdiction de s'affronter.

Tennat pouffa de rire, ce qu'on fait quand on est trop stupide pour comprendre combien il est dangereux d'enfreindre un édit. Il existe de nombreux sorts d'occultation dans la magie Jan'Tep, mais aucun ne vous protège de l'ire du prince de clan.

– Nous sommes venus faire respecter la loi, déclara Ra'meth. Cette créature odieuse doit nous accompagner !

Le regard de mon père alla de Shalla à Furia, puis à moi.

– Et de quelle créature odieuse parlez-vous ? Je n'ai que ça autour de moi, ce soir.

Ra'meth pointa un bâton sculpté en chêne et en argent sur moi. C'était le symbole de sa puissance, mais aussi un instrument de magie.

– Ce petit minable a triché lors d'un duel officiel entre initiés, déclara-t-il. (La voix de Ra'meth était toujours mélodieuse et limpide, si bien que, malgré sa colère, elle demeurait belle. Étrangement, y compris quand il ajouta :) Je veux voir Kelen, fils de Ke'heops, passer la nuit prochaine dans une cellule, ligoté par des fils de cuivre.

Mon père hésita. Mentir à un mage du conseil valait sanction. D'un autre côté, s'il reconnaissait que l'accusation de Ra'meth était fondée, je serais à jamais exclu des épreuves de mage. Je venais de mettre mon père dans une position intenable.

« Que nos ancêtres soient mille fois maudits pour m'avoir fait si faible. »

– Mon sort a échoué, dis-je. (C'était techniquement vrai, et pas si rare pendant les épreuves.) J'ai juste besoin d'une autre chance pour…

– Tu as battu mon fils grâce au mensonge et à la ruse ! (Le regard furieux de Ra'meth allait de mon père à moi.) Vous voyez ! Ce garçon vient de reconnaître que sa magie est faible. Il n'aurait jamais dû devenir initié. Combien de fois avons-nous dit qu'il aurait dû rejoindre les Sha'Tep il y a déjà des années ?

– Je... Je n'ai pas battu Tennat, marmonnai-je, terrorisé par ce que je venais d'entendre (que mon destin aurait déjà pu être scellé il y a bien longtemps). Mon sort a raté, c'est tout. J'ai besoin d'un peu plus de temps pour m'entraîner. Juste pour...

Le bout du bâton en chêne et argent de Ra'meth s'agita et, un instant, je me demandai s'il allait me frapper ou me jeter un sort. Je remarquai alors un mouvement furtif sur ma gauche. Furia avait glissé une main sous son gilet.

– Vous devriez cesser d'agiter votre baguette, m'sieur. Ça fatigue, à force.

Tennat, qui s'était tenu tranquille jusque-là, vit enfin une adversaire qui lui semblait à sa hauteur. Le tatouage du fer sur son bras rougeoya, et la sinistre lueur grise traversa l'obscurité jusqu'à nous.

– Daroman, si tu ouvres encore une fois la bouche, les mots que tu prononceras ensuite seront des cris de pitié.

Furia tira une bouffée de son roseau de feu et hocha la tête, à croire qu'elle réfléchissait sérieusement à ce qu'il venait de dire.

– Ça rigole plus, fit-elle en recrachant la fumée, ce qui déclencha une quinte de toux chez Tennat et ses frères. Désolée. Vous me troublez, vous autres.

Tennat fit de son mieux pour proférer quelques jurons entre deux quintes.

– Tennat, arrête, lança Shalla. Tu es furieux parce que tu as perdu ton duel, c'est tout.

Puis elle se tourna vers Ra'meth, à qui elle daigna s'adresser avec davantage de respect :

– Mage seigneur Ra'meth, Kelen n'a pas enfreint les règles du duel. Il n'a tendu aucun piège, il n'a utilisé aucune arme extérieure. Tennat a cru qu'il allait perdre et il a cédé à la pression, mais ce n'est en rien la faute de Kelen, et ce n'est pas interdit par le règlement.

Ra'meth voulut dire quelque chose, mais avant qu'il puisse ouvrir la bouche, mon père demanda à Tennat :

– Mon garçon, as-tu été blessé ? Est-ce que mon fils t'a porté atteinte avec... ce qu'il a fait ?

Tennat redressa le menton. Il avait le teint verdâtre.

– Non, ça va. Kelen ne peut pas me blesser. Il est trop faible.

Mon père acquiesça, même si je vis son visage se crisper.

– Dans ce cas, la question est réglée, conclut-il en se tournant vers Ra'meth. Votre fils n'a rien. Il s'agit uniquement d'un malentendu, un différend à régler entre nos familles, et non devant la cour.

On aurait pu croire que tout était terminé et que chacun allait pouvoir rentrer chez soi, mais tout à coup, Ra'meth désigna Shalla avec son bâton.

– Toi. Tu as attaqué ton frère en duel sans accord et sans sanction.

Soudain ragaillardi, il retourna sa fureur contre mon père :

– Cette petite peste précoce s'en est prise à un initié qui venait de terminer un duel. Un tel crime ne peut rester impuni. Cette fille doit voir sa magie contrecarrée. De façon définitive.

Shalla écarquilla les yeux de terreur. À l'idée de ce que Ra'meth proposait, c'est-à-dire que mon père doive tatouer des contre-sigils sur ses bandes, ce qui la priverait à jamais de ses pouvoirs magiques… Un instant, j'eus l'impression qu'elle allait partir en courant.

Mon père prit un air peiné. Furia se contenta de rire.

– Tu te moques de nos lois, Daroman ? lança Ra'fan, qui se positionna près de son père.

– Nan, je trouve ça mignon de voir combien vous vous préoccupez maintenant du bien-être de Kelen, alors qu'un instant plus tôt, vous vouliez le jeter en prison. Vous êtes vraiment une petite bande de citoyens dévoués, dites-moi.

Le bâton de Ra'meth s'enroba subitement d'une intense lumière bleue et rouge. On aurait dit deux serpents jumeaux qui s'enroulaient tout autour.

– Surveille ton langage, femme. Tu ignores le pouvoir des Jan'Tep.

Furia avait la main dans la poche de son gilet. Elle souffla une bouffée de fumée, qui emplit l'air entre elle et Ra'meth, ce qui le fit tousser.

– Ce que je sais, c'est que si vous continuez à pointer ce bâton vers moi, vous allez le retrouver dans un endroit nettement moins plaisant.

Elle avait toujours le sourire aux lèvres,

pourtant elle ne plaisantait pas du tout. Ra'meth reprit son souffle, puis il éclata de rire.

– Oserais-tu me menacer d'une arme, Daroman ? Tu serais capable d'affronter un mage seigneur Jan'Tep ? Réponds-moi oui, ou bien contente-toi de hocher la tête, et le duel sera décrété.

Comme si tout était déjà prévu, les trois fils de Ra'meth s'alignèrent face à nous. Une force magique brute tournoyait autour de leurs bras tandis que leurs mains créaient déjà les formes somatiques de toute une série de sorts d'attaque.

Je vis Shalla se crisper puis essayer de retrouver son calme, les mains le long des flancs, les doigts en train de préparer ses propres sorts. Furia avait encore la main dans son gilet, où, sans doute possible, elle cachait une arme. Et moi ? « Peut-être que je pourrais me jeter sur l'un d'eux pour briser sa concentration. »

– Vous avez perdu la tête ? protesta mon père. Par décret du prince de clan, nous avons interdiction de nous affronter. Il enverrait toute votre maisonnée en exil pour cela !

Cette menace aurait dû les ramener à la raison, mais pas du tout. Ra'fan et Ra'dir ricanèrent. Tennat gloussa ouvertement. On aurait dit des hyènes au-dessus d'une proie blessée. « Ils savent quelque chose que nous ignorons. »

– Vous avez sans doute été perturbé ce soir par les agissements lamentables de votre progéniture, lui lança Ra'meth en désignant d'un signe de tête le cœur de la cité. Sinon, comment auriez-vous pu ne pas remarquer les lueurs au-dessus du palais ?

Je tournai la tête vers le bâtiment. Au-delà des maisons et des échoppes, sept rayons colorés, si pâles qu'ils disparaissaient presque contre le ciel étoilé, s'élevaient du toit. J'étais bien trop jeune pour avoir déjà vu les sept lanternes sacrées allumées, pourtant j'en connaissais la signification : le prince de clan était mort.

– Une tragédie, reprit Ra'meth, même si son ton contredisait ses mots. Demain, le conseil annoncera la date de l'élection du nouveau prince. Naturellement, il réprouvera tout acte de vendetta entre les grandes maisonnées, mais ça, ça ne viendra que demain. Ce qui se passera ce soir sera oublié par la justice dès la proclamation des élections.

Mon père se plaça face à Ra'meth. Ses mots résonnèrent dans toute la rue :

– Ça suffit comme ça ! Vous vous présentez devant moi comme un voleur de l'ombre avec vos accusations et votre arrogance. Rentrez chez vous, Ra'meth. Déposez toutes les plaintes que vous voudrez devant le conseil demain matin. Mais si vous persistez à vouloir régler cette affaire dans la rue comme des chiens qui se battent pour un os, nous avons les moyens de nous défendre. Cependant, mage seigneur, c'est moi que vous affronterez en duel, non mes enfants ni cette femme.

Un instant, Ra'meth eut l'air inquiet du regard froid et dur de mon père. Je crus qu'il allait se retirer. Puis il rétorqua :

– Ke'heops, toute ma vie, je vous ai regardé vous pavaner au milieu de notre peuple. Vous vous comportez comme si vous nous étiez supérieur, mais malgré toute votre puissance, vous n'êtes qu'un homme. (Il désigna ses fils d'un signe de tête.) Mon sang est fort. Chacun de mes enfants a la magie de notre peuple qui coule dans ses veines. Ke'heops, vous avez oublié les sages paroles de nos ancêtres : « C'est la maisonnée qui compte, pas l'homme. »

« C'est parti, me dis-je. Ils vont attaquer. » Mon père, si puissant soit-il, ne pouvait espérer avoir seul le dessus sur Ra'meth et ses fils. Shalla avait du potentiel, mais ça ne suffirait pas contre un mage seigneur, un enchaîneur et un mage guerrier. « Fais quelque chose, me dis-je. N'importe quoi. »

Un petit gloussement brisa le silence : Furia.

– Vous voulez un conseil qui ne mange pas de pain ? La prochaine fois que vous tendez une embuscade, ne laissez pas le temps à vos adversaires de préparer une riposte.

Elle tira une dernière bouffée de son roseau de feu, le jeta et l'écrasa avec le talon de sa botte. Elle avait toujours la main dans son gilet.

– Montre-nous donc ton arme, femme, la défia Ra'meth. Tu crois qu'un couteau va te sauver ?

Furia retira sa main et ouvrit sa paume.

Elle était vide.

– Vous voyez, déclara Tennat. Comme Kelen, cette femme est un imposteur. Elle n'a même pas d'arme.

Et là, elle sourit, puis cracha sa dernière bouffée au visage de Ra'meth et de ses fils.

– À quoi bon une arme ? questionna-t-elle.

À cet instant seulement, je me rendis compte

qu'elle avait toujours pris soin de souffler la fumée vers eux, et non vers nous.

– C'est vrai que les premières fois, ce machin fait un peu mal aux poumons. Il donne terriblement mal à la tête, aussi. Dis-moi, me lança-t-elle, pour jeter des sorts, il faut être calme et capable de parler, c'est bien ça ?

Ra'fan, tout vert, tendit la main droite, les deux doigts centraux repliés vers sa paume, et les autres vers Furia.

– *Medran'e'fe*...

Mais son sort fut brisé par une quinte de toux. Ra'dir essaya à son tour, et réussit à peine à prononcer les premières syllabes de sa formule avant de vomir par terre.

Furia regarda le roseau de feu écrasé.

– Il faut vraiment que j'arrête de fumer. C'est une très sale habitude que j'ai là.

Ra'meth prit une profonde inspiration. Il était concentré et calme. Comme ses fils, il avait l'air malade mais, contrairement à eux, il avait la force et l'expérience de surmonter ce fâcheux incident. Pourtant, avant qu'il puisse ouvrir la bouche, mon père leva les mains. Ses doigts ne s'agitaient pas, ses bandes ne rougeoyaient pas. Mon père ne cherchait jamais à intimider avec sa magie.

– Ra'meth de la maisonnée de Ra, réfléchissez bien, dit-il, parce que dans les dix secondes à venir, je vais me servir de ces mains, soit pour porter mon fils jusque chez nous de façon que sa mère et moi puissions le soigner, soit pour régler une bonne fois pour toutes notre dispute. Le choix vous appartient.

Ra'meth se raidit. Tout à coup, il ne proférait plus aucune menace, il ne faisait plus la moindre démonstration de force. Mon père avait clairement énoncé les deux seules possibilités. Sans Ra'fan ni Ra'dir, Ra'meth savait qu'il n'était pas en mesure de vaincre mon père. Il leur fit signe de partir, puis se tourna vers moi.

– Tu ne recevras pas de disque d'or pour ton duel, Kelen. Et tu échoueras aux trois autres épreuves comme tu as échoué à la première. Puis tu iras rejoindre les Sha'Tep, car c'est là que tu dois être. (Il attrapa Tennat, qui s'étouffait toujours à cause de la fumée, et se retourna pour partir.) Même tes parents savent depuis toujours que c'est ta destinée.

Ces mots cruels étaient sans pitié, destinés à blesser mon père autant que moi. J'aurais été au plus mal sans Furia, qui ricana et donna un coup de coude à mon père.

– Toutes vos histoires de magie avec vos bâtons qui rougeoient et vos feux mystérieux, et à la fin, vous le chassez d'un seul regard. Je vois de qui ce gamin tient son sang-froid.

Je me sentis étrangement fier.

6. *À la maison*

Je convainquis mon père de me laisser faire le reste du chemin à pied, mais je n'allai sans doute pas très loin parce que, dans mon souvenir suivant, je suis dans les appartements de ma mère. Mon père et elle partageaient la même chambre, mais chacun possédait une pièce qui lui servait d'étude. Ma mère s'y adonnait à ses deux passions : la médecine et l'astronomie.

Quand j'ouvris les yeux, je découvris un mur couvert de magnifiques cartes du ciel encadrées. J'étais couché de côté sur son sofa en soie.

Depuis mes six ans, j'avais passé d'innombrables heures d'angoisse dans cette étude tandis que mes parents se livraient à des évocations pour renforcer mes liens affreusement ténus avec les six magies fondamentales. Ce processus les épuisait et me laissait tellement faible qu'ensuite, j'étais incapable de faire autre chose que rester des heures allongé sur ce sofa. Je connaissais chaque détail du mur, chaque rayure sur le mobilier de la pièce, si bien que je fus surpris de découvrir l'un des télescopes de ma mère par terre dans un coin. Et, sur son secrétaire, un grand parchemin avec une petite bouteille d'encre noire encore ouverte, ce qui signifiait qu'elle travaillait à une nouvelle carte quand mon père m'avait déposé là. À l'autre bout de la pièce, ses cabinets de potions et de matériel de guérisseur étaient béants, avec des bandages étalés par terre. Je devais être en plus sale état que je ne le croyais.

J'entendis des voix de l'autre côté de la porte, sans toutefois bien comprendre de quoi il s'agissait. J'essayai de me lever, mais une nausée accompagnée de l'impression qu'une douzaine de pointes de fer rouillé s'enfonçaient dans mon crâne m'obligèrent à rester couché. L'une de mes côtes poussa un cri de protestation. Elle avait l'air réparée, pourtant elle continuait à faire mal. « Un Jan'Tep se doit d'être fort », imaginai-je mon père dire. « Une oreille indiscrète doit l'être encore plus », ajoutai-je.

Je roulai sur le sol et rampai jusqu'à la porte pour y coller l'oreille. En temps normal, je n'aurais pas pu distinguer ce qui se disait à cause de l'épaisseur du battant en bois mais, en temps normal, les gens ne criaient pas aussi fort.

– C'est pas ma faute ! hurla Shalla, sa voix une demi-octave plus haut que d'habitude. C'est Kelen qui a triché ! Il a *triché* !

Mon père ne répondit pas par des cris, et pourtant le ton grave de sa voix suffit à faire presque trembler les murs.

– Tu as trahi ton frère. Ta famille. Ton sang. Tout ça à cause de ta fierté mal placée.

– Mais…

Ce qu'elle voulait dire fut étouffé par un sanglot.

– Ke'heops, intervint ma mère d'une voix plus suppliante que menaçante.

– Un enfant menteur et un enfant traître, reprit mon père. Notre sang est-il si faible ? Si imparfait ? La maisonnée de Ra espère notre chute. Comment puis-je me présenter à l'élection de prince de clan si ma descendance prouve que notre lignée est mauvaise ?

– Ce n'est qu'une enfant ! Elle ne sait pas ce qu'elle...

– Une enfant ? Elle fait étinceler une nouvelle bande chaque semaine. Ses pouvoirs croissent chaque jour. Quelle mage deviendra-t-elle si ses sorts sont empreints non d'humilité et de conscience, mais au contraire d'arrogance et de fierté ? (Il y eut un long silence, tandis que les pas de mon père sur le plancher faisaient trembler toute la maison.) Je pourrais contrecarrer sa magie. De façon définitive. J'ai les encres nécessaires dans mon étude. Je connais les sigils. Je n'ai même pas besoin de demander l'autorisation du conseil.

– Mon cher mari ! Tu ne peux pas faire ça !

– Père, non, je t'en supplie !

Le bruit de pas cessa.

– Je suis le chef de cette maisonnée. Il est de mon devoir et de ma responsabilité de protéger cette famille ainsi que notre clan de la menace d'un mage déviant. Si je dois contrecarrer sa magie, je le ferai. N'en doutez pas.

J'imaginai tout à coup Shalla maintenue de force tandis que Père lui plantait des aiguilles dans les avant-bras, les encres cuivrées et argentées se dissolvant sous sa peau, les contre-sigils emprisonnant à jamais la magie en elle. Je me redressai et réussis à atteindre la poignée de la porte.

– Tu ne penses pas ce que tu dis, déclara ma mère.

Sa voix avait un tranchant que je ne lui connaissais guère, comme un morceau de métal tout juste sorti de la forge. Même mon père évitait de l'affronter dans ces moments-là.

– Père, je suis désolée, gémit Shalla.

Je lâchai un long souffle que j'ignorais avoir en moi et reculai. Je savais que mon père adorait ma sœur, pourtant il était en train d'envisager l'impensable.

– Va dans ta chambre, ordonna-t-il d'un ton où la colère avait été remplacée par la lassitude. Je vais réfléchir à la conduite à tenir pour la suite.

Plusieurs minutes s'écoulèrent avant que ma mère ne reprenne la parole, cette fois sur un ton plus doux :

– Ke'heops, Shalla n'est pas comme ta mère, qui n'avait pas non plus à être blâmée. Seren'tia était malade, elle...

– ... avait l'ombre au noir.

Dès que mon père eut prononcé ces mots, tout s'immobilisa et se fit silencieux autour de moi. « L'ombre au noir ? »

Il y a sept sources fondamentales de magie, mais les mages Jan'Tep ne possèdent que six bandes : le fer, la braise, la soie, le sable, le sang et le souffle. Aucun Jan'Tep n'a jamais été tatoué de la bande de la septième magie, car l'ombre, c'est la magie du vide, du rien, du démon. Nos anciens ennemis, les Mahdek, en appelaient à cette magie pour jeter leurs sorts. C'est pour ça qu'ils ont disparu il y a bien longtemps.

Notre grand-mère était morte quand Shalla et moi étions encore petits. Je savais qu'elle était devenue folle, ce qui était inadmissible pour une mage de sa puissance, mais avait-elle vraiment l'ombre au noir ?

Je comprenais mieux pourquoi mon père s'inquiétait du comportement de Shalla.

– Quelle jolie famille que la tienne.

En pivotant sur moi-même, je m'emmêlai les pieds et faillis basculer vers l'avant. Si Furia ne m'avait pas rattrapé, je serais sans doute passé par la fenêtre ouverte.

– Parce que maintenant, tu t'imagines que tu peux voler, gamin ?

Je fus de nouveau frappé par la beauté des boucles emmêlées et cuivrées qui encadraient son visage. Cette chevelure aurait pu être celle d'une dame de la cour si elle n'avait pas été délavée par le soleil, malgré le chapeau à large bord de la Frontière. Le cuir noir de son gilet était éraflé, et sa chemise en lin avait depuis longtemps perdu sa couleur originelle pour adopter celle de la poussière. Mais c'était son sourire, avec un seul coin incurvé, comme si elle venait de faire la meilleure blague du monde, qui surprenait le plus au milieu de l'élégante étude de ma mère.

– Comment êtes-vous entrée ici sans que je vous entende ? l'interrogeai-je.

Elle me fit un petit clin d'œil. Puis pouffa de rire.

– Va savoir… Peut-être par magie. Vous autres Jan'Tep, vous comptez tellement sur vos sorts que vous n'imaginez pas qu'on puisse vivre sans. Tu étais concentré sur autre chose, gamin, voilà tout. J'ai frappé à la fenêtre pendant cinq minutes, mais tu étais tellement occupé à espionner tes parents que tu n'entendais pas ce qui se passait juste derrière toi. Un renard à la recherche d'un casse-croûte aurait pu te dévorer.

– J'ai failli mourir à cause d'un sort d'épée jeté par ma sœur, répondis-je d'un ton agacé. Je ne suis pas au mieux de ma forme. Et d'abord, quelle heure il est ?

Elle haussa les épaules.

– Je ne regarde pas beaucoup les horloges, mais je dirais que je t'ai laissé il y a environ quatre heures.

– Je suis resté inconscient pendant quatre heures ?

– Bien plus, vu que j'ai passé des siècles à expliquer à ta mère comment je t'ai ranimé, fit-elle en agitant la tête. Dire qu'elle se considère comme une guérisseuse… Bref, ton père avait des tonnes de questions, ta sœur des tonnes d'excuses, mais personne ne m'a proposé à boire. Alors, je suis partie faire un tour et j'ai mis deux heures à me rendre compte qu'il n'y a pas un seul saloon ouvert après minuit dans ton bled de péquenauds. Du coup, j'ai décidé de revenir prendre de tes nouvelles.

Je trouvai ça un peu bizarre qu'une cartographe daroman, même si je doutais qu'elle soit cartographe, s'embête à prendre de mes nouvelles. Mais peut-être qu'elle espérait recevoir une récompense pour m'avoir sauvé la vie.

Je revins à la porte sur la pointe des pieds. Mes parents se disputaient toujours, pourtant ils ne parlaient plus assez fort pour que je comprenne bien, à part de temps en temps un mot comme « faiblesse » ou « incapacité », et bien sûr, mon nom.

De honte et d'épuisement, j'allai me rasseoir sur le sofa. Furia s'installa près de moi et sortit de son gilet un petit roseau de feu très épais.

– Je crois que je n'aime pas beaucoup ta famille, gamin.

Même si je lui devais de ne pas être un cadavre à l'heure qu'il était, j'étais furieux que cette femme s'introduise en douce chez moi pour faire des déclarations de ce genre.

– J'imagine que vos parents sont mieux ?

– Toute ma famille est morte, répondit-elle en allumant le roseau avec une allumette avant d'aspirer une bouffée. Du coup, ils ne risquent pas de faire autant de bruit.

Je sursautai en entendant un petit coup discret frappé à la porte. Abydos, notre serviteur, apparut chargé d'un plateau. L'arôme de pain tout juste cuit et de fromage aux graines de pavot emplit la pièce, de même que l'odeur douce-amère d'un jus de grenade chaud. Quand Abydos découvrit Furia, il se raidit.

– Je vois que vous êtes de retour, dame Furia.

– Je suis pas une dame, mais ouais.

Abydos posa le plateau sur la table devant moi.

– Je ne savais pas quand vous aviez mangé pour la dernière fois, maître Kelen.

Ses yeux allaient de Furia à moi.

– Détends-toi, Aby, fit-elle en riant. On dirait que tu cherches à savoir si je suis ici pour assassiner ce gosse ou pour le séduire.

– Et quelle est la bonne réponse ? demanda-t-il.

– Abydos ! dis-je en haussant le ton. Cette femme est notre invitée. Tu…

– Ne t'inquiète pas pour ça, Aby, me coupa Furia en me décochant un regard en coin. Aujourd'hui, il n'y a dans la balance ni meurtre ni séduction.

– Dans ce cas, tout va bien. Je vous laisse à…

Le serviteur fit un petit signe de tête à mon intention puis se retira.

J'avais terriblement faim, et j'avais déjà dévoré la moitié du fromage et du pain quand je remarquai l'expression curieuse du visage de Furia, qui regardait toujours en direction de la porte.

– Qu'est-ce qu'il y a ? demandai-je. Abydos ne voulait pas être désobligeant. Il est juste très protecteur envers moi.

– Il ressemble beaucoup à ton père, commenta-t-elle.

– C'est normal, c'est son frère, expliquai-je en prenant une autre bouchée de pain, que je fis passer avec une gorgée de jus de grenade.

– Ce qui signifie qu'il est ton oncle ?

– Techniquement, oui.

– Et ton oncle est ton serviteur ?

– C'est un Sha'Tep, expliquai-je, même si je me doutais qu'elle le savait déjà. (Elle me lança un tel regard que je me fis tout petit.) Mais il est très bien traité ici, vous savez. Certains Sha'Tep travaillent dans les mines ou vont servir d'autres maisonnées. La plupart habitent dans les taudis qui bordent la ville. Abydos vit ici, avec nous. Mon père le considère comme un membre de la famille.

Furia prit une bouffée de roseau de feu.

– C'est très aimable de votre part.

Mais je voyais bien qu'elle se moquait. Saisi par la culpabilité, je changeai de sujet :

– Vous faisiez vraiment juste semblant d'avoir une arme tout à l'heure ?

– Une arme ?

Je désignai son gilet.

– Quand Ra'meth…

– Ah, ça ! dit Furia en plongeant la main dans son gilet pour en ressortir un petit tas de cartes rectangulaires qui avaient à peu près la taille d'une main.

Les jeux d'argent étaient interdits chez les Jan'Tep, alors je mis un moment à comprendre ce que c'était.

– Des cartes à jouer ? interrogeai-je, ahuri. Vous avez menacé le chef du conseil des mages avec un simple jeu de cartes ?

Elle prit un air offensé.

– Un simple jeu de cartes ? Tu sais, je suis capable de tuer avec ça.

Je la regardai étaler les cartes sur la table devant nous. Je découvris alors leurs couleurs vives et leurs figures délicates. Même celles qui ne comportaient que des chiffres et des symboles étaient belles. Elles firent aussitôt surgir à mon esprit des scènes de batailles mortelles et d'intrigues de cour.

Furia divisa les cartes en quatre tas qui correspondaient chacun à quatre symboles différents. Elle prit le premier tas et l'étala devant moi, puis désigna une carte avec un neuf ornée de boucliers.

– Ça, c'est une carte de valeur.

Puis elle m'en montra une qui figurait un

homme avec d'étranges vêtements et une couronne sur la tête, assis sur un trône en or placé au milieu de calices.

– Et ça, c'est une figure.

Elle rassembla toutes les cartes et reforma le paquet.

– Il y a quatre enseignes différentes, chacune composée de dix cartes de valeur et de trois figures.

– Et celle-là ? demandai-je en en désignant une qui semblait n'appartenir à aucune enseigne.

La carte représentait une femme avec du feu dans une main et de la glace dans l'autre.

– Ça, c'est une discordance, répondit Furia en la remettant rapidement dans son gilet. Celles-ci sont un peu trop dangereuses pour l'instant.

Avant que je puisse demander comment une carte pouvait être dangereuse, Furia se lança dans l'explication des règles de base et me décrivit certains jeux. Le Revirement de la campagne, la Cour royale, Le Solitaire du désert, la Défense à six cartes… Chacun avait ses règles et ses stratégies. J'étais déconcerté par tant de complexité. Ça ne m'était jamais venu à l'idée qu'on puisse jouer à plusieurs jeux avec des cartes.

Puis, émerveillé, je regardai Furia mélanger le jeu avec habileté et délicatesse. C'était comme contempler un maître mage qui réalise une série de formes somatiques toutes plus incroyables les unes que les autres.

On aurait dit de la magie.

– Bon, dit Furia, qui était tout sourire en voyant ma tête. Tu veux que je te montre quelques tours de magie ?

7. *Les cartes*

J'ignore combien de temps nous avons joué aux cartes, mais les premiers rayons du soleil filtraient par la fenêtre ouverte de l'étude de ma mère quand nous nous sommes arrêtés. « Jouer aux cartes ». Cette expression était loin de contenir tout l'effet que ça me faisait.

Je n'avais pas eu la moindre difficulté à mémoriser les règles ni à apprendre les différentes manières de tenir les cartes. J'avais toujours été doué de mes mains et avec ma tête. Si seulement la magie avait juste consisté à remuer les doigts et à prononcer la bonne formule…

– Tu m'as eue, gamin, dit Furia en faisant mine de tomber à la renverse à cause d'une flèche qu'elle aurait reçue en pleine poitrine.

Je baissai les yeux vers les cartes sur la table. Je venais de la battre à un jeu qui s'appelait le Valet transpercé. Dès la première partie.

– Oh, ça va. Pas la peine de prendre la grosse tête.

Elle rassembla les cartes en une pile bien nette.

– On arrête ? demandai-je, dépité.

Elle fit signe que non.

– Je voulais juste essayer autre chose. (Elle

prit la carte tout en haut du paquet, qu'elle plaça entre le pouce et l'index.) Tu vois ce nœud au centre de la porte en bois ?

Avant que j'aie le temps de répondre, elle fit un geste du poignet, et la carte toucha le nœud avant de rebondir par terre.

– Comment vous avez fait ça ? demandai-je, stupéfait.

Elle me tendit une autre carte et me montra comment positionner le pouce et l'index. Elle m'expliqua :

– Tout est dans le mouvement du poignet.

Je lançai la carte. Qui atterrit à quelques centimètres de mon pied.

– Recommence, dit-elle en m'en tendant une autre.

– Quel intérêt ? Ce n'est pas comme…

– Vas-y.

Cette fois, je la lançai un peu plus loin, à peut-être cinquante centimètres, avant qu'elle touche le sol. La troisième alla encore plus loin. À la quatrième tentative, je touchai la porte. Au bout du paquet, une fois qu'on eut ramassé toutes les cartes éparpillées par terre, j'atteignais facilement ma cible. Je n'avais qu'une idée en tête : « Je suis bon à quelque chose. »

C'est difficile de décrire l'allégresse que je ressentis alors. Peut-être parce que j'avais passé les dernières semaines à rater tout ce que je tentais, peut-être parce que j'avais failli mourir et que ma tête n'était pas encore très bien remise, en tout cas, j'affichai un immense sourire béat.

– Ça fait du bien, non ? me dit Furia.

Je lançai une carte vers le côté de la porte.

Je réussis presque à la glisser entre le battant et le chambranle.

– Ça n'a rien d'extraordinaire, dis-je pour ne pas avoir l'air aussi désespéré qu'en réalité. C'est pas de la vraie magie.

Furia haussa un sourcil.

– Pas de la vraie magie ? Bien sûr que si, gamin, les cartes, c'est de la magie. Il y a plein de tours qu'on peut faire avec.

– Comme quoi ?

Elle lança une carte en l'air. Un trois de bouclier. Quand il atterrit dans sa paume, il s'était transformé en as de sort.

– Par exemple, déplacer de façon magique l'argent de la poche de quelqu'un vers la mienne.

– Hein ? (Puis je compris qu'elle parlait de jeux d'argent, pas de vraie magie.) Ah, ça.

Je reculai le poignet pour lancer une nouvelle carte en direction de la porte.

– Ah, ça, répéta Furia de telle manière que je me sentis stupide. Vous autres, Jan'Tep... Si vous croisiez de la vraie magie, vous ne la verriez même pas.

À cet instant, la porte s'ouvrit. Je n'avais pas prêté attention aux pas qui approchaient. La carte que j'avais à la main partit avant que je puisse retenir mon geste, et alla percuter mon père pile entre les deux yeux.

Je vis ses doigts créer, par réflexe, la forme somatique d'un sort de feu. Je tressaillis et me protégeai le visage avec les mains, si bien que je fis tomber toutes les cartes par terre. Quand je constatai que je n'étais pas au centre d'une boule de feu, je rouvris les yeux et vis mes parents immobiles sur le seuil. Mon père avait l'air plus désappointé que furieux.

Ma mère s'intéressa plutôt à la présence de Furia, toujours assise à côté de moi.

– Dame Furia, dit-elle, j'ignorais que vous étiez de retour. Puis-je… ?

– Pas dame, la coupa Furia.

– Je vous demande pardon ?

– Je ne suis pas une…

Elle fit un geste déférent à l'intention de ma mère avant de terminer par un « peu importe ».

Si j'ignorais ce qu'était une dame chez les Daroman, j'étais en revanche convaincu que Furia n'avait rien en commun avec ma mère. Elle aurait pu être plaisante si elle s'était comportée comme une femme ; or, chez elle, tout n'était que raideur et dureté. À croire qu'un dieu malicieux avait conçu un être ricanant et bourré de remarques déplacées, juste bon à s'introduire chez les gens sans y avoir été invité.

À l'inverse, ma mère paraissait sortie d'un tableau des trois déesses de l'Amour, et sa beauté faisait pâlir celle de ses deux compagnes. Ses longs cheveux blonds et raides rappelaient ceux de Shalla, mais ils avaient des reflets plus profonds, à croire que d'étranges flammes les éclairaient par en dessous. Elle portait rarement des parures de prix, pourtant ses tenues en kasiris – un fourreau de mousseline blanche qui lui descendait jusqu'aux chevilles – attiraient immanquablement l'attention de chaque homme de la cité, sans oublier, ce qui m'était pénible, les remarques de la part de mes camarades initiés.

Mon père jeta un coup d'œil à la fenêtre ouverte, puis à Furia. Il plongea ensuite la main dans une poche de sa toge et en sortit une petite bourse de soie bleue.

– Je comptais vous faire chercher aujourd'hui, mais puisque vous êtes là, j'aimerais vous prouver ma gratitude pour services rendus à ma famille.

– Parce que j'ai fait fuir ce bon vieux… Ram… Ramette ? (Elle haussa un sourcil.) Bon sang, je suis incapable de me souvenir des noms bizarres de votre peuple. Mais ne vous en faites pas pour ça, ce n'était pas grand-chose.

Un soupçon d'irritation s'afficha sur le visage de mon père.

– J'aurais pu venir seul à bout de Ra'meth et de ses fils. Je parlais de la faiblesse de Kelen, qui a failli lui coûter la vie.

– Dans ce cas, cher Ke'heops, c'est le gamin qui a une dette envers moi, pas vous.

Les mâchoires de mon père se crispèrent. L'idée que ce qui touchait à un membre de sa famille puisse ne pas le concerner lui était insupportable. La conversation prenait une sale tournure.

– Maître, la corrigea-t-il.

– Pardon ?

– On s'adresse à un mage Jan'Tep de mon rang en l'appelant maître.

Furia haussa les épaules.

– J'ai pour règle de n'appeler aucun homme « maître », alors considérez-moi comme une amie, et comme ça, je vous appellerai tout simplement Ke'heops.

– Et vous ? Dois-je vous appeler Furia Perfax ? (Il agita la bourse en soie, dont les pièces tintèrent.) Ou préférez-vous Furia *Argos* ? Car c'est ainsi que l'on nomme les gens de votre sorte, n'est-ce pas ?

Mon regard allait de mon père à Furia.

– Qu'est-ce qui se passe ? demandai-je.

– Cette femme est une Argosi, me dit-il.

– Qu'est-ce qu'une Argosi ?

Furia tendit la main pour attraper la bourse. Puis, elle me lança :

– Je dirais : quelqu'un que ton peuple ne comprend pas très bien.

Mon père fit un signe de tête en direction de la bourse que Furia était en train de glisser dans une poche de son gilet.

– Apparemment, nous vous avons très bien comprise.

– Vous n'avez pas réussi à trouver un endroit pour dormir dans la cité ? demanda ma mère. Vous auriez pu rester ici…

Elle laissa suffisamment traîner ces derniers mots pour que, même moi, je comprenne qu'elle pensait exactement le contraire.

– Vous inquiétez pas pour moi, répondit Furia. Y a pas assez d'alcool dans cette maison. (Elle se dirigea vers la porte.) Et beaucoup trop d'espions.

Et là, elle claqua violemment la porte. De l'autre côté, j'entendis Shalla émettre un immense « aïe ». Furia pouffa de rire et secoua la tête. Ses boucles rousses s'agitèrent, comme si elles aussi trouvaient ça drôle.

– Vous autres, Jan'Tep, vous me débectez,

vous savez ? (Elle me jeta un bref coup d'œil. Avec une étrange douceur dans le regard.) Garde les cartes, gamin. Tu vas en avoir besoin.

Puis elle ouvrit la porte et sortit, me laissant seul avec mes parents.

Ma mère s'approcha aussitôt de moi et posa une main sur mon front.

– Mère, je vais bien, protestai-je.

– À moins que tu sois devenu guérisseur sans que je le sache, c'est à moi d'en juger, dit-elle en passant un doigt autour de mon œil gauche.

Un geste qu'elle faisait dès que j'étais malade. Sa façon de me rassurer.

Mon père se dirigea vers la porte, ramassa la carte avec laquelle je l'avais frappé, puis les autres, et posa lentement le paquet sur la table.

– Aujourd'hui, tu enverras l'un de nos serviteurs rendre ça à la Daroman.

– Elle a dit que je pouvais les garder.

Mon père s'assit sur la petite table près du sofa, ce qui n'était pas dans ses habitudes.

– Kelen, un fils de la maisonnée de Ke ne joue pas aux cartes. Il ne parie pas de l'argent. Il ne triche pas au cours de ses épreuves.

– J'ai battu Tennat, protestai-je, car le mélange d'épuisement et d'allégresse à l'idée d'avoir appris à lancer les cartes me rendait stupide. Quelle importance, la façon dont je l'ai fait ?

– Tricherie. Mensonge. Ruse. Avec toi, tout tourne autour de ça. Mais ce n'est pas ce qui te permettra de protéger notre famille.

Et là, je me rendis compte que je me crispais. J'en voulais à mon père. J'en voulais à ses mots hautains, à son honneur et, par-dessus tout, à sa magie. Était-ce ma faute si ces fichues bandes autour de mes avant-bras refusaient d'étinceler ? Était-ce ma faute si j'avais si peu de pouvoirs magiques que j'étais à peine capable d'allumer une lanterne en verre rougeoyant ? Depuis que j'étais petit, j'essayais de contourner les problèmes car j'étais incapable de les affronter comme le faisaient mes parents ou Shalla.

– Le malin. Ce garçon cherche toujours à faire le malin.

Mon père employa ce mot comme d'autres parlaient de « mauvaises dispositions » ou d'une « peau disgracieuse ». Il s'approcha du secrétaire de ma mère et en revint avec une petite boule en verre rougeoyant, de celles que les enfants utilisaient pour canaliser leur volonté. Il me la tendit en disant :

– Un Jan'Tep se doit d'être fort.

Je pris la boule dans la paume de ma main. Elle brillait, mais dès que mon père et ma mère franchirent le pas de la porte, elle s'éteignit. La lumière ne diminua même pas, elle s'éteignit. Je canalisai ma volonté en implorant la lueur, mais il ne se passa rien. « Allez, me dis-je. Tu as déjà fait ça mille fois. » En vain. La boule refusait de rougeoyer. La voix glaciale de Ra'meth me revint : « Puis tu iras rejoindre les Sha'Tep, car c'est là que tu dois être. Même tes parents savent depuis toujours que c'est ta destinée. »

– Un Jan'Tep se doit d'être fort, répéta mon père depuis la porte.

Je levai les yeux et vis que ce n'était pas à moi qu'il parlait. Il se parlait à lui-même, comme lorsqu'on se prépare à quelque chose de très pénible ou de très triste. Les quelques jours qui me séparaient de mes seize ans allaient décider de mon sort et, pour la première fois de ma vie, j'eus véritablement peur de mon père.

8. *Abydos*

Je passai presque toute la journée dans ma chambre entre sommeil et éveil. Éveillé, je regardais fixement la petite boule en verre rougeoyant que je tenais toujours à la main. J'étais parvenu à obtenir une très faible lueur, et si j'allais au bord de l'évanouissement, je pouvais à la rigueur la comparer à la flamme d'une bougie. Pour finir, je lançai la boule contre le mur de ma chambre. Elle n'eut même pas la décence de se briser. Encore raté. Aucun messager ne viendrait jamais m'apporter le disque d'or qui symbolisait le succès à la première épreuve de mage.

Je restai au lit, les bras tendus devant moi, en implorant les encres métalliques tatouées de se briser et les sigils de se mettre à étinceler, jetant ainsi les sorts que j'aurais dû être capable de maîtriser, vu mon âge. Ce n'était pas juste. Toute ma vie, j'avais fait tout ce que doit faire un initié Jan'Tep. J'avais appris à prononcer parfaitement les incantations de chaque sort et à créer toutes les formes somatiques. J'étais capable de garder mentalement l'image d'un sort, même au beau milieu d'un orage. Mais ça n'avait aucune importance. Mes bandes refusaient toujours d'étinceler.

Un moment, je me sentis tellement plein de frustration et de colère que, même si je savais que ça ne marcherait pas, je grattai les bandes avec mes ongles jusqu'au sang. Mais je pouvais toujours m'écorcher la peau, ça ne servirait à rien. Pour ça, il n'y avait que la magie. Les pouvoirs magiques. Que je n'avais pas.

Je mordis ma couverture de peur que mes parents ou Shalla m'entendent pleurer. J'enrageai contre la terre entière, puis je tentai d'accepter mon destin, et je m'imaginai en employé ou serviteur Sha'Tep. Le soir venu, j'en conclus que ni la mauvaise humeur ni la servilité n'étaient compatibles avec ma personnalité.

J'avais besoin d'agir. Mon père m'avait traité de menteur. De tricheur. Il m'avait accusé d'avoir eu recours à la ruse. Eh bien, dans ce cas, j'allais mentir, tricher et ruser jusqu'à acquérir mes propres pouvoirs de mage, parce que en aucun cas je ne pouvais rester comme ça. Dans mon peuple, on avait plein d'histoires sur les tribus mahdek qui dérobaient leur magie aux dieux et aux esprits, ingéraient des potions mortelles et se soumettaient à des rituels secrets pour accéder à des sorts puissants. Bien sûr, comme ils étaient des voleurs, les Mahdek n'étaient pas vraiment des héros. « Eh bien, me dis-je, je serai le premier. »

Un coup frappé à ma porte me ramena à la réalité.

– Entrez, dis-je, car même si je n'avais envie de voir personne, j'étais bien décidé à ne pas le montrer.

Il n'y avait pas la moindre lumière dans ma

chambre, alors il fallut quelques instants pour que la silhouette qui se découpait dans l'embrasure se transforme en mains qui tenaient un plateau, et finalement en Abydos. « Oncle Abydos », plus exactement.

– Tu n'as rien mangé de la journée, dit-il posément.

J'étais un peu surpris qu'il m'apporte un repas. Mon père était inflexible à ce sujet : le dîner se prenait en famille. Si Shalla ou moi décidions de bouder dans notre chambre, nous devions nous passer de manger. La veille au soir, j'étais malade, mon absence était donc justifiée. Mais ce soir ?

– Mon père sait que tu m'apportes à dîner ?

Abydos posa le plateau sur le bureau dans le coin de ma chambre. Puis il s'assit sur une chaise devenue trop petite pour moi, ce qui lui donnait des allures de géant. Il souleva le couvercle en terre cuite rouge, révélant une assiette pleine d'agneau rôti à la délicieuse odeur.

– La famille a déjà été servie, maître Kelen. C'est mon propre dîner, et j'ai le droit de le prendre où je veux.

– Tu veux manger dans ma chambre ?

– Cela te dérange ?

Je quittai mon lit. Mes vêtements de la veille étaient rêches et raides contre ma peau. Je rejoignis le bureau. En baissant les yeux vers le plateau, je m'aperçus qu'il contenait une portion énorme pour un seul homme. Et je remarquai autre chose.

– Tu as mis deux séries de couverts sur ton plateau.

– Pardon ? (Il regarda le plateau, l'air faussement surpris.) En effet. Comme c'est étrange. (Puis il observa l'assiette.) Apparemment, je me suis également trop servi, bien plus que je ne suis capable de manger. Pourtant, je ne pense pas que tu veuilles…

J'attrapai des couverts en souriant, davantage pour faire plaisir à Abydos que par réelle envie, mais même cette joie feinte valait mieux que rester seul dans ma chambre à regarder une boule en verre rougeoyant éteinte.

On commença à manger en silence. Je n'avais jamais passé beaucoup de temps avec Abydos. Pour moi, c'était un homme sans intérêt, à l'opposé de mon père. Mais à le voir découper sa viande avec une patience méthodique, je me rendis compte qu'ils avaient plus d'un point commun. Ils étaient à peu près du même âge – Abydos avait un an de moins – et avaient le même teint et la même carrure. Cependant, mon oncle ne dégageait pas la même impression de puissance et d'autorité que mon père. Il se rapprochait plus, selon moi, d'un fermier daroman ou d'un soldat berabesq. Une personne qui n'en imposait pas. Une personne quelconque. Ordinaire. Mais ne le voyais-je pas ainsi uniquement parce qu'il ne possédait pas de pouvoirs magiques ?

– As-tu toujours su que tu deviendrais Sha'Tep ? lui demandai-je, conscient de la grossièreté de ma question, mais bien trop désireux de connaître la réponse.

Mon oncle ne le prit pas mal.

– Je le crois, oui, répondit-il, le regard

lointain. Enfant, j'étais capable de faire un peu de magie. Près de l'oasis, la plupart d'entre nous y parvenions, mais lorsque est arrivée l'année de l'attribution du nom de mage, mes pouvoirs ont totalement disparu.

Ce qui était exactement ce qui se produisait pour moi. La panique monta d'un endroit très profond, comme si mon âme appelait au secours. «Ce n'est pas juste! Je suis né pour devenir mage, comme Père, Mère et Shalla, pas une mauviette de Sha'Tep…» Abydos m'observait. Avec un regard… plein de patience. La honte noya ma terreur et ma colère, ma respiration se calma, mais le désespoir sous-jacent demeura.

– Et quand ta magie a commencé à disparaître, tu as essayé de lutter?

Abydos exhiba ses avant-bras, où les tatouages délavés de ses bandes étaient malgré tout encore visibles.

– J'ai passé des heures à regarder ces bandes, à essayer de les faire étinceler, à supplier les esprits de nos ancêtres de libérer les sigils pour moi. (Il passa un doigt sur l'un de ses bras.) J'ai même essayé…, dit-il en secouant la tête. J'ai parfois eu des pensées stupides quand j'étais jeune.

Il reprit une bouchée.

– Dis-moi, insistai-je.

Un changement subtil dans l'expression de mon oncle me fit comprendre que c'était comme si je venais de lui donner un ordre.

– J'ai lu… J'ai entendu des initiés parler de faire étinceler les bandes avec du sulfate de cuivre et…

Abydos sourit, déglutit puis posa ses couverts sur le plateau.

– Ah, les histoires de potions concoctées à partir du minerai que l'on utilise pour les bandes, celui que l'on extrait du sous-sol de l'oasis… Tu es en train de t'imaginer fabriquer des potions magiques grâce à trois jeunes mages s'alliant et sacrifiant noblement une partie de leur puissance… Kelen, même dans tes rêves les plus fous, pourquoi tes camarades feraient-ils une chose pareille pour toi ?

– Parce que…

Mais ma phrase alla mourir sur mes lèvres, car je connaissais déjà la réponse. La magie était la valeur que mon peuple chérissait le plus. Qui renoncerait à une partie de ses pouvoirs ? Et pourtant, c'était justement ce à quoi j'avais rêvé. Panahsi avait un tel potentiel que j'espérais qu'il accepterait de m'en donner un peu. Ma sœur aussi, à condition qu'elle se sente suffisamment coupable, ou que je parvienne à flatter son ego. « Shalla, tu es si puissante… tu as plus de magie que tout notre clan réuni, tu le sais, n'est-ce pas ? » C'était tiré par les cheveux, mais comme je l'avais appris de Furia la nuit précédente quand elle m'avait expliqué les règles d'un jeu étrange qu'on appelle poker, parfois, il faut jouer avec les cartes qu'on a en main.

– Arrête, dit Abydos en me sortant de mes pensées. J'ai déjà vu ce regard chez de nombreux initiés. Pour chaque légende d'un mage qui tire son pouvoir de la magie noire, il existe des centaines d'histoires vraies d'initiés dont la vie a été brisée par cette tentative. Il y a un prix à payer pour aller chercher un pouvoir plus grand que celui que les esprits de nos ancêtres veulent bien nous donner.

Sans aucun rapport, quelque chose que mon père avait dit la veille au soir me revint à l'esprit.

– C'est bien ça, ce qu'avait ma grand-mère ? demandai-je. L'ombre au noir ?

La question aurait choqué n'importe qui. Elle provoqua sans doute une réaction chez Abydos, mais il n'hésita qu'une seconde avant de répondre d'un air presque absent :

– Elle est tombée malade. (Il porta l'index de sa main droite à son visage et traça une figure sur sa joue.) Des marques noires sont apparues là au fil du temps, et peu à peu, l'obscurité a grandi en elle.

– Je ne comprends pas. Quelle obscurité ? Qu'est-ce que tu veux dire par là ?

Abydos se redressa contre le dossier de sa chaise, et je vis les rides sur son front se creuser, puis ses sourcils se soulever.

– Ça a eu raison d'elle. Et puis, cette laideur... ça l'a changée. Elle est devenue quelqu'un de très différent de la mère que j'avais connue. À la fin, c'est ton père qui a dû y remédier.

Les mots de mon père résonnèrent dans ma tête. « Il est de mon devoir et de ma responsabilité de protéger cette famille ainsi que notre clan de la menace d'un mage déviant. » Mais il avait aussi dit autre chose, au sujet de Shalla : « Si je dois contrecarrer sa magie, je le ferai. N'en doutez pas. »

– Je ne comprends pas, dis-je d'une voix aiguë. Mère est guérisseuse ! Pourquoi n'a-t-elle pas...

– Il n'y a aucun remède contre l'ombre au noir. Si ce que disent les maîtres est vrai, que c'est une malédiction que les Mahdek nous ont jetée dans l'ultime bataille avant d'être anéantis par nos sorts, alors je doute que notre magie puisse vaincre cette maladie. Nous ne pouvons qu'empêcher sa propagation. (Il posa la main sur mon épaule, un geste qui ne lui était pas habituel.) Ne rumine pas le passé. Le présent est déjà bien assez dangereux comme ça.

Je songeai à ce qui s'était passé la veille au soir avec Ra'meth et ses fils. Auraient-ils pu tuer Père, si Furia ne s'était pas interposée ? Je levai les yeux vers Abydos.

– Notre famille est-elle menacée par Ra'meth ?

Il avait le regard rivé sur son assiette.

– Pas si ton père devient prince de clan.

– Mais est-ce qu'il va y parvenir ? La maisonnée de Ra a beaucoup de soutiens. Et si… ?

Abydos allait reprendre une bouchée d'agneau. Il interrompit son geste et haussa un sourcil.

– As-tu déjà vu ton père échouer en quoi que ce soit ?

Il venait de marquer un point. D'un autre côté, je pensais qu'Abydos ne comprenait absolument rien à la politique Jan'Tep. Avant que je trouve une manière polie de le lui faire remarquer, la porte de ma chambre s'ouvrit de nouveau. C'était Shalla.

J'aurais dû me douter qu'elle allait me rendre visite. Il s'était déjà écoulé presque une journée depuis le duel. Elle avait sans aucun doute attendu que je digère ma colère à son égard.

– Kelen, je sais que tu es furieux contre moi,

mais je… (Elle remarqua alors la présence de notre oncle à mon bureau.) Qu'est-ce que tu fais là, Abydos ?

– Sors d'ici, Shalla, ordonnai-je.

Abydos me décocha un regard sévère. Normalement, j'aurais trouvé ridicule d'être réprimandé par un Sha'Tep, mais il y avait de grandes chances pour que, dans quelques semaines, je doive le consulter chaque matin afin de me voir attribuer les corvées de la journée. Il serra mon épaule et m'adressa un sourire compatissant. Un sourire vraiment chaleureux, peut-être plus que tous ceux de mes parents.

– J'étais justement en train de partir, maîtresse Shalla.

Il se leva, et il allait prendre le plateau toujours à moitié plein quand il dit :

– Maître Kelen, pardonnez-moi, j'ai des tâches urgentes à accomplir. M'en voudriez-vous si je laissais les restes de mon dîner ici quelques instants ?

Il n'attendit pas ma réponse, se leva et franchit la porte.

– Merci, Ab, je… Merci, mon oncle, me corrigeai-je.

Il se retourna et me fit un sourire triste.

– Mon oncle ? répéta Shalla d'un air dubitatif en s'asseyant sur la chaise qu'Abydos venait de quitter.

– Qu'est-ce que tu veux ?

– Je… (Elle hésita longuement.) Je voulais juste savoir si tu allais bien.

Pourquoi les gens posent-ils des questions de ce genre ? « Je sais que tu viens de perdre ton bras, tu vas bien ? Hé, salut. J'ai entendu dire que toute ta famille avait péri dans un incendie. Tu vas bien ? » Ma magie était en train de disparaître, dans quelques semaines j'irais rejoindre les Sha'Tep. Dès lors, Shalla ne m'accorderait pas plus de respect qu'à notre oncle. La réponse correcte était donc : « Non, ça ne va pas, ça n'ira jamais, et c'est ta faute, Shalla. »

Cinq ans plus tôt, quand nous étions encore enfants, j'aurais jeté le plateau à la figure de ma sœur. La veille au soir, je lui aurais hurlé dessus, je l'aurais accusée jusqu'à faire trembler le toit d'avoir détruit ma vie. Mais aujourd'hui, je ne supportais plus l'idée d'être ce genre de personne. J'avais besoin de m'inventer un avenir.

– Tu ne devrais pas être en train de préparer tes épreuves ? demandai-je pour changer de sujet.

Elle ouvrit la paume de sa main, qui contenait un disque d'or.

– Mon duel a eu lieu ce matin. J'ai failli refuser quand ce vieil imbécile d'Osia'phest m'a annoncé que j'affronterais Enyeris. C'est l'initié le plus faible de notre groupe.

« Non, ce n'est plus le plus faible », pensai-je amèrement. Quand je surpris Shalla en train de m'observer comme si j'étais invalide, je répondis :

– Je vais bien. Merci d'être venue prendre de mes nouvelles.

Elle ouvrit la bouche, mais aucun mot n'en sortit. J'espérai qu'un insecte entre par la fenêtre et se pose sur sa langue. Elle finit par dire :

– Tu vas *bien* ?

J'acquiesçai et tapotai la gauche de ma poitrine.

– Mon cœur bat juste comme il faut.

J'ignorais si c'était vrai. En réalité, pour ce que j'en savais, il battait peut-être à rebours. Je me levai et allai jusqu'à ma penderie pour y prendre une chemise propre.

– Vraiment, Shalla, je vais bien, mais j'ai des choses importantes à faire, alors si ça ne te dérange pas… ?

– Kelen, ta magie est en train de disparaître. Bientôt, tu n'en auras plus du tout. Et tu prétends que tu vas *bien* ?

Je ne répondis pas. Elle cherchait la bagarre. Dans l'univers de Shalla, une bagarre, c'était l'opportunité de prouver à quel point elle était forte. La bataille serait brève. Après quoi, elle déclarerait, magnanime, que le sujet de notre dispute et notre colère pouvaient maintenant être oubliés. Shalla était ma sœur, l'une des trois personnes que j'aimais le plus au monde, mais cette fois, je refusais de me battre puis de passer l'éponge. J'avais beau avoir terriblement besoin de son aide, à cet instant, je ne supportais même pas de la regarder.

Je troquai ma chemise couverte de poussière contre un vêtement en lin gris sombre qui convenait aussi bien à la soirée qu'à mon humeur.

– Et qu'est-ce que tu as d'important à faire ? demanda-t-elle en picorant dans l'assiette. C'est parce que la souris est venue demander de tes nouvelles ?

– La souris ?

– La débile de ta classe. Celle avec le visage pointu. Nephi… Neph…

– Nephenia ? Elle n'a pas le visage pointu. C'est la plus…

L'air suffisant de Shalla me retint d'en dire davantage. La dernière chose dont j'avais besoin, c'est qu'elle dispose d'un argument supplémentaire contre moi. Je détournai les yeux et découvris le paquet de cartes au bord de la petite table près de mon lit. J'allai le chercher et je sentis la douceur des cartes contre ma paume. Je résistai à l'envie de les déployer et de me mettre à les lancer.

– Je dois sortir. Père a dit que je devais rendre ça sans attendre à Furia Perfax.

Shalla cessa de picorer dans l'assiette et se tourna vers moi, tout à coup très sérieuse.

– Non, il t'a dit d'envoyer un serviteur. Tu dois éviter cette femme, Kelen. On raconte que c'est une espionne à la solde du roi daroman qui vient mettre son grain de sel dans les élections du futur prince de clan.

– Le futur prince de clan sera Père, dis-je sans réfléchir.

– Bien sûr que ça sera Père. Alors pourquoi cette Furia est-elle ici ? Qu'est-ce qu'elle veut ?

– Je ne sais pas, avouai-je en glissant le paquet de cartes dans la poche de ma chemise. Je lui poserai la question quand je la verrai.

Je me tournai vers la porte, qui s'ouvrit devant moi. Père se tenait dans l'embrasure, sa stature imposante éclairée par les lanternes du couloir, si bien qu'il projetait son ombre sur moi. Il tendit la main droite. Dans sa paume, il y avait un rouleau de parchemin scellé à la cire noire. « Un édit, me dis-je, tout à coup terrifié. Ra'meth a réussi à convaincre le conseil de prononcer un édit contre moi. »

– Tu as reçu une assignation, me dit-il.

Je n'aurais pas su dire à sa voix à quel point il était inquiet pour moi, et à quel point il était furieux de l'infamie que j'attirais sur notre maisonnée.

– Kelen, tu dois ouvrir ce parchemin. Un garde du palais attend dehors.

Je saisis le rouleau d'une main tremblante. Il était plus lourd qu'il n'aurait dû et, quand je l'ouvris, un objet tomba par terre. Je vis qu'il s'agissait d'un petit disque d'or comme celui que Shalla avait reçu pour avoir remporté son duel.

– Je ne comprends pas, dis-je en le ramassant.

Shalla me prit le disque des mains et le leva dans la lumière pour le comparer au sien. Ils étaient identiques.

– Que dit l'assignation ? demanda-t-elle.

Je remarquai enfin le symbole gravé dans la cire noire : une étoile au-dessus de vagues.

– C'est le sceau du prince de clan, dis-je en me tournant vers mon père. Pourtant… il est mort. Alors qu'est-ce que… ?

Les yeux de Ke'heops se plissèrent tandis qu'il examinait le sceau, comme s'il cherchait une erreur.

– Le prince est mort, mais une autre personne peut malgré tout se servir de son sceau.

– La mage douairière, souffla Shalla. Mais elle n'a pas paru depuis…

Aucun de nous ne connaissait la réponse. L'épouse du prince de clan n'avait pas quitté le palais depuis bien avant notre naissance. On ne la connaissait que sous les traits sévères et froids de la statue qui portait son nom devant les grilles du palais. J'ouvris le rouleau et lus la seule phrase qui y était écrite :

« J'ai des questions pour toi. »

Je levai les yeux vers mon père, le rouleau dans la main droite et le disque d'or dans la gauche.

– Que dois-je faire ?

L'incertitude dans ses yeux se dissipa pour laisser place à un air inquiet.

– Tu n'as pas le choix. C'est la douairière qui t'écrit. Il t'en coûterait cher de refuser.

9. *La douairière*

C'était la première fois que je franchissais les grilles du palais. Elles s'ouvraient sur une vaste étendue uniquement éclairée par les étoiles et entourée de colonnes en pierre qui montaient à vingt mètres au-dessus d'un sol sablonneux lissé avec soin. Au milieu se dressait le palais lui-même, un bâtiment de plain-pied dont les sept murs étaient inclinés vers le centre, si bien que le toit heptagonal était plus étroit que les fondations. Je voyais toujours les sept rayons pâles briller en direction des cieux pour rappeler que le prince était mort, et que nous allions traverser une époque troublée.

Le garde solitaire venu m'apporter l'édit me fit contourner la bâtisse pour me conduire directement aux jardins, qui semblaient ne pas avoir de fin. Dans une telle obscurité et un tel vide, je me sentis tout à coup très seul. Avec toutes ces ombres, c'était l'endroit idéal pour commettre un assassinat. Était-ce pour cette raison que mes parents avaient eu interdiction de m'accompagner ?

Au vu de l'heure, le conseil avait déjà dû proscrire tout affrontement pendant l'élection du prochain prince de clan, mais Ra'meth craignait-il vraiment le conseil ? Combien cela lui coûterait-il de soudoyer un garde afin d'éliminer le fils d'un rival ?

Je jetai un coup d'œil au garde, qui avait les bras ballants mais l'index et le petit doigt de chaque main légèrement en contact. Un *tribulateur*, me dis-je – un mage spécialisé dans la magie du fer et du sang. Si j'essayais de partir en courant ou de lever la main contre lui, en un instant je serais paralysé de douleur. Il tendit le bras, et je sursautai.

– Elle t'attend là-bas, me dit-il.

J'observai les rangées d'arbres en fleur ainsi que les étangs rectangulaires tout noirs. Il y avait un bosquet composé de grandes structures en bois qui ressemblaient à des silhouettes dansantes aux bras multiples. Au bout de chaque bras, elles brandissaient un pot rempli de fleurs luxuriantes roses et dorées.

– Où ça ? demandai-je. Je ne vois que…

Le garde prit un air excédé.

– Là-bas, dit-il avec un geste plus précis.

Au loin, je distinguai une petite bicoque plongée dans le noir. Sa façade ne faisait pas plus de dix mètres de long et ses murs s'élevaient tout juste à hauteur d'homme.

– La douairière habite là-dedans ? m'exclamai-je d'un ton incrédule.

Le garde ne me fournit aucune explication. Il resta immobile, le bras tendu vers la maison. Les mots de mon père me revinrent en tête : « Il t'en coûterait cher de refuser. »

Avant cette première incursion dans l'enceinte du palais, je ne savais pas à quoi m'attendre, mais certainement pas à une maison branlante qui ressemblait aux taudis des Sha'Tep. Des piliers – des troncs non taillés – supportaient la structure à chaque angle, et des planches de bois brut constituaient les parois. Le toit penchait d'un côté, sans doute pour permettre à la pluie de s'écouler. Lorsque j'entrai, l'intérieur était pourtant propre et assez bien tenu. Je ne vis aucune trace de moisissure ni de saleté. Si cette cabane avait été un humain, on l'aurait peut-être qualifiée de digne et simple, mais moi, je la voyais surtout comme vieille et fatiguée. Son unique occupante me fit plus ou moins la même impression.

– Est-ce donc là le seul hommage que l'on est en droit d'espérer de la maisonnée de Ke ? me lança-t-elle.

La mage douairière occupait le seul siège de la bicoque. Elle tenait un livre. Son vêtement en soie noire, qui semblait d'un seul tenant, était enroulé autour de ses bras et de son corps, attaché ici et là avec des cordons bleus pour l'empêcher de gonfler. C'était le genre de tissu dont le croque-mort pare un corps pour les funérailles. Seuls son visage et ses mains étaient découverts, et ce que je vis me troubla.

– Pardonnez-moi…, bredouillai-je en me lançant dans une série de révérences, car je venais de m'apercevoir que j'ignorais totalement comment m'adresser à elle. Milady ?

– Appelle-moi mage douairière, dit-elle, mais seulement si tu fermes d'abord la porte, sinon je vais attraper froid.

Je refermai rapidement le battant en prenant soin de ne pas lui tourner le dos. Je savais au moins que ça, c'était impoli.

La douairière parut un instant avoir l'âge de ma mère, mais lorsque l'unique lanterne en verre rougeoyant au plafond s'agita, j'aurais juré qu'elle avait au moins soixante-dix ans.

– Affligeant, n'est-ce pas ? dit-elle.

Je m'en voulus de l'avoir dévisagée.

– Quoi, milady ? Pardon… mage douairière ?

Elle se leva et croisa les bras.

– Le spectacle de quelqu'un qui rate depuis si longtemps son rendez-vous avec la mort.

Elle prit une profonde inspiration, et ses traits se transformèrent à nouveau pour devenir ceux d'une femme bien plus jeune.

Je n'avais aucune idée de ce que j'étais censé répondre.

– Vous êtes…

Elle sourit et compléta pour moi :

– Belle ?

Ce n'était pas vraiment le terme que j'aurais utilisé, mais j'étais trop impressionné pour la contredire.

– Oui, mage douairière.

Elle eut un rire las qui, même si son apparence n'avait pas changé, la fit paraître bien plus âgée.

– Kelen, fils de Ke'heops, je vais t'épargner bien des maladresses.

Elle écarta grand les mains, et je vis alors des lignes d'énergie glisser sur elle en rougeoyant sous les plis de son vêtement de soie noire, ce qui illuminait sa peau de l'intérieur.

– J'ai près de trois cents ans, et je tiens en vie uniquement grâce à des sorts et à ma volonté. J'ai cessé depuis longtemps de me préoccuper de ce qui a pu plaire à un garçon sans cœur il y a environ deux cent quatre-vingt-trois ans.

J'aurais pu me douter de son âge. Le prince de clan tout juste décédé était celui qui avait combattu et vaincu les Mahdek près de trois siècles plus tôt. Son épouse et lui n'avaient jamais conçu d'héritier, c'est pourquoi nous allions procéder à notre toute première élection de prince. Je me rendis compte que je retenais mon souffle : c'est une chose que d'entendre ce genre d'histoire, une tout autre chose que d'y être confronté.

– Comment êtes-vous… ?

– Restée si longtemps sur le seuil de l'honneur douteux du passage gris ? (Elle posa son livre et leva une main. Des vrilles de force glissèrent le long de ses doigts.) Des sorts pour faire tenir mes os, des sorts pour faire couler le sang dans mes veines, des sorts pour garder l'esprit vif, des sorts pour… Cela t'ouvre des horizons, n'est-ce pas ?

La somme de magie nécessaire à ce genre d'effets, sans parler de la précision et du talent requis, était stupéfiante.

Une pensée me traversa l'esprit.

– Avec un tel pouvoir, pourquoi vous ne…

– Pourquoi je ne me guéris pas de façon permanente ? Pourquoi je ne reste pas simplement jeune ? (Et là, elle se laissa aller dans son fauteuil.) Il y a certaines choses contre lesquelles même la magie ne peut rien.

Je secouai la tête.

– Pardonnez-moi, j'allais vous demander pourquoi ce n'était pas vous qui aviez pris la tête de notre clan.

Elle m'observa depuis son fauteuil, un sourcil levé, puis me fit signe d'approcher. Quand je fus à sa hauteur, elle m'attrapa la main et la baisa en me disant :

– Merci, Kelen. J'ai rarement des surprises, ces derniers temps. C'est le lourd prix à payer d'une si longue vie : les gens deviennent totalement prévisibles. C'est inutile de leur poser des questions, tant leurs réponses sont contenues dans l'équation de leur intérêt personnel. Dès à présent, appelle-moi Mer'esan.

Je retirai ma main, car cette intimité me mettait terriblement mal à l'aise.

– Est-ce pour cette raison que vous m'avez convoqué, Mer'esan ? Pour me poser des questions ?

– Tu n'as donc pas de réponses ?

– Certaines, dis-je, avant de réfléchir quelques instants. Mais aucune qui puisse vous intéresser, selon moi.

Elle sourit de nouveau.

– Bien. C'est une réponse intelligente. Cela me plaît.

Elle se leva, tout à coup bien plus jeune en apparence, peut-être une petite trentaine d'années, et en effet très belle. Je me demandai un instant si son apparence lui importait aussi peu qu'elle le prétendait.

– Je me pose beaucoup de questions, Kelen. Tu ne peux répondre à aucune, bien entendu. Cependant, j'ai espoir qu'ensemble, nous trouvions quelques solutions. Tu es en train de passer tes épreuves de mage, n'est-ce pas ? Il me revient donc la responsabilité de sonder la profondeur de ton esprit. Pose-moi la question.

J'avais au moins une centaine de questions en tête. Pourquoi m'avait-elle fait venir ? Pourquoi vivait-elle dans ce taudis au milieu des jardins, et non au palais ? Pourquoi m'avait-elle offert le disque d'or qui me permettait de me présenter à l'épreuve de mage suivante ? Toutes ces questions dont j'aurais tant aimé connaître la réponse. Mais aucune, soupçonnai-je, ne l'intéressait. Elle n'avait pas l'intention de répondre à *mes* questions : elle voulait voir si j'étais capable de deviner celles qu'elle se posait.

Je passai en revue ce que je savais : elle avait choisi de ne pas habiter le palais, elle n'avait jamais tenté de s'emparer du pouvoir, elle n'avait donc que très peu d'intérêt pour les machinations politiques de notre clan. Et pourtant, alors qu'elle se tenait à l'écart des affaires courantes depuis des décennies, elle choisissait tout à coup de s'impliquer dans un événement aussi banal que les épreuves de mage. De surcroît, elle s'intéressait à moi. Pourquoi ? Parce que mon père était la personne la plus susceptible de devenir le nouveau prince de clan ? Il y avait pourtant d'autres prétendants, dont Ra'meth. L'aurait-elle déjà fait venir, ou bien son fils Tennat ? Mais au vu de l'état de la bicoque, je doutais qu'elle ait eu des visiteurs depuis très longtemps.

– Je t'en prie, prends tout ton temps, dit-elle, mais l'impatience dans sa voix signifiait exactement le contraire.

« Elle est inquiète. Préoccupée. » Il s'agissait donc d'autre chose… quelque chose qui la tracassait, alors qu'elle avait depuis longtemps perdu tout intérêt dans le fait de vivre ou mourir. Quelque chose de nouveau. Une chose pour laquelle, malgré sa magie, elle ne pouvait obtenir de réponse. Je laissai ces hypothèses flotter dans mon esprit jusqu'à décider de faire confiance à la réponse, ou plutôt à la question, que me proposait mon intuition.

– Il n'y a qu'une question qui vous intéresse, Mer'esan. Celle à laquelle vous ne pouvez répondre seule.

– Vraiment ? Je suis une femme cultivée, Kelen. Quelle est donc cette énigme qui me résisterait ?

– Qui est Furia Perfax ?

Il y eut un long silence. Puis Mer'esan inclina légèrement la tête.

– Bien vu, Kelen, fils de Ke'heops. Tu mérites le petit disque dans ta poche.

Mer'esan se dirigea vers une bouilloire posée sur une petite étagère.

– Je te proposerais bien à manger ou à boire, mais je crains que les choses que je consomme à mon âge ne te rendent malade.

Elle versa un liquide épais et visqueux dans un verre bleu et en but une gorgée. Puis elle me regarda par-dessus le bord.

– L'Argosi t'a-t-elle montré ses cartes ?

D'instinct, ma main se porta à la poche où se trouvait le jeu. Mer'esan vit mon geste, et tendit une main.

– Donne-les-moi, commanda-t-elle.

Je m'exécutai. Elle les étala face visible sur un comptoir en bois. Au bout d'un moment, elle plissa les yeux.

– Ce n'est pas son jeu.

– Si, affirmai-je. C'est elle qui me l'a donné.

Mer'esan rassembla les cartes et me les rendit.

– Il s'agit en effet d'un jeu de cartes, et je ne doute pas qu'il appartienne à cette Furia. Mais il ne contient pas ses cartes d'Argosi.

– Mais qu'est-ce qu'un Argosi ? Est-ce en rapport avec les Daroman ou les Berabesq ?

– Les Argosi ne sont pas un peuple, répondit Mer'esan en prenant une nouvelle gorgée de son breuvage. Il s'agit plutôt… d'une bande de parias. Qui gagnent leur vie en parcourant la terre pour rendre de petits services.

Je baissai les yeux vers le jeu et me rappelai la plaisanterie de Furia au sujet des cartes, quand elle avait déclaré que c'était une magie qui faisait passer l'argent de la poche des autres à la sienne.

– Ils jouent de l'argent aux cartes.

– Oui, mais il s'agit d'une couverture. En vérité, il faut plutôt les voir comme…

Elle leva les yeux à la recherche du mot juste.

– Des cartographes ? proposai-je.

La douairière parut surprise, puis lâcha un petit rire.

– Est-ce ce qu'elle prétend ? (Elle n'attendit pas ma réponse.) Sans doute que « cartographe » est un terme qui en vaut bien un autre, à ce détail près que les Argosi ne dessinent pas les cartes des lieux, mais plutôt celles des… cultures des autres peuples. (Elle tapota le jeu dans ma main.) Connais-tu le nom des différentes enseignes ?

J'acquiesçai.

– Le bouclier pour les Daroman, le sort pour les Jan'Tep, le calice pour...

– Le calice pour les Berabesq, en effet. Mais regarde bien chaque carte, et tu verras que leur dessin reflète toujours les structures fondamentales de la société en question. C'est ce qu'on appelle les concordances.

Je cherchai une carte de sort et remarquai qu'elle comportait un mage seigneur. Une carte de bouclier montrait un homme en armure avec une longue cape rouge qui tombait de ses épaules. La carte s'intitulait Général des armées. L'as de sort figurait une oasis, et l'as de bouclier un engin de siège devant une muraille en pierre. « Chaque enseigne est le reflet des fondations et de la hiérarchie du peuple qu'elle représente. »

– Furia a d'autres cartes, dis-je, me souvenant de celle qu'elle avait rangée dans son gilet. Elle les appelle des « discordances ».

Mer'esan acquiesça.

– Ce sont des sortes d'atouts. Les Argosi voyagent pour assister aux grands événements qui façonnent ce monde. Ils observent les peuples ainsi que les mouvements capables d'édifier ou de détruire une civilisation. Puis ils peignent ces cartes appelées discordances car ils croient qu'en créant le jeu le plus juste, ils pourront interpréter le cours de l'histoire.

Il y avait une étrange logique dans tout ça. Si l'on possède un jeu qui reflète parfaitement le peuple et les événements qui façonnent sa culture, cela peut aider à comprendre quelle direction prend ladite société.

– Est-ce pour cette raison qu'elle est là ? Parce que le prince de clan…

– Je t'en prie, surtout, ne prends pas de gants, dit sèchement Mer'esan. Ce n'est pas comme si j'ignorais que mon mari était mort.

Sa brusque familiarité me surprit. Je la dévisageai à la recherche de chagrin, de colère, voire de soulagement. J'imagine que je la regardai trop longtemps, parce qu'à son tour elle me dévisagea et, d'un coup, je sentis mon sang se glacer.

– Fais attention aux eaux troubles où tu t'engages, fils de Ke. Un homme peut se noyer s'il plonge trop profond dans des eaux qu'il ne connaît pas.

– Pardonnez-moi, douairière, je ne voulais pas…

– Je t'ai dit de m'appeler Mer'esan.

– Pardonnez-moi, Mer'esan.

Je décidai de me taire pour voir si ça l'apaiserait. La douairière m'observa pendant ce qui me parut une éternité. Je commençai à me sentir terriblement mal à l'aise, ce qui était sans doute ce qu'elle cherchait. Je crois qu'elle voulait que je parle, que je dise encore une bêtise pour qu'elle puisse de nouveau se moquer de moi. Mais parfois je suis têtu, surtout quand on me pique au vif.

– Bon, dit-elle après ce qui me parut un siècle. Peut-être qu'à présent, nous pouvons revenir à des sujets plus importants.

Elle me reprit les cartes des mains et les déploya pour en extraire une au hasard. Lorsqu'elle la retourna, c'était la plus forte carte de sort : le Prince de clan.

– Par les ancêtres..., jurai-je.

Furia serait-elle responsable de la mort du prince ?

« Non, car Mer'esan a certainement déjà jeté un sort de divination, sans doute grâce à la magie du sable et de la braise. Si son mari avait été assassiné, elle le saurait. C'est donc une nouvelle épreuve qu'elle me présente là. »

– C'est mieux, dit-elle comme si elle lisait dans mes pensées, ce qui était tout à fait possible. (Je doutais que la magie de la soie soit hors de portée de la mage douairière. Elle me rendit le jeu de cartes.) Mon mari déclinait depuis des décennies, et la moitié de la terre savait qu'il vivait ses derniers mois. L'arrivée de l'Argosi n'est qu'une coïncidence. Elle est venue pour une autre raison.

Je passai les cartes en revue. Si les Argosi faisaient toujours en sorte que leur jeu représente le véritable état du monde, un nouveau prince aurait dû être important pour Furia. Je cherchai la carte du Prince de clan. Elle représentait un homme avec une couronne et un heptagramme décoré des sigils rougeoyants des sept formes de magie.

– Que ce soit l'ancien prince de clan ou un nouveau, cela reste la même carte dans le même jeu.

Je n'avais pas voulu m'exprimer à haute voix, mais Mer'esan sourit et tendit la main jusqu'à ma joue. L'affection contenue dans ce geste me surprit.

– C'est mieux, fils de Ke. Bien mieux.

Il semblait que le degré d'affection de la douairière envers moi dépendait entièrement de l'intelligence des paroles que je prononçais.

– Vous dites que les Argosi ne peignent les autres cartes, les discordances, que lorsqu'ils veulent représenter des peuples ou des événements susceptibles de modifier le cours de l'histoire. Vous pensez que Furia Perfax est ici parce qu'il va se passer quelque chose de dangereux. Quelque chose qui… (comment avait-elle dit ?) serait capable d'édifier ou de détruire une civilisation.

Mer'esan acquiesça. Ses épaules s'affaissèrent et ses orbites se creusèrent.

– Dors là-dessus. Et restons-en là pour ce soir, Kelen de la maisonnée de Ke. Cette conversation est la plus longue que j'ai eue depuis plus de vingt ans. Je suis lasse.

J'allais suggérer que tout serait allé beaucoup plus vite si elle avait cessé de me mettre à l'épreuve. « À moins que ça n'ait justement été son dessein. Elle veut voir si je suis assez malin, mais pourquoi ? »

Je plongeai la main dans ma poche et en sortis le disque d'or qu'elle m'avait envoyé.

– Vous voulez que j'espionne Furia Perfax.

Mer'esan se détourna de moi, tout à coup concentrée sur son verre, son livre et sa bouilloire.

« Elle a honte, me dis-je. Honte de ce qu'elle me demande. »

– Les Argosi connaissent beaucoup de secrets, reprit-elle. Celle-ci semble s'intéresser à toi. Tu feras ce qui est nécessaire pour maintenir son intérêt. Tu le feras sans révéler ma requête ni à elle, ni à ton père, ni à quiconque.

« Ce qui revient à espionner la femme qui m'a sauvé la vie. »

– En échange, vous ferez en sorte que j'aie le droit de passer mes épreuves de mage, dis-je, même si ces mots sonnaient comme du chantage. Mais les épreuves ne vont-elles pas être suspendues jusqu'à l'élection du nouveau prince ? Le conseil n'a-t-il pas autre chose à faire que décider qui mérite son nom de mage ? (Mer'esan se retourna vers moi et me décocha un regard noir. Je commençais à me lasser de son petit jeu.) Cette fois, répondez-moi simplement.

Si elle n'avait pas été si fatiguée, je crois qu'elle m'aurait jeté un sort.

– Les épreuves sont plus importantes que jamais. C'est la seule chose qui compte.

– Mais pourquoi ?

– Parce que je n'ai pas pu donner d'héritier à mon mari, expliqua-t-elle. (Sa voix était à peine un murmure, et si... triste. Pleine de regrets. Et de culpabilité. Et d'autre chose encore. De détermination.) Kelen, qu'y a-t-il de plus important que la puissance d'un mage ?

Je songeai aux paroles de Ra'meth la veille au soir.

– La puissance d'une famille, répondis-je.

Mer'esan hocha la tête.

– Il n'y a plus de mage assez puissant pour tenir notre peuple grâce à son seul pouvoir. D'autres pourraient tenter de le tuer, et ainsi s'emparer de la couronne. Le prochain prince de clan doit donc être à la tête d'une lignée puissante. Une famille trop forte pour être défiée. Une dynastie. (Elle fit un étrange mouvement de la tête.) En utilisant les épreuves pour déterminer la famille la plus forte, ces lâches du conseil n'auront pas à craindre de voter contre le mage qui risquerait de devenir leur souverain. Ils évitent ainsi de prendre parti.

Ce n'était pas difficile d'imaginer Ra'meth profiter de sa nouvelle position pour punir ceux qui ne l'avaient pas soutenu. Il avait déjà voulu éliminer Père afin d'accroître ses chances. « Et s'il continuait de s'en prendre à nous ? »

– Tu n'as pas à craindre Ra'meth pour l'instant, si c'est ça qui te donne cet air soucieux. Le conseil a fait passer son édit. Pas de vendetta jusqu'au couronnement du nouveau prince de clan.

– Et là, que se passera-t-il ? demandai-je d'une voix qui trahissait mon angoisse. Que se passera-t-il pour ma famille si Shalla et moi… si Père n'est pas choisi ?

– L'exil, répondit-elle. Pas à cause du nouveau prince, bien entendu. Ce serait une terrible décision pour un début de règne. Non, si Ra'meth devient prince, c'est le conseil qui bannira la maisonnée de Ke.

« L'exil. » Une famille Jan'Tep errant de par le monde sans alliés, sans clan, sans accès à une oasis. Au fil du temps, même la magie de mon père faiblirait. Cela revenait à une condamnation à mort.

Mer'esan m'observa avec une expression compatissante et je me sentis encore plus mal.

– Nous sommes un peuple de magie, dit-elle

tranquillement. Nous ne pouvons nous permettre une guerre entre deux maisonnées. Il vaut mieux une injustice rapide et brutale que des décennies, peut-être même des siècles, de luttes à coups de sorts, d'assassinats et de massacres. (Elle tendit la main, qu'elle referma sur le minuscule disque d'or.) Fils de Ke, je te suggère de trouver rapidement ta magie.

10. L'espionne

La nuit était déjà bien avancée quand je quittai la bicoque de Mer'esan. J'avais toujours le jeu de cartes de Furia dans la poche, de même que le disque d'or. Je me sentais plombé par ces objets que d'autres utilisaient pour me manipuler. Je réfléchis à toutes les plaisanteries que Furia avait faites sur la magie Jan'Tep. Elle rabaissait mon désir de pouvoirs magiques au niveau d'un caprice puéril. « Pourtant, la mage douairière me dit que c'est la seule chose qui protégera ma famille. »

Je ne savais plus qui croire. En revanche, je savais ce que ma famille en penserait. « Un Jan'Tep se doit d'être fort », me dirait mon père. Ma mère ferait ses petits gestes habituels, comme passer un doigt autour de mon œil gauche, ce qui était sa promesse que la vie serait à la hauteur de mes espérances. Shalla serait fidèle à elle-même : elle me dirait que c'était ma faute, que je devais juste fournir plus d'efforts. Pour une fois, j'avais envie de parler à quelqu'un qui ne me jugerait ni ne se moquerait de moi.

« Nephenia. »

Shalla m'avait dit qu'elle était venue prendre de mes nouvelles. Je me demandai quelle attitude elle avait eue en frappant à notre porte pour s'enquérir de ma santé. Avait-elle juste le regard inquiet, ou quelque chose en plus ? Avait-elle pleuré lorsque mes parents avaient refusé qu'elle me voie ?

Mais c'était un fantasme d'adolescent, tout comme mon brusque désir de partir à sa recherche. Il était tard, et pour ce que j'en savais, la mage douairière avait peut-être lancé l'un de ses gardes sur mes traces. De plus, sans aucun doute, dès le lendemain matin, Shalla s'empresserait de demander à mon père si j'avais bien rendu le jeu de cartes à « la Daroman », car la raison pour laquelle je ne m'étais pas acquitté de cette mission jusqu'à présent, c'était ma convocation chez la douairière. Si bien que trouver Furia devait passer devant tout espoir d'une amourette avec Nephenia.

Notre cité n'est pas très grande. Elle s'étend sur à peine huit kilomètres et abrite environ trois mille âmes. Pourtant, y trouver quelqu'un serait presque impossible sans savoir où chercher.

Mon peuple boit du vin et de la bière, ainsi qu'un alcool plus ancien et plus traditionnel fabriqué à partir d'abricots et de grenades qu'on appelle le *djazil*. Le plus souvent, ces boissons se dégustent à la maison, en famille, de façon posée et digne. Comme ça ne correspondait pas au tempérament de Furia, je me dirigeai vers les maisons d'hôtes. Seules cinq accueillaient des étrangers et, parmi elles, j'étais presque sûr que trois servaient de l'alcool.

– Elle n'est pas là, me dit le Sha'Tep aux lèvres fines qui tenait la première gargote sans me prêter attention, tandis qu'il poussait deux petits barils en chêne au fond d'une étagère.

– Mais vous êtes sûr de l'avoir vue ?

Le gros ventre sur son corps par ailleurs maigre se secoua étrangement quand il rit.

– Une Daroman rousse avec un chapeau de la Frontière ? Tu crois qu'il y en a combien par ici ?

– Et quand est-elle partie ?

Il eut l'air ennuyé, ou bien pensif – difficile à dire.

– Ça doit faire deux heures. Elle a dit que ma bière avait un goût de pisse de vache, et qu'elle partait à la recherche de quelque chose de meilleur. Essaie l'Appel de la Nuit. C'est près du jardin Veda, au bout de la rue.

– Et pourquoi pas la Fierté du Faucon ? C'est plus près.

– Elle a dit qu'elle en venait. Que leur bière avait un goût de pipi de chat, ce que, de toute évidence, madame considère comme pire que la pisse de vache.

Je quittai la maison d'hôtes et traversai les taudis en direction du jardin Veda. J'ignore si Furia était passée par l'Appel de la Nuit et, dans ce cas, à quelle urine d'animal elle avait comparé leur bière, parce que lorsque je la trouvai, elle avait d'autres soucis.

L'entrée du jardin était bloquée par une douzaine d'initiés en chemise blanche. Je reconnus quelques élèves de ma classe. Mais à cause de la rangée de dos tournés qu'ils formaient, je ne voyais rien au-delà. Cela dit, ce n'était pas difficile de deviner que Furia était là.

– Bas les pattes, espèce de rat musqué, avant que je te coupe les moustaches pour m'en faire des cure-dents !

Elle jurait, mais au ralenti. Je ne pense pas que j'avais déjà entendu quelqu'un d'aussi saoul.

Je reconnus la silhouette trapue de Panahsi, que j'attirai un peu à l'écart.

– Qu'est-ce qui se passe ?

Quand il me vit, il m'entraîna encore plus loin du jardin.

– Kelen ! Qu'est-ce que tu fabriques ici ?

– Je cherchais Furia Perfax, dis-je en me dégageant de son emprise. Mais dis-moi ce qui se passe.

– Rentre chez toi. Tu ne devrais pas être là.

J'allai insister quand deux jeunes mages de dix-sept ou dix-huit ans se retournèrent et crièrent à Panahsi :

– Eh, le gros, t'étais censé monter la garde !

– Oh, ça va ! leur lança mon ami avant de se retourner vers moi pour me dire tout bas : Rentre chez toi, Kelen. Il vaut mieux que Tennat et ses frères ne te voient pas.

Je l'attrapai par la chemise, ce qui, vu sa force, aurait été une erreur, si seulement Panahsi avait eu une once de violence en lui.

– Panahsi, elle m'a sauvé la vie.

Il baissa les yeux en direction du sol.

– C'est… Ne t'inquiète pas. Ils ne vont pas lui faire de mal. Pas trop, en tout cas.

– Panahsi, tu mens. Ou alors, tu es stupide.

Je le repoussai et me précipitai vers le jardin.

Les autres initiés étaient de dos, toute leur attention portée sur l'altercation. Je repérai un petit espace entre deux et m'y glissai avant qu'on me voie.

– Hé, cria l'un d'eux en essayant, sans succès, de me retenir par le bras.

Je jetai un coup d'œil derrière moi. Je m'attendais à être poursuivi, mais personne, pas même Panahsi, ne traversa la ligne qui les séparait du jardin. Ils avaient dû recevoir un ordre.

– Kelen, attends ! me cria Panahsi. Tu ne sais pas ce que tu fais ! C'est une espionne !

Sans l'écouter, je parcourus les deux cents mètres jusqu'au fond du jardin, où trois silhouettes se tenaient face à Furia. Quand elle m'aperçut, elle me lança :

– Salut, gamin. Tu ne devrais pas courir, tu as tout de même failli mourir, tu sais.

Les trois gars se retournèrent. Je reconnus d'abord Tennat. Son visage rayonnait d'une excitation mélangée à une voracité qui me retourna le ventre. Près de lui se tenait Ra'fan, vêtu d'une chemise en soie gris-bleu ainsi que du pantalon en lin large qui constituent l'habit de cérémonie des enchaîneurs. Ra'dir, plus grand et plus costaud que ses deux frères, était de l'autre côté de Tennat. Il arborait la chemise rouge sang et le pantalon noir des mages guerriers.

« Pourquoi portent-ils leur habit officiel ? »

C'est là que je remarquai les braseros aux quatre angles du jardin, dont chaque feu avait une couleur différente.

– Vous tenez un procès ?

– C'est une espionne, déclara Tennat avec un sourire plus laid que tous ceux que je lui connaissais. C'est mon père qui l'a dit.

– Ton père est un imbécile, lança Furia. Sans vouloir te vexer.

– Tais-toi, Daroman ! s'écria Ra'fan.

S'il contenait Furia avec un sort d'entrave, il aurait dû être plus concentré, car c'est impossible de maintenir un sort en criant comme ça. « Pourquoi vous restez là, Furia ? Pourquoi vous ne partez pas en courant ? »

En baissant les yeux vers ses pieds, je compris. On distinguait un cercle grossier dans le gravier et la poussière. Il était à peine visible mais je ne doutais pas qu'un fil de cuivre soit enterré là. Ra'fan était enchaîneur. Il avait dû imprégner le fil d'un sort de piège lorsque Furia était encore dans la maison d'hôtes, et il l'avait activé à la seconde où elle avait pénétré le cercle. De l'extérieur, ce n'était rien de briser le fil, mais de l'intérieur, le prisonnier devait attendre que Ra'fan relâche son sort.

– Vous n'êtes pas habilités à tenir un procès, protestai-je en m'efforçant du mieux que je pouvais de prendre la voix de mon père. Aucun de vous n'a le rang pour faire partie de la cour, et encore moins pour la diriger. Quand les maîtres vont l'apprendre…

– Et qui le leur dira ? demanda Ra'dir en faisant un pas dans ma direction. (Il désigna les initiés qui montaient la garde dans le jardin.) Ici, il n'y a que des Jan'Tep loyaux. On sait tous que nous devons protéger notre peuple des espions. De plus, Ra'fan a fabriqué une chaîne de l'esprit qui interdira à tout jamais à cette femme de révéler ce qui s'est passé ici. Elle se souviendra de tout, mais elle ne pourra jamais le dire, ni l'écrire, ni rien faire pour vendre la mèche. Ra'meth...

– Tais-toi, dit Ra'fan. (Il s'approcha et posa une main sur mon épaule, comme s'il avait tout à coup décidé de devenir mon grand frère.) Kelen, va attendre là-bas avec les autres. Personne ne te veut du mal. Tu seras peut-être Sha'Tep, tu n'en restes pas moins l'un des nôtres. C'est notre mission de Jan'Tep de te protéger, tu ne comprends donc pas?

« Ô ancêtres miséricordieux, il me croit vraiment assez crétin pour marcher dans sa combine. »

À présent que l'élection était en cours, Ra'meth ne pouvait plus s'en prendre à ma famille, alors il avait lâché ses fils sur Furia. Non seulement il pouvait ainsi se venger de son intervention intempestive de la veille, mais aussi montrer que toute personne qui se ralliait à la maisonnée de Ke n'était plus en sécurité. Mais bien sûr, exprimer cela à voix haute ne me mènerait nulle part.

Je lâchai un rire dont j'espérais qu'il ne sonne pas aussi faux aux oreilles des autres qu'aux miennes. Puis je dis :

– Tu crois sincèrement que Furia Perfax est une espionne? Une tricheuse aux cartes, c'est très possible, mais rien d'aussi grave qu'une espionne.

– Vraiment? dit Ra'fan en retirant sa main de mon épaule pour me repousser. Une joueuse de cartes qui surgit comme par hasard au cours d'un duel d'initiés ? Et qui, d'un claquement de doigts, te sauve la vie, puis passe la nuit dans la maison de ton père ? Qui attaque un mage seigneur sous couvert d'obscurité ?

Mon cœur battait maintenant trop vite pour ma poitrine. Pourtant, ma bouche n'en faisait qu'à sa tête :

– C'est juste là-dessus que tu t'appuies pour proférer tes accusations ?

Ra'fan me repoussa encore une fois. Je chancelai.

– Parce que tu crois que ça ne serait pas à l'avantage de ce gros crétin de roi daroman s'il parvenait à affaiblir notre clan en empêchant un prince puissant d'émerger, peut-être ? (Il se tourna vers les initiés qui montaient la garde.) Ces lâches de Daroman ont peur de nous. Malgré toute leur puissance militaire et leurs machines de guerre, ils craignent notre magie ! C'est pour ça que leur espionne a menacé la vie de Ra'meth hier soir.

Je me tournai à mon tour vers les initiés en espérant qu'au moins l'un d'eux prenne conscience du ridicule de la situation. Mais sur leurs visages, je ne lus que de la crédulité, une fierté stupide et une noble déférence envers le peuple Jan'Tep. Quand je croisai son regard, même Panahsi me dit :

– Il a raison, Kelen. La Daroman n'a pas à interférer dans les affaires de notre clan.

– Bon, c'est l'heure, lança Ra'fan.

Je me retournai pour les voir s'aligner devant le cercle qui emprisonnait Furia.

– Attendez, qu'est-ce que vous faites ? Si c'est un procès, vous devez…

Tennat éclata de rire.

– Le procès a eu lieu avant ton arrivée, Kelen. Elle a été jugée coupable de conspiration contre le peuple Jan'Tep. Maintenant, c'est l'heure de la sentence.

– T'en fais pas pour moi, gamin, me lança Furia. Rentre chez toi.

Tout d'abord, je crus qu'elle me commandait d'aller chercher de l'aide. Le problème, c'est que ça ne servirait à rien : jamais je ne trouverais quelqu'un à temps, et même si c'était le cas, je doutais que quiconque se soucie d'elle. Personne ne se mouillerait pour une joueuse de cartes daroman ou une paria argosi, ou quoi qu'elle soit, au risque de fâcher la famille du mage qui deviendrait peut-être bientôt prince de clan. Je me retournai vers Furia en essayant de lui faire comprendre que ça ne marcherait pas, et là, je vis l'incertitude dans ses yeux, qui, je ne l'avais pas remarqué jusque-là, étaient d'un vert profond. Quand elle me dit : « Vas-y, je peux régler leur compte à ces trois-là », je sus qu'elle mentait.

– Rentre chez toi, Kelen, dit Ra'dir.

Il leva les mains, qui se teintèrent de rouge et de noir. Sans même qu'il jette de sort, sa puissance était telle que je sentais sa chaleur.

– Je te promets que si tu te tais sur ce que tu as vu ici, il ne t'arrivera aucun mal.

« Il ne t'arrivera aucun mal. » Bien sûr, puisque à peu près tout ce qui pouvait m'arriver de mal s'était déjà produit.

– Bon, c'est l'heure, répéta Ra'fan.

Ra'dir sourit.

– Allez, Kelen. Faisons la paix. Nos deux maisonnées n'ont pas besoin d'être ennemies, tu ne crois pas ?

Il y avait une certaine ironie dans le fait que, si je devais trouver un moyen de récupérer ma magie, cela exigeait que je fasse appel à des sorts et des rituels prohibés. J'allais avoir besoin de l'aide de gens prêts à commettre des actes peu recommandables. Des gens comme Ra'dir.

Ce qui était dommage, parce que la seule chose terrible qui ne me soit pas encore arrivée, c'était ma propre mort, et ce grâce à Furia.

– Je crois surtout… que tu es le plus gros et le plus stupide Jan'Tep que j'aie jamais rencontré, Ra'dir, et que si tu veux faire du mal à Furia Perfax, il faudra d'abord me passer sur le corps.

Il écarquilla les yeux avant de chercher à m'attraper. Je plongeai sous son bras et me jetai à côté de Ra'fan vers le cercle qui retenait Furia prisonnière. Si je parvenais à rompre le sort, elle serait libre. Je n'avais pas de couteau, alors j'enfonçai directement les mains dans la poussière et le gravier à la recherche du fil de cuivre. Je sentis un coup de pied dans mes côtes juste à l'instant où mes doigts le trouvaient. Ça me coupa le souffle, mais je réussis à briser le fil, et donc le sort.

Je me relevai péniblement pour découvrir Ra'dir et ses frères autour de moi, l'air de ne pas savoir que faire, ou, plus probablement, en train de choisir quel sort utiliser.

– Merci, gamin, fit Furia. Tous ces trucs

d'entrave, ça commençait à me porter sur les nerfs.

– Rien n'a changé ! s'écria Ra'fan. C'est toujours trois mages contre deux imbéciles sans magie. Et cette fois, on se laissera pas avoir par ton petit truc de fumée !

Furia l'ignora. Elle se tourna vers moi en demandant :

– J'imagine que tu n'as pas d'arme ?

Je sortis son jeu de cartes de ma poche.

– Juste ça.

– Garde-les, j'ai les miennes.

Elle glissa une main sous son gilet et en sortit un autre jeu de cartes. Qu'elle déploya. Elle me dit :

– Gamin, choisis une carte, n'importe laquelle.

Ne sachant pas quoi faire, j'en pris une au centre. C'est là que je sentis sa surface en métal, et que je compris que ces cartes n'avaient rien à voir avec le paquet dans ma main.

– Le quatre de trèfle ? cracha-t-elle. Tu ne pouvais vraiment pas faire mieux ?

– Vous avez dit n'importe quelle carte, protestai-je, les yeux fixés sur l'étrange arme dans ma main.

– Bon, eh bien, j'imagine que ça devra suffire, fit-elle en se tournant vers les autres. J'ai toujours rêvé de participer à un duel Jan'Tep.

Elle déploya le jeu devant elle afin que tout le monde voie bien sous les rayons de lune le bord tranchant des fines cartes en métal.

– Qui veut commencer ?

11. Le jeu de cartes

Le rougeoiement autour de la main de Ra'dir se réfléchissait d'un air menaçant à la surface du jeu de cartes dans la main de Furia.

– Tu crois pouvoir affronter un mage guerrier avec des cartes ? se moqua-t-il.

Il avait les doigts serrés autour de ses pouces : la forme somatique pour produire une boule de feu dès qu'il les desserrerait et aurait prononcé l'incantation.

– Pour toi, une seule suffira, dit Furia en laissant glisser une carte de son jeu, qu'elle rattrapa entre le pouce et l'index de la main gauche. Et au cas où tu veuilles savoir, ce n'est pas ta carte porte-bonheur.

Ra'dir ouvrit la bouche, mais au moment où il énonçait la première syllabe, Furia lança la carte. Qui fila comme une flèche et alla se loger entre les dents de son adversaire. Il se mit à étouffer, et son sort se brisa.

– Et encore, mon petit, je t'ai envoyé le côté non affûté. La prochaine fois, ça sera le bord coupant.

Je suppliai nos ancêtres de mettre un terme à tout ça. Je voulais que Panahsi et les autres initiés se rendent compte que ça allait trop loin et qu'ils s'interposent, mais ils ne bougèrent pas. C'était un duel, or les duels sont sacrés pour mon peuple. S'il n'y avait eu que Tennat contre nous, ou même Tennat et Ra'fan, leur peur d'affronter un adversaire armé aurait pu mettre fin à ces bêtises. Mais Ra'dir était un mage guerrier, donc entraîné au chaos des batailles. Il recracha la carte. Des filets de sang coulaient des coins de sa bouche sur son menton.

– Elle ne peut nous affronter tous en même temps. Attaquez! cria-t-il. Maintenant!

J'entendis Tennat et Ra'fan prononcer des incantations. Je savais que Tennat allait choisir l'épée de tripes, le sort qu'il avait utilisé la veille contre moi, l'une des quelques formes de magie offensive enseignées aux initiés. Mais Ra'fan m'inquiétait davantage. Un enchaîneur dispose de sorts d'entrave divers et variés. En quelques instants, il pouvait paralyser Furia, ce qui marquerait la fin du combat. Quand il prononça le premier mot de la formule, *Kaneth*, je lui jetai mon jeu de cartes à la figure. Les surfaces colorées se déployèrent dans l'air, ce qui lui brouilla la vue. Mais il agita la main pour les chasser et recréa la forme somatique du sort.

J'entendis Furia grogner. Tennat l'attaquait, plutôt que moi. «Bien sûr. Il est bête, mais pas à ce point.»

– C'est l'épée de tripes, criai-je à Furia! Il a glissé sa volonté en vous!

– C'est... juste... une... petite... piqûre, répondit-elle, pliée en deux de douleur.

Tennat était aux anges. Tellement heureux

d'exercer sa puissance sur Furia qu'il en oubliait qu'elle n'avait pas de sort de bouclier.

– Elle est à moi, lança-t-il aux autres.

« Cet imbécile va lui arracher les tripes. »

D'instinct, je créai une forme somatique pour briser la concentration de Tennat. Les sorts de soie sont difficiles à se représenter. Il faut réussir à pénétrer l'esprit de l'ennemi. Mais j'avais toujours été bon avec les bases de la magie. Mes doigts formèrent des gestes précis tandis que je prononçai la formule et que j'essayai de canaliser ma volonté vers la bande de la soie tatouée sur mon bras gauche. Je me dis que, dans un moment de crise, dans un moment où j'essayais de protéger quelqu'un, ma magie se manifesterait peut-être.

Mais non.

La seule brèche dans la concentration de Tennat, ce fut son petit rire lorsqu'il comprit ma tentative. Ça ne permit même pas d'affaiblir son épée de tripes.

– C'est ça… continue à sourire… sale petit rat, gémit Furia.

Elle jeta une nouvelle carte, et Tennat hurla quand le bord acéré se planta dans la paume de sa main.

Je savais que Ra'dir élaborait déjà une autre conjuration de feu, mais je n'avais pas le temps d'y penser. Ra'fan avait Furia en plein dans son champ de vision, et il préparait un nouveau sort d'entrave. Je voulus essayer une autre évocation, mais Furia me cria :

– Gamin, ça suffit les bêtises !

« Elle a raison », me dis-je. Ce n'étaient pas

mes vaines tentatives de magie qui allaient nous aider. J'essayai de lancer la carte en métal qu'elle m'avait donnée à la manière d'une carte cartonnée, mais elle n'avait pas le même poids, et sa surface était glissante. Elle alla se planter aux pieds de Ra'fan. Sans cartes, sans magie, ne sachant pas quoi faire d'autre, je me jetai sur lui.

Quelque chose de chaud m'érafla l'épaule, et je compris que j'avais failli traverser un souffle de flammes qui partait de la main tendue de Ra'dir. Tout autour de moi, l'air était brûlant. Je n'y prêtai aucune attention et courus vers Ra'fan. Mon épaule en feu percuta son bras tendu, ce qui brisa sa forme somatique. Je manquai de hurler de douleur et titubai quand le coude de Ra'fan frappa ma tempe, ce qui me fit voir trente-six chandelles. J'en oubliai ma douleur à l'épaule.

En tombant, je l'entendis proférer une troisième fois son incantation. Je donnai un coup et le heurtai au menton, mais je manquais de force. Du coin de l'œil, j'aperçus alors quelque chose de brillant. C'était ma carte en métal, le quatre de trèfle. Je l'attrapai et me précipitai comme un fou sur Ra'fan, visant les mains. Des gouttes de sang giclèrent, car le bord affûté de la carte lui avait tranché les deux paumes. Il poussa un cri qui sonna comme de la musique à mes oreilles. Il se peut que je ne sois pas quelqu'un de très gentil.

– Gamin ! me lança Furia.

Je tournai la tête et découvris Ra'dir à quelques mètres, trois cartes plantées dans son immense torse, toujours en train de projeter un rayon de flammes avec ses mains. Furia boitait, et le flanc de son mollet gauche était noirci. Je roulai vers Ra'dir pour lui donner un grand coup de pied dans la jambe. Quand il s'écroula à genoux près de moi, ses flammes se dirigèrent vers le ciel. La dernière chose que je vis, ce fut le talon de la botte de Furia entrer en contact avec le menton du mage guerrier. Sa tête partit en arrière, suivie par son corps. Et pourtant, même couché par terre et grimaçant de douleur, il voulut prononcer la formule d'un autre sort. Mais ses paroles se transformèrent en gargouillis. Furia Perfax avait la semelle sur sa gorge.

C'était comme regarder droit dans les yeux une déesse en colère. Elle avait perdu son chapeau, et ses cheveux roux flottaient au vent comme les flammes qui s'élèvent d'un feu de joie. Elle tenait plusieurs cartes dans chaque main, leurs bords acérés bien visibles à la lueur des braseros. Sa bouche souriait, mais pas ses yeux.

– Tu n'as que la magie en tête, gamin. Tu ne parles que de pouvoir. Tu veux voir à quoi ça ressemble, le *vrai* pouvoir ?

– Si vous nous tuez, ça déclenchera une guerre, lança Ra'fan d'un air de défi, même si, avec ses mains blessées enfouies sous ses aisselles, il n'impressionnait plus guère.

Tennat rampait à genoux vers son frère aîné.

La botte toujours sur le cou de Ra'dir, Furia ploya les deux poignets en même temps et, avec horreur, je vis les cartes partir en direction de Tennat et Ra'fan. « Elle va les tuer, me dis-je. Ils l'ont sous-estimée. Moi aussi. Elle… » J'ignorais que j'avais fermé les yeux jusqu'à ce que le cri de Tennat me force à les rouvrir. Cinq cartes en métal étaient plantées dans la poussière juste devant les deux frères.

– Ça, tu vois, me dit Furia en retirant sa botte du cou de Ra'dir pour se diriger vers l'entrée du jardin, où les initiés étaient déjà en train de fuir, *ça*, c'est de la magie.

CINQ de BOUCLIER

LA DEUXIÈME ÉPREUVE

Les capacités d'un mage ne cessent de grandir ou de faiblir. Son pouvoir n'est jamais le même, pas plus que la puissance d'une nation. Seuls ceux qui se révèlent capables de trouver de nouvelles sources de magie peuvent se voir attribuer un nom de mage. Les autres n'ont aucune valeur pour notre peuple.

12. *Paria*

Petits, quand Shalla et moi nous nous battions, Père attendait patiemment que l'un des deux l'emporte ou qu'on soit tous deux à bout de forces, puis il nous regardait l'un après l'autre en disant :

– Ça y est, c'est fini ?

L'un de nous, en général celui à qui Mère avait ordonné de s'asseoir pour qu'elle puisse apposer une compresse froide sur son œil fermé ou sa joue contusionnée, acquiesçait, impressionné par le ton de Père, et marmonnait :

– Ouais.

– Bon, disait alors Père en frappant une fois dans ses mains, comme pour dissiper un sort. Dans ce cas, nous sommes de nouveau tous amis.

La plupart du temps, nous étions trop épuisés pour contester cette logique douteuse, mais le jour où je réussis à le contrer, il me prit à part et me dit :

– Tu t'es battu. Il y a un vainqueur et un vaincu. La cause de cette bagarre n'est plus.

– Et je devrais être ami avec elle ? Mais…

– Cette fois, elle a gagné. La prochaine fois, peut-être qu'elle perdra. Dans tous les cas, il n'y a aucun intérêt à poursuivre les hostilités. Les Jan'Tep ne connaissent pas la rancune.

À l'époque, cette idée m'était insupportable. Chaque bagarre, contre Shalla ou quelqu'un d'autre, était pour moi une vraie lutte à la vie à la mort car la cause était vitale, même s'il s'agissait uniquement de décider du propriétaire légitime d'un jouet. Shalla, elle, obéissait à Père et se comportait en effet ensuite comme s'il ne s'était rien passé. « C'était juste un petit jeu entre Kelen et moi », expliquait-elle à Abydos lorsqu'il lui demandait pourquoi l'un ou l'autre avait le bras en écharpe. Ne sachant que dire, je me contentai de hocher la tête, convaincu que Shalla était atteinte de déficience mentale pour accepter de faire comme si la dispute n'avait jamais eu lieu.

Ce ne fut qu'au lendemain du jour où mes camarades initiés avaient essayé de faire du mal à Furia Perfax et à moi-même que je m'aperçus que c'était Shalla qui avait raison.

– Te joindras-tu à nous aujourd'hui, Kelen ? me demanda maître Osia'phest.

Je levai les yeux depuis le banc placé entre deux colonnes où je m'étais assis. Il se tenait juste devant moi. Les autres initiés, qui attendaient tout autour de l'oasis, faisaient mine de ne pas m'avoir vu.

La question d'Osia'phest était stupide. Il savait bien que ma magie disparaissait. Tout le monde le savait. Je n'étais capable ni de dessiner un symbole de l'âme, ni de façonner un sort de pierre, ni d'invoquer un animal de puissance, toutes actions prouvant que l'on a validé la deuxième épreuve. Il savait très bien que je ne prendrais pas part aux épreuves du jour. Mais, et c'était là tout le ridicule de la situation, s'il ne m'avait pas posé la question, cela aurait sous-entendu qu'il y avait peut-être une autre raison à ma faiblesse du jour. Par exemple, avoir été mêlé à un duel non officiel impliquant une possible espionne daroman. À l'heure qu'il était, l'histoire avait dû faire le tour de la ville, même si légalement je n'étais pas plus coupable que toute autre personne sur place. Or, comme mon père quand Shalla et moi en avions terminé avec l'une de nos prises de bec, tout le monde faisait comme s'il ne s'était rien passé.

– Non, maître, répondis-je. Aujourd'hui, je me contenterai de regarder. Je reprendrai les épreuves quand…

Quand quoi ? Quand cette cinglée de mage douairière serait décidée à m'offrir un objet de puissance, de façon que je puisse faire semblant d'avoir réussi l'épreuve ? « Non, ne pense pas comme ça. » J'allais trouver ma magie. Si je parvenais à convaincre Panahsi et deux autres initiés de m'aider, j'avais encore un espoir que mes bandes étincellent. Et puis, plutôt être maudit que laisser Tennat ou quiconque croire que je renonçais.

– Je viendrai observer chaque jour, déclarai-je d'un air de défi.

Il acquiesça tranquillement, puis me demanda à voix basse :

– As-tu essayé l'une des formes les plus simples, peut-être une évocation du souffle ? Ici, dans l'oasis, tu pourrais…

– Vous savez bien que non, rétorquai-je presque en grognant.

Je m'en voulus aussitôt de ma colère. Plus que quiconque, maître Osia'phest s'était montré compréhensif. Et pourtant, ça avait été plus fort que moi.

– Même si je pouvais, à quoi bon un stupide sort de souffle ? C'est la forme la plus faible de magie.

Il s'assit près de moi.

– Ne sous-estime pas cette source, Kelen. (Il remonta la manche droite de sa toge pour révéler les sigils argentés de sa bande du souffle qui étincelaient sous la peau ridée de son avant-bras.) Le souffle, c'est le pouvoir du mouvement et de la concentration. Il ouvre la voie à d'autres formes de magie. En soi, il n'est peut-être pas aussi impressionnant que la braise ou le fer, mais combiné à d'autres magies, le souffle peut se révéler… redoutable.

Moi, j'aurais plutôt dit minable.

– Vas-y, m'encouragea maître Osia'phest. Montre-moi la première forme évocatrice du souffle. À moins que tu aies oublié tes fondamentaux ?

– Je n'ai rien oublié du tout, protestai-je.

J'étais capable de réciter par cœur les intonations et les cantillations de chaque sort de souffle. J'avais appris toutes les formes somatiques, les représentations et les points d'ancrage de cette magie. Comme je l'avais fait pour le sable, la braise, le fer et toutes les autres. Aucun initié de mon clan ne connaissait les formes aussi bien que moi, pas même Shalla. Mais ça ne changeait rien.

– La première forme évocatrice, insista-t-il.

Je m'obligeai à trouver le calme, j'adoucis mon regard et je visualisai le mouvement de l'air. C'est la partie la plus difficile des sorts de souffle : maintenir en pensée quelque chose que l'on ne peut voir. Je tendis les mains, index et majeur pointés pour la direction, je pressai la pulpe de mon annulaire et de mon auriculaire contre mes paumes, signe de la retenue et du contrôle. Les pouces vers le haut, pour « Ancêtres, je vous en supplie, laissez-moi jeter ce fichu sort ».

Je projetai ma volonté en l'air et prononçai l'unique mot de l'incantation :

– *Carath*.

Un minuscule souffle passa entre le bout de mon index et de mon annulaire. À peine suffisant pour tracer une fine ligne de dix centimètres de long dans le sable à mes pieds.

– Eh bien…, dit Osia'phest, ce n'est… pas si mal. Tes capacités ne sont pas aussi prometteuses qu'avant, mais elles n'ont pas totalement disparu.

Pour comprendre à quel point ce constat était pathétique, il faut savoir qu'aussi près d'une oasis Jan'Tep, il suffirait de montrer le sort à un berger daroman sourd, muet et aveugle pour qu'il réussisse à provoquer un souffle plus fort que celui que je venais de faire.

Osia'phest me tapota la jambe avant de quitter le banc.

– Il se trouve que tu n'es pas le seul à ne pas être en forme aujourd'hui, tu sais.

C'est là que je remarquai Tennat à l'autre bout de l'oasis, assis sur un banc lui aussi, courbé en deux et l'air mal en point. Il ne portait pourtant aucune trace des blessures qu'il avait subies, sans doute parce que son père les avait soignées. Ra'meth, dans ce qui ne pouvait être considéré que comme une injustice de niveau cosmique, était encore meilleur guérisseur que ma mère.

– Ce matin, l'initié Tennat n'est pas parvenu à réaliser les sorts de préparation, m'expliqua Osia'phest. En fait, il semble en plus mauvaise forme que toi. Je lui ai demandé le même sort de souffle qu'à toi, et il n'a pas réussi à mobiliser la moindre magie. (« Finalement, il y a peut-être une justice en ce bas monde. ») Quatre autres initiés sont dans le même cas. C'est une situation pour le moins... improbable.

Une pensée me traversa l'esprit. Et un espoir surgit tout à coup en moi.

– Et si nous souffrions tous de la même maladie ? Peut-être que je ne suis pas...

– Ta magie s'est effacée peu à peu au fil des semaines, voire des mois. C'est ce qui se produit naturellement chez ceux qui sont destinés à une vie de Sha'Tep. En revanche, ce qui se passe pour tes camarades n'a rien de naturel.

Vu le ton détaché avec lequel Osia'phest parlait de mon avenir en tant que Sha'Tep, la maladie dont souffraient les autres aurait dû me laisser totalement indifférent. Malgré tout, je me surpris à demander :

– Et qu'est-ce qui les affaiblit, selon vous ?

– Certains poisons sont connus pour provoquer de tels symptômes. Même si leurs formules sont complexes et que peu de gens les connaissent. Mais il n'est pas impossible qu'une personne particulièrement intelligente et déterminée puisse les avoir retrouvées, à condition de disposer du temps et de la motivation nécessaires. (Il y avait quelque chose dans les yeux du maître de sort quand il me regarda. De l'inquiétude ? Plutôt du soupçon. Comme s'il attendait que j'avoue quelque chose.) Ta maisonnée a déjà affronté celle de Tennat dans le passé, n'est-ce pas ? On ne peut que remarquer que la plupart des initiés souffrants viennent de familles qui soutiennent la maisonnée de Ra, ou bien appartiennent à une maisonnée qui pourrait elle-même prétendre au titre de prince de clan.

– Vous n'imaginez tout de même pas que…

Osia'phest leva les mains.

– Je n'accuse personne. Je sais que tu es un bon garçon, quoique imprudent et parfois, si j'ose dire, naïf. Mais ce que j'ai remarqué, d'autres vont le remarquer aussi. Et ils pourraient réclamer justice, même sans preuve. (Il prit une grande inspiration, qu'il sembla retenir dans ses poumons pendant une éternité.) Nous sommes un peuple lié par notre magie, et pourtant, souvent nous cherchons à commettre le pire les uns envers les autres à travers cette magie.

J'essayai d'imaginer comment la journée pouvait empirer. C'était impossible. Je me levai et lui pris le bras.

– Maître Osia'phest, je n'ai rien fait à personne. Je ne suis pas responsable.

Il repoussa doucement ma main.

– Kelen, je crains qu'il y ait une grande différence entre ne pas avoir fait quelque chose et ne pas en être responsable.

Je passai les heures suivantes à regarder et écouter maître Osia'phest faire réciter aux autres les incantations, la hiérarchie des restrictions mystiques, et leur imposer d'interminables méditations au cours desquelles, je n'en doutais pas, il s'assoupit à plusieurs reprises.

Au bout d'un moment, j'avais moi-même du mal à ne pas piquer du nez. Chaque fois que je rouvrais les yeux, je vérifiais où se trouvait Tennat, persuadé de le surprendre en train de m'attaquer, les mains pleines de magie. Mais il ne bougeait pas. Parfois, il me regardait lui aussi, mais en silence. Ce qui me convenait très bien.

Qu'est-ce qui avait atteint sa magie ? Et les autres ? Je savais que je n'étais pas à l'origine de leur maladie. Une seule explication n'impliquait aucun acte malveillant : la peur. La magie exige une parfaite concentration et une volonté à toute épreuve. Un trauma émotionnel rend tout ça impossible, or Tennat avait beaucoup gémi la veille au soir.

– Tu as l'air fier de toi, lança Panahsi, qui me tira d'une petite sieste.

– Je ne t'avais pas vu arriver, répondis-je en me poussant sur le banc pour lui laisser de la place.

Mais il ne s'assit pas. Il resta debout, les bras croisés, et je remarquai aussitôt que quelque chose avait changé.

– Tu as fait étinceler ta bande de la braise… C'est formidable, dis-je en me forçant à insuffler de la sincérité dans ma voix.

Il acquiesça d'un air satisfait.

– Oui, juste ce matin.

– Comment tu as fait ? Tu pourrais peut-être m'aider. J'ai quelques idées sur la façon dont je…

Panahsi m'interrompit par un ricanement, ce qui ne lui ressemblait guère. Mais il avait tellement l'air de trouver ça drôle que je crus qu'il plaisantait vraiment, jusqu'à ce qu'il dise :

– Tu sais quoi, Kelen ? J'ai compris pourquoi tu n'as pas de magie.

– Ah bon ? Et pourquoi ?

– Parce que tu ne la mérites pas. (Il s'approcha de moi. Sa large stature bloqua le soleil.) La magie, c'est un don de Jan'Tep. Pas de Daroman. Ni de Berabesq. Ni de ce que tu es.

Je me levai un peu trop vite. Toutes mes blessures de la veille se ravivèrent, et j'en eus le tournis.

– Je suis autant Jan'Tep que toi, protestai-je en essayant de le bousculer.

Ce qui était idiot pour plusieurs raisons. Déjà parce que jusque-là, Panahsi était mon meilleur ami. Mais aussi parce qu'il était très lourd. Mon geste ne le fit pas bouger d'un centimètre. En revanche, quand lui me poussa, je basculai par-dessus le banc.

– Kelen, tu as pris le parti de cette Daroman contre ton propre peuple.

Derrière Panahsi, je vis les autres initiés qui faisaient mine, sans y parvenir, de ne pas s'intéresser à nous. Tennat, toujours sur le banc de l'autre côté de l'oasis, ne faisait mine de rien du tout. C'était la première fois de la journée que je le voyais sourire.

Je me relevai. Rassuré par le banc entre Panahsi et moi, je tentai une autre tactique :

– Panahsi, ils allaient faire du mal à cette femme. C'est à ça que sert la magie ? À dominer et tourmenter des gens qui ne la possèdent pas ?

« Ancêtres, je vous en supplie, faites que ça ne soit pas le cas, sinon, ma vie est foutue. »

– Ra'fan dit que c'est une espionne.

– Ra'fan est un imbécile. Comme son père et comme Tennat, qui a failli faire de toi un infirme il y a deux semaines, au cas où tu aies déjà oublié.

– Tennat m'a battu parce qu'il est fort, comme toute sa famille. Il va devenir un grand mage, et il combattra pour notre peuple. Ce que je compte essayer de faire, moi aussi.

Je gloussai.

– Panahsi, tu as plus de potentiel que toute la famille de Tennat réunie. Tu seras trois fois plus fort que…

– Pas si je continue à te fréquenter, dit-il en ouvrant les paumes.

Dans mon peuple, on apprend à ne pas fermer les poings quand on est en colère. Car ainsi, il est plus difficile de créer les formes somatiques nécessaires aux sorts d'attaque.

– Tu vas me frapper, Panahsi ? demandai-je.

Il hésita.

– Je pourrais, si je le voulais. Même sans magie. Je suis plus fort que toi, Kelen.

– Je n'ai jamais prétendu le contraire.

Il resta là, comme s'il allait dire autre chose, ou qu'il attendait que je dise autre chose, mais aucun de nous ne parla, alors il se contenta de tourner les talons et de repartir. Il rejoignit les initiés. Je n'entendis pas les mots qu'il leur adressa, mais je doute qu'il ait chanté mes louanges, parce que plusieurs d'entre eux éclatèrent de rire et lui donnèrent des claques dans le dos.

La signification de cette scène aurait dû être évidente pour moi, mais parfois, je suis lent à la détente. Je compris seulement lorsque Tennat s'approcha, peu après le départ de Panahsi.

– Je les avais prévenus que tu viendrais quand même, me dit-il en toussant.

– Tu n'as pas l'air en forme, Tennat. Peut-être que tu devrais...

Il ne fit pas attention.

– Kelen, tu es tellement arrogant. Imbu de toi-même. Tout le monde sait depuis des années que tu finiras Sha'Tep, à laver le sol chez nos véritables mages, ou encore mieux, à travailler dans les mines, ce qui t'ira à merveille. Kelen, l'anti-magicien qui s'imagine qu'il peut échapper à son sort, et même pire, qui se croit plus fort que tout le monde.

– Pas *tout le monde*.

– Tu veux toujours avoir le dernier mot, n'est-ce pas, Kelen ?

Il fit un faux sourire suivi d'une toux authentique.

– Tennat, tu devrais aller te reposer. On dirait que tu as la grippe.

– Ne t'inquiète pas pour moi. Je vais vite guérir, parce que *mon* sang est fort. Quelle que soit ta maladie qui infecte notre peuple, elle n'aura pas d'impact sur moi.

Je n'avais pas pensé à ça. Et si j'étais malade, moi aussi ? J'avais été grippé presque toute ma vie. Mais pourquoi les autres seraient-ils affectés bien plus vite que moi ?

Tennat souriait comme s'il venait de remporter un duel. « Quel crétin. »

– Tu ferais mieux de t'éloigner, Tennat. Je ne pense pas que tu aies envie d'attraper une double dose de ma maladie tueuse de magie.

Un instant, il eut l'air vraiment effrayé, ce qui me confirma qu'il croyait vraiment ce que je disais.

– Non, finit-il par dire en reprenant la direction de son banc. Je vais rester pour regarder.

Il me fallut encore un moment pour comprendre ce qui allait maintenant se produire et admettre qu'en me présentant ce jour-là à l'oasis, j'avais foncé tête baissée dans un piège. Mon peuple possède un rituel pour envoyer un délinquant en exil. La famille du paria, ses amis, ses collègues et ses professeurs lui signifient chacun à leur tour qu'il n'est plus le bienvenu au sein du clan. Cela peut prendre des heures, voire des jours, pour que le rituel s'accomplisse. Une fois que tout le monde a rejeté le paria, le conseil lui signifie son exil. Sans famille, sans clan, il est rare qu'il tente de faire appel.

La scène qui s'était produite avec Panahsi se répéta tout l'après-midi. À chaque heure, dès que maître Osia'phest accordait une pause aux initiés, quelqu'un venait me voir et m'adressait une remarque narquoise pour qu'il soit bien clair que nous n'étions plus amis.

À chaque fois, les paroles de mon père me revenaient en tête : « Les Jan'Tep ne connaissent pas la rancune. »

Bien sûr.

Je rêvais de quitter ce banc et de rentrer chez moi en courant pour m'enfermer dans ma chambre et faire table rase des quinze premières années de ma vie. Ce n'était pas tant ce que les initiés m'avaient dit qui était cruel. Certes, ils étaient cruels. Mais le plus dur, c'est ce qu'ils n'avaient pas pris la peine de dire. J'étais devenu l'étranger, *l'autre*. Je n'étais pas Jan'Tep, ni même Sha'Tep.

Je cessai d'espérer que Panahsi empêche un nouvel initié de venir me voir ou de me jeter un sale regard. Il n'en fit rien. J'étais devenu un insecte nuisible dans leur jardin. Ils ne souhaitaient pas pour autant ma mort. Ils voulaient juste ne plus me voir.

C'est sans doute pour ça que je ne pouvais pas m'en aller. Même si chaque partie de mon corps m'intimait de quitter ce banc au plus vite, j'avais beau me sentir minable et tout seul, quelque part en moi, un éclat de colère refusait de céder. Je fis le serment de me présenter chaque jour à l'oasis pour me montrer à tout le monde. Jusqu'au jour où l'on me refuserait mon nom de mage, et où je serais contraint de rejoindre à jamais les Sha'Tep.

J'étais presque sûr que c'était faire ainsi preuve de noblesse, quand Nephenia s'approcha de moi.

13. *Rejeté*

Là, j'aurais bien volontiers accepté un sort de bouclier.

Certes, Nephenia n'était armée que de sa beauté et de mes sentiments à son égard. Mais ça faisait déjà beaucoup.

Elle était jolie ce jour-là, comme toujours. Sa robe en lin beige qui lui arrivait juste au-dessus des genoux faisait ressortir ses boucles châtain clair étalées sur ses épaules. J'adorais quand elle laissait ses cheveux détachés. Et puis, leur odeur... Ils sentaient les pétales de tamarix, le sable chaud et... « Non, me dis-je. Elle est venue te détruire. Et ça, ce sont justement ses armes. Sois fort. »

Une bonne contre-attaque, voilà ce qu'il me fallait. Quelque chose qui lui coupe l'herbe sous le pied et l'empêche de dérouler un scénario déjà bien rodé. J'imaginai une dizaine de remarques cinglantes qui me donneraient le rôle du type fort, et elle de la petite fille ridicule. « C'est bon. Je suis prêt. »

Mais quand elle s'immobilisa à cinquante centimètres de moi, j'oubliai toutes mes idées brillantes. Je me sentis d'un coup mesquin et vindicatif.

– J'imagine que tu viens…

– Ils croient que je suis venue te signifier mon rejet, dit-elle d'une voix si calme que je dus me répéter ses paroles pour être sûr d'avoir bien compris.

Je voulus me lever, mais elle me fit un petit signe de tête, si bien que je restai à ma place.

– Mais tu ne viens pas pour ça ?

– Je trouve… Je trouve que ce que tu as fait, défendre la Daroman, c'était courageux. Je ne sais pas si c'était bien. Les Jan'Tep doivent rester solidaires. (Elle se tut un instant, puis secoua la tête, comme pour chasser cette idée.) Mais cette Furia t'avait sauvé la vie. À ton tour, tu as sauvé la sienne. Ça, c'est forcément une bonne action. (Elle se détourna et regarda loin vers le sud.) Ils étaient trois contre vous, Kelen, et tu n'avais même pas de magie. Et pourtant, tu les as affrontés. Et tu les as battus.

– Euh… Furia… n'y est pas pour rien, non plus.

– J'aimerais être aussi courageuse que toi.

– Mais tu l'es, dis-je. Tu aurais…

Elle me regarda à nouveau. Elle avait les yeux pleins de fureur et de larmes.

– Non, Kelen, je sais que je ne suis pas courageuse, alors ne prétends pas le contraire.

Ne trouvant rien à répondre d'intelligent ou de rassurant, je me contentai de protester :

– Je ne comprends pas.

– Laisse-moi juste te dire ça. (Elle chassa les larmes de ses yeux avec ses mains, qu'elle essuya sur sa robe.) Kelen, pour les filles, rien n'est pareil. Les maîtres rechignent à nous enseigner la haute magie. Ils considèrent qu'on devrait se contenter d'apprendre à devenir guérisseuse, alors…

– Dans ce cas, exige qu'ils t'apprennent. Ma sœur ne s'arrête pas à un refus. Elle…

– Je ne suis pas Shalla ! murmura-t-elle d'un ton féroce.

Plusieurs initiés se retournèrent. Un instant, je craignis qu'ils s'imaginent que je m'en prenais à Nephenia.

– Je ne suis pas Shalla, répéta-t-elle, cette fois plus tranquillement. Je n'ai pas sa puissance. Les maîtres acceptent de lui enseigner ce qu'elle demande parce que sinon, tout le monde saurait qu'ils refusent juste parce que c'est une fille. Mais moi ? Ils seraient ravis de me laisser au fond de la classe. Je dois supplier et me mettre sur la pointe des pieds derrière les garçons pour voir les sorts que montrent les professeurs. Si certains élèves ne m'avaient pas consacré un peu de temps après les cours, jamais je ne pourrais passer les épreuves. (« Certains élèves. Lesquels ? » me demandai-je.) Kelen, j'ai besoin de l'aide de ces gens. Je ne veux pas finir comme ma mère, mariée à un homme qui la traite comme une Sha'Tep. Pour lui, elle n'est qu'une servante, alors il exige d'elle que… Je dois obtenir un nom de mage.

Une part de moi savait que j'aurais dû prêter attention à ce qu'elle était en train de me dire. J'aurais dû faire preuve de davantage d'empathie. J'aurais dû comprendre que Nephenia tentait juste de survivre en ce monde, tout comme moi. Mais je venais de passer les dernières heures à entendre de la bouche de chaque initié qui, jusque-là, prétendait être mon ami, que j'étais malade et que je n'aurais jamais de pouvoirs magiques. Alors je crois que j'en avais marre, voilà tout.

– Pourquoi tu me racontes ça, Nephenia ? En fait, c'est juste une excuse pour m'annoncer que tu te ranges du côté de tous les autres. (Cette fois, je me levai, déjà parce que j'étais furieux, mais aussi parce que c'était sans doute la dernière fois que je pourrais me tenir près d'elle.) Tu n'es pas venue me dire que je suis courageux. Tu es juste venue me dire au revoir.

– Mais je n'en ai pas envie, protesta-t-elle d'un ton désespéré, comme si ça changeait quelque chose. Peut-être qu'un jour…

– Peut-être qu'un jour, si je deviens subitement un mage puissant, tu voudras bien me parler ? Dans ce cas, tu voudras bien…

J'étais assez proche d'elle pour voir sa lèvre inférieure trembler.

– Kelen, je suis désolée. Je suis tout simplement désolée, dit-elle en tournant les talons.

Je prononçai quelques mots alors qu'elle rejoignait les autres – des mots qu'un jeune mage courageux et héroïque n'aurait jamais dû proférer au sujet d'une fille en pleurs. Tel le lâche que j'étais, je jurai tout bas, si bien que je ne pensais pas que quelqu'un ait pu m'entendre.

– C'est avec cette bouche que t'embrasses ta mère ? lança une voix dans mon dos.

Je me retournai pour découvrir Furia Perfax assise en tailleur contre une colonne, une carte dans une main et un pinceau délicatement tenu entre deux doigts de l'autre. Il y avait près d'elle une mallette en cuir remplie de pinceaux, de petits pots de peinture et de bocaux.

– Qu'est-ce que vous faites là ? demandai-je, surpris de la colère dans ma voix.

– De toute évidence, je peins une carte.

La question de la mage douairière, la nuit précédente, me revint en tête.

– Une carte de quoi ?

Furia observa la carte dans sa main.

– Ça ne te regarde pas.

Ses réponses désinvoltes me mirent hors de moi.

– Vous m'avez espionné.

– Ce n'était pas très dur, répliqua-t-elle en rinçant son pinceau dans un liquide clair avant de l'envelopper avec un tissu et de le ranger dans la mallette. Peut-être que la prochaine fois, ta petite amie et toi devriez jeter le sort « faire attention au monde qui nous entoure ».

– Ce n'est pas ma… Elle n'est rien pour moi, et je n'ai pas envie d'en parler.

– Ça tombe bien, moi non plus, lança Furia en plongeant la main sous son gilet pour en extraire un roseau de feu, qu'elle coinça entre ses dents.

De la mallette en cuir, elle sortit deux bourses en tissu et prit une pincée de poudre dans chaque. Quand elle les lança l'une contre l'autre, une petite flamme se forma et alluma le roseau.

– C'est quoi, ces poudres ? demandai-je.

– Des trucs que j'utilise pour peindre, expliqua-t-elle en tirant une bouffée sur son roseau. Il vaut mieux pas les mélanger.

Elle souffla un rond de fumée qui dériva vers moi. Un geste étrangement accusateur.

– Nephenia ne veut plus me voir parce que je n'ai pas de magie, dis-je, me rendant compte qu'au contraire, j'avais envie d'en parler. Un jour, je suis prometteur et elle a l'air de bien m'apprécier, le suivant, je ne suis plus rien et elle se dit que je n'en vaux pas la peine.

Si je m'attendais à une marque de sympathie, ce qui était le cas, je n'en obtins aucune.

– Tu sais ce que je me demande ? lança Furia.

Je ne répondis pas, mais ça n'avait aucune importance parce qu'elle continua quand même.

– Si cette pauvre fille cessait d'être belle demain, est-ce que tu remarquerais même son existence ?

Elle me laissa trois secondes pour trouver une réponse avant d'éclater de rire.

– Tu m'amuses, gamin, tu sais ?

– Furia, arrêtez, répliquai-je.

Le soleil déclinait dans le ciel, et maître Osia'phest s'éloignait dans la rue en traînant les pieds. De toute évidence, la leçon du jour était terminée.

– Vous êtes une espionne pour le roi daroman ? Vous êtes pour quelque chose dans la maladie de Tennat et des autres ?

– Nan, fit-elle avec un regard de travers. Et toi ?

– Ne racontez pas n'importe quoi.

– Dit le gamin qui vient juste de demander à quelqu'un soupçonné d'être un espion s'il l'est vraiment.

– Si vous n'êtes pas une espionne, alors qu'est-ce que vous êtes ? Parce que je ne crois pas qu'une vagabonde argosi traînerait encore dans les parages après ce qui s'est passé hier soir.

– Je suis une *femme*, gamin. Tu n'en as sans doute encore jamais croisé, vu le trou paumé où tu vis. Une femme, c'est un homme en plus malin et avec plus de couilles.

Je pris conscience qu'elle venait d'insulter ma mère, ma sœur et toutes les femmes de mon clan au passage. Mais c'était autre chose qui me dérangeait.

– Vous n'avez pas peur que Ra'fan, Ra'dir et Tennat vous retrouvent ?

Elle vint s'asseoir sur le banc près de moi.

– Les crétins d'hier soir ?

– Ceux-là ou quelqu'un d'autre. Vos ruses ne vont pas marcher à tous les coups. La prochaine fois, ils pourraient…

– La prochaine fois, j'utiliserai une autre ruse.

Je ne voyais sur son visage que son habituel sourire narquois plein de suffisance ; pourtant, je me souvenais encore de la peur dans ses yeux la veille au soir.

– Maintenant, ils connaissent le coup de la fumée et des cartes en métal. Qu'est-ce qui se passera quand vous serez à court de trucs comme ça ? Qu'est-ce qui se passera si un mage plus puissant décide de vous attaquer et…

Elle haussa les épaules.

– On verra quand ça arrivera. (Elle tira une nouvelle bouffée sur son roseau.) Mais occupons-nous de soucis plus immédiats. Comme cette petite dame qui semble tant te plaire, mais que tu viens de traiter comme un chien.

Une ville remplie de mages dont la moitié voulaient sa mort, et elle me parlait de mes histoires de cœur.

– Sauf si vous avez un sort à jeter pour qu'elle aime le minable que je suis, gardez vos réflexions pour vous. En plus, c'est comme elle a dit : elle n'a rien de particulier.

Furia m'observa en lâchant une longue bouffée. La fumée envahit l'air comme le brouillard par une fraîche matinée de printemps.

– Gamin, tu m'as rendu un service hier soir, donc je t'en dois un.

Je me détournai.

– Si vous avez l'intention de faire une nouvelle blague sur les sorts que je dois apprendre, c'est inutile.

J'étais fatigué d'entendre Furia parler de la magie comme si ce n'était pas une discipline sérieuse.

Je sentis sa main sur mon épaule et voulus me dégager, mais elle me tenait fort.

– Gamin, je vais vraiment t'apprendre un sort, non parce que tu le veux, mais parce que tu en as besoin.

Elle se pencha et murmura une série de mots à mon oreille.

C'était encore une de ses tirades débiles. Furia prétendait que certaines choses, sans être de véritables sorts, étaient aussi importantes que la vraie magie. J'aurais pu chasser ça de mon esprit, mais je me sentais très gêné de la façon dont je m'étais comporté avec Nephenia. Alors, quand je remarquai qu'elle traînait dans l'oasis tandis que les autres initiés rentraient tous chez eux, je la rejoignis sans bruit.

Quand elle s'aperçut de ma présence, je vis la peur dans son regard. La peur que je lui hurle dessus ou que je lui dise des méchancetés. Que je la rejette. « Comme tu m'as rejeté, Nephenia. » Je chassai cette pensée de mon esprit. Quitte à passer pour un débile, autant le faire bien. « Le calme, me dis-je. Le calme avant toute chose. » Je fermai les yeux un instant, visionnai le sort, puis récitai l'incantation, exactement comme Furia me l'avait appris :

– Tu as dit que tu n'étais pas spéciale, Nephenia, mais tu te trompes. Un jour, tu t'en rendras compte par toi-même, mais entre-temps, sache juste que dans mon cœur, tu as une place particulière.

Elle resta longtemps immobile, comme si tout son corps était prisonnier d'un sort d'entrave. Puis je vis une larme se former dans son œil droit. Juste avant qu'elle coule sur sa joue et que Nephenia se jette à mon cou.

– Merci, Kelen.

Voilà tout ce qu'elle dit.

Elle ne m'embrassa pas, elle ne s'excusa pas, elle ne me promit pas de rester mon amie. Elle ne m'offrit aucun souvenir ni secret en guise d'adieu. Je savais que le lendemain, elle ferait ce qu'elle avait dit : elle se placerait du côté des autres, parce que c'est ce qu'il faut faire quand on n'est pas assez puissant seul.

Mais pendant les quelques secondes où je la

tins dans mes bras, où je sentis son visage contre mon épaule, ma joue dans ses boucles toutes douces, je m'en moquai.

Certes, ce n'était pas de la magie.

Pourtant, ça s'en approchait terriblement.

Je retournai à mon banc entre les colonnes pour faire quelques commentaires intelligents à Furia au sujet de son sort, mais je découvris qu'elle avait disparu et que Shalla avait pris sa place. Elle semblait plus pâle que d'habitude. L'air fatiguée.

– Où est Furia ? demandai-je.

Shalla haussa les épaules.

– Elle est partie. Je crois qu'elle ne m'apprécie pas beaucoup. Mais comme c'est juste une espionne daroman...

– Ce n'est pas une espionne.

– Dans ce cas, c'est quoi ?

« Une femme : un homme en plus malin et avec plus de couilles. »

Ce n'était pas cette remarque qui allait me faire remonter dans son estime. Alors je dis :

– Va savoir ? Sans doute ce que dit Père : une vagabonde argosi.

Shalla voulut me répondre, mais elle se mit à tousser. J'allais lui demander ce qu'elle avait quand elle désigna la rue que Nephenia venait de prendre.

– C'est quoi, cette histoire ?

Je jetai un coup d'œil par-dessus mon épaule, au cas où Nephenia serait encore à portée d'oreilles, mais la rue était déserte.

– Rien, c'est juste…

– Je ne sais pas pourquoi tu perds ton temps avec la souris, insista ma sœur. Sa famille n'est pas puissante, elle n'est pas si jolie que ça, et elle ne deviendra jamais une grande mage.

Une dizaine de répliques furieuses surgirent à mon esprit, de la plus méchante jusqu'à la moins susceptible de m'attirer encore plus d'ennuis que je n'en avais déjà. Je les balayai toutes. Et je dis :

– Elle te trouve géniale.

Shalla ouvrit la bouche, puis la referma. « Si ça, ce n'est pas de la magie… » Mais bien entendu, ça ne dura pas.

– Tu sais que ces gens-là ne font pas partie de ta famille, n'est-ce pas ? me lança ma sœur. Panahsi, Nephenia, cette cinglée de Furia. Aucun d'eux n'est de ta famille.

– Et alors ? répliquai-je, la gorge serrée de colère, malgré ma volonté de rester calme. (Shalla était vraiment plus maligne que moi. Elle savait toujours mettre le doigt là où ça faisait mal.) Qu'est-ce que ma famille a jamais fait pour moi ? Toutes ces heures où Mère et Père m'ont jeté des sorts pour faire venir ma magie ? Ça n'a fait que me rendre malade et faible. Je me sentais si mal après. Et tu crois qu'ils continueront à me laisser dormir à l'étage quand je serai Sha'Tep ? Tu m'appelleras encore ton frère, quand je viendrai te servir à dîner ou récurer le sol de ta chambre ?

Je m'attendais à ce que Shalla se lance dans une tirade, mais elle se contenta de sourire et prit mes deux mains entre les siennes. Puis, comme si ça ne suffisait pas, elle les lâcha et se blottit contre moi.

– Ça n'a aucune importance, Kelen. Tu seras toujours mon frère.

De tous les chocs que j'avais encaissés ces derniers jours, ce fut le plus violent. Ma sœur était-elle vraiment sincère en disant que ça ne comptait pas pour elle que je devienne Sha'Tep ? Qu'elle m'aimerait quand même ? J'imagine que c'est pour ça que je fus doublement surpris quand elle me murmura à l'oreille :

– J'ai trouvé un moyen de réparer ta magie.

14. *Le Serpent*

– C'était ton idée, lança Shalla comme on partait à l'assaut du sentier.

– Quoi, mon idée ? protestai-je en mettant sur mon épaule le sac qu'elle avait pris, et qu'elle voulait maintenant que je porte. Tu ne m'as toujours pas dit ce qu'on allait faire. Déjà, qu'est-ce qu'on fabrique sur le Serpent ?

Le Serpent était l'un des deux chemins qui se croisent à de multiples reprises en traversant les territoires Jan'Tep du nord au sud. On l'appelait ainsi parce qu'il s'entortillait autour des huit mille kilomètres en ligne droite du chemin des caravanes, qui lui, s'appelait le Gourdin. Les ingénieurs militaires daroman avaient creusé le Gourdin à travers la forêt bien des siècles plus tôt pour faciliter le commerce, les voyages et, en temps de guerre, lancer leurs armées conquérantes à l'assaut de nos terres. Le Serpent était une route bien plus ancienne, qui s'appelait en réalité le Sentier des Esprits. On le disait hanté par les fantômes des ancêtres qui menaient une guerre éternelle contre les Mahdek, nos anciens ennemis. C'était aussi l'endroit où les mages Jan'Tep partaient à la recherche d'apparitions dans leur quête de la haute magie.

– Quand tu as affronté Tennat en duel l'autre jour, me dit Shalla, tu as parlé au faucon dans le ciel.

Je faillis lâcher le sac.

– Shalla, c'était une ruse. Je faisais semblant pour…

– Faire peur à Tennat. Je sais. Mais tu n'as pas réfléchi à la raison pour laquelle ça lui a fait peur. Le mage qui possède un animal de puissance peut canaliser la magie même sans faire étinceler ses bandes.

– Et alors ?

– Et si tu avais vraiment un animal de puissance ?

C'était une hypothèse stupide. Le genre de réflexion réservée à des maîtres de sort vieillissants ou à mon insupportable petite sœur, et c'était à peu près tout.

– On ne le saura jamais, n'est-ce pas ? Puisqu'il faut de la vraie magie pour attirer un animal de puissance, ce que, au cas où tu ne l'aurais pas remarqué, je n'ai plus.

– Mais moi, j'en ai.

Je m'arrêtai net.

– Père t'a autorisée à reprendre les épreuves ? Je croyais qu'il allait t'en empêcher un moment parce que tu as…

« … failli tuer ton propre frère. »

Mais Père n'avait sans doute pas le choix. Si le conseil devait jauger la force de sa lignée, son seul espoir de devenir prince de clan, c'était que Shalla impressionne les mages seigneurs. Elle n'obtiendrait pas son nom de mage avant ses seize ans mais, en passant ses épreuves avec trois ans d'avance, elle pouvait néanmoins prouver la puissance de notre maisonnée. Non que ça arrange mes affaires, soit dit en passant.

– Shalla, plus personne ou presque n'a d'animal de puissance. C'est bien trop risqué. Pourquoi je… ?

Elle baissa les yeux.

– Mère m'a aidée à convaincre Père qu'un familier pourrait… m'aider à canaliser mon énergie.

« Ouais, c'est ça », me dis-je. C'était vrai que lorsqu'un mage et son animal de puissance se lient, il y a comme une fusion de leurs personnalités. Pourtant, je doutais fort qu'un chat ou un canard enseigne l'humilité à ma sœur.

Shalla toussa, et je remarquai de nouveau combien elle était pâle.

– Qu'est-ce que tu as ? demandai-je. Tu parais encore plus mal en point que Tennat, alors qu'il a tout de même failli se faire égorger par Furia hier soir.

– C'est juste un rhume, répondit-elle en se remettant en route. Ce n'est pas ça qui va m'empêcher de faire ce que j'ai l'intention faire.

– Et qu'est-ce que j'ai à voir là-dedans ? demandai-je.

– J'ai convaincu Père de te laisser m'accompagner pour me servir de gardien. Tu vas devoir me protéger.

Je faillis éclater de rire.

– Tu espères que je te protège des fantômes malfaisants des Mahdek sur le Serpent ? Avec quoi ? La force de mon esprit conquérant ?

– Ne sois pas stupide, Kelen. Personne n'a vu

de Mahdek depuis des décennies. Et puis, j'ai mes propres sorts d'évitement, et je suis sûre que Mère a déjà jeté un sort de divination pour me surveiller. Tout ce que tu as à faire, c'est empêcher des insectes ou des animaux malades de se lier à moi pendant que je jette le sort d'appel.

– Je vais donc avoir le privilège de te voir devenir encore plus puissante, et en échange, qu'est-ce que j'y gagne ?

Elle fit un immense sourire, comme si elle était sur le point de m'annoncer qu'elle avait inventé la roue.

– J'ai un plan. Dès que j'aurai mon faucon…

– Qu'est-ce qui te fait croire que tu vas attirer un faucon ? l'interrompis-je. (Les faucons étaient des créatures fières qui acceptaient très rarement de se soumettre aux humains. C'étaient donc les animaux les plus difficiles à attirer.) Tu as plus de chances de passer le reste de ta vie liée à une souris ou une grenouille.

Shalla leva les yeux au ciel.

– Kelen, je t'en prie. Tu m'imagines avec un familier aussi faible ? Je préférerais mourir et retenter ma chance dans une vie postérieure.

– Bon, d'accord. Si tu te lies à un faucon…

– *Quand* je serai liée à un faucon. J'ai trouvé un moyen de maintenir le sort d'appel une fois que le lien sera effectué. J'utiliserai un sort de sympathique pour canaliser ma volonté à travers le faucon afin qu'à son tour, il appelle un congénère. S'il y en a un autre dans les quinze kilomètres à la ronde, je le ferai venir, puis il essaiera de se lier à moi, mais je serai déjà liée au mien.

– Donc le rapace n'aura d'autre choix que de se lier à moi, c'est ça ?

J'essayais d'envelopper mes mots de toute l'incrédulité qui jaillissait en moi, mais l'idée d'avoir mon propre animal de puissance était tellement excitante... Un faucon. Un *faucon*. Non seulement j'aurais un moyen de canaliser ma magie sans avoir besoin de ces fichues bandes, mais je serais capable de passer les deux dernières épreuves. Et puis, en ville, tout le monde ou presque s'intéresserait à moi. Un *faucon*.

– Mais... Comment ça peut marcher ? Ça a du sens, alors pourquoi personne n'a jamais essayé ?

Shalla sourit.

– Parce que, en général, les mages sont tellement concentrés sur l'attache qu'ils en oublient tout le reste. Ils sont nuls et ils sont bêtes, mais pas moi. Je vais garder ma concentration pour maintenir le sort, comme ça, toi aussi, mon frère, tu auras ton animal de puissance.

J'observai ma sœur en résistant à l'envie de me mettre à genoux, de passer mes bras autour de sa taille et de lui promettre d'être le meilleur frère que le monde ait jamais connu. Il y avait mille raisons de douter de la motivation de Shalla et de sa capacité à mener son projet à bien. Mais si elle réussissait ? Si jamais c'était possible ?

Un *faucon*.

Des heures plus tard, assis contre un arbre, je guettais le ciel à travers la canopée tandis que la lune approchait du zénith. Je m'étais mis dos au feu que nous avions fait pour le dîner. Nous l'avions allumé avec un sort (jeté par Shalla, bien sûr) et je l'entretenais de façon à toujours voir ma sœur dans son cercle de sort à vingt mètres de moi. Elle avait insisté pour que je me tienne à distance, soi-disant afin que le bruit de ma respiration ne la trouble pas, mais je savais qu'en réalité, elle craignait que ma présence n'affaiblisse sa magie.

Comme nombre de sorts de l'esprit, ce que mon peuple appelle la magie de la soie, l'appel est invisible à l'œil nu. Si je regardais très, très attentivement, je pouvais presque imaginer un miroitement autour de Shalla – une discrète expansion de l'air à mesure que le sort pénétrait la forêt et appelait pour elle un animal de puissance.

En soi, qu'elle ait réussi à jeter ce sort était déjà incroyable. La plupart des initiés passaient des jours à essayer et finissaient par renoncer, épuisés, pour reprendre seulement quelque temps plus tard. Or Shalla, qui n'était pourtant pas au meilleur de sa forme, était parvenue à jeter le sort dès sa première tentative. Même si c'était mesquin, une part de moi aurait aimé qu'aucun animal, pas même un cafard, ne s'approche d'elle.

Ma tâche de gardien était relativement simple. Si un insecte ou un animal malade s'aventurait autour de Shalla, je devais le chasser. Les insectes ne peuvent devenir des familiers. Je ne sais pas pourquoi, sans doute parce qu'ils ont un cerveau trop primaire, ce qui les rend incapables de communiquer avec un mage. Se lier à un insecte serait juste du gâchis, car cela empêcherait d'autres animaux de répondre à l'appel.

Les animaux malades, c'était plus gênant. Un

animal malade pouvait chercher à se lier à un mage dans l'espoir de prolonger sa vie, mais sa maladie infectait alors le mage, ce qui affaiblissait ses pouvoirs pendant des années. Car même après la mort de l'animal, sa maladie restait dans le corps du mage. Ce n'était pas une condamnation à mort, mais pas loin.

J'aurais dû être fier que Shalla me confie une tâche aussi importante, mais j'étais presque sûr de deux choses. Un, elle avait certainement menti sur le fait d'avoir obtenu l'autorisation de nos parents pour appeler un animal de puissance. Shalla étant Shalla, elle s'était sans doute dit qu'une fois qu'elle aurait son familier, elle expliquerait que tout était bien qui finissait bien, et qu'on lui pardonnerait.

Deux, la raison pour laquelle elle se sentait en sécurité avec moi, c'est qu'elle n'avait en réalité pas besoin de gardien. Un sort d'appel parfaitement formé comporte deux parties. La première pour appeler les bonnes créatures, la seconde pour repousser les mauvaises. Il y avait donc toutes les chances que les animaux malades l'évitent. Je n'avais pas grand-chose à faire, à part espérer qu'elle honore sa promesse.

Cette pensée m'occupa les premières heures de la nuit, mais lorsque le froid commença à pénétrer jusqu'à mes os, elle fut accompagnée de doutes sur le fait que Shalla réussisse à appeler un familier pour moi. Je l'observai, à la recherche de signes de sa duplicité. Elle avait l'air aussi calme, sereine et arrogante que d'habitude. Sûre d'elle. Avait-elle même besoin de moi ? Ou étais-je juste là pour assister à son triomphe ?

Shalla adorait me traiter de fainéant et considérer que tout ce qu'il me fallait pour devenir un mage puissant, c'était travailler davantage. Pourtant, je savais qu'elle éprouvait une joie sans limites à posséder plus de pouvoir que moi. Allait-elle prendre le risque de renoncer à ça ? Ou allait-elle revenir sur sa parole une fois qu'elle aurait obtenu son animal de puissance ?

J'essayai d'imiter sa position en tailleur, les bras tendus devant moi, coudes pliés, paume droite vers l'extérieur avec l'annulaire et l'auriculaire qui la touchaient : le signe du contact. Et la main gauche vers l'intérieur, index et annulaire collés en signe d'appel. En utilisant le souffle silencieux que maître Osia'phest nous enseignait depuis l'enfance, je répétais l'incantation composée de quatre syllabes : « *Te-me'en-ka. Te-me'en-ka.* »

Je fermai les yeux, non parce que le sort l'exigeait, mais parce que regarder mes bandes inertes n'allait pas accroître ma confiance en moi. Dans mon esprit et dans mon cœur, je canalisai ma volonté en pensant aux faucons. « Je t'appelle. Nous sommes faits pour nous réunir. Nous sommes faits pour que nos âmes se lient. Je t'appelle. Viens. »

Je continuai en m'efforçant d'ignorer la douleur qui pulsait dans mon crâne à force de tenir le sort, de me concentrer sur les formes somatiques et de prononcer l'incantation qui canalisait ma volonté : « *Te-me'en-ka. Te-me'en-ka.* »

J'insistai pendant ce qui me parut une éternité, mais qui n'était sans doute en réalité qu'une minute ou deux. Un petit vent agitait mes cheveux et des mèches me chatouillaient le visage. Des gouttes de sueur me piquèrent l'œil gauche. Cligner des paupières ne fit que briser ma concentration. Je capitulai, essuyant la sueur sur mon front, et me rendis compte que j'étais épuisé. Le feu crépitait, Shalla était toujours assise dans son cercle à vingt mètres de moi. À croire que le monde entier ignorait mes efforts.

« Ô ancêtres, je vous pardonnerais tout ce que vous m'avez fait subir si vous vouliez bien m'offrir un animal de puissance. Je vous promets de bien le traiter. Je lui donnerai tout ce qu'il veut à manger et je le protégerai. Je lui offrirai la vie la plus longue et la plus belle qui soit. Mais ne me laissez pas comme ça. Ne me laissez pas tout seul. »

C'est là que je me rendis compte que j'avais confondu un bruit de feuilles sèches qui craquaient sous des pieds avec le crépitement du feu. Quelque chose approchait dans l'obscurité.

15. Les masques

J'étais dans un tel état d'hébétude qu'un bref instant, je réussis à me persuader que malgré les bandes ternes sur mes avant-bras et la faiblesse de ma volonté, le sort avait fonctionné et qu'un animal de puissance me rejoignait. Certes, il courait, ce n'était donc pas un faucon, mais...

Ce fantasme vola vite en éclat. Même la plus ardente envie de tromper ses propres sens ne laisse pas le cerveau mal interpréter pendant bien longtemps de lourds pas d'hommes.

Je crus d'abord qu'il s'agissait de Ra'fan et Ra'dir. Mais c'était impossible : jamais Ra'meth n'aurait pris le risque d'envoyer ses fils attaquer aussi frontalement la maisonnée de Ke. Trois hommes avançaient sous le couvert des arbres. Leurs vêtements sombres de voyageurs ne fournissaient pas le moindre indice quant à leur identité ou leur origine. Alors qu'ils approchaient, je distinguai les masques qui recouvraient leurs visages. En laque noire et rouge, ils représentaient des monstres grimaçants avec des crocs, des cornes ou des défenses. « Des Mahdek », pensai-je, le souffle coupé. Les Mahdek portaient ce genre de masques quand ils s'adonnaient à leurs rituels diaboliques. Je me jetai au sol. « Ils sont revenus. Les Mahdek sont de retour. »

– Si vous voulez la vie sauve, tenez-vous à l'écart ! criai-je en essayant de prendre le même ton autoritaire que mon père.

Mais ces paroles paraissaient bien plus menaçantes dans ma tête que lorsque j'entendis ma voix aiguë et tremblante s'élever vers le ciel nocturne.

– Je suis le récipiendaire d'une terrible magie noire ! complétai-je, ce qui sonnait encore plus ridicule.

« Ancêtres, pensai-je, si vous avez vraiment envoyé les Mahdek pour me tourmenter, ne pourriez-vous pas au moins me faire dire quelque chose d'intelligent ? »

Je jetai un coup d'œil à Shalla dans l'espoir qu'elle me vienne en aide, mais elle était toujours plongée dans son sort, et donc totalement inconsciente du danger.

Les hommes masqués surgirent. Je me souvins alors des dessins à l'encre métallique sur de vieux manuscrits que les maîtres nous montraient parfois pour nous terrifier. Ces images effrayantes venaient ensuite hanter nos cauchemars.

« Qui d'entre vous serait capable de combattre l'ennemi légendaire ? demandait maître Osia'phest lorsque nous faisions preuve d'un peu trop d'insolence. Lequel d'entre vous serait capable d'affronter un sorcier mahdek avec son masque mortuaire ? »

« Une chose est sûre : pas moi. »

Le plus grand des trois s'avança. Son masque comportait deux paires de cornes incurvées, l'une rouge, l'autre noire, de chaque côté des tempes.

– Attrapez-le, dit-il aux autres.

Un homme aux épaules larges dont le masque avait un troisième œil bondit. Dans ma tentative de lui échapper, je percutai un arbre. Ma tête cogna contre le tronc et je vis des étoiles. Si mes genoux n'avaient pas lâché, mon assaillant m'aurait attrapé. Une fois à terre, je rampai pour faire le tour de l'arbre.

Mais en me redressant, je me sentis agrippé par le dos de ma chemise. Ma peur fut remplacée par autre chose : du désespoir. Le désespoir, ça ressemble beaucoup à la peur, à ce détail près que c'est plus utile. Le gros type me fit pivoter et me projeta contre le tronc, mais quand il voulut s'approcher, je sortis la carte en métal que Furia m'avait donnée et me jetai sur lui, lui entaillant la paume de la main. Son cri m'encouragea à recommencer. Je le coupai au poignet de l'autre bras, et son sang gicla. Le type s'écroula.

Un troisième homme avec de longues défenses attachées à la partie inférieure de son masque se précipita sur moi. Un instant, j'aurais pu m'enfuir, mais j'hésitai. Même si j'y parvenais, et ensuite ? J'étais trop loin de la ville pour espérer de l'aide. Si ma mère avait jeté un sort de divination pour surveiller Shalla, alors mon père et elle étaient déjà en chemin. Mais si je m'enfuyais, ils n'arriveraient jamais à temps pour sauver ma sœur.

Ne sachant pas quoi faire, je m'arc-boutai contre l'arbre et donnai un grand coup de pied à mon deuxième assaillant. Trop tôt, si bien que mon pied ne fit que lui effleurer le ventre. De rage, je jetai ma carte en direction de son visage. « Non, crétin ! Pas le visage ! » Malgré mon imprécision, la carte se logea dans le front de son masque. J'entendis le type pousser un cri de surprise. Mais elle ne s'enfonça pas suffisamment pour le blesser. Si j'avais visé une tout autre partie de son corps, peut-être aurais-je pu lui faire mal et le ralentir. Mais là, il me saisit le cou à deux mains et serra si fort qu'il me coupa instantanément le souffle.

– Sale bâtard, cracha-t-il avec un grognement guttural. (Il me lâcha d'une main et s'en servit pour retirer la carte de son masque.) Et toi, tu aimes bien qu'on te taillade ?

– Non, dit le chef, dont les cornes scintillaient à la lueur du petit feu. Attache-le, c'est tout.

Défenses d'Éléphant me repoussa, si bien que ma tête heurta à nouveau le tronc, ce qui m'assomma. Je crus qu'ils allaient me jeter un sort d'entrave, mais le type prit une longue corde à sa taille et s'en servit pour me ligoter. Je trouvai bizarre qu'aucun des trois n'ait essayé d'utiliser un sort. On m'avait toujours dit que les Mahdek étaient des sorciers. « Concentre-toi, bon sang ! »

– Shalla ! criai-je. Réveille-toi ! Il faut que tu te réveilles !

Le chef repoussa Défenses d'Éléphant et se plaça à quelques centimètres de moi, comme s'il voulait que je voie chaque détail de son masque hideux.

– Crie autant que tu veux, elle est perdue dans son petit sort, elle attend que son animal de puissance chéri vienne à elle.

– Ma mère nous surveille avec un sort de divination ! protestai-je. Mon père va venir et là, il vous…

– Bien sûr qu'ils vont venir. Peut-être même qu'ils peuvent nous voir, à l'heure qu'il est. (Il leva les yeux en direction du ciel.) Tu me vois, ô puissant Ke'heops ? Sais-tu ce que je vais infliger à ton cher petit garçon ? Allez, envoie un éclair pour me frapper ! (Il se retourna vers moi en éclatant de rire.) Même s'ils nous voient, ils sont encore trop loin.

– Qui êtes-vous ? Pourquoi vous faites ça ? implorai-je.

Cornes Tordues m'ignora et repartit en direction des arbres. Il en revint avec un gros sac de toile à la main.

– Vérifie qu'il est bien attaché. C'est un malin.

Défenses d'Éléphant passa derrière l'arbre pour vérifier les cordes, qu'il resserra, ce qui me fit gémir de douleur.

– Il n'ira nulle part, assura-t-il.

Le chef acquiesça et plongea la main dans le sac. Que contenait-il ? J'imaginai des couteaux recourbés ou des fioles de poison. Le sac s'agita un peu. Je pensai alors à un serpent. « Il a apporté un serpent qui va me mordre et envoyer son venin dans mes veines. » Mais quand l'homme ressortit la main du sac, elle ne tenait ni couteau, ni poison, ni serpent. Juste un petit animal blanc dont la fourrure sale ne masquait pas ses nombreuses plaies. Il n'y voyait sans doute rien à cause de ses yeux larmoyants et vitreux. Il luttait pour rester en vie.

Le chef posa le chiot par terre un peu à l'écart de Shalla. Aussitôt, lentement, péniblement, maladroitement, la bête se mit en route vers ma sœur. Et là, je compris ce que ces hommes comptaient faire. Et là, je criai pour de bon.

16. *La créature*

Plus je criais et suppliais les hommes masqués, plus ils riaient.

– Regardez-moi ça, dit Défenses d'Éléphant en bandant le poignet de Troisième Œil, là où je l'avais coupé avec la carte en métal. On lui fait rien, mais il est déjà en train de perdre sa petite tête de Jan'Tep.

Je ne quittais pas des yeux le chiot malade qui, attiré par la magie de Shalla, se rapprochait peu à peu d'elle en s'arrêtant de temps à autre pour se reposer et lécher ses blessures.

– C'est trop long, protesta Troisième Œil. Balançons directement le chien sur elle.

– Imbécile, la magie, ça marche pas comme ça. Il faut que l'animal réponde à l'appel. Il doit vouloir se lier à elle. Elle ne peut pas le refuser, mais il faut que le chien aille jusqu'à elle.

– Va-t'en ! criai-je au chien.

Pourquoi la magie de ma sœur ne fonctionnait-elle pas ? La partie défensive de son sort aurait dû la protéger des animaux malades.

Les hommes éclatèrent à nouveau de rire, et Défenses d'Éléphant me lança :

– Hurle autant que tu veux, mon garçon. Le chiot est sourd. C'est l'un des symptômes de la maladie qu'on lui a filée. (Puis il se tourna vers ses compagnons pour ajouter :) Je me demande si la fille deviendra sourde elle aussi quand elle sera liée à lui. Ça va être intéressant de le découvrir, non ?

– Mais pourquoi vous lui faites du mal ? protestai-je.

– On ne lui fait aucun mal, répliqua Cornes Tordues. Elle est venue chercher un familier, et voilà ce qu'elle va récupérer. (Il vint placer une main gantée sous mon menton.) Ta famille, ton clan se croient tout-puissants, n'est-ce pas ? Eh bien, elle, elle est encore pire que les autres. Elle est convaincue qu'elle deviendra la plus grande mage de son peuple. Et qui sait ? Ça aurait peut-être pu être le cas. (Il fit signe à Défenses d'Éléphant, qui s'approcha du chien pour l'aider un peu. La bestiole reprit sa progression en rampant vers Shalla.) Je te parie qu'une fois qu'elle sera liée à cette bestiole, elle ne sera plus si hautaine et méprisante.

– Je vous en supplie, ne faites pas ça, insistai-je. Ce n'est pas trop tard. Récupérez le chien et on discutera. Il doit bien y avoir quelque chose que vous voulez.

Sans prévenir, il me gifla.

– Ce que je veux, c'est profiter du spectacle. Voilà tout.

Troisième Œil rit d'un air ravi.

– Ces Jan'Tep... On leur pique leur petite magie et les voilà tout perdus dans le grand monde.

– On vous a rien fait ! m'écriai-je en tirant sur les cordes qui ligotaient mes poignets. La guerre entre les Jan'Tep et les Mahdek est terminée depuis trois siècles !

– C'est vrai..., fit le chef, presque dans un murmure. Mais les conséquences de cette guerre perdurent encore et encore, tu ne crois pas ?

Le petit chien, cette pauvre bestiole attirée par le pouvoir de Shalla, n'était plus qu'à quelques centimètres d'elle. Il reniflait l'air comme s'il sentait sa magie. Dans quelques instants, il allait la toucher, et le lien serait créé. Et là, c'en serait fini de Shalla. Elle serait faible et malade toute sa vie.

« J'ai convaincu Père de te laisser m'accompagner pour me servir de gardien. Tu vas devoir me protéger. »

C'était ma faute. J'étais censé la défendre. J'étais censé empêcher ce genre de choses. « Esprits de nos ancêtres, allez au diable. Comment pouvez-vous me laisser tomber une fois de plus ? » Désespéré, je tentai une nouvelle fois de projeter ma volonté. Si jamais il y avait un autre animal dans les parages... Je ne savais pas ce qu'il pourrait faire, mais j'étais trop désemparé pour réfléchir. Je devais tenter quelque chose. Je me concentrai sur l'appel. « *Te-me'en-ka. Te-me'en-ka.* »

– C'est trop long, se plaignit Troisième Œil. Si ses parents la surveillent vraiment, ils ne doivent plus être très loin.

– On y est presque, dit Cornes Tordues. Presque.

Malgré mes efforts, je ne pus m'empêcher d'ouvrir les yeux. Le petit chien malade tendit une patte blessée vers Shalla.

– Non, suppliai-je. Non, non, pas ça.

Cornes Tordues hocha la tête.

– Kelen, regarde…

Avant que je puisse lui demander comment il connaissait mon nom, quelque chose s'agita dans les arbres. Je levai les yeux, mais la créature allait trop vite pour que je distingue autre chose que de la fourrure brune. Elle courait de branche en branche. Elle devait mesurer une cinquantaine de centimètres de long, mais ce n'était pas facile à dire parce que la couleur et les rayures de son pelage se confondaient avec le feuillage.

– Ancêtres, protégez-nous ! s'écria Défenses d'Éléphant.

Tout à coup, la créature bondit et planta les griffes de ses pattes arrière dans la nuque de Défenses d'Éléphant. Avant même que le type puisse sortir son couteau, le monstre avait de nouveau bondi. Il se jeta sur le petit chien, qui n'était plus qu'à un centimètre de Shalla, et le fit rouler un peu plus loin. Quand la créature réapparut, elle tenait le chiot entre ses crocs.

– Bon sang ! s'exclama Cornes Tordues. C'est quoi, ce truc ?

Même là, avec la créature à trois mètres de moi à peine, ce n'était pas facile de comprendre ce que c'était. La fourrure que j'avais crue marron était en fait presque aussi noire que l'ombre. Elle agita la tête une fois, deux fois, trois fois. À la dernière, j'entendis la nuque du chiot se briser, ce qui mit fin à son agonie. L'assassin lâcha le cadavre et nous regarda. D'abord, je crus que c'était un autre chien, mais ça ne ressemblait à aucune race que je connaissais. Il avait presque une tête de chat, mais plus large et plus grosse, avec un museau ratatiné. Son poil était hérissé, et je distinguai de longues rayures noires sur ses flancs et sa queue fournie. Ses yeux reflétaient le rouge sang des étincelles qui jaillissaient du feu.

– Sortez vos armes, ordonna Cornes Tordues à ses acolytes.

La créature baissa les yeux vers le chiot mort à ses pieds, puis se dressa sur ses pattes arrière en ouvrant la gueule pour pousser un grognement à ce point furieux que, si je n'avais pas été attaché, j'aurais pris mes jambes à mon cou. « Elle est en colère. Elle est en colère parce qu'elle a dû tuer le chien. » Je ne sais pas comment je savais ça, mais quelque chose dans l'expression de la bête, ses grognements et ses feulements m'en persuadèrent.

Elle se rapprocha de nous. C'est là que je vis les palmures sur sa fourrure, un peu comme des ailes de chauve-souris, qui allaient de ses pattes avant jusqu'à ses pattes arrière. C'était ça qui avait donné l'impression qu'elle volait depuis les arbres, alors qu'elle ne possédait pas vraiment d'ailes. Elle griffa le sol avec ses pattes avant. Celles-ci ne ressemblaient pas à des pattes de chien ou de chat, plutôt à des doigts prolongés de griffes acérées.

– Un nekhek, souffla l'un des types. On est attaqués par le familier d'un démon !

Nekhek. Ce terme signifiait « héraut des ténèbres ». Une créature peu ragoûtante dont on racontait que c'était l'arme préférée des Mahdek contre mon peuple. D'un coup de dents, elle pouvait briser notre magie et nous empoisonner l'esprit. Je luttai contre mes liens. J'aurais tellement voulu me libérer. Défenses d'Éléphant et Troisième Œil partirent en courant.

Malgré ma peur, une question surgit dans mon esprit : si ces hommes étaient des Mahdek, pourquoi étaient-ils terrifiés par leur propre créature ?

Cornes Tordues hésita.

– Prie pour que ce monstre emporte ta sœur, Kelen, me dit-il. Ça rendra le monde meilleur.

Puis il tourna les talons à son tour et disparut dans la clairière avant de s'évanouir dans la nuit.

Pendant un long moment, le monstre se contenta de me fixer avec un reniflement étrange ponctué de grognements et autres feulements. Puis il s'avança vers moi. Il se déplaçait d'une façon peu banale, s'arrêtant parfois pour s'essuyer la tête avec ses affreuses pattes qui ressemblaient presque à des mains.

– Qui es-tu ? lui demandai-je bêtement. Est-ce que je t'ai… appelé, va savoir comment ?

« Ô ancêtres… envoyez-moi un esprit contre ce monstre. »

Le nekhek arriva à ma hauteur, renifla mes pieds, puis entreprit de grimper le long de ma jambe. Il enfouit sa truffe dans ma main. Je m'attendais à entendre dans ma tête une voix qui réclamerait le prix du sang pour avoir tué le chiot.

– Tu as sauvé ma sœur, lui dis-je. Si… si ça signifie qu'il y a une dette à payer, je la paierai.

Je sentais sa truffe qui continuait à renifler

mes doigts. Il tira la langue et lécha ma peau, puis il ouvrit la gueule, et je sentis ses crocs tout autour de ma main. Était-ce mon destin ? Finir ligoté à un arbre et dévoré par un nekhek ?

Alors que je commençais à sentir la pression de ses crocs, le nekhek s'envola d'un coup, comme projeté par une immense main. Il heurta un arbre et retomba sur le sol, sans connaissance.

– Je l'ai eu ! s'écria mon père, qui émergea du sentier derrière moi, accompagné de quelques personnes, dont ma mère.

– Les types qui s'en sont pris à nous, dis-je aussitôt en essayant de paraître calme, ils se sont enfoncés dans la forêt vers l'ouest.

– Allez-y, ordonna mon père, et quatre hommes me dépassèrent en courant.

Ma mère me décocha un bref coup d'œil avant d'aller voir Shalla et de commencer à jeter la série de sorts qui la feraient sortir de l'appel.

– Père, ils étaient trois. Ils portaient des masques. Comme ceux qu'on voit sur les représentations des Mahdek.

Je le sentis détacher les cordes qui me liaient les mains derrière l'arbre.

– Je sais. Ta mère les a vus en divination. Nous n'aurions jamais dû vous laisser partir. Je savais ce que Shalla tramait. J'aurais espéré que tu te montres plus raisonnable et que tu la dissuades de tenter cette aventure périlleuse.

La corde céda. J'avais les mains libres. Je me frottai les poignets en essayant d'y faire de nouveau circuler le sang.

– Shalla m'a dit qu'elle avait votre permission. Elle…

Mon père se planta devant moi, et je vis combien son expression était grave.

– Et tu l'as crue ?

Je me rendis compte que je baissais les yeux en direction des feuilles mortes qui tapissaient le sol de la forêt.

– J'en ai eu envie, avouai-je.

– Un Jan'Tep ne peut laisser ses envies l'emporter sur la raison ni les besoins de sa famille. Un Jan'Tep se doit d'être… (Il se tut et, au bout d'un moment, poussa un long soupir.) Des Mahdek sur le Sentier des Esprits, accompagnés d'un serviteur nekhek. Ce n'est pas bon signe.

Je jetai un coup d'œil au nekhek. Je voyais ses flancs se soulever et retomber. Il respirait de façon superficielle. Deux hommes entreprirent de l'attacher avec la corde qui avait servi à m'entraver.

– Il y a quelque chose que je ne comprends pas, dis-je. Ces hommes ont eu aussi peur de cette créature que moi.

Je me baissai pour ramasser la carte en métal, là où Défenses d'Éléphant l'avait lâchée.

– Les Mahdek ne sont-ils pas supposés…

Mon père m'interrompit :

– Laisse ces questions à tes aînés. (Il se tourna vers les hommes qui ligotaient le nekhek.) Faites en sorte qu'il ne puisse pas ouvrir les mâchoires. Dès qu'il va se réveiller, il va chercher à mordre pour nous empoisonner.

Mon père voulut s'éloigner, mais je lui attrapai le bras. Il se retourna d'un air surpris. Je ne crois pas que j'avais déjà fait ça.

– Le nek… L'animal. Pour moi, il n'était pas

avec ces hommes. Je pense qu'il a sauvé la vie de Shalla.

Mon père plissa les yeux.

– Kelen, quoi que tu penses avoir vu, quoi que faisait ce monstre démoniaque, il n'a pas voulu sauver la vie de ta sœur. Les nekheks sont des créatures de l'ombre et de la ruse. Lors des guerres, ils étaient entraînés à mâcher des herbes poison pour ensuite mordre les Jan'Tep et neutraliser leur magie. Ils sont nos ennemis tout autant que les Mahdek. Mais nous en avons capturé un, en partie grâce à toi, alors cette nuit n'est pas totalement perdue.

Il me tapota l'épaule.

– Je ne comprends pas. Tu vas le tuer? demandai-je.

Allez savoir pourquoi, cette pensée me dérangeait. Malgré toutes les histoires que j'avais entendues dans mon enfance, cet animal nous avait sauvés, ma sœur et moi. Sachant que Shalla aurait considéré le destin qu'il venait de lui éviter comme pire que la mort.

Mon père fit signe que non.

– Pas tout de suite. Quand on voit un nekhek, ça signifie qu'il y en a d'autres, et c'est ça, la plus grande menace. Nous allons mettre cette créature en cage et lui jeter des sorts de douleur afin d'anéantir son esprit. (Il jeta un coup d'œil à Shalla, dont notre mère s'occupait.) C'était malin de la part de ta sœur de vouloir utiliser la sympathique pour te lier à un familier. Nous allons nous aussi utiliser la magie du sang pour attirer d'autres nekheks, et tous les tuer avant qu'ils ne deviennent un vrai danger. (Il alla prendre Shalla dans ses bras.) Le moment est venu de ramener ta sœur à la maison.

– Je ne comprends pas, insistai-je. La créature a tué le chien malade dont ces hommes voulaient se servir pour infecter Shalla. Elle l'a *sauvée*. Comment peux-tu… ?

D'un regard, il m'intima le silence.

– Kelen, tu es sous le choc. Tu as été terrorisé par ces hommes, tu as vu ce que ta peur voulait que tu voies. Je ne te le reproche pas. Mais tu dois te conduire comme un homme maintenant, et accepter ce qu'il faut faire pour protéger ta famille. Un Jan'Tep se doit d'être fort. (Son expression se modifia légèrement, et il eut l'air… Je n'aurais pas su dire. *Fier* ?) Kelen, le moment venu, je veux que ce soit toi qui plantes un couteau dans le cœur de ce monstre.

Avant que je trouve une objection, un bruit d'ailes attira mon attention. En levant les yeux, je vis un oiseau descendre lentement vers nous. Il se déplaçait avec grâce et élégance dans les airs. Sans réfléchir, je tendis la main, mais il m'évita pour se poser sur le corps sans connaissance de Shalla. Il cligna des yeux un instant. Ses yeux marron devinrent bleus, puis se couvrirent d'or. Il resta perché sur l'épaule de ma sœur tandis que mes parents échangeaient un regard ainsi qu'un sourire.

Shalla avait trouvé son faucon.

17. Le nekhek

Riche en événements de toutes sortes, la journée du lendemain me vit me lever en héros et me coucher en traître.

– Elle est encore profondément endormie, déclara ma mère, qui sentit que je passais la tête dans la chambre de Shalla. Un sort d'appel interrompu, c'est très difficile à gérer, d'autant plus pour quelqu'un d'aussi jeune que ta sœur.

Elle parlait très calmement, mais je sentis poindre l'accusation dans sa voix. Le faucon, immobile au bord du lit de Shalla, tourna la tête vers moi et me décocha un regard menaçant.

– C'était l'idée de Shalla. En quoi suis-je responsable ?

– Ce n'était pas ce que je voulais dire, mais puisque tu abordes le sujet, comment as-tu pu accepter de la laisser faire ça ?

Je cherchai une réponse intelligente et crédible. Je n'en trouvai aucune.

– Elle m'a dit qu'elle était prête.

– Elle a treize ans !

– Elle est plus puissante que la moitié des mages de cette cité.

– Hier soir, elle ne l'était pas. (Ma mère vint se placer face à moi et posa les mains sur mes joues en m'examinant de près.) Tu n'étais pas encore remis de tes blessures à cause de cette bagarre, et maintenant, ça.

– Je vais bien, lui assurai-je.

Elle passa un doigt autour de mon œil gauche, comme elle le faisait dès que j'étais mal en point. Lorsqu'elle fut rassurée sur le fait que je n'allais pas mourir tout de suite, elle dit :

– Tu n'as donc pas vu à quel point Shalla était faible ?

J'allai m'asseoir sur le fauteuil près du lit de ma sœur. Et je passai en revue les événements de la veille.

– Elle m'a dit qu'elle avait un rhume.

– Eh bien, ce n'était pas un rhume.

– Bene'maat, dit mon père depuis l'embrasure.

C'était très rare qu'il appelle Mère par son nom en notre présence.

– Ke'heops, n'essaie pas de m'amadouer comme un animal de basse-cour, répliqua-t-elle d'un ton d'avertissement que je lui connaissais bien. Notre fille aurait pu mourir, voire pire.

Mon père tendit les bras en signe de protestation.

– Je ne te considère pas le moins du monde comme un animal de basse-cour, mais c'est Shalla qui est à l'origine de cette stupide expédition. Les enfants de son âge vont explorer le Sentier des Esprits à la recherche d'un animal de puissance depuis bien avant notre naissance, à toi et moi. Aucun n'est jamais rentré avec autre chose qu'une migraine ou la goutte au nez. (Il marqua une pause et m'observa avec ce qui ressemblait presque à de la fierté.)

Kelen a fait tout son possible pour protéger sa sœur.

– Mais les hommes qui…

– Nous retrouverons les Mahdek qui s'en sont pris à elle.

Quelque chose dans ces mots me dérangea.

– Père, pour moi, il ne s'agissait pas de Mahdek. Pour moi, c'étaient juste des hommes envoyés par Ra'meth.

– Ra'meth et ses fils ont été soumis à un interrogatoire par les mages seigneurs. Nous avons utilisé la magie de la soie pour déceler le mensonge dans leurs dires. Ils n'étaient pas sur place, et ils n'avaient aucune connaissance de ce projet. Ils ne sont pas mêlés à cette histoire.

Qu'est-ce que Furia avait dit, l'autre soir ? Que s'il y avait un sort pour tout, alors il y avait sans doute aussi un sort pour le contrer.

– Peut-être qu'ils ont trouvé un moyen de truquer l'interrogatoire.

– Ah oui ? dit mon père, l'air tout à coup irrité. Et quel est ton degré d'expertise en la matière ?

Je fermai les yeux en essayant de réfléchir à la façon dont mes assaillants étaient habillés, ainsi qu'à leur manière de parler. Je repris :

– Peut-être que c'est pour ça qu'ils portaient des masques ? Et puis, les Mahdek étaient des sorciers. Pourquoi ces hommes n'ont-ils pas utilisé de sorts ?

– Les Mahdek sont malins, dit Mère. Ils se servent de ruses et de pièges et, en effet, de magie noire pour parvenir à leurs fins. Mais la magie laisse toujours des traces. Or ces Mahdek ne voulaient pas qu'on puisse les retrouver.

Je n'étais toujours pas convaincu, mais je renonçai.

– De quoi souffre Shalla, alors ? demandai-je. Tu as dit que ce n'était pas un rhume, mais…

– Nous l'ignorons, dit Père. Sa magie décroît depuis trois jours.

« Trois jours ? Pourquoi trois jours ? À moins que… »

– Elle m'a combattu il y a trois jours. Dans l'oasis.

Je jetai un coup d'œil à mon père et remarquai qu'il me regardait fixement. Il y avait quelque chose qu'il ne me disait pas. Puis je me souvins que Tennat était malade, lui aussi.

– Par les esprits de nos ancêtres… Osia'phest avait raison. Tout le monde va dire que c'est ma faute.

– Qui va dire que c'est ta faute, Kelen ? demanda ma mère. Et ta faute pour quoi ?

– Tennat m'a affronté en duel, et il est tombé malade. Shalla m'a affronté juste après, et maintenant elle est malade, elle aussi. On va croire que je les ai empoisonnés ou que je suis moi-même malade, et que je les ai contaminés.

– Non, affirma mon père.

– Je vais être condamné à l'exil. Ra'meth va convaincre le conseil de…

– Non, répéta-t-il tout aussi fermement. Je me charge du conseil et de Ra'meth. Soit il s'agit d'une coïncidence, soit, plus probablement, tout ceci est causé par la présence des Mahdek et de leurs serviteurs nekheks.

– Mais je te l'ai dit, quand le nekhek a surgi, ces hommes sont partis en courant…

– Ils ont fui ta mère et moi, pas leur propre serviteur.

– Mais ils ont...

– Kelen, ça suffit. Tu as commis en quelques jours assez de bêtises pour une vie tout entière. Maintenant, tu vas obéir à tes parents. Tu vas faire ce que ta mère et moi te disons de faire, et dire ce que nous voulons que tu dises. (Il s'approcha de moi et se baissa pour se mettre à ma hauteur.) Tout à l'heure, tu m'accompagneras à l'oasis. Notre peuple a besoin de voir le nekhek pour être rassuré sur le fait qu'il ne peut nous nuire. Si on te pose des questions, tu diras que la créature était au service des Mahdek qui ont attaqué ta sœur. Tu comprends ?

– Je...

Que dire ? C'était mon père. Le chef de famille. J'étais son fils, et je lui devais obéissance. De plus, même si ce nekhek-là n'était pas au service des Mahdek que j'avais vus, il n'en restait pas moins une créature de l'ombre et de la ruse, comme mon père avait dit. Il avait brisé le cou de ce petit chien sans le moindre état d'âme. Mon peuple craignait les Mahdek, mais il craignait sans doute encore plus les nekheks.

« Alors pourquoi celui-ci était-il venu à moi ? »

Sur l'insistance de mon père, je l'accompagnai à l'oasis afin qu'on ne lui reproche pas de cacher la seule personne ayant assisté à la scène. Me cacher, c'était pourtant la seule chose que j'avais envie de faire. La foule était dense. L'odeur de la sueur, de l'angoisse et de l'attente était si lourde que j'avais du mal à respirer. Le murmure des conversations ressemblait à un essaim menaçant de s'abattre sur la ville. Tout homme moins puissant que mon père n'aurait jamais réussi à se faire entendre. Pourtant, d'un seul geste de la main, il fit taire la foule.

– Nos ancêtres Jan'Tep nous ont offert la magie pour protéger notre peuple, commença-t-il, juché à un mètre de haut debout sur la cage du nekhek recouverte d'un tissu. Lorsque le danger se présentera, nous l'affronterons ensemble, au lieu d'aller nous réfugier sous notre lit ou de gémir des prières.

Quelques murmures s'élevèrent près de moi. Les gens exprimaient leur inquiétude, mais surtout leur assentiment aux paroles de mon père. Je n'avais jamais vu autant de monde à l'oasis. La foule compacte débordait jusque dans les rues adjacentes.

– Vous vous gardez bien de parler des choses qui fâchent, vous autres, murmura Furia Perfax à mon oreille.

– Pourquoi vous êtes tout le temps fourrée derrière moi ? demandai-je, agacé.

– Et toi, pourquoi tu ne prêtes jamais attention à ce qui se passe autour de toi ?

Elle me fit un petit sourire, comme pour adoucir ses propos. Je me sentis coupable de lui dissimuler le fait que la mage douairière m'avait demandé de l'espionner.

– Furia…

– Plus tard, gamin, fit-elle. Ton père parle.

Ke'heops continuait sa tirade sur le courage et l'honneur. Il expliqua de quelle manière le conseil et tous les mages du clan protégeraient notre cité. Il raconta ce qui s'était passé sur le Serpent la veille au soir et assura à la foule qu'il avait déjà fait porter la nouvelle aux autres cités Jan'Tep. Puis des membres du conseil se présentèrent pour lire des poèmes et raconter de vieilles histoires sur la façon dont nous avions vaincu les épidémies causées par les nekheks. Enfin, ils rappelèrent qu'il y avait des raisons pour lesquelles les Jan'Tep prospéraient, alors que les Mahdek avaient été rayés de la carte.

– On veut voir l'ennemi, maintenant ! s'écria un vieil homme non loin de moi.

D'autres voix se joignirent à la sienne. Les discours, c'était bien, mais peu de gens avaient déjà vu un nekhek. Mon père eut l'air ennuyé, pourtant il finit par sauter de la cage sur le sable.

– Très bien, dit-il en retirant le tissu qui masquait le spectacle.

À l'instant où la créature apparut, elle ouvrit les mâchoires et grogna d'un air féroce en direction de la foule. Puis elle griffa les barreaux et le loquet avec ses pattes, à la recherche d'un moyen de s'échapper. Les spectateurs se recroquevillèrent et se couvrirent la bouche de leurs mains, comme s'ils pouvaient tomber malades rien qu'à respirer le même air que le nekhek.

Il n'y eut ni protestations ni hurlements. Juste le silence craintif d'un peuple face à la créature qui hantait ses cauchemars depuis toujours. Il fut vite brisé par un rire de femme.

– Vous avez perdu la tête, ou quoi ? sifflai-je, furieux, à Furia Perfax. Arrêtez de rire !

Une silhouette vêtue d'une toge en soie rouge

et blanc fendit la foule et s'avança vers nous. C'était Ra'meth.

– Ben voyons, lâcha-t-il avec un air de mépris. L'espionne daroman et son petit allié Sha'Tep de la maisonnée de Ke se réjouissent de la présence d'une créature qui, depuis toujours, cherche à anéantir la puissance des mages Jan'Tep et à prendre la vie de leurs enfants!

Les mots de Ra'meth firent bizarrement écho à ceux de mon père lorsqu'il avait évoqué l'étrange maladie des initiés. «À ce détail près que personne ne s'est plaint d'avoir été mordu par une créature de l'ombre, pourtant ce n'est pas le genre de choses qu'on oublie.»

– Kelen est celui qui a affronté les Mahdek, s'écria une voix. (C'était l'un des mages qui accompagnaient Père la nuit précédente.) Sans lui, nous n'aurions jamais attrapé le nekhek, qui serait encore en train de rôder dans la forêt.

– C'est ce qu'il veut nous faire croire, commenta Ra'meth.

– Non, c'est ce que *je* déclare, rétorqua mon père en s'approchant de nous.

Les gens s'écartèrent. Ils faisaient preuve d'encore plus de respect que d'habitude envers lui. On lisait sur leurs visages qu'à la perspective du retour des sorciers mahdek, ils comprenaient combien le choix du futur prince de clan était crucial. Ils aspiraient à voir la force dans toutes ses manifestations. Or, la force, c'était justement ce qu'incarnait Père.

Il nous rejoignit et se planta devant Furia.

– Voudriez-vous bien me dire ce qu'il y a de si drôle?

Elle leva une main.

– Désolée, je suis désolée. C'est juste que… ça… (Elle désigna la créature dans sa cage.) C'est cette petite chose, le si redouté nekhek ? Le fléau du peuple Jan'Tep ? L'empoisonneur des mages et des guerriers, sans oublier… (elle gloussa comme une enfant) l'assassin sans pitié d'un chiot malade ?

– C'est un animal maudit, déclara Ra'meth. Il est entraîné à mâcher de l'herbe poison, qui se mélange à sa salive. Une seule morsure peut neutraliser un mage et le priver de toutes ses défenses. Il n'est porteur que de maladie et de malheur. C'est un monstre de l'ombre et de la mort dont l'espèce a provoqué plus de destructions chez les Jan'Tep que les Mahdek eux-mêmes.

Allez savoir pourquoi, Furia partit cette fois dans un fou rire. Si mon père n'y avait pas veillé, je suis sûr que Ra'meth l'aurait flambée sur-le-champ avec un bon petit sort de feu.

Il faut admettre qu'à la lumière du jour, le nekhek n'avait plus l'air aussi féroce. Sa fourrure était moins noire que dans mon souvenir, plutôt marron comme le sable qui entourait l'oasis. Certes, il avait des griffes et des crocs pointus, mais pas plus que ceux d'un chat sauvage. Pourtant, je me souvenais de la vitesse à laquelle il se déplaçait et de la façon dont il avait brisé le cou du chiot malade que les Mahdek avaient voulu utiliser contre ma sœur. Et quand je regardai ses iris noirs, je ne doutai pas un instant qu'il aurait pu me déchiqueter la gorge aussi facilement que celle du chiot.

– Il est beaucoup plus dangereux qu'il en a l'air, protestai-je.

– Oh, ça, je n'en doute pas, me répondit Furia. C'est potentiellement mortel. C'est juste que, hum… dans l'empire daroman et bien d'autres endroits, ces bestioles sont surtout connues pour fouiner dans les poubelles, et parfois réussir à voler un peu de nourriture à l'intérieur des garde-manger. Dans le reste du monde civilisé, on n'appellerait pas ça un « nekhek ».

– Et comment les appelez-vous ? demanda mon père.

– Puissant Ke'heops, ils ont plein de noms différents. Les Berabesq les appellent *senhebi* : « celui qui surgit comme le vent ». Les Daroman disent *felidus arborica* : « celui qui vole dans la forêt ». Mais la plupart des gens de la Frontière se contentent de parler de chacureuil.

– Chacureuil ? répétai-je.

Furia, dont les larmes coulaient sur ses joues tant elle avait ri, réussit à dire avant de partir dans un nouvel éclat de rire :

– Votre ennemi ancestral est juste un très, très gros écureuil… de la taille d'un chat.

18. Le jeu de cartes rouges

– Vous commencez vraiment à énerver tout le monde, vous savez ?

Furia et moi descendions la ruelle de la maison d'hôtes minable où elle résidait. Il y en avait de plus agréables en ville, mais apparemment, c'était la seule ayant accepté de lui louer une chambre. « Les Jan'Tep ne connaissent pas la rancune. » Cette phrase commençait vraiment à sonner creux à mon oreille.

– J'y peux rien, gamin. Ton peuple me fait rire.

– Eh bien, vous, vous ne faites rire personne.

Il avait fallu toute l'autorité de mon père pour empêcher une demi-douzaine d'individus de s'en prendre à Furia. Elle l'avait remercié poliment, mais avait encouragé chacun de ses assaillants à venir la voir, sur rendez-vous, à sa maison d'hôtes où, avait-elle déclaré, elle leur botterait le cul à raison d'un par jour jusqu'à épuisement du stock. Pour finir, le conseil des mages avait enjoint à la foule de quitter l'oasis et de s'en tenir à distance jusqu'à nouvel ordre. Cela aurait été beaucoup plus logique d'enfermer le nekhek à l'intérieur d'un bâtiment, mais pour mon père comme pour le conseil, l'oasis était la meilleure prison magique, et il y serait bien plus simple de jeter des sorts de sympathique pour attirer les autres nekheks. La foule ne demanderait pas son reste. La peur du poison de la créature et de la maladie suffirait à la tenir à bonne distance.

Ma culpabilité de ne pas révéler à Furia l'intérêt que la mage douairière lui portait faiblissait à mesure que grandissait mon énervement contre elle.

– Vous vous trompez, dis-je.

– Je me trompe souvent, tu sais. Quelle est l'erreur qui te gêne particulièrement aujourd'hui ?

– Le nekhek. Il est bien plus dangereux que...

– Gamin, c'est un chacureuil. C'est juste un gros écureuil volant. Si tu veux t'attaquer à une créature, autant savoir comment elle fonctionne.

– J'ai vu des dessins de toutes sortes d'animaux dans les livres, mais cette bestiole ne ressemble pas du tout à un écureuil. Et puis, les écureuils ne sont pas originaires de cette partie du continent.

– Toi non plus.

– Qu'est-ce que c'est supposé vouloir dire ?

Elle tapota un doigt sur mon front.

– Regarde comme ta peau est pâle, gamin. Tu crois que sous un climat aussi chaud, les gens brûlent encore aussi facilement au soleil après plusieurs générations ?

Je me retournai pour désigner un couple qui passait dans la rue.

– Plein de Jan'Tep ont la peau sombre. Il y a chez nous des corps, des couleurs de peau et d'yeux différents.

– Exact. Vous autres Jan'Tep n'êtes pas une

race, juste un rassemblement de différentes familles. Des mages en provenance de tout le continent qui sont venus défendre les oasis de ce territoire. Parfois, vous vous êtes fait la guerre, parfois, vous vous êtes alliés à d'autres tribus venues là pour la même raison. Je parie qu'aucun de vous n'a une seule goutte de sang du peuple qui vivait ici à l'origine.

– Et alors ?

– Alors peut-être que les chacureuils sont ici pour les mêmes raisons que vous. Peut-être qu'eux aussi, ils aiment la magie.

Sans savoir comment, je me retrouvai à court d'arguments.

– Mon peuple est originaire d'ici. Nous avons besoin de l'oasis, car elle nous donne la force d'assurer notre protection contre ceux qui nous ont chassés ou réduits en esclavage à cause de notre magie.

Furia laissa échapper un ricanement.

– Réduits en esclavage ? Rien que ça ?

– Qu'est-ce que vous voulez dire ? Et qu'est-ce que ça a à voir avec notre droit de nous protéger des nekheks ?

Furia s'immobilisa et posa une main gantée sur mes yeux.

– Hé ! protestai-je.

– Arrête de te tortiller, gamin. Essaie de te représenter l'animal que tu as vu dans tes livres. Tu en es capable ?

Se concentrer sur une image, la faire surgir avec tous ses détails à son esprit, c'est ce que les futurs mages apprenaient dès les toutes premières leçons.

– Bien sûr, répondis-je.

– Bon. Maintenant, pense à l'animal dans l'oasis.

– Je le vois.

Elle me donna une tape sur la nuque.

– Attention, pas le monstre de tes histoires. Pas ce que tout le monde te demande de voir. Je veux que tu fasses surgir devant tes yeux l'animal qui est en ce moment dans cette cage.

Ce n'était pas facile de comparer un dessin à l'encre avec une chose réelle, mais je fis de mon mieux.

– D'accord. J'y suis.

– Et alors ? Peux-tu m'affirmer qu'il n'y a aucun lien entre les deux ?

– Je...

Ils ne se ressemblaient pas vraiment, mais c'était sans doute parce que je m'étais toujours imaginé les animaux des livres... de loin ? Or j'avais vu le nekhek de près. Et j'avais vu ce dont il était capable. J'avais senti la fureur en lui, aussi.

– Je continue à penser que ce n'est pas la même bestiole.

Furia retira la main de mes yeux et regarda au loin dans la ruelle.

– Bien sûr que si, gamin. La créature que tu as capturée, c'est le nekhek tant redouté ! Le pourfendeur démoniaque des mages Jan'Tep... ! Mais c'est aussi le nuisible du coin qui fouille les poubelles et stocke des noix.

– Vous vous trompez, protestai-je. Peut-être que ça ressemble à... (Je me sentais tellement bête que je ne parvenais pas à prononcer son nom.) J'ai vu à quel point cette bestiole est dangereuse. Attendez que le conseil s'en serve pour attirer tous les autres nekheks du coin et les tuer. Attendez de voir à quoi ils ressemblent quand ils sont tous ensemble. Et là, peut-être que vous comprendrez.

– Et que vas-tu faire pendant qu'ils tortureront cet animal ? demanda-t-elle en s'arrêtant net.

Le ton tranchant de sa voix me surprit. Je dus me placer face à elle pour examiner sa figure. Cette fois, il n'y avait là aucune trace d'humour. Elle ne plaisantait pas. Elle était mortellement sérieuse.

– Qu'est-ce que vous voulez dire par là ? Qu'est-ce que j'ai à voir avec ça ?

– Tu as dit que cet animal avait sauvé ta sœur.

– J'ai dit qu'il avait brisé le cou du chiot malade avant qu'il puisse se lier à elle. Ce n'est pas pareil. Peut-être que le nekhek aime tuer d'autres animaux, c'est tout.

Mais je me mentais. Je voyais encore la tête de l'animal juste après qu'il avait tordu le cou du chien. Le nekhek avait l'air furieux contre lui-même.

Furia glissa la main dans son gilet et en sortit un jeu de cartes. Qui ne ressemblait ni à celui qu'elle m'avait donné, ni aux cartes en métal dont elle s'était servie comme d'une arme. Le dos de ces cartes-là était d'un rouge plus sombre que je n'en avais jamais vu. Presque noir. Elle les déploya et les tendit devant moi.

– Gamin, choisis une carte.

– Pour quoi faire ?

– Tu dis que ces hommes voulaient du mal

à ta sœur. Tu suppliais que quelqu'un la sauve, ce chacureuil a surgi. Tu as obtenu ce que tu voulais, non ?

– Vous déformez les faits, protestai-je. Vous faites passer ça pour...

– Choisis une carte, Kelen.

En regardant tout autour de moi, je m'aperçus que la nuit était tombée.

– Pas avant que vous me disiez de quoi il retourne.

– Il s'agit de savoir si tu vas devenir un homme ou pas.

– Vous n'arrêtez pas de répéter ça, que je dois devenir un homme. Et vous n'arrêtez pas d'insulter la magie de mon peuple, ma famille...

– Le monde est rempli de mages, Kelen. Ce dont il a besoin, c'est d'*hommes* et de *femmes*.

Elle fit sonner ces deux mots différemment de la plupart des gens : comme s'ils étaient importants.

Je détestais sa façon de parler de la magie, comme si c'était une plaisanterie, à croire que mon peuple était composé d'enfants qui passaient leur temps à s'amuser. Mais par-dessus tout, je détestais la façon dont elle tenait le jeu de cartes déployé devant moi en me mettant au défi d'en saisir une.

– Écoutez, je ne...

– Tais-toi et choisis une carte. Sinon, tourne les talons et ne reviens plus jamais. Le monde est un endroit vaste et dangereux, il contient plus de noirceur que tu ne peux l'imaginer. La seule chose qui la combat, ce sont... les hommes et les femmes capables de reconnaître leurs dettes. Choisis une carte maintenant, Kelen, c'est la dernière fois que je te le propose.

J'en avais assez de ses plaisanteries et de ses petits jeux. Pour chaque chose qu'elle m'apprenait, elle m'imposait une épreuve ou me tendait un piège, et chaque fois, j'étais obligé de faire ce que je n'avais pas envie de faire. Mais j'avais beau ne connaître Furia Perfax que depuis trois jours, je savais déjà que, même si elle prenait plaisir à me mettre au défi, cette fois, elle ne plaisantait pas. Si je ne prenais pas une carte tout de suite, je ne la reverrais plus. Et sans savoir pourquoi, cette pensée me terrifia. Je choisis une carte au centre.

– Le trois de cœur, annonçai-je, les yeux rivés sur les enseignes rouge-noir qui ressortaient sur le fond beige, et la calligraphie du chiffre trois, de la même encre rouge foncé que le dos de la carte. Qu'est-ce que ça signifie ?

Elle referma le jeu et le rangea dans son gilet.

– La carte que tu as tirée n'a aucune importance.

– Je ne comprends pas, dis-je en la brandissant. Qu'est-ce que je dois faire ?

Elle me contourna et se remit en route dans la ruelle.

– Comment pourrais-je le savoir ? Fais ce que tu dois faire. Peut-être que tu peux te contenter de regarder cet animal droit dans les yeux avant de le condamner à mort. Fais ce que tu penses que l'homme que tu souhaites devenir ferait. Ensuite, je te suggère de te débarrasser très vite de cette carte.

Je regardai la carte comme si elle risquait de prendre feu.

– Pourquoi vous m'avez obligé à en choisir une, alors ? C'est quoi, une malédiction ?

– La vie est une malédiction, gamin. L'amour est la solution.

J'eus envie de lui courir après, mais je me retins, de peur d'avoir l'air stupide.

– Je ne comprends pas ! m'écriai-je.

– Cette carte représente ta dette, Kelen, lança-t-elle par-dessus son épaule. Tu vas devoir trouver un moyen de l'honorer. Moi, je considère que je t'ai sauvé la vie, donc ça me fait une dette de moins.

J'avais envie de déchirer la carte, de la jeter par terre et de la piétiner jusqu'à la faire disparaître dans la poussière. Maudite soit Furia Perfax avec ses blagues, ses ruses et ses remarques mystérieuses. Je vis qu'elle avait presque atteint la porte de la maison d'hôtes.

– Attendez ! Si la carte représente une dette, qu'est-ce que vous allez faire avec un jeu entier, vous ?

Elle me montra un objet de forme arrondie, et j'entendis un bruit de pièces.

– Prendre une bonne grosse cuite, répondit-elle en franchissant la porte ouverte.

Comme je remontais une ruelle qui me servait d'habitude de raccourci pour rentrer chez moi, je me retrouvai nez à nez avec le garde du palais. Il semblait étrangement déplacé dans la saleté et la poussière de la rue sombre.

– Vous m'avez fait peur, dis-je en tentant de reprendre mon souffle.

Sans me répondre, il me tendit un rouleau de parchemin. Même dans la faible lumière, je reconnus le sceau à la cire noire de la mage douairière. Je le brisai et déroulai le parchemin en faisant attention à ne pas laisser tomber le disque d'or que j'espérais y trouver. Mais le parchemin ne contenait qu'un message griffonné à la hâte : « À ta convenance. »

Je baissai les yeux en me demandant si j'avais pu laisser tomber le disque sans m'en rendre compte. Sans lui, jamais Osia'phest ne m'autoriserait à me présenter à la troisième épreuve en compagnie des autres initiés.

– Il n'y avait rien d'autre avec le message ? demandai-je au garde.

Il s'abstint de répondre.

Je remarquai alors qu'il ne faisait pas mine de vouloir partir, ni de me laisser partir.

– En réalité, quand elle dit « à ta convenance », ça veut dire...

Le garde me fit pour la première fois le plus faible des sourires.

– Tout de suite.

Ma deuxième rencontre avec la mage douairière fut aussi étrange que la première, mais bien moins agréable.

– Ton père est donc stupide à ce point ? me lança Mer'esan, assise dans un fauteuil, les mains sur les genoux, les yeux rivés sur moi.

Je passai en revue une liste de réponses qui ne

dissimuleraient pas ma colère contre cet affront fait à l'honneur de ma famille, tout en m'évitant une condamnation à mort.

– Je vous demande pardon, Mer'esan, mais je ne comprends pas votre question.

– Oh que si, tu la comprends. Ton père s'imagine que les Mahdek sont revenus d'entre les morts pour attaquer notre peuple, qu'ils ont décidé de s'en prendre à ta sœur, et qu'amener un nekhek au cœur de notre cité est une bonne idée. (Elle fronça le nez.) Ces sales petits monstres.

– Furia..., hésitai-je.

– Parle, m'ordonna Mer'esan.

– ... dit que cet animal s'appelle un chacureuil, et que ça n'a rien d'une créature démoniaque.

– Et qui crois-tu ?

De nouveau, je cherchai une réponse qui ne me cause pas d'ennuis.

– Le mage seigneur Ke'heops, commençai-je, utilisant le titre officiel de mon père, pense que certains Mahdek ont survécu, et peut-être recréé une civilisation en secret. Il croit qu'ils ont cherché à utiliser le nekhek pour...

– Non, il a seulement *dit* qu'il croyait à ces bêtises, m'interrompit-elle en plissant les yeux. Apparemment, il est encore plus bête que je ne le pensais. Il espère se servir de cet incident pour montrer que sa puissance est celle dont notre peuple a besoin à présent que mon mari est mort.

Une pensée me traversa l'esprit, et ce fut comme si un poing m'enserrait l'estomac.

– Vous voulez vous opposer à l'élection de mon père en tant que prince de clan ?

– Mon petit, je me moque totalement de qui sera le prochain prince de clan.

Les mots suivants sortirent trop vite de ma bouche pour qu'ils soient intelligents :

– Dans ce cas, qu'est-ce qui vous importe, Mer'esan ?

Le regard qu'elle me décocha me convainquit que j'étais allé beaucoup trop loin. Elle se leva et se mit à marcher autour de moi comme si j'étais une sculpture de mauvaise facture dont elle examinait tous les défauts.

– Tu as affronté tes propres amis pour sauver l'Argosi. Pourquoi ?

Je réfléchis à ma réponse. Si Mer'esan avait décidé que Furia était une espionne, en tout cas quelqu'un qui nous voulait du mal, elle risquait de considérer mon acte comme une trahison envers notre peuple.

– Vous m'avez demandé de maintenir l'attention qu'elle me portait, mage douairière.

Elle s'immobilisa devant moi et leva une main. De nouveau, je vis les vrilles d'énergie colorée sous sa peau.

– Kelen, j'utilise quasiment toute ma magie pour rester en vie, mais je t'assure que la petite part qu'il me reste est plus que suffisante pour te tirer de façon peu agréable les vers du nez.

Je songeai à une dizaine de raisons ou d'explications plausibles pour mon acte. J'avais déjà eu l'occasion de prouver que j'étais un assez bon menteur. Mais la mage douairière semblait bien plus forte pour repérer les mensonges que moi pour la contrer.

– Je l'aime bien, dis-je.

– Tu l'aimes bien ?

J'acquiesçai.

– Est-elle particulièrement jolie ? Éprouves-tu du désir pour cette femme ? Espères-tu qu'elle… (Mer'esan agita un doigt en direction de mon pantalon) t'enseigne des choses ?

Je me sentis rougir et cherchai mes mots, mais je gardai finalement le silence.

« C'est un jeu. Mer'esan sait très bien que je ne parlais pas de désir lubrique, car ça aurait vraiment été déplacé. Elle est à nouveau en train de me mettre à l'épreuve. »

– Ça, c'est malin, dit la mage douairière en tapotant mon front. Bien. (Elle se remit à faire lentement le tour de moi.) Dis-m'en davantage.

– Selon vous, les Mahdek ne sont pas de retour, dis-je.

– Ça tombe sous le sens.

– Malgré tout, vous pensez qu'il y a une menace.

– À nouveau, ça tombe sous le sens.

Je pris conscience que les déclarations de mon père l'avaient vraiment mise en rage.

– Selon vous, ces hommes masqués n'étaient qu'un leurre.

Elle se mit à tourner de plus en plus vite autour de moi.

– Évident. Évident. Évident. Pose-moi une question qui mérite une vraie réponse.

Je cherchai quelle force pouvait œuvrer contre notre peuple. Les rois daroman tentaient depuis des générations de prendre le contrôle des Jan'Tep. C'est pour cela que mon clan avait tout de suite cru que Furia était une espionne.

Les Mahdek, si jamais il en restait, avaient juré dans le sang qu'ils nous anéantiraient, ce qui expliquait la conviction de mon père. Les Berabesq considéraient notre magie comme un blasphème envers leur dieu à six têtes… Nous avions un nombre impressionnant d'ennemis, ce qui était la raison pour laquelle la magie était si vitale pour notre société, et les épreuves si difficiles. C'est aussi pour cela que les Jan'Tep n'avaient pas le droit d'épouser de Sha'Tep : par crainte que ce genre d'union n'affaiblisse nos lignées.

– Parle, me dit Mer'esan, qui continuait à marcher autour de moi. Je commence à me lasser de te regarder planté là.

– Un instant, dis-je.

Malgré la puissance de nos ennemis, nous n'avions jamais été vaincus. Notre magie avait toujours été la plus forte. Alors pourquoi Mer'esan, la personne la plus sage et la plus instruite de notre clan, se sentait-elle tout à coup si inquiète ?

– Pose ta question, exigea-t-elle, tandis que ses sandales claquaient sur le plancher.

– Quel est l'adversaire que la magie ne peut vaincre ?

Elle s'arrêta et me tapota le bras.

– C'est bien, dit-elle, d'une voix tout à coup lasse. Voilà la question que des hommes comme ton père et ces imbéciles pompeux du conseil sont incapables de se poser. Ils réfutent toute idée qu'il existe une menace dont la magie ne puisse venir à bout.

« Tandis que, pour moi, la possibilité que ma

magie puisse venir à bout de quoi que ce soit est en train de se dissiper. »

– La deuxième épreuve se termine, et tu ne l'as pas réussie, me dit-elle sans la moindre trace de sympathie dans la voix. À présent, tu crains de rater la troisième.

– Comment pourrais-je créer un sort à partir de deux magies différentes alors que je ne parviens même pas à faire étinceler l'une de mes bandes ?

– Je te l'ai déjà dit : ne pose pas de questions dont tu connais déjà la réponse.

– Dans ce cas… tout est fini. J'aurai seize ans dans quelques jours. Je ne deviendrai jamais mage. Je serai Sha'Tep.

Tout à coup, je me sentis pris de vertiges, comme si le simple fait de prononcer ces mots avait vidé mes jambes de toute leur force. Mer'esan me rattrapa par les bras.

– En effet, tu ne seras jamais un mage Jan'Tep comme ta mère ou ton père. Quant à devenir un serviteur comme ton oncle, cette décision t'appartient.

Tel un enfant, je tendis mes avant-bras, où l'encre métallique des tatouages brillait presque dans la faible lumière qui éclairait la bicoque.

– Vous ne pouvez pas m'aider ? Je sais que vous avez ce pouvoir. Vous pourriez…

– Non, répondit-elle.

– Pourquoi ? suppliai-je, tandis que des larmes roulaient sur mes joues. Pourquoi ça m'arrive à moi ? Et pourquoi personne ne me vient en aide ?

Elle ne répondit pas, se contentant de me ramener à la porte de sa cabane par la main.

– Ce sont des questions d'enfant, Kelen. Tu as déjà trouvé la question qui compte, celle qui lie ton sort au mien. Pose-la de nouveau.

Elle me poussa dehors. Je prononçai :

– Quel est l'adversaire qui ne peut être défait par la magie ?

Mer'esan m'observa. Elle avait le visage si triste que, pour la première fois, elle faisait vraiment son âge.

– La vérité, répondit-elle.

IV
QUATRE de CALICE

LA TROISIÈME ÉPREUVE

Ne recourir qu'à des sorts que l'on a déjà utilisés, c'est permettre à son adversaire de connaître ses armes. Notre magie ne peut être toujours la même. Nous devons nous adapter afin de protéger notre peuple contre ceux qui chercheraient à nous la dérober. Seuls ceux qui sont capables d'inventer de nouveaux sorts peuvent devenir Jan'Tep et se voir ainsi attribuer un nom de mage.

19. La magie du sang

Le sable à gros grains du chemin qui menait au centre de la ville griffait la plante de mes pieds nus comme j'avançais le plus silencieusement possible. Je me maudissais d'avoir à ce point rempli de nourriture volée dans la cuisine le sac en toile que je portais sur le dos. Si on me surprenait près de la cage du nekhek, j'aurais du mal à raconter que je partais en pique-nique à minuit passé.

« Tu ferais mieux de rentrer chez toi, me commandait une partie de moi-même. Il y a pire que devenir Sha'Tep. Si on te surprend là-bas, tu vas vite t'en rendre compte. »

Mais je ne pouvais plus reculer. J'avais passé des heures dans ma chambre plongée dans le noir à la recherche d'un moyen de faire étinceler mes bandes pour prouver à Mer'esan qu'elle avait tort. En vain. Puis je m'étais surpris à regarder les figures rouge foncé sur la carte que Furia m'avait donnée, tout en pensant à l'animal qui avait sauvé la vie de ma sœur et attendait maintenant de mourir dans sa cage.

Je déplaçai le sac pour rééquilibrer son poids sur mes épaules. Le nekhek voudrait-il seulement de ce que je lui apportais ? Que mangeaient-ils quand ils n'étaient pas censés se délecter de la tendre chair des nouveau-nés Jan'Tep ?

Au bruit d'une porte qui s'ouvrait, je me figeai sur place. Je retins mon souffle et m'accroupis dans la pénombre alors qu'un homme aux cheveux gris et gras sortait de chez lui en titubant. Il s'arrêta à un mètre à peine de moi, baissa l'avant de son pantalon et lâcha un rot sonore. Son haleine écœurante atteignit mes narines une seconde avant la puanteur de son urine. Je bloquai ma respiration en priant pour ne pas être pris de haut-le-cœur.

Le vieux contemplait son jet de pisse. Le ruisseau progressait vers moi dans la pente. En quelques secondes, je le sentis me chatouiller les orteils. Le clapotis se termina enfin. Il fut suivi par un profond soupir et une quinte de toux. Le type ne s'embêta même pas à remonter son pantalon. Il resta à observer la lune, une main contre le mur de la maison, l'autre en train de se gratter la hanche.

Les cuisses en feu à force de rester accroupi, je songeai à me redresser pour partir en courant. Mais dans ce cas, jamais je n'aurais le courage de revenir. Cette maudite Furia Perfax, ses cartes débiles et sa philosophie de la Frontière à deux sous. « Fais ce que tu penses que l'homme que tu souhaites devenir ferait. »

D'accord, Furia. Je vais regarder le nekhek droit dans les yeux. Je vais même le nourrir. Vu tout ce que j'avais mis dans le sac, il y aurait bien quelque chose qui plairait à ce petit monstre. Peut-être qu'il se jetterait dessus et s'étoufferait, ce qui épargnerait bien des soucis à bien du monde.

– Qu'est-ce que tu fabriques dans le noir comme un imbécile ? lança une voix.

« Zut, j'ai été repéré. » Mais en voulant contracter les muscles de mes jambes pour partir en courant, je faillis pousser un cri de douleur tellement ils étaient tétanisés. « Bouge, bon sang ! Tu ne vas quand même pas attendre qu'on t'attrape ! »

J'allais enfin me redresser quand le vieux lança :

– Je profite de l'air frais, c'est tout. Retourne au lit.

« C'était juste quelqu'un dans la maison. Personne ne m'a vu. »

La voix dit autre chose, mais je n'entendis pas bien. Le vieil homme répondit par un grognement, qui se transforma en une nouvelle quinte de toux. Puis il fit demi-tour et rentra en titubant sans avoir remonté son pantalon.

Je respirai profondément et rééquilibrai le sac de nourriture sur mon dos avant de sortir de l'ombre en me frottant les cuisses et en essayant d'éviter les flaques d'urine. Je repris le chemin de l'oasis en maudissant Furia Perfax.

En quelques minutes, j'avais atteint les sept colonnes. Je m'y arrêtai pour rassembler le peu de courage qui restait en moi. Je m'aperçus alors que j'étais sous une lanterne en verre rougeoyant, et je paniquai à l'idée qu'elle s'éclaire. Dans ce cas, on aurait pu me voir depuis toutes les rues voisines. Mais pas d'inquiétude, la lanterne resta noire. Je levai les yeux et, comme un imbécile, projetai ma volonté pour la faire briller. Il ne se produisit rien. Je n'avais même plus assez de magie pour allumer une simple lanterne en verre rougeoyant. Je n'étais bon à rien. Cependant, pour une fois dans ma vie, cela me fut utile, parce que je me rendis vite compte qu'il y avait des gens dans l'oasis.

– Recommence ! murmura quelqu'un, mais si fort que le son dériva jusqu'à la colonne contre laquelle j'étais accroupi.

C'était Tennat. Je tremblai à l'idée de ce qu'il pourrait me faire, maintenant qu'il savait que je n'avais pas de magie pour répliquer. Pourtant, il était censé être malade, lui aussi. Qu'est-ce qu'il fabriquait là ?

– Chut ! (Une voix plus grave et moins nasillarde : mon ancien ami Panahsi.) Osia'phest nous écorchera vifs s'il apprend qu'on s'exerce à la magie du sang.

– Pan, tout le monde s'en fout, répondit Tennat, trop excité pour avoir peur. Le conseil a dit que, de toute façon, ils vont user de la sympathique sur cette bête.

– Oui, mais le conseil veut aussi utiliser la magie de la soie pour faire venir les autres nekheks, renchérit une voix féminine.

Quand je reconnus Nephenia, j'avançai pour mieux la voir. La lueur d'une petite lanterne posée à ses pieds illuminait sa robe bleu ciel. Elle était debout à côté des garçons agenouillés devant la cage en cuivre d'un mètre de haut que les mages avaient laissée sur place.

À l'intérieur, la créature qui avait fait fuir trois hommes grognait toute sa rage.

« Je me moque de savoir que Furia considère

cette chose comme innocente, me dis-je. Nekhek ou chacureuil… Moi, j'ai juste l'impression qu'il me réduirait la figure en lambeaux si j'essayais de le nourrir. »

Les trois autres continuaient à discuter sans se rendre compte de ma présence.

– L'intérêt de la sympathique, c'est que les autres nekheks des collines vont savoir que celui-ci souffre, reprit Panahsi. Ils viendront à son secours, et Ke'heops et les autres maîtres mages pourront alors nous débarrasser d'eux en un seul coup. C'est la seule façon de protéger le clan.

– Ça ne veut pas dire qu'on ne peut pas essayer quelques sorts avant, non ? argumenta Tennat. Pour réussir la troisième épreuve, il faut inventer un sort issu de deux disciplines de magie, ou au moins construire une variation à partir d'un sort classique. Aucun initié n'a jamais créé de sort avec la magie du sang. Si on réussit, on sera les meilleurs apprentis de tous les temps. Quand est-ce qu'on aura à nouveau une chance comme celle-là ?

Panahsi et Nephenia échangèrent un regard hésitant, mais ils finirent par acquiescer.

Je me sentais trahi à l'idée que mon seul ami et la fille qui restait chère à mon cœur soient là. Pourtant, je n'aurais pas dû m'en étonner. C'est une chose que de connaître la théorie de la sympathique du sang, mais une tout autre que de pouvoir s'y exercer. La magie du sang est bien trop dangereuse pour qu'on l'essaie sur d'autres humains, ou même des animaux domestiques. En revanche, avec une créature aussi immonde qu'un nekhek, envers laquelle on ne ressent pas la moindre empathie, qui n'aurait pas envie de tenter le coup ?

– Hé, regardez ça, fit Nephenia.

Ils se tenaient à une vingtaine de mètres de moi. Je dus plisser les yeux pour comprendre ce qu'elle était en train de faire.

La bestiole avait passé les pattes entre les barreaux, sans doute pour griffer Nephenia, qui forma un geste somatique avec la main gauche, le petit doigt contre le pouce, puis tendit l'index droit vers l'un des barreaux. Une lumière bleue jaillit, et le nekhek recula brusquement pour se blottir au fond de la cage.

– C'était magnifique. Comment tu as fait ça ? demanda Tennat.

– C'était juste un éclair, dit-elle en baissant les yeux, comme gênée de ce compliment. Il n'y a pas besoin de beaucoup de magie, il est conduit par le métal des barreaux.

Le nekhek s'était réfugié le plus loin possible de Nephenia. Je reculai d'un pas. J'en avais assez vu comme ça. Ça me rendait malade de regarder ces trois-là faire preuve de cruauté envers le nekhek. J'aurais espéré mieux de la part de Nephenia et Panahsi.

Je voulais bien prendre le risque d'être mordu par le monstre, en revanche, je refusais d'être humilié par Tennat. Peut-être que s'il me surprenait là, il me ferait chanter en échange d'une offrande, mais il pourrait tout aussi bien aller raconter à son père qu'il m'avait surpris à nourrir le nekhek. Et comme il semblait avoir totalement récupéré de sa maladie, avec un peu de malchance, il en profiterait pour impressionner

Nephenia en utilisant la sympathique du sang contre moi. Quoi qu'il arrive, c'en était trop. Je voulais bien essayer d'obéir à Furia, mais dans la vie, parfois, on ne fait pas ce qu'on veut. Le nekhek le savait sans doute déjà. Sinon, il allait vite le comprendre.

Je commençais à rebrousser chemin d'un pas lourd quand j'entendis un son qui me fit mal au cœur. Ce n'était pas un cri humain, néanmoins, je sentis en moi quelque chose de désagréable. De la honte. Et même du dégoût.

– C'est incroyable ! entendis-je Tennat s'exclamer. Comment tu fais ça ?

Malgré ma peur, je revins sur mes pas pour voir ce qui se passait dans l'oasis. Le nekhek était pris de spasmes, les muscles tellement tendus que son corps s'agita dans l'air puis retomba lourdement sur le sol de la cage. La créature se tortillait en se tenant le ventre.

Panahsi tenait un bout de corde dans les mains et le secouait dans tous les sens.

– Avec la corde, expliqua-t-il aux autres. Je me suis servi de la sympathique pour attacher les intestins du monstre. Alors, dès que je la tords un peu...

La bestiole lâcha un nouveau cri tellement aigu que, cette fois, il me parut presque humain. Ce son me fit grincer des dents et résonna entre mes tempes.

– Montre-moi, demanda Tennat à la manière d'un petit enfant.

Panahsi fit signe que non. Très concentré, il ne quittait pas le nekhek des yeux.

– Ça n'est pas aussi simple que ça en a l'air.

La sympathique du sang demande beaucoup de préparation. J'ai passé presque toute la journée en méditation pour faire ça. (Il sourit à Nephenia.) Mais qu'est-ce que tu en dis, ça vaut le coup, non ?

Il fit claquer la corde, et je vis le corps du nekhek se soulever dans la cage, les quatre membres écartelés, ses palmures duveteuses tendues dans une position étrange. L'animal cria de nouveau, puis s'effondra en tremblant.

– Panahsi, je crois que ça suffit, dit Nephenia avec un petit sourire inquiet. Il ne faut pas le tuer. Partons avant que…

– Laissez-moi essayer une dernière chose, l'interrompit Tennat en les écartant tous deux. Mon frère a trouvé ça dans un livre qu'Osia'phest garde dans la bibliothèque des maîtres.

Il sortit de sa poche ce qui ressemblait à un petit tuyau, et il se mit à murmurer.

– Il devrait se passer quelque chose ? demanda Nephenia.

– Une seconde.

Je ne reconnus pas le sort qu'il jetait, mais j'avais l'impression de comprendre ce qu'il voulait faire. Une partie de moi rêvait de quitter ma cachette pour leur hurler d'arrêter. Peu importait à quel point la créature dans la cage était vile, ils se conduisaient de façon indigne. J'avais déjà eu du mal à les voir s'impressionner les uns les autres à coups de sorts douloureux, mais quand Tennat gloussa parce que le nekhek poussait un nouveau cri, c'en fut trop.

Je n'étais pas assez crédule pour m'imaginer que les nekheks volaient des bébés humains afin de nourrir leur progéniture. En tout cas, si ça s'était jamais produit, ça remontait à avant ma naissance. Certes, je savais qu'ils étaient porteurs de maladies qui pouvaient tuer même un maître mage Jan'Tep. Ils représentaient une menace pour notre sécurité et, à ce titre, leur espèce devait être anéantie. Mais était-ce pour autant leur faute ? Ne pouvaient-ils pas être nés comme ça, tout simplement ?

Je secouai la tête. Furia et ses théories stupides me troublaient.

Tennat avait terminé ses préparatifs.

– Regardez, dit-il.

Je n'eus pas la force de détourner la tête quand il se baissa pour ramasser une poignée de sable. Qu'il versa ensuite lentement de son poing fermé dans le tuyau. Au début, il ne se passa rien, puis le nekhek bondit dans sa cage. Il avait la gueule grande ouverte, comme s'il cherchait son air. Je me sentis mal.

– Tu as lié le tuyau à sa gorge. Pas mal du tout, dit Panahsi, non sans une certaine admiration dans la voix.

Le nekhek produisait des sons abominables. Il s'étranglait. Il allait mourir. Tous trois s'étaient laissé emporter par l'excitation de la magie, le sentiment de puissance et de succès, toutes choses que je ne connaîtrais jamais. Ils étaient allés trop loin. La créature tournait la tête dans tous les sens, comme si elle espérait que quelqu'un vienne à son secours. Un instant, son regard s'arrêta à l'endroit où j'étais agenouillé. La lune était haute dans le ciel, et ses rayons se reflétèrent dans les yeux de l'animal. On aurait dit deux petites billes luisantes entourées de fourrure noire. Et là, je vis sa douleur. Sa colère. Sa peur. Et je vis enfin ce que Furia voulait que je voie.

Je me vis.

Je vis qui j'étais, et je vis l'homme que je voulais devenir.

Je compris à quel point cet homme était différent de mes amis, de ma famille, de mon peuple. Et là, je sus exactement ce que cet homme allait faire.

Quelque chose de très, très bête.

20. *L'évasion*

– Arrêtez ! hurlai-je.

– Kelen ? s'étonna Nephenia en me reconnaissant comme j'approchais du centre de l'oasis, une pierre dissimulée au creux de la main.

– Qu'est-ce que tu fous ici ? demanda Tennat, l'air tout à coup très énervé.

Sa concentration disparut aussitôt, si bien que le lien entre le tuyau et la gorge du nekhek se dissipa. La créature s'effondra dans la cage, à moitié étouffée.

– Maintenant, je dois tout recommencer ! Tu arrives toujours au bon moment pour tout gâcher, toi !

– Arrête, Tennat, dis-je en m'approchant, sans pour autant savoir ce que j'allais faire.

Ils avaient le visage luisant et le regard plein d'excitation. Pourtant, ils semblaient surpris et ennuyés d'être interrompus, avec une pointe de quelque chose d'autre : de l'inquiétude. « Ils craignent que je les dénonce », pensai-je. Comme s'ils risquaient d'être sanctionnés pour leurs actes. Ils auraient en effet peut-être quelques ennuis. Mon père serait furieux à l'idée de devoir retarder son projet de faire descendre les autres nekheks des collines, et notre professeur

Osia'phest leur donnerait sans doute une petite punition pour avoir jeté des sorts en dehors de toute surveillance, mais à part ça, tout le monde les féliciterait en silence d'avoir été aussi courageux et intrépides. Car ils venaient de faire la démonstration que, même si les Daroman maîtrisaient tout ce qui touchait à la stratégie militaire, les Jan'Tep avaient la magie pour eux. Les véritables Jan'Tep, bien sûr.

«Je déteste mon peuple, me dis-je tout à coup avec la lucidité de quelqu'un qui accepte enfin de regarder la réalité en face. Je les déteste tous. Je déteste ma famille aussi parce que, un jour, elle considérera que je suis aussi inutile et vil que cet animal dans sa cage.»

– Tu as... Tu as envie d'essayer un sort? me proposa doucement Nephenia.

– Génial, lâcha Tennat. On va laisser l'ami de l'espionne nous faire perdre du temps avec un sort qui va encore échouer.

Nephenia me lança un regard de pitié, puis donna une petite tape sur la nuque de Tennat.

– Ne sois pas méchant. Si Kelen veut essayer...

«Va te faire voir, Tennat. Panahsi, et même toi, Nephenia. Père, Mère, vous tous, allez vous faire voir.»

– Kelen, sois raisonnable, commença Panahsi, d'un ton qui imitait très mal celui d'un adulte compréhensif. C'est de la magie du sang. Bien au-delà de...

«... tes capacités, Kelen. Aie au moins le courage d'aller au bout de ta phrase, Panahsi.»

Même si, bien sûr, il avait raison. Tous trois étaient déjà en train d'inventer des sorts que je ne serais jamais capable de jeter. Dans la cage, étendu sur le flanc, le nekhek continuait à gémir de douleur.

«Tu ne peux pas les empêcher de torturer cette bête. Si tu essaies, ils te feront subir la même chose.»

– Kelen, essaie de te détendre un peu, dit Nephenia en me proposant sa main. Concentre-toi sur le sort, n'aie pas peur de mal faire. Tu as trop de craintes, tu sais.

Je faillis éclater de rire. La crainte. Si ça avait été mon seul problème… Je jetai un coup d'œil au nekhek terrifié derrière les barreaux.

Et là, je compris qu'elle avait raison. La bonne réponse, c'était la crainte. La crainte possédait sa propre magie, une magie qu'on pouvait parfaitement exploiter.

– Neph, tu perds ton temps, lui lança Tennat. On pourrait y passer la nuit, Kelen n'arriverait même pas à allumer une lanterne en verre rougeoyant. En plus, il y a un truc vraiment cool que je…

– Il y a un sort que je sais faire, marmonnai-je, davantage pour moi que pour lui.

– Ah ouais, et lequel? Le sort de la fuite? Ou alors le sort j'ai-essayé-si-fort-que-j'en-ai-mouillé-mon-pantalon? J'ai entendu dire que tu étais doué pour celui-là.

– Tennat! protesta Nephenia.

– Ça va, ça va…, fit-il en levant les mains. C'est la réalité, c'est tout. Certains ne sont pas capables de faire de la magie. Peut-être que quand tu seras Sha'Tep, Kelen, tu pourras quand même…

– Toi non plus, tu n'es pas capable de magie, Tennat, déclarai-je tout à coup. Dès que tu as peur. Même les maîtres ne parviennent pas à jeter de sorts quand ils ont peur et qu'ils ne peuvent pas se concentrer. Alors que moi, j'en ai un qui marche, et ça, peu importe combien j'ai la trouille.

Tennat ricana, puis il s'avança devant Panahsi et Nephenia, visiblement dans l'intention de me défier.

– Kelen, ton amie avec les lames de rasoir n'est pas là. Alors, tu crois que je vais avoir peur d'un crétin sans magie ?

Et là, je le frappai à la tempe avec la pierre. Tennat écarquilla les yeux de surprise et resta un instant immobile. Puis son corps comprit ce qui se passait, ses jambes cédèrent et il s'effondra.

– Mais qu'est-ce que..., commença Panahsi.

Je ne lui laissai aucune chance. Je le frappai à son tour. Je le touchai à la bouche et heurtai ses dents avec la pierre. Il tituba, mais je ne lui donnai pas le temps de se ressaisir. Panahsi était très fort comme mage. Il n'avait besoin que de quelques instants pour retrouver son calme et jeter un sort. Je ne pouvais en aucun cas le lui permettre. Pour briser la concentration d'un mage, la douleur est aussi efficace que la peur, alors je lui flanquai un coup de pied au genou. Il poussa un cri et s'écroula près de Tennat.

L'air effarée, Nephenia formait déjà un sort de nœud avec la main gauche, lequel, dans quelques secondes, me ligoterait au sol.

– Kel...

Elle eut un bref instant d'hésitation. Moi aussi.

J'étais amoureux de cette fille depuis mes douze ans, j'avais écrit pour elle des dizaines de poèmes sentimentaux stupides. Ils étaient enterrés dans une boîte au fond de mon jardin. Je savais que je ne les lui montrerais jamais, et je me sentirais terriblement humilié si ma sœur ou quiconque les trouvait, mais je n'avais pu me résoudre à m'en débarrasser. J'avais aussi essayé de dessiner Nephenia, et s'il y avait eu une once de magie en moi, j'aurais utilisé ce portrait pour lui jeter tous les sorts de séduction qui existent. Pas de doute, je l'aimais.

Peut-être est-ce la raison pour laquelle, lorsque je la frappai au visage, ce fut avec la main qui ne tenait pas la pierre.

– Arrêtez-le ! cria Panahsi en portant sa jambe à deux mains.

Je voyais bien qu'il cherchait à se concentrer, mais qu'il avait trop mal.

Je devais continuer à les surprendre. Mon peuple n'est pas habitué à la douleur physique. Nous ne sommes pas des individus violents. Les mages n'aiment pas se salir les mains. Un Jan'Tep est supposé être calme, serein, discret, plein d'idées pertinentes et d'intelligence. Tandis que moi, je hurlais comme un fou :

– Alors, qu'est-ce que vous pensez de ma magie, bande de salopards ?

Mais là, je sentis quelque chose me heurter violemment à l'arrière des jambes. Panahsi avait trouvé un bâton et, sans même se relever, il avait réussi à me frapper. Je tombai, pourtant je pus m'écarter juste à temps pour éviter un second coup à la tête. Je sentis un pied me percuter violemment les côtes. C'était Tennat. Puis un deuxième coup. J'essayai de répliquer, mais j'étais comme une tortue sur le dos. Quand je parvins à trouver un appui au sol pour mes deux pieds, je poussai, toujours couché sur le dos, jusqu'à atteindre la cage. Je sentis tout à coup quelque chose qui cherchait à m'agripper les cheveux. Je crus que le nekhek voulait m'attraper avec ses pattes, et je m'écartai. Cela ne m'aiderait pas si, après avoir risqué ma vie pour lui, le petit monstre finissait par me tuer.

Cependant, parvenant à jeter un coup d'œil, je compris qu'il essayait juste d'attraper le loquet. Un cadenas verrouillait la cage, mais j'avais toujours la pierre à la main. Je roulai sur le ventre et remontai mes genoux sous mon corps, encaissant un coup de pied de Tennat dans le dos. Je frappai le cadenas avec la pierre. Une fois, deux fois. À la troisième tentative, il se brisa, et la porte s'ouvrit.

Les autres avaient eu le temps de se ressaisir, et ils avançaient tous trois vers moi. Nephenia avait une main sur le bras de Panahsi qui boitait, comme si elle pouvait le retenir. Ils se figèrent en voyant le nekhek jaillir de la cage. « Non, pas un nekhek. Un chacureuil. »

La créature grogna. Un son dans les tons graves, léger comme une plume, mais plein de rage. Panahsi et Tennat reculèrent en trébuchant. J'observai le petit monstre, son visage poilu tout près du mien. Il s'approcha. Son regard croisa le mien. Un instant, je crus qu'il voulait me protéger. « Il a compris, me dis-je. Il sait ce que j'ai fait pour lui. »

Et là, il se produisit deux événements, que je méritais tous deux, je crois. Un, le chacureuil me mordit à la main si fort que le sang jaillit. Deux, il s'enfuit. En un instant, il avait franchi la limite des colonnes et quitté l'oasis, me laissant seul face aux trois personnes que j'avais attaquées pour le libérer.

– Une entrave ! s'écria Panahsi. Que quelqu'un utilise un sort d'entrave contre ce nekhek !

– Il est déjà loin, répliqua Tennat.

– Dans ce cas, cours-lui après ! lança Panahsi, qui ponctua ses mots d'un coup de poing à mon égard.

Je vis Tennat partir en courant, mais revenir quelques instants plus tard.

– C'est trop tard. Il va beaucoup trop vite.

Je reçus alors un coup de pied dans le ventre. J'attrapai la jambe qui en était à l'origine, la tordis et m'en servis comme appui pour me redresser. J'aurais mieux fait de rester à terre. Panahsi m'agrippa par les cheveux d'une main et, de l'autre, abattit son poing sur ma figure. Du sang jaillit de mon nez. Des gouttelettes luisantes giclèrent à la lueur de la lanterne tels des pétales de fleur dans une brise d'été. « On dirait un sort », me dis-je, et, malgré la douleur, je trouvai cette idée très drôle.

– Ça t'amuse ? me lança Tennat en me martelant les côtes tandis que Panahsi me tenait la tête par les cheveux. Et tu crois que tu vas rire longtemps ?

– Arrêtez, arrêtez ! protesta Nephenia.

Je vis que son visage était baigné de larmes alors que, pourtant, elle aussi avait l'air furieuse. Pourquoi donc ? « Peut-être parce que tu l'as frappée, crétin. » Malgré tout, elle essayait d'empêcher Panahsi de s'en prendre davantage à moi. Les yeux de mon ancien ami étaient déjà en train de gonfler et de noircir. « Tu ferais vraiment un affreux chacureuil, Panahsi », me dis-je.

– Arrête de rire, fit-il en me giflant.

Un geste presque déplacé. Mais peut-être qu'il avait trop mal aux poings à force de me frapper. Ce qui me fit rire encore plus fort.

Tennat continuait à me rouer de coups. Et là, j'entendis quelque chose craquer.

– Qu'est-ce qu'il y a de si drôle, espèce de petit connard sans magie ?

– Tu ne comprends donc pas ? réussis-je à prononcer. J'ai vraiment de la magie. Je viens de faire disparaître un chacureuil.

Je crois qu'à part moi, personne ne trouva ça drôle, parce que dès lors, Tennat et Panahsi se mirent à me frapper à tour de rôle. Ma tête finit par heurter le coin de la cage.

La lune apparut et disparut. Le monde alternait entre la réalité et une obscurité parfaite, plus lisse que n'importe quelle noirceur.

– Par nos ancêtres ! s'exclama tout à coup Panahsi. Qu'est-ce que c'est que ça ?

Je crus qu'il parlait du sang qui jaillissait de mon crâne, mais comme je recouvrais partiellement la vue, je parvins à suivre un instant son regard. Une ombre avançait vers nous au ras du sol. Non, pas une ombre. Plein d'ombres.

Comme elles approchaient, faisant voler du

sable sous leurs pattes, la lumière de la lanterne révéla qu'elles avaient des fourrures de toutes les teintes possibles, du marron clair au noir le plus parfait. Leur pelage se fondait idéalement dans la pénombre. « Des nekheks », me dis-je, ne sachant toujours pas comment les appeler. Et là, face à cette douzaine, voire plus, de créatures, je me mis à paniquer.

Elles s'immobilisèrent. Elles avaient à moitié encerclé Tennat et les autres en grognant et en poussant des cris menaçants. L'une d'elles, que je reconnus comme celle que j'avais libérée et qui m'avait mordu la main si fort que je saignais encore, se dressa sur ses pattes arrière. Elle aussi grognait et feulait, pourtant ses bruits sonnaient différemment à mes oreilles…

Je comprenais ce qu'elle disait.

Il (je savais que c'était un mâle à cause de sa voix grave) me jeta un coup d'œil avant de se dresser face à Tennat et aux deux autres pour découvrir ses crocs et cracher :

– Alors, bande de fils de pute de sacs à peau sans poils, par qui je commence ?

21. *Les chacureuils*

L'oasis était tellement calme par ailleurs que je me demandai si ce spectacle déroutant n'était pas la conséquence des trop nombreux coups que j'avais reçus à la tête. Les chacureuils, même si le terme « nekhek » semblait subitement plus approprié, étaient prêts à attaquer, les muscles tendus sous leur fourrure, tremblant d'impatience. Panahsi, Nephenia et Tennat étaient immobiles, chacun à la recherche du calme nécessaire à la magie Jan'Tep. Je me surpris à compter à rebours, comme si j'assistais à un duel de mages. J'entendais presque Osia'phest dire : « Sept… six… cinq… »

– Bon sang, fit Panahsi, tandis que ses doigts s'agitaient pour créer les formes somatiques d'un sort de conflagration.

Si jamais il parvenait à produire une rivière de feu assez large, il ferait brûler tous les nekheks. Mais son visage luisait de sueur et sa respiration était encore haletante. Pour l'instant, il était incapable de pratiquer la magie, sans pour autant quitter les chacureuils des yeux. Panahsi se savait bien plus puissant que Tennat et Nephenia. Il considérait de son devoir de les protéger. C'était vraiment quelqu'un de bien, quand il n'essayait pas de vous tuer à coups de pied et de poing.

Je n'avais aucune idée de ce que pensaient les chacureuils. Les fines palmures entre leurs pattes avant et arrière se plissaient dans la brise nocturne. On aurait dit des vaguelettes à la surface d'un lac, à condition que ce lac soit fait d'une eau déchaînée et de la promesse du sang versé.

– On doit battre en retraite, dit Nephenia sans quitter les créatures des yeux. Et appeler à l'aide.

Les mains de Panahsi essayaient toujours de créer des formes somatiques, pourtant il réussit à dire :

– Impossible. Le sort de calme est toujours actif. Personne ne nous entendra.

« Le sort de calme. C'est pour ça qu'il a fallu que j'arrive à la hauteur des colonnes pour les entendre. » Logique. Avec le petit monstre qui hurlait de douleur sous leurs sorts de sang, quelqu'un aurait dû réagir. Pourtant, aucun d'eux, pas même Panahsi, n'était capable de créer un calme assez puissant pour couvrir toute l'oasis. On avait dû leur donner un coup de main. Le père de Tennat, ou l'un de ses frères ?

– Pas question de battre en retraite, dit Tennat d'une voix tranquille, presque rassurante. On va tous les tuer. Tous jusqu'au dernier.

Apparemment, il n'avait pas l'air aussi impressionnant qu'il le pensait, parce que deux chacureuils grognèrent en signe de protestation. Je les vis se préparer à attaquer.

Le chef feula à leur intention :

– Personne n'attaque avant que j'en donne l'ordre, bordel.

Certains de ses congénères sifflèrent et grognèrent, mais je ne compris pas ce qu'ils disaient, jusqu'à ce que le chef crache :

– C'est moi qui commande maintenant, alors vos gueules.

Ses feulements et grognements étaient si clairs dans ma tête que je me dis que Panahsi, Tennat et Nephenia devaient les comprendre, eux aussi. Pourtant, ils n'en montraient pas le moindre signe, même si Nephenia semblait partagée. Elle me lança un drôle de regard. Elle avait l'air terrorisée et furieuse, mais aussi… pleine de remords ? « Peut-être que c'est ce que tu as envie de voir, parce que ça impliquerait que tout n'est pas fini entre vous. Comme tu t'imagines comprendre le nekhek, ce qui justifierait que tu trahisses ton propre peuple. »

– Ils n'attaquent pas, fit remarquer Nephenia. Peut-être que si on se contente de partir…

– Non, lâcha Tennat d'une voix encore plus assurée. Si on réussit à les tuer, on sera des héros, Neph. Tu pourras choisir d'étudier la discipline de magie que tu veux, et les maîtres te soutiendront toujours. Si on parvient à se débarrasser de cette racaille, notre avenir est garanti. Alors, quand Pan enverra la rivière de feu, sois prête à soutenir son sort. Puis on regardera ces petits monstres danser dans les flammes jusqu'à ce que mort s'ensuive.

L'excitation malsaine de Tennat à l'idée de faire brûler vifs des animaux me retournait l'estomac mais, d'un autre côté, c'était rassurant de savoir qu'il avait aussi mauvais fond que je l'avais toujours imaginé. « Est-ce normal que j'adore le haïr à ce point ? »

Lentement, calmement, je me préparai à bondir.

Je ne savais pas quoi penser de ces créatures qui allaient mourir. Étaient-elles vraiment les affreux nekheks dont j'avais toujours entendu parler ? Ces mauvais esprits qui, par le passé, servaient les salopards de Mahdek ayant combattu mon peuple et sans doute attaqué ma sœur deux jours plus tôt ? Ou étaient-ils juste ce que Furia prétendait, des chacureuils qui cherchaient à venger l'un des leurs ?

Le chef découvrit ses crocs et lança des jurons qui m'auraient valu bien des ennuis si mes parents avaient entendu des mots pareils sortir de ma bouche. Qui aurait cru que les animaux puissent être aussi grossiers ?

– Je pense que je suis prêt, annonça Panahsi.

Ses doigts potelés modelèrent une fois de plus la forme somatique de la rivière de feu. Elle n'était pas parfaite, mais sans doute assez nette pour aboutir. J'allais devoir prendre une décision : le regarder tuer la meute de chacureuils ou bien commettre une nouvelle trahison envers mon peuple.

– Ne fais pas ça, Pan, dis-je. Laisse-les partir.

– Tais-toi, Kelen, répliqua-t-il.

Nephenia tendit le bras, puis interrompit son geste.

– Peut-être que Kelen a raison. Ils n'attaquent pas. On pourrait…

– Non, fit Tennat, toujours de la voix de celui qui tente d'apaiser un cheval nerveux. Dès que

Panahsi aura jeté son sort, ils ne pourront plus s'enfuir.

J'avais replié mes bras sous mon corps. S'il me restait assez de forces, je pouvais me redresser d'un coup et me jeter sur Panahsi avant qu'il prononce l'incantation. Au moment où j'allais passer à l'action, le chef des chacureuils se tourna vers moi et feula à mon intention :

– Eh, gamin, tu peux dire deux trucs à ce gros lard de ma part ?

Je me figeai. Déjà, parce que c'est bizarre qu'un animal se tourne vers vous pour vous parler, et ensuite, parce que ça m'ennuyait qu'il m'appelle « gamin ».

– Qu'est-ce que vous voulez que je dise ? demandai-je.

– Que tu es désolé d'être un traître, me lança Tennat, qui croyait que je leur parlais. Et que tu regrettes de rester là sans nous aider. Dans les deux cas, tu ne perds rien pour attendre.

Les chacureuils attendaient toujours, comme si quelque chose les retenait d'attaquer. Panahsi respirait mieux, plus calmement. Il avait les paupières mi-closes, et ses lèvres s'agitaient alors qu'il répétait l'incantation. Les sorts de feu sont dangereux. À la moindre erreur, des flammes se matérialisent, mais ne partent pas dans la bonne direction.

– Allez, Panahsi, le pressa Tennat. Vas-y.

– Une seconde. J'y suis presque.

Le chacureuil émit un bruit étrange, une sorte de « ha ha ha » dont je ne doutais pas que ce soit son rire.

– Gamin, tu m'écoutes ? me lança-t-il.

– Euh… oui.

– Dis à ce gros lard que ce n'est pas parce qu'il ne me comprend pas que moi, je le comprends pas. Et dis-lui de jeter un coup d'œil derrière lui, aussi.

Je regardai dans la direction que l'animal me montra. Il n'y avait pas la moindre lumière derrière Panahsi. D'abord, je crus distinguer un rocher dans l'ombre. Puis je me souvins qu'il n'y en avait pas à cet endroit. La forme bougea et, tout à coup, je compris ce que c'était. Et aussi pourquoi les chacureuils attendaient. L'un des leurs s'était glissé derrière mon ancien ami.

– Pan, derrière toi ! m'écriai-je.

Il m'ignora, croyant sans doute que je cherchais à le distraire. Les premières syllabes de la rivière de feu sortirent de sa bouche : un baryton profond qui vibrait sur les résonances précises qu'exigeait ce sort. « Oh non, c'est trop tard. »

Mais le chef des chacureuils avait compris. Il cracha un nouveau son, une sorte de *pfff*, que j'interprétai comme un soupir.

– Sacs à peau, vous l'aurez voulu !

Puis il poussa un petit grognement sec, et la forme noire de la bête derrière Pan bondit sur sa tête, plantant ses griffes dans sa chevelure épaisse. Elle s'accrochait à son cou avec ses petites pattes et lui couvrait le visage avec ses palmures duveteuses, tout en lui labourant la nuque avec une puissance de chat sauvage. Les autres chacureuils se dispersèrent sans jamais quitter la source de la flamme des yeux.

– Vise mieux que ça, espèce de gros imbécile ! hurla Tennat.

Je vis Nephenia tendre les bras, le pouce et le majeur de chaque main se touchant tandis qu'elle prononçait trois mots dans l'air nocturne. C'était un sort de bouclier qui devait empêcher les autres chacureuils d'attaquer Panahsi.

– Bien vu ! cria Tennat. Tiens ton sort, Neph !

Il joignit ses mains, les doigts positionnés pour un sort d'attaque. Sans aucun doute une épée de tripes. Il visait le chef des chacureuils, qui courait en zigzag comme pour éviter d'être touché. Mais ça ne marcherait pas contre une épée de tripes, qui ne nécessitait pas un tir précis, juste un champ d'action dégagé. Alors, je me relevai et me précipitai sur Tennat qui, à la dernière seconde, se tourna vers moi. Son expression concentrée se transforma en sourire, et une douleur explosa dans mon ventre. Bien pire que tout ce que j'avais ressenti au cours de notre duel quelques jours plus tôt. Quelle que soit la maladie dont Tennat avait souffert, il était guéri, parce que là, je fus certain qu'il allait me tuer.

– Tennat, non ! hurla Nephenia.

« Peut-être que, finalement, elle ne me déteste pas », me dis-je alors que mes organes commençaient à s'écraser.

Elle renonça à son sort de bouclier pour attraper Tennat par l'épaule, mais il se contenta de la repousser. Il dit quelque chose que je n'entendis pas dans le vacarme, même si ce devait être du genre : « Kelen, je vais te tuer parce que, comme tu t'en doutes depuis longtemps, je ne suis qu'un gros crétin dont la seule ambition a été de faire de ta vie un enfer jusqu'à ce que je puisse trouver une excuse pour y mettre fin. »

Panahsi hurla. L'un des chacureuils venait de lui arracher un bout de chair sur le bras. Nephenia, qui était clairement en train de se demander quelle vie comptait le plus, se retourna pour jeter de nouveau le sort de protection.

J'essayai de rouler un peu plus loin pour sortir du champ de vision de Tennat, en vain. Apparemment, je ne devais pas non plus espérer d'aide de la part des chacureuils. Ils concentraient toute leur attention sur Panahsi, se précipitant contre le bouclier que Nephenia avait formé, certains parvenant à le franchir, car elle avait du mal à le maintenir. Panahsi réussit à attraper la bestiole accrochée à sa nuque. Les flammes de son sort de braise dansaient autour de ses doigts, ce qui mit le feu à la fourrure du nekhek, qu'il projeta au centre de l'oasis. Visiblement en grande souffrance, la pauvre créature se roula par terre. Deux de ses compagnons se précipitèrent aussitôt, se retournèrent et creusèrent le sable de leurs pattes arrière pour l'en recouvrir et étouffer les flammes. Le blessé se redressa et repartit aussitôt vers la bataille en boitant. Je remarquai qu'une partie de la palmure qui lui permettait de glisser dans les airs avait brûlé.

Tennat se tourna vers les autres, ce qui me procura un instant de répit.

– Regroupez ces parasites et réduisez-les en cendres avant qu'ils essaient de fuir !

Mais le sort de Pan faiblissait. Sa concentration, phénoménale au vu des circonstances, se brisait enfin. Il y avait des traînées de sang sur son visage, ses mains et son ventre, partout où les chacureuils l'avaient blessé. Nephenia elle aussi était épuisée de maintenir le sort de bouclier. Je vis ses yeux supplier Tennat de cesser de m'attaquer pour l'aider à protéger Panahsi. J'imagine que je devais vraiment être dans un sale état, parce qu'elle se mit à hurler après Tennat.

Mais il s'en moquait. Il avait enfin trouvé une excuse pour se débarrasser du monstre qu'il haïssait le plus, en l'occurrence, moi. De toute ma vie, jamais je n'avais autant souffert. Mes organes étaient comprimés et tordus, sans doute de façon irrémédiable. Je levai les yeux vers lui, prêt à supplier. Il adorait qu'on l'implore. « Peut-être que si je... »

Tout à coup, Tennat écarquilla les yeux, puis sa bouche s'ouvrit comme s'il allait dire « oh », et il tomba à genoux. Derrière lui se tenait Nephenia, armée du bâton que Panahsi avait utilisé pour me frapper un peu plus tôt. Elle était en larmes ; pour me sauver, elle venait de trahir son peuple. Et ça n'avait pas l'air de l'enchanter.

Je voulus me relever, mais mes jambes refusèrent de me soutenir. Je dus regarder la fin de la bataille à quatre pattes. Panahsi était hors d'état de nuire. Entre notre bagarre et les blessures causées par les nekheks, il n'était plus capable de jeter le moindre sort. Une dizaine de chacureuils l'encerclaient, prêts à le déchiqueter. D'autres s'approchèrent du corps étendu de Tennat en découvrant leurs crocs, les rayures noires sur leur fourrure ressortant vivement sur le sable gris clair de l'oasis. Les autres se rassemblaient autour de Nephenia.

– Arrêtez ! m'écriai-je. Pas elle !

– Bouge pas, gamin, m'avertit le chacureuil que, dans mon infinie sagesse, j'avais libéré un peu plus tôt, ce qui avait provoqué ce désastre.

Je rampai vers une Nephenia tremblante, terrifiée par les créatures dont les muscles tressaillaient dans l'attente du signal d'attaque. L'un d'eux recula vers moi, si bien que nos regards se trouvèrent à même hauteur. Il ouvrit la gueule et poussa un grognement qui exhala une forte odeur de sang et de rage. Je ne doutais plus que ces animaux puissent nous tuer.

– Pousse-toi, gamin, feula le chef des chacureuils. Je t'en dois une pour m'avoir sorti de cette cage, mais si tu te mets entre notre proie et nous, tu la joues solo.

– Elle vous a pas attaqués, elle a juste…

– Cette garce m'a balancé des décharges avec son éclair, dit-il. Elle aura ce qu'elle mérite.

Nephenia ne me quittait pas des yeux. De toute évidence, elle se demandait pourquoi je parlais à des animaux bêtes et méchants qui se contentaient de feuler et de grogner en guise de réponse. Panahsi donnait l'impression d'avoir du mal à tenir debout. Tennat avait repris connaissance, mais il ne bougeait pas. Je vis pourtant un semblant de sourire dans ses yeux, et aussi quelque chose qui s'y reflétait. Une lueur. Je jetai un coup d'œil derrière mon épaule et distinguai des lanternes dans une maison voisine de l'oasis. Le sort de calme commençait à se dissiper, et notre grabuge était à présent audible. Ou alors, des gens éveillés en pleine nuit avaient aperçu le rougeoiement de la rivière de feu de

Panahsi. Dans peu de temps, tout le monde accourrait.

– Ils arrivent, prévins-je le chacureuil. Dès que les gens auront compris, ils appelleront les maîtres mages, et vous allez tous mourir !

Je fis de mon mieux pour insister sur ce dernier mot.

Le chef émit son rire si particulier et se dirigea vers Tennat.

– T'en fais pas. On en aura fini avec ces deux-là avant que les autres débarquent.

Même si je ne savais pas comment appeler cette créature, elle n'avait rien d'agréable. « Mais peut-être que je ne le serais pas non plus si on venait de me torturer. »

Tennat avait beau être terrorisé, c'est sur moi qu'il continuait à diriger sa colère.

– Kelen, tu es un traître. Tout le monde va savoir…

Il fut interrompu par une voix qui surgit des ténèbres derrière nous :

– Quand on raconte une histoire, vaut mieux s'arranger pour qu'elle soit crédible.

Je tournai la tête pour voir qui venait de parler, car j'avais l'esprit trop embrouillé pour reconnaître la voix. Tout d'abord, je ne distinguai qu'un point de lumière rouge dans le noir. Puis j'aperçus la petite volute de fumée qui s'en échappait. La silhouette surgit de l'ombre et Furia Perfax apparut, un roseau de feu au coin des lèvres.

– Eh bien, fit-elle en affichant son habituel sourire ironique. Voici le plus beau ramassis de sales petites bestioles que j'aie jamais eu l'occasion de voir.

22. *Marché conclu*

Les chacureuils grognèrent et donnèrent des coups de patte dans le sable comme Furia approchait. À chaque pas, je craignais qu'ils attaquent. Mais Furia, elle, n'avait pas ce genre d'inquiétude. Elle nous rejoignit d'une démarche assurée.

– Kelen, tu peux me rendre service et dire à ces petits salauds que je ne suis pas l'ennemi ?

Le chef feula d'un air furieux :

– Dis à cette connasse de Daroman de se casser si elle veut garder ses yeux dans ses orbites. Si c'est vraiment une Daroman, d'ailleurs, ajouta-t-il en reniflant l'air.

Furia se tourna vers moi.

– Laisse-moi deviner, il a menacé de m'arracher les oreilles ?

– Les yeux, plutôt.

Elle secoua la tête.

– C'est toujours pareil avec eux. Les oreilles, les yeux, la langue. Ils ne sont pas contents tant qu'ils n'ont pas promis de t'arracher un bout de quelque chose.

– Kelen, qu'est-ce qui se passe ? demanda Nephenia.

Panahsi, Tennat et elle étaient blottis le plus

loin possible des créatures qui continuaient à les encercler.

« Comment expliquer la situation dignement alors que je suis à quatre pattes ? »

– Attends une seconde.

– Dis à ce petit seigneur en fourrure, reprit Furia d'un air plus qu'agacé, qu'il y a des guerres utiles et d'autres pas, et que là, il est à un doigt d'en commencer une qui finira mal pour tout le monde.

– Ah ouais, répliqua le chacureuil. Eh bien, peut-être que…

Même si Furia ne comprenait pas les mots qui sortirent en feulements et grognements, elle saisit le sens général de ses paroles. Elle insista :

– Leur peuple tient à ces trois-là comme à la prunelle de ses yeux. Si vous les tuez, cet endroit va… Et puis merde.

Elle se tut et prit quelque chose dans son gilet. D'un mouvement vif du poignet, elle fit tournoyer une carte en l'air, qui retomba sur le sable à quelques centimètres de la tête de l'animal. Il siffla quelques instants puis s'avança, observant la carte de ses yeux noirs de fouine.

– Demande-lui s'il sait ce que c'est, me lança Furia.

Le chacureuil attrapa la carte. De là où j'étais, je vis qu'il s'agissait de l'une des cartes rouge sombre qu'elle m'avait montrées plus tôt dans la journée. Un sept de carreau, même si je n'avais aucune idée de ce que ça signifiait. Le chacureuil observa la carte, puis Furia. Il s'avança dressé sur ses pattes arrière, et la lâcha devant moi.

– Dis-lui marché conclu, feula-t-il.

– Quel marché ? demandai-je.

Il se contenta de me regarder. J'étais presque sûr qu'il était en train de me signifier que j'étais un crétin.

– Il accepte le marché, annonçai-je à Furia.

Elle hocha la tête.

– OK. Rends-moi la carte.

Ce que je fis. Elle l'observa un instant, comme si elle voulait retenir chaque détail de son illustration complexe. Quand elle la rangea dans son gilet, elle paraissait… Je n'aurais su dire. Lasse ? Pour finir, elle lança un dernier regard aux animaux.

– Allez-y, les mecs. Cassez-vous. (Quand le chef des chacureuils voulut parler, elle l'interrompit.) Dis à ce petit salaud de réserver sa salive et ses bravades pour quelqu'un que ça intéresse.

L'animal grogna puis feula à l'intention de ses congénères. En un instant, toute la meute se retourna comme un seul homme et quitta l'oasis en direction des collines dans la nuit noire. J'aurais cru qu'il s'arrêterait pour me dire quelque chose, mais non. J'en fus un peu contrarié.

Furia soupira, et jeta un coup d'œil aux lanternes qui se rapprochaient.

– Bon, les enfants, on répète une dernière fois la chanson qu'on était en train d'apprendre.

– Vous, vous allez chanter dans la douleur, lâcha Tennat, toujours couché par terre. (Ceci étant, je trouvai que c'était plutôt une bonne réplique. Il agita les mains ; il préparait une forme somatique.) Quand mon père saura ce qui s'est passé, il vous jettera des sorts pour vous arracher la peau, faire gicler le sang de…

Furia me jeta un coup d'œil en disant :

– J'ai pas déjà entendu ça quelque part ? Tu crois qu'il a des origines de chacureuil ? (Elle planta le talon de sa botte dans le poignet droit de Tennat.) Tu sais, mon garçon, j'ai bien compris que ton seul but dans la vie, c'est de devenir l'être le plus cruel et le plus méchant qui soit, mais tant que tu ne peux pas mordre autant que tu aboies, tu ferais mieux de la fermer. La seule chose qui va intéresser ton précieux papa et ses potes mages, c'est qu'il y a une bande de nekheks autour de leur cité, et que ces petites bêtes n'ont pas peur de se battre. Les mages ne seront pas du tout impressionnés par le fait que tes copains et toi, vous soyez venus torturer celui qu'ils avaient capturé, en revanche, ils ne vont pas aimer l'idée que même un minable comme Kelen ici présent… (elle me désigna du doigt, ce qui fut loin d'améliorer mon moral) a réussi à vous paralyser le temps de libérer le petit monstre. (Elle se baissa pour le regarder droit dans les yeux.) Et aussi, tu peux craindre que le père de Kelen ne soit pas ravi d'apprendre ce que tu as essayé de faire à son fils, conseil des mages ou pas.

– Mais on doit dire ce qui s'est vraiment passé, protesta Panahsi, en train de reprendre des forces, même si sa vision semblait toujours troublée.

– Ce qui s'est passé est très simple, dit Furia. Vous autres, bons amis, vous alliez tranquillement faire une petite séance d'astronomie à l'écart de la cité quand vous avez surpris une bande de nekheks en train de libérer leur congénère. En individus courageux que vous êtes, vous avez essayé de vous interposer, mais ils ont été les plus forts. Toutes vos blessures, dit-elle en tournant la tête pour me faire un clin d'œil (ce qui n'arrangea pas vraiment mon moral), viennent des nekheks.

Nephenia secoua la tête.

– Mais, dame Furia, personne ne va croire que…

– Bien sûr qu'ils ne vont pas vous croire, l'interrompit-elle. Ils sauront que vous mentez, surtout que, de toute évidence, l'un de vous a soudoyé le garde pour qu'il aille faire un tour. Mais on pensera que vous êtes venus prouver que vous n'avez pas peur du nekhek. Il faut concevoir un mensonge crédible pour que personne n'aille chercher la vérité.

Qui aurait cru que des gens soient capables d'oublier aussi rapidement ce qui venait de se passer ? Mais mon peuple est constitué d'individus pragmatiques. Nephenia ne voulait surtout pas que le conflit dégénère. Panahsi était tellement fatigué qu'il souhaitait ne plus penser à rien, et Tennat se dit qu'il pourrait sans doute utiliser ça contre moi ou contre les autres, allez savoir comment. Voire les deux. Au final, Furia savait quelles ficelles tirer chez qui et, en un instant, tout le monde fut convaincu que cette version allait dans le sens de l'intérêt général.

Lorsque les cinq ou six hommes et femmes pénétrèrent dans l'oasis, leurs lanternes en verre rougeoyant à la main, le marché était conclu. On me posa des questions, mais je n'étais pas en mesure de répondre. La bataille terminée, le mélange de peur et d'angoisse qui m'avait fait tenir jusque-là s'évanouit. Je perdais peu à peu connaissance jusqu'à ce que Furia déclare qu'elle devait me ramener chez mes parents et que les autres feraient bien de rentrer chez eux.

La dernière chose dont je me souvins, c'est Nephenia qui me regardait de haut en me disant :

– Kelen, tu m'as frappée.

23. *Séquelles*

Quand on a quinze ans et qu'on s'apprête à devenir un homme, il est très gênant de se retrouver à plusieurs reprises dans les bras de quelqu'un qui vous ramène chez vous. Cette fois, en plus, c'était Furia qui me portait, ce qui était encore plus gênant.

– Vous êtes costaude pour une fille, dis-je, furieux quand ce dernier mot s'échappa de ma bouche.

J'avais récemment découvert que plus on me frappait, plus je disais des bêtises.

– Pour une fille, peut-être, mais pour une femme, je suis plutôt normale, répliqua-t-elle.

– Je ne connais pas beaucoup de femmes qui seraient capables de me porter, insistai-je. Je ne suis pas si petit que ça.

Allez savoir pourquoi, j'avais besoin de marquer ce point.

Furia lâcha un petit *pfff* qui, selon moi, était juste dédaigneux.

– Gamin, les seules femmes qu'il y a dans le coin sont destinées à jeter de gentils petits sorts et à être agréables à regarder. Comme les hommes, en somme.

J'étais presque convaincu que c'était une

nouvelle insulte envers mon peuple, mais ne sachant pas quoi rétorquer, je me contentai de regarder la rue. Elle était presque entièrement plongée dans le noir. Les familles dormaient depuis bien longtemps. Nous étions à mi-chemin de chez moi. Les lanternes en verre rougeoyant accrochées à chaque carrefour auraient dû s'allumer sur notre passage, mais Furia n'avait pas la magie nécessaire et moi, je n'étais pas d'humeur à essayer. Je me demandai si c'était le lot des serviteurs Sha'Tep, qui partaient avant l'aube d'un pas lourd rejoindre les boutiques ou les maisons où ils accompliraient leurs corvées quotidiennes jusqu'au soir. Avaient-ils au moins des torches ? Furia semblait bien voir dans le noir, en tout cas, elle avançait d'un pas assuré.

– Qu'est-ce que vous allez dire à mes parents ? demandai-je.

– La vérité. Je t'ai trouvé comme ça dans l'oasis avec tes trois crétins de camarades et plus d'une douzaine de chacureuils.

– Ce ne sont plus mes camarades, répliquai-je par réflexe.

« Argh, on dirait un enfant. »

Furia ne se moqua pas de moi, ce qui ne me parut pas de bon augure. Elle se contenta de dire :

– Ouais, gamin, je suis d'accord avec toi.

– Je… euh…, hésitai-je. (Il y avait quelque chose que j'avais envie de dire, ou plutôt, quelque chose que je voulais que Furia dise, mais je ne savais pas comment aborder le sujet.) Vous n'avez pas commenté ce que j'ai fait.

– Il y a quelque chose que tu aimerais que je te dise à ce sujet ?

– Je ne sais pas, mais…

En réalité, j'espérais qu'elle me dise que j'avais été courageux de libérer ce chacureuil, et qu'elle était… je ne sais pas, impressionnée, voire fière de moi. J'ignorais pourquoi l'avis d'une vagabonde daroman comptait pour moi alors que mes parents allaient être furieux, pourtant je trouvais injuste d'avoir souffert à ce point, d'avoir risqué ma vie, et de ne pas en retirer le moindre compliment.

– Tu veux que je te dise que tu as fait ce qu'il fallait, déclara Furia alors qu'on atteignait le croisement.

On approchait de la maison.

– C'est le cas ?

Elle s'arrêta net, les yeux braqués sur la rue. Puis elle lâcha un long soupir avant de répondre :

– Je ne sais pas, gamin. Quand tu connaîtras le vaste monde autour de ta ville natale, hors de ces murailles entre lesquelles tu as grandi, tu te rendras compte qu'on ne sait presque jamais si on fait ce qu'il faut. Une action courageuse et sincère peut mener à une guerre et à l'anéantissement. Un acte lâche et intéressé peut conduire à la paix et à la prospérité. (Elle laissa ses mots flotter quelques instants dans l'air, puis parut se ressaisir.) Mais je vais quand même te dire quelque chose qui ne mange pas de pain. (Je crus entendre le sourire dans sa voix avant même qu'elle me regarde.) Tu t'es comporté en homme.

Je sentis mon cœur se serrer, et la douleur causée par mes blessures se réveilla.

– Vous parlez souvent du fait d'être un homme, remarquai-je.

Furia éclata de rire.

– Sans doute, gamin.

Elle se remit en route.

Nous n'étions plus qu'à quelques portes de chez moi quand la douleur provoquée par mes différentes blessures se manifesta d'un coup. J'avais l'impression d'avoir les côtes en bouillie, la bouche en sang à cause de tous les coups que j'avais reçus dans la mâchoire, et mon bras, sur lequel je m'étais traîné par terre, me démangeait terriblement. Je me grattai, ce qui ne fit qu'empirer.

– Aïe ! m'écriai-je.

Elle me regarda en riant.

– Aïe ? Aïe ? C'est ça que tu disais quand ils étaient en train de te bourrer de coups de poing et de coups de pied ? Aïe ?

– Arrêtez ! Ça fait vraiment mal !

Mais elle insista :

– C'est une formule magique Jan'Tep ? « Aïe, que dis-je, aïe, rien ne pouvait pourtant transpercer mon bouclier magique, aïe ? »

– Arrêtez ! protestai-je en me grattant le bras, préférant la douleur à la démangeaison.

Puis, quand la douleur devint insupportable, je poussai un vrai cri.

– Arrête de te gratter, gamin, tu vas te faire saigner, et la blessure va s'infecter.

Je regardai mon avant-bras mais je ne vis pas de sang, juste de la poussière et le sable de l'oasis. Je connaissais chaque détail des sigils tatoués sur ces bandes, j'avais passé tant d'heures à les supplier d'étinceler. Et là, dans l'obscurité de la rue, je compris que quelque chose avait changé. Les encres argentées de la première bande n'étaient plus aussi lisses et immobiles. Elles se déplaçaient en un mouvement infime et subtil, comme si elles effectuaient une petite danse magique sous ma peau.

– Gamin ? fit Furia.

Je clignai des yeux, mû par l'espoir que ça ne soit pas qu'un rêve. « Oh ! je vous en supplie, implorai-je mes ancêtres. Je vous en supplie, faites que ça ne soit pas qu'une illusion. » Et là, comme je l'avais fait des milliers de fois déjà, je projetai ma volonté vers la bande.

Il ne se produisit rien. Les sigils ne bougeaient pas vraiment. Je ressentis une telle déception que mes yeux s'emplirent de larmes puériles. Même si j'essayai de le contenir, un sanglot franchit mes lèvres.

– Du calme, gamin, fit Furia.

– Vous ne comprenez pas ! Vous n'avez jamais compris ! C'est tout ce que je…

– Arrête, dit-elle. Tais-toi et trouve ton calme.

Tout à coup, je sus ce qu'elle voulait dire. Quand j'avais vu le changement dans la bande de mon avant-bras, j'avais été transporté de joie. Or l'excitation ne permet pas d'exercer sa volonté sur les forces fondamentales de la magie. Pas plus que les larmes de crocodile. La magie exige du calme. Du contrôle. De la sérénité.

Je fermai les yeux pour détourner mon esprit de la bande et me concentrer afin de catalyser la puissance qui briserait les minuscules liens retenant les sigils, libérant ainsi la magie en moi.

Je ne précipitai rien, je ne songeai pas à combien de temps ça allait prendre, ni au fait que Furia me portait toujours, que je n'avais pas d'amis et que si j'échouais, je deviendrais… J'oubliai tout ça. J'avais cessé de me demander si j'avais la magie de mon peuple. Je refusai de me poser davantage de questions.

– Hé, gamin, regarde.

– Je sais, dis-je, les yeux encore clos.

Je n'avais pas besoin de voir les sigils, je savais déjà qu'ils étincelaient d'une force magique.

– C'est quelle bande ? demanda Furia.

J'ouvris les yeux et inspirai une bouffée d'air pur jusqu'au fond de mes poumons avant de prononcer ces deux petits mots : « Le souffle ! »

Furia ne souriait pas vraiment mais, au moins, elle ne fit pas de blagues stupides. Je m'autorisai à contempler les sigils argentés de la bande du souffle, ces minuscules symboles aussi brillants que des étoiles sur ma peau, chacun représentant une source de magie que je pouvais à présent utiliser.

J'avais fait étinceler une bande.

Je tendis le bras vers une lanterne en verre rougeoyant et projetai ma volonté. Une faible lueur apparut, repoussant lentement l'obscurité autour de nous. Ce n'était pas grand-chose, ce n'était presque rien, mais c'était là. C'était réel.

Je n'étais pas un Sha'Tep.

Je n'étais pas brisé.

J'avais de la magie.

Comme le rougeoiement de la lanterne me réchauffait peu à peu la peau, je vis le regard de Furia sur moi. Elle avait l'air terrorisée.

– Oh non, gamin, non…

Je me doutais bien que j'avais une sale tête. J'avais reçu une telle quantité de coups que je sentais à peine mes joues et ne pouvais presque pas garder les yeux ouverts. Pourtant, elle aurait pu avoir la décence de partager ma joie. Les manières des Argosi étaient vraiment insupportables, sans oublier leur mépris pour mon peuple. Cependant, je me sentis magnanime.

– Je sais, je ne dois pas être très beau à voir, dis-je. J'imagine que même avec de la magie, je vais avoir besoin que vous m'appreniez à me battre.

Furia ouvrit la bouche, puis la referma. Elle me serra fort dans ses bras, les muscles de son visage crispés, comme si j'étais devenu tout à coup bien plus lourd.

– Non, gamin, je vais surtout devoir t'apprendre à fuir.

24. *La trace*

– Pourquoi vous refusez de me dire ce qui se passe ? insistai-je.

Nous avions atteint la première des sept grandes marches en marbre qui menaient à la maison familiale. Ma joie à l'idée d'avoir brisé la bande du souffle diminuait à mesure que grandissait la perspective de la punition qui m'attendait de l'autre côté de ces lourdes portes. Je m'étais éclipsé sans permission, j'avais libéré l'une des créatures que mon peuple craignait le plus, humilié et frappé des camarades. « Quand suis-je devenu un aussi mauvais fils ? »

– Je peux tenir debout, marmonnai-je.

– Gamin, respire un bon coup, dit Furia en me reposant par terre.

– Pour quoi faire ?

– Pour ne pas avoir l'air faible devant tes parents.

« Comme si ça allait changer quoi que ce soit. » Pourquoi n'étais-je pas parti à la recherche d'un garde quand j'avais surpris Tennat, Panahsi et Nephenia en train de torturer le chacureuil ? Ça aurait mis un terme aux souffrances du petit monstre sans le libérer, et ça m'aurait empêché de foutre ma vie en l'air. J'avais un nœud à l'estomac. Dans l'oasis, j'avais cru faire ce qu'il fallait, mais là, j'allais devoir me justifier auprès de mes parents sans passer pour un fou alors que, justement, je craignais de l'être. Un mage n'attaque pas d'autres mages pour sauver une créature qui se nourrit de bébés Jan'Tep. Mais si je n'avais pas sauvé cet animal, si je ne m'étais pas battu contre mes amis, ma bande du souffle se serait-elle brisée ? Mes parents allaient-ils tenir compte de l'acte valeureux que je venais d'accomplir ?

– Tiens-toi bien droit, gamin, me dit Furia quand on entendit des pas à l'intérieur de la maison. Si tu ne peux pas *être* fort, au moins, donnes-en *l'air*.

Je me redressai, mais me sentis tout à coup idiot. Le problème avec Furia, c'est qu'elle mélangeait des choses vitales, par exemple, jeter un sort de bouclier, avec des choses sans importance, comme se tenir droit. Qu'est-ce que ça pouvait bien faire que j'aie *l'air* confiant ? J'avais déjà jeté l'opprobre sur mon père quand ma magie avait failli, et je venais d'aggraver mon cas en libérant le nekhek. Même si Panahsi et Nephenia s'en tenaient à la version des faits convenue, Tennat allait tout dire à son père, et Ra'meth exigerait que je sois condamné pour mes actes. Mon père serait rejeté par le conseil s'il tentait d'user de son pouvoir de maître mage pour alléger ma punition. Mon sauvetage entraverait ses chances de devenir prince de clan. Alors, quelle importance que j'aie réussi à faire étinceler une misérable bande ?

Je jetai un coup d'œil à Furia en cherchant à

lui glisser l'idée qu'elle venait de ruiner ma vie, mais elle ne quittait pas les portes des yeux.

– Tu es sûr de toi, Kelen ?

C'était l'une des premières fois qu'elle m'appelait par mon prénom.

– Qu'est-ce que vous voulez dire ?

Furia se tourna vers moi et plia les genoux pour me regarder droit dans les yeux. Elle ne mesurait que cinq centimètres de plus que moi, et je me sentis très mal à l'aise.

– Ma jument m'attend à vingt minutes d'ici. Elle peut nous porter tous les deux pendant un moment, et je connais un endroit un peu plus loin où on pourra te trouver une monture. Un seul mot, gamin, et je te sors de là.

– Vous plaisantez ? Je viens juste de faire étinceler ma première bande ! Je vais devenir un mage Jan'Tep comme mon père ! Pourquoi je voudrais…

Les portes s'entrouvrirent. La lumière de la maison éclaira la nuit. Furia me repoussa.

– Reste dans l'ombre, me dit-elle.

« Par les esprits de nos ancêtres, je dois vraiment avoir une sale tête », me dis-je.

En aucun cas je n'allais prendre le risque de fuir. Sinon, je serais mis aux arrêts chez moi puis fouetté en place publique. Les coups de fouet, ça ne serait pas le plus terrible, puisque ma mère pourrait ensuite me guérir. Mais comment pourrais-je passer mes épreuves si je n'avais pas le droit de sortir ? Alors que, pour la première fois, j'avais une véritable chance de les réussir ?

Le visage de ma mère apparut. On aurait dit une déesse, de celles que les ancêtres vénéraient.

Même l'air inquiet, elle restait belle. « Et puissante », me dis-je en sentant la douce agitation dans l'air à cause de l'énergie magique qu'elle dégageait.

– Kelen, c'est toi ? demanda-t-elle, car ses yeux n'étaient pas encore accoutumés à l'obscurité.

Elle regarda tout autour d'elle, mais je me tenais toujours dans l'ombre. Elle aperçut Furia.

– Dame Furia, où est…

– Je suis là, Mère, dis-je en essayant de m'avancer, mais Furia m'obligea à rester là où je me trouvais.

– Ô ancêtres, merci ! s'écria-t-elle en se retournant pour lancer à l'intérieur de la maison : Ke'heops ! Kelen est rentré !

Un instant plus tard, mon père apparut. Sa toge argent bleuté luisait dans la lumière. Il tenait à la main un petit miroir de divination qu'il glissa dans une poche.

– Où est-elle ? demanda-t-il.

D'abord, je crus qu'il parlait de Furia.

– Ce n'est pas sa faute, Père. C'est moi qui…

Je ne pus terminer ma phrase. « Bien sûr que c'est sa faute, espèce de crétin. C'est Furia qui t'a convaincu d'aider le chacureuil. »

Il plissa les yeux et jeta un regard à Furia avant de revenir vers moi.

– Je n'ai que faire de la joueuse de cartes argosi. Où étais-tu passé avec ta sœur ?

Le visage de mon père n'était que colère et angoisse, ce qui lui donnait une apparence encore plus effrayante que les affreux masques vernis rouge et noir des hommes qui nous avaient attaqués dans la forêt.

– Père, je le jure, je n'étais pas avec Shalla. Je ne l'ai pas vue depuis…

– Oh non, fit ma mère, d'une voix à la fois résignée et inquiète.

Je connaissais cette voix, en tout cas en partie. Elle avait passé des heures en séances de divination à essayer de retrouver ma sœur. Les sorts qu'on utilise pour ça sont puissants, ils vident un mage de sa force à mesure que son esprit s'aventure de plus en plus loin. Ma mère paraissait exténuée. À quel point avait-elle puisé dans ses réserves ?

Je voulus m'approcher des marches, mais Furia posa de nouveau une main sur mon épaule pour m'en empêcher. Et là, elle me demanda :

– Quand as-tu vu ta sœur pour la dernière fois ?

Mon père serra les mâchoires. Il était fou de rage. C'étaient là les affaires de sa maisonnée. Qu'une étrangère pose cette question était terriblement inconvenant. Ce fut ma mère qui répondit :

– Shalla a dormi jusque dans l'après-midi. Ce n'est pas qu'elle était malade, mais… son faucon est mort. Il s'est trouvé mal dans la nuit, et nous n'avons pas pu le sauver. Aucun sort n'a fonctionné. Elle était terrorisée à l'idée de prendre le même chemin que… (Elle hésita un instant en jetant un coup d'œil vers l'endroit où je me trouvais.) Nous lui avons dit que c'était bien trop tôt pour craindre une perte définitive de sa magie, malgré tout, Shalla était dans tous ses états. Tellement inconsolable que, pour finir, j'ai dû lui donner un sédatif. Avec ça, elle aurait dû dormir toute la journée...

– Elle a disparu en fin d'après-midi, reprit mon père d'une voix sombre. Nous pensions qu'elle était avec toi, Kelen. Que vous étiez partis faire d'autres bêtises afin de restaurer ta magie.

Je me sentis tout à coup très mal à l'aise. Pendant que j'étais en train d'attirer une nouvelle fois la honte sur ma famille, ma sœur s'était tout simplement volatilisée. J'avais presque trop honte pour montrer à mes parents que j'avais réussi à faire étinceler la bande du souffle.

Mon père se massa le front du dos de sa main, l'air plus fatigué que je ne l'avais jamais vu.

– Nous devons reprendre la divination, dit-il en se tournant vers ma mère. Bene'maat, je ne possède pas la magie de la soie. Nous avons besoin d'exposer de nouveau ta puissance si nous voulons retrouver notre fille.

Ma mère se tourna vers mon père.

– Je vais essayer, Ke'heops, mais...

– Sinon, vous pouvez aussi tout simplement partir à sa recherche, s'interposa Furia.

Le ton négligent, presque ironique de sa voix me mit en colère. Je me tournai pour protester, mais je m'arrêtai en voyant qu'elle était déjà agenouillée dans la rue pavée, ses doigts gantés en quête d'éventuels indices dans la poussière.

– Je pourrais retrouver sa trace, dit-elle en relevant la tête vers mon père. Je peux faire ça discrètement, car j'imagine que la raison pour laquelle vous n'êtes pas vous-mêmes partis à sa recherche, c'est que vous ne voulez pas qu'on sache que votre fille a disparu.

Je me demandai comment on pouvait trouver quelqu'un sans utiliser la divination. Cela paraissait grotesque. Mais la panique de mes parents commençait à me gagner.

– Furia, vous pouvez vraiment faire ça? Vous pouvez retrouver ma...

– Silence, Kelen.

La voix de mon père n'autorisait pas la moindre contestation. Il descendit les marches lentement, méthodiquement, jusqu'à se dresser de toute sa stature au-dessus de Furia.

– Et que m'en coûtera-t-il, Argosi?

Il fit sonner ce nom, *Argosi*, comme s'il était sale et mauvais. Je m'interposai :

– Père, Furia est mon amie. Elle ne...

Avant que je puisse terminer, Furia Perfax répliqua :

– Un pardon.

Il y eut un silence. Mon père eut d'abord l'air troublé, puis il croisa les bras sur son large torse.

– Un pardon envers qui, Argosi? Votre roi daroman?

Ce n'était pas la première fois que quelqu'un sous-entendait que Furia était une espionne, et non une simple voyageuse, mais ça m'étonnait que mon père croie à une rumeur aussi stupide. Furia n'avait rien de ce que j'imaginais être une espionne.

Comme elle ne répondait pas, mon père insista :

– Votre roi chercherait-il l'absolution pour un nouveau crime commis contre les Jan'Tep?

Nous aurait-il trahis une fois de plus en échange d'une faveur de la part d'un allié, et craindrait-il à présent des représailles ?

Mon père laissa cette allégation en suspens sans détacher son regard de Furia, comme s'il espérait qu'elle céderait. À nouveau, elle garda le silence, alors mon père poursuivit son interrogatoire.

– À moins que vous souhaitiez obtenir un pardon pour vous-même ? Auriez-vous trahi vos maîtres dans la capitale et espérez-vous trouver ici un sanctuaire, le seul lieu où l'armée daroman ait peur de s'aventurer ?

Malgré les paroles menaçantes de mon père et sa présence imposante, Furia restait sereine. Elle fit cependant mine de chasser la poussière de son gilet du bout des doigts. Et quand elle eut fini, je vis que l'une de ses poches était restée ouverte. « Elle veut être sûre de pouvoir attraper une arme. » Quand elle prit enfin la parole, sa voix était plus froide que le sort de glace utilisé pour conserver les cadavres sous le soleil.

– Maître mage, si vous voulez m'accuser de quelque chose, pourquoi ne pas y aller franchement, histoire de voir où ça nous mènera ?

– Seriez-vous en train de me menacer, femme ?

– Il y a sans doute bien longtemps que ça ne vous était pas arrivé, répliqua-t-elle.

Des sandales claquèrent sur les marches en marbre comme ma mère se précipitait vers nous.

– Ça suffit ! lança-t-elle. Ma fille a disparu ! Elle a peut-être été enlevée ! (Elle s'agenouilla devant Furia et posa les mains sur ses bottes.) Je vous en prie... je connais un peu les manières des Argosi. Je sais que vous ne vouliez pas dire ça.

Furia se baissa jusqu'à ce que son visage soit à la hauteur de celui de ma mère, comme elle l'avait fait avec moi un peu plus tôt.

– Ma sœur, le fait même que vous soyez à genoux prouve que vous n'y connaissez rien aux Argosi.

– Dame Furia, je vous en supplie… Shalla est ma…

– Je ne suis toujours pas une dame, l'interrompit-elle, et ça ne changera pas, peu importe combien de fois vous… (Elle se tut en secouant la tête.) Ce n'est pas grave. (Elle se redressa et releva ma mère.) Je retrouverai votre fille.

– À quel prix? insista mon père. À qui dois-je accorder ce pardon?

– À Kelen, répondit Furia.

Je me sentis frappé de honte. Furia tentait d'acheter ma protection au risque de laisser ma sœur en danger.

– Non, dis-je, je ne…

– Ne bouge pas, me prévint Furia.

Je ne m'étais même pas rendu compte que je m'avançais vers eux.

Mon père regarda vers l'endroit où je me tenais toujours.

– Quelles ignominies as-tu encore commises à notre encontre, Kelen?

«Je… Je t'ai menti. J'ai libéré notre ennemi. Je me suis battu contre notre peuple. J'ai frappé la fille que j'aime.» Tout à coup, je me sentis trop honteux pour parler.

Mon père se dirigea vers moi, mais Furia le saisit par le poignet.

– Peu importe ce qu'il a fait. Vous voulez que

je retrouve votre fille, alors accordez-lui votre pardon tout de suite. À mon retour, s'il le souhaite, il pourra m'accompagner. Hors de cette ville, hors de votre influence. Mais dans tous les cas, vous devez lui accorder votre pardon.

Même dans la rue sombre, je ne doutai pas de voir les yeux bleus de mon père jeter des flammes. Furia allait vraiment trop loin. Ce que ma mère devait également penser, car elle s'avança et posa une main sur le torse de mon père.

– Ke'heops, nous ne savons pas où est notre fille. Notre Shalla. Ces hommes qui l'ont déjà attaquée pourraient être en train de la faire souffrir tandis que nous perdons du temps à nous chamailler.

Mon père ne prit pas la peine de se tourner vers moi pour dire :

– Très bien, Kelen. Je te pardonne. (Il fit sonner ça comme un verdict.) Maintenant, allez-y, Daroman. Montrez-nous ces talents de pisteur que vous autres Argosi prétendez avoir.

– Je veux l'aider à trouver Shalla, annonçai-je.

– Désolée, gamin, fit Furia sans quitter mon père des yeux. Tu es trop mal en point, et j'ai besoin d'aller vite.

– Mal en point? s'écria ma mère. Kelen, qu'est-ce qui s'est passé? Viens me voir.

Je me sentis idiot, mais j'obéis. Ma sœur était peut-être en danger, et pourtant ma mère allait s'inquiéter de quelques égratignures. Comme je m'avançais dans la lumière, je levai le bras droit dans une tentative désespérée de gagner un instant l'approbation de mon père.

– Regardez, j'ai brisé la bande du souffle.

– Par les ancêtres… qu'as-tu sur le visage ? demanda mon père.

– C'est juste du sang. Je me suis fait mal. Ce n'est pas…

L'index droit de mon père tressauta. Aussitôt, les lanternes en verre rougeoyant tout autour de nous se mirent à briller comme le soleil, chassant toutes les ombres, à part une seule, une ombre que je ne pouvais voir.

– Non !

Le cri de mon père fendit la nuit.

Ma mère se précipita sur moi pour passer le doigt autour de mon œil gauche, si bien que la contusion de ma joue me fit encore plus mal.

– Ce n'est rien, Mère, c'est juste…

Je n'avais pas vu mon père approcher, pourtant il souleva ma mère à bout de bras et la plaça derrière lui. Puis, il tendit la main gauche et serra ma mâchoire si fort que je sentis mes gencives comprimer mes dents. Il se pencha vers mon œil gauche.

– Je vois bien, dis-je. Il n'y a rien de grave.

Mon père resta silencieux jusqu'à ce que ma mère tente de lui attraper le bras. Il la repoussa.

– Ça ne s'effacera pas, déclara-t-il.

J'essayai de me dégager de son emprise.

– Je t'ai dit que c'était juste du sang et de la saleté.

Mon père plongea une main sous sa toge et en sortit son petit miroir rond de divination. Qu'il brandit devant moi. Comme je m'y attendais, j'avais le visage contusionné, du sang séché sur les joues ainsi que le front. Au début, je ne vis que mes blessures, sans remarquer les fines traces noires autour de mon œil gauche. On aurait dit de la vigne, comme sur l'illustration d'un maître artiste. J'aurais presque pu les trouver jolies, si je ne les avais pas déjà vues dans les livres d'images que l'on lit aux enfants pour leur faire peur et dans les manuscrits que le vieil Osia'phest conservait pour montrer aux initiés les dangers de la magie noire.

Tout à coup, je compris pourquoi Furia m'avait maintenu dans l'ombre, pourquoi elle avait obligé mon père à me pardonner avant d'accepter de partir à la recherche de Shalla. Elle avait voulu me protéger. « Mais c'est stupide, me dis-je. Il y a des choses contre lesquelles on ne peut rien. » Je continuai à me regarder dans le miroir, horrifié par ce que j'y voyais, parce que, dans ces lignes noires qui avaient surgi autour de mon œil, je lus enfin ce qui n'allait pas chez moi.

J'avais l'ombre au noir.

25. *La famille*

Parmi toutes les histoires que raconte mon peuple, tous les grands mythes de mages héroïques qui jettent les sorts les plus audacieux et les plus dangereux afin de sauver leur clan de monstres sournois et diaboliques, les meilleurs – les plus passionnants et les plus terrifiants – sont toujours sur l'ombre au noir.

Lorsque les sorciers mahdek prononcèrent leurs sorts les plus vils, commettant atrocités sur atrocités jusqu'à répandre la terreur sur terre, ils percèrent le mince voile qui sépare notre univers de dizaines d'enfers souterrains. Certains sorciers, rendus extatiques par une joie malsaine, découvrirent ainsi qu'en expurgeant leur âme de toute bonté, ils créaient un vide contraire aux lois de la magie comme de la nature. Mais bien sûr, un tel vide ne pouvait demeurer ; lentement mais inexorablement, il se remplissait d'une chose pire que le mal. Un mage qui descendait ces dernières marches vers les ténèbres se découvrait alors des marques noires autour d'une partie de son corps – un bras, le torse, ou un œil. Ces marques étaient le signe que l'ombre au noir était en train de prendre possession de lui.

– Kelen, viens, répéta mon père.

Combien de fois avait-il dit ça avant de m'attraper par les épaules pour me faire quitter la rue, monter les marches en marbre et franchir les portes de la maison ?

Son cri avait porté dans toute la cité. Les gens étaient en train de sortir de chez eux pour voir ce qui se passait.

– Allons dans mon étude, dit ma mère d'une voix calme et maîtrisée.

Je n'aurais pas pu en dire autant de la mienne.

– Mère, tu dois me guérir ! suppliai-je. Je t'en prie… Je n'ai rien fait de mal ! Je n'ai pas voulu…

Elle posa une main sur mes joues et serra fort pour me faire tenir en place.

– Écoute-moi bien. Tu as peur. Tu as mal. Mais tu restes mon fils.

« Tu restes mon fils. »

Je n'étais pas vraiment soulagé quand elle me lâcha pour passer un bras autour de mes épaules, mais malgré tout, je me sentis un peu moins mal. « La famille, disait toujours mon père, est notre socle. Le roc sur lequel nous reposons. » Et là, je me dis qu'il devait avoir raison, parce que ce qui m'importait le plus à cet instant, c'était de savoir que j'avais toujours une famille.

– Vous retrouverez ma fille, dit ma mère à Furia en l'empêchant de nous suivre.

Ce n'était pas une question.

Je vis Furia hésiter, puis hocher la tête.

– Maître mage, assurez-vous de votre côté de ne pas trahir votre parole. Ce n'est pas la faute de ce garçon.

Mon père eut ce qui ressemblait vaguement

à un rire, mais un rire sans joie, un rire qui contenait une tristesse plus vaste que le désert.

– Argosi, personne n'est à blâmer dans cette histoire, pas plus que nous blâmons l'éclair qui met le feu à un village.

Je m'attendais à une réplique intelligente de la part de Furia, mais elle demeura silencieuse. Je dus cligner des yeux pour chasser une goutte de sueur qui tombait de mon front et, quand je les rouvris, elle avait disparu. Mon père referma les portes et se tourna vers moi.

– Je ne comprends pas, dis-je en passant de nouveau un doigt sur les sigils de mon avant-bras. Je viens juste de briser la bande du souffle, et j'ai l'ombre au noir ? Pourquoi est-ce à moi que ça arrive ?

Ma mère était en train de me pousser vers son étude lorsque mon père la saisit dans ses bras, la serra fort et se cacha le visage dans son épaule.

– Tout n'est pas encore perdu, lui dit-elle. Avec la faveur des dieux, l'Argosi retrouvera notre fille saine et sauve.

« Et moi ? »

Quelques minutes plus tard, j'étais sur le sofa en soie dans l'étude de ma mère, le dos bien droit, les mains sur les genoux. Comme si ça allait m'aider. Avec une sorte de petite éponge, ma mère appliquait une substance humide et collante autour de mon œil gauche.

– C'est pour l'empêcher de grandir ? demandai-je.

– Mais non, idiot, c'est juste du maquillage,

répliqua-t-elle. Que j'utilise pour mes propres yeux. Cela cachera les marques au cas où tu croiserais quelqu'un.

Elle posa la petite éponge et se dirigea vers les grandes armoires qui regorgeaient de tiroirs et d'étagères couvertes de flacons, de pots et d'instruments.

– Combien de temps ça va prendre ? demandai-je.

Elle attrapa une petite fiole et en examina le contenu.

– Pour quoi faire ?

– Pour que l'ombre au noir me consume ?

Dans les récits mythiques, le mage atteint de l'ombre au noir ne devient pas subitement un monstre. Au début, il n'a que les traces noires. Mais à mesure qu'elles s'étendent, il commet des actes de plus en plus terribles, jusqu'à ce que l'esprit du démon finisse par s'emparer entièrement de son âme.

– Concentrons-nous sur le présent, intervint mon père, qui se tenait derrière Mère. Ne peignons pas l'avenir avant d'en avoir la toile. (Il se pencha un instant vers mon œil tandis que ma mère s'affairait avec ses bocaux.) Peut-être que la situation n'est pas aussi grave qu'elle en a l'air.

J'étais tellement las, perclus de douleurs et désespéré que ses paroles me firent presque ricaner. L'homme qui, deux minutes plus tôt, hurlait comme s'il voyait mille démons s'abattre sur terre disait à présent que la situation n'était peut-être pas aussi grave qu'elle en avait l'air.

En dehors de ce que j'avais lu dans les récits, je ne savais pas grand-chose de l'ombre au noir, sauf ce qu'on enseigne aux initiés de première année. Parmi les formes de magie fondamentales, six peuvent être utilisées sans danger par un mage Jan'Tep : le fer et la braise, le souffle et le sang, le sable et la soie. Mais en aucun cas la septième : l'ombre. L'ombre est un vide, un creux. C'est le contraire d'une magie vivante, un lieu où seules des énergies démoniaques se développent. Aucun Jan'Tep ne l'étudierait jamais ni ne devrait rechercher son pouvoir, pas plus que l'on voudrait souffrir de la petite vérole ou du poumon noir. L'ombre au noir était une maladie terrible qui n'arrivait qu'à des gens terribles.

« Des gens comme moi. »

Je me souvins de ce que mes parents avaient dit à propos de ma grand-mère. Cette maladie se transmettait donc de génération en génération ? À moins que, comme d'autres, elle en saute une ? Mais pourquoi moi ? Mes pouvoirs magiques ne m'avaient jamais permis de faire un trou dans le sable, et maintenant j'avais ça ?

Me vint alors une pensée encore plus sombre, un peu comme un sort de soie ou un serpent qui se glisse sous les draps pendant votre sommeil. « C'est à Shalla que ça aurait dû arriver. »

J'essayai de chasser cette idée, de crainte que ça soit l'ombre au noir qui prenne déjà possession de moi. « Tous les mages qui en étaient atteints étaient vieux », me dis-je pour me rassurer. Ma grand-mère était déjà âgée quand ça s'était révélé, donc peut-être que chez moi aussi, ça prendrait des années.

« Peut-être que je pourrai vivre un peu avant de devenir un monstre. »

– C'est une malédiction, annonça mon père, ce qui me ramena au présent.

– C'est une maladie, le corrigea ma mère.

Mes parents se dévisagèrent quelques instants. Cela semblait être un vieux débat entre eux. Mais pour moi, ça n'avait plus rien de théorique.

– Bon, c'est quoi ? Et qu'est-ce qui va m'arriver ?

Ma mère se tourna vers ses instruments et passa la main droite sur un petit brasero en cuivre en levant l'index jusqu'à la hauteur de flamme qu'elle souhaitait.

– D'un certain point de vue, ta mère a raison, déclara mon père. Mais d'un autre côté, je n'ai pas tort. (Il s'assit près de moi. Un acte qui lui était si inhabituel que je me sentis encore plus mal à l'aise.) L'ombre au noir est une sorte de maladie, mais une maladie qui n'a rien de naturel. C'est une maladie magique. Elle nous vient d'un ultime sort que les Mahdek nous ont jeté à la fin de la dernière guerre entre nos peuples. L'ombre au noir, c'est leur magie corrompue qui prend le pouvoir sur nous.

– Les Mahdek sont supposés être tous morts, insistai-je. Tous les maîtres le disent. (« Sauf que tu en as vu trois avec leurs masques démoniaques il y a deux jours à peine. ») Ils pourraient avoir malgré tout réapparu ?

Le front de mon père se plissa en son centre. Un signe de désespoir que j'avais déjà vu chez plusieurs personnes, mais jamais sur le visage de Ke'heops.

– Kelen, je l'ignore. Des mages bien meilleurs et bien plus puissants que moi ont tenté de purger ce monde des derniers vestiges de la magie mahdek. S'il y a encore quelqu'un qui tente de la raviver… (Il laissa sa phrase mourir. Mais dans la mesure où les hommes comme mon père ne fuient pas la vérité, il se ressaisit :) Plusieurs mages de la génération de mes parents ont été emportés par l'ombre au noir. Elle s'est lentement mais inexorablement faufilée jusqu'à leur âme, et elle leur a déformé le cœur à mesure que les traces noires déformaient leurs traits. Lorsque les démons se sont emparés d'eux, tous les pouvoirs que ces grands hommes et ces grandes femmes avaient utilisés pour protéger leur peuple se sont retournés contre nous. Nous avons failli perdre notre clan.

– Ça suffit, Ke'heops, dit ma mère depuis sa table de travail. Inutile d'effrayer davantage notre fils. (Elle revint avec une fiole.) Certains récits racontent que des mages ont eu un jour la trace de l'ombre au noir, laquelle a disparu le lendemain pour ne plus jamais revenir.

Je passai les doigts sur les marques noires autour de mon œil gauche et sentis leur fraîcheur sur la pulpe de mes doigts.

– Ce n'est pas juste. Je viens à peine de briser ma première bande. Comment pourrais-je être maudit par une maladie qui ne touche que les maîtres mages ?

– Je l'ignore, répondit mon père.

« Je l'ignore. » Des mots que je ne pensais pas un jour entendre dans sa bouche. Il mit une main sur mon épaule et ajouta :

– Mais peut-être que justement, Kelen, notre

espoir réside dans ta faiblesse. Si l'ombre au noir se nourrit réellement de la magie, alors son absence en toi pourra peut-être l'empêcher de se propager.

J'essayai de trouver du réconfort dans ces paroles. Peut-être que ce qui avait affaibli mes pouvoirs magiques permettrait à mes parents de me débarrasser de l'ombre au noir. Et peut-être alors, juste peut-être, pourrai-je trouver ma puissance et réussir mes épreuves. J'étais suspendu à ce mince espoir comme un homme en train de se noyer s'agrippe à des brins d'herbe sur la berge. « Je vous en supplie, vous autres dieux du Soleil et du Ciel, de la mer et de la terre, je vous en prie, arrêtez de me pourrir la vie à ce point. »

– Bois ça, me dit ma mère en me tendant la fiole.

Je regardai le contenu. Une mixture bleu-vert tournoyait sur elle-même.

– Qu'est-ce que c'est ? demandai-je.

Ma mère plissa les yeux avec un petit sourire.

– J'ai passé ma vie à étudier les sorts médicinaux, et tu me demandes de me justifier ? (Elle tendit une main pour m'ébouriffer les cheveux.) C'est pour guérir ces horribles blessures. Un sujet qui, je te le promets, sera abordé dès la fin de cette crise.

Le fait que je puisse avoir des ennuis dans le futur était étrangement réconfortant. Me retrouver confiné à la maison ou subir le fouet – voire devenir Sha'Tep – ne semblait tout à coup plus une perspective aussi terrifiante.

– Kelen, tu dois être fort, me dit mon père

en se levant pour se placer au côté de ma mère. Tu dois être courageux.

Je regardai mes parents. On aurait dit un tableau des mages héroïques du passé, cette époque où notre peuple était craint et admiré partout dans le monde civilisé. « Tu dois être fort. Tu dois être courageux. » Je pris la fiole et la bus d'un coup.

– Je le serai, répondis-je.

Ces mots couplés à la potion me firent du bien. J'étais encore jeune, les marques de l'ombre au noir venaient tout juste d'apparaître. Ma mère était une guérisseuse extraordinaire, mon père l'un des mages les plus puissants de notre clan. Rien qu'à les regarder, je voyais qu'ils cherchaient déjà une solution. Tout allait s'arranger.

Une larme roula lentement sur la joue de ma mère et, d'un geste endormi, je tendis la main, comme si je voulais l'essuyer. Mon père avait le regard sombre, l'air dévasté et dur. Le monde devint tout à coup brumeux, et je sentis ma tête devenir trop lourde pour que je continue à la tenir droite. Et là, je compris que *rien* n'allait s'arranger.

Ma mère m'avait drogué.

26. Les bandes de magie

Je me réveillai en hurlant.

Le corps en sueur, les membres en feu. Je venais de rêver que j'étais ligoté à une table tandis que d'horribles Mahdek au visage dissimulé par des masques en laque noire m'enfonçaient des aiguilles rougies sous la peau, gravant l'ombre au noir sur mon visage, mes épaules et mes bras. Je m'étais réveillé juste au moment où ils commençaient à transpercer la peau de mon avant-bras.

« Imbécile, c'était juste un rêve, me dis-je. Arrête de crier. »

À cause de la décoction que ma mère m'avait fait boire, j'étais toujours dans le brouillard. J'avais l'impression de ne pas pouvoir bouger, ni même ouvrir les yeux. Mais, au bout de quelques instants, je compris que je criais parce que la douleur que je ressentais dans mon avant-bras était réelle. « Mes bandes. Il se passe quelque chose avec les tatouages de mes bandes... »

D'instinct, je tentai de lever les bras, mais j'en étais incapable. Malgré le brouillard épais qui flottait sous mon crâne, je réussis à appeler mes parents et me forçai à ouvrir les yeux. Et là, je fis une découverte terrible.

Je n'étais plus sur le sofa de l'étude de ma mère. J'étais dans la chambre privée de mon père. Attaché sur sa table de travail avec d'épaisses courroies en cuir autour des épaules, des poignets et des chevilles. Ke'heops était au-dessus de moi, une main posée sur mon torse, en train d'enfoncer quelque chose de pointu dans mon avant-bras.

– Père ! Qu'est-ce que tu fais ? Pourquoi j'ai si mal ?

Sans me répondre, il retira l'aiguille puis la plongea dans un petit chaudron placé sur un brasero alimenté par un feu vif. L'aiguille réapparut avec une goutte argentée. J'aperçus alors des chaudrons sur plusieurs braseros, chacun d'une couleur différente, car rempli d'un métal différent. Cuivre, laiton, or, fer… Il s'agissait des encres métalliques qu'on utilise pour tatouer les bandes sur les futurs initiés Jan'Tep afin de les connecter aux forces fondamentales de la magie. Quand je regardai ma bande de la braise, je vis les contre-sigils y brûler. Ternes et laids, ils m'interdisaient à tout jamais tout lien à la magie du feu, de l'éclair, de l'énergie.

– Père, arrête, je t'en supplie ! Ne contrecarre pas ma magie !

Pour tatouer un enfant, il suffit d'une très faible quantité d'encre, si faible qu'on distingue à peine la goutte de métal liquide sur l'aiguille. Mais cette fois, mon père en utilisait beaucoup plus. Il était en train de faire ce dont il avait menacé Shalla : contrecarrer de façon définitive mes bandes. Une fois qu'il aurait terminé, je ne pourrais jamais utiliser la magie de mon peuple, pas même les petits sorts qu'un serviteur Sha'Tep peut réussir à jeter près de l'oasis. Mon père aurait tout aussi bien pu me couper les bras ou m'arracher les yeux.

– Père, pas ça, le suppliai-je. Je ferai tout ce que tu voudras, mais je t'en supplie, ne…

– Du calme, Kelen, dit-il en enfonçant l'aiguille dans mon bras, ce qui m'arracha un nouveau cri.

Lorsque je repris mon souffle, j'essayai d'appeler ma mère. Bene'maat était quelqu'un de bon qui aimait ses deux enfants plus que tout au monde. Elle saurait ramener Ke'heops à la raison.

– Tu dois faire confiance à ton père, me répondit-elle d'une voix bien plus proche que je ne l'aurais imaginé.

Je sentis alors ses mains sur mes tempes, qui maintenaient ma tête contre la table. Elle était debout derrière moi. Elle assistait mon père.

– Il doit y avoir un autre moyen, implorai-je. Je vous en supplie, juste…

– Nous avons tout essayé, dit mon père. Toute ta vie, nous avons essayé de…

– Ke'heops, l'avertit ma mère.

Quelles que soient les paroles qu'elle allait prononcer, elles furent noyées par ses sanglots. Ses larmes gouttèrent une par une sur mon front alors que mon père continuait à plonger l'aiguille dans l'encre métallique pour la planter ensuite dans la peau de mon avant-bras.

– Tu es mon fils, dit-il, du ton de l'homme qui confesse un crime. Il en va de ma responsabilité.

Ils m'avaient menti. Ils m'avaient fait croire

qu'il y avait un espoir juste pour me droguer et m'attacher sur cette table. Rien de ce que je dirais, aucun argument ou aucune supplique, si désespérés soient-ils, ne les arrêterait. Mon père continua à plonger l'aiguille dans l'encre puis à l'enfoncer dans ma chair, enfermant à jamais ma magie, faisant de moi un prisonnier à vie.

– Je suis votre fils ! hurlai-je tout en luttant en vain contre mes liens. Comment pouvez-vous faire ça à votre propre fils ? Pourquoi vous ne… ?

Un instant, j'eus l'impression de me retrouver dans la bicoque de Mer'esan, avec la mage douairière qui disait : « Ne pose pas de questions dont tu connais déjà la réponse. »

Des pans de ma vie se brisèrent dans mon esprit et se réorganisèrent d'une façon nouvelle. Depuis l'enfance, combien d'heures avais-je passées avec mes parents occupés à jeter des sorts pour fortifier ma magie ? Combien de fois ma mère avait-elle caressé de ses doigts le contour de mon œil, toujours le gauche, en me disant que tout irait bien pour moi ?

– Vous saviez, dis-je. Vous saviez qu'un jour j'aurais l'ombre au noir. Quand vous disiez vouloir développer mes capacités magiques… Ce n'était pas le cas, n'est-ce pas ? En fait, vous les affaiblissiez.

Ma mère essaya de me prendre la main. Je fermai le poing en signe de protestation.

– C'est à cause de ta grand-mère, dit-elle.

– J'ai hérité de sa maladie ? Mais pourquoi moi ? Pourquoi… ?

– Tu n'as pas hérité de l'ombre au noir de ma mère, répondit mon père. Quand tu étais petit, un jour, nous t'avons retrouvé avec elle dans cette pièce. Elle avait pris l'une de mes aiguilles à tatouer et elle reproduisait sur toi les marques autour de son propre œil…

Il se tut, apparemment incapable de prononcer des mots qui vinrent naturellement dans ma propre bouche.

– Grand-mère m'a tatoué la bande de l'ombre.

Personne ne me contredit.

– Elle devait me détester, conclus-je.

– Kelen, Seren'tia t'adorait, dit ma mère. Mais elle avait perdu la tête. Quand ton père l'a vue au-dessus de toi, en train de percer ta peau avec l'encre de l'ombre…

Mon père la coupa d'une voix dure :

– Je croyais l'avoir arrêtée à temps. Je croyais t'avoir sauvé.

Ma mère tendit la main vers lui. À la vue de ce geste intime, je me sentis encore plus mal et encore plus seul.

– Mais il y a toujours eu des signes, reprit-elle. Quand tu étais enfant, je voyais parfois les traces apparaître autour de ton œil gauche. Nous pensions que la magie de l'ombre se nourrissait des six autres. Alors nous avons espéré qu'en supprimant ta magie, nous pourrions chasser la maladie. Un temps, ça a eu l'air de marcher, puis les marques sont revenues. Nous n'avions pas compris que…

– Nous avions tort, compléta mon père, d'une voix plus assurée et plus forte que jamais.

– Vous n'avez fait que masquer les symptômes, c'est ça ? dis-je, sans attendre ni espérer une réponse. En affaiblissant ma magie, vous avez en réalité permis à la maladie de progresser plus vite. Vous m'avez pris ma vie petit bout par petit bout…

– Nous n'avions pas le choix! s'écria-t-il, perdant pour la première fois sa contenance, alors même que l'aiguille pénétrait dans la peau de mon avant-bras. Nous craignions que la maladie soit contagieuse. Si Shalla…

Shalla, bien sûr. L'espoir de la famille. La mage la plus prometteuse que notre maisonnée ait jamais produite. Elle devait à tout prix être protégée.

– Parce que, elle, vous l'aimez, dis-je.

Mon père se mit en colère.

– Je fais ce qu'il faut pour le bien de notre famille! Pour notre maisonnée. Pour notre peuple. Si l'ombre au noir prend possession de toi et que ta magie revient, tu deviendras une menace pour notre clan, comme ma mère l'a été! Je ne peux pas permettre ça. Je ne permettrai jamais ça.

Il injecta une nouvelle goutte d'encre dans mon bras. Il avait beau être énervé, son geste était net et précis. Sous contrôle.

Et là, j'eus une idée. Le genre de pensée futile qui nous vient quand on est tellement désespéré qu'on refuse de reconnaître qu'on a perdu.

– Tu as promis! criai-je. Tu as promis à Furia Perfax que tu me pardonnerais. Tu lui as donné ta parole.

Mon père s'arrêta un instant. Puis il me dévisagea d'un air coupable. Il se pencha et me baisa le front.

– Kelen, je t'ai pardonné d'avoir porté la honte sur notre famille, d'avoir amené toute cette noirceur dans notre demeure. (Il se tourna et trempa l'aiguille dans l'encre liquide.) Maintenant, c'est à ton tour de me pardonner.

27. *La réalité*

Six nuits sont nécessaires pour tatouer les bandes d'un enfant Jan'Tep. Une par discipline de magie : le fer, la braise, la soie, le sable, le sang et le souffle. Il faut d'abord aller récupérer le minerai profondément enfoui sous l'oasis. Les mages ne peuvent s'aventurer dans les mines sans tomber malades, ce sont donc les Sha'Tep qui s'acquittent de cette tâche. Puis le minerai doit être rapidement transmué, à l'aide de la chimie et du feu, sous une forme liquide qu'on utilise pour les encres avant que leur extraction ne les rende toxiques. On utilise chaque encre selon un procédé particulier. Chacune possède ses complexités et ses dangers, qui exigent de la part du mage des gestes lents, méthodiques, sans hésitation. Et sans pitié.

Je passai mes journées attaché sur la table tandis que mon esprit dérivait dans une brume épaisse causée par les drogues que ma mère me forçait à avaler. Je savais qu'ils me détachaient pour me laver parce que la table restait propre, alors que je m'étais certainement souillé à plusieurs reprises. Le soir, dès que la lune surgissait à la fenêtre, ils reprenaient la lourde tâche consistant à contrecarrer ma magie. Chaque nuit, je hurlais de rage et j'implorais leur pitié. Mes parents voulaient me faire comprendre qu'ils agissaient pour le mieux. Pour notre famille, notre clan, notre peuple. En retour, je les traitais de menteurs et de monstres, puis je jurais de me venger, comme si le démon m'avait déjà pris sous son aile.

Mais j'étais impuissant. Le temps s'écoulait, rythmé comme par une clepsydre. Lentement mais sûrement, mon père vint à bout de la première bande, puis de la suivante. La bande dorée de la magie du sable était terminée, ce qui m'interdisait à jamais les sorts de vision lointaine ou de découverte de savoirs secrets. La bande du fer était scellée, elle aussi. Jamais je ne pourrais jeter un sort de bouclier pour protéger quelqu'un, ni moi-même. Mon père progressait bande par bande, de la magie la plus forte à la plus faible. Bientôt, il s'attaquerait à la seule que j'avais pu faire étinceler, la bande d'argent, celle du souffle, une magie qui n'aurait ainsi été mienne qu'un court et précieux moment.

Quand je n'avais plus de voix à force de crier, j'écoutais les flammes du brasero et le bruit des aiguilles de mon père quand il les plongeait dans le chaudron. Parfois, j'entendais ma mère pleurer. Une fois, je crois même que j'entendis mon père.

Je demandais sans cesse où était Shalla, et si Furia avait réussi à la retrouver. Mais je connaissais la réponse, parce que j'avais beau maudire la terre entière et toute chose en ce monde, je savais que si Furia Perfax avait appris ce qu'on me faisait subir, elle aurait défoncé la porte et mis le feu à la pièce. Puis elle aurait observé la scène, son roseau de feu à la bouche et ses cartes rasoirs à la main. « Défoncer des portes et botter des culs, voilà ce que fait une femme quand on torture un enfant », aurait-elle conclu.

Ça ne pouvait donc pas être elle qui volait à mon secours en tapant quelques coups discrets à la porte.

– Ne nous dérangez pas, lança mon père.

Les coups reprirent, suivis par le bruit de la poignée qu'on tournait.

– Partez ! ordonna mon père. Si cette porte est fermée à clef, c'est qu'il y a une raison !

De l'autre côté du battant, j'entendis une voix qui, depuis la table, me parut assourdie et incompréhensible. Mes parents n'y accordèrent aucune attention.

Et là, il se produisit quelque chose d'étrange. Un objet lourd s'abattit contre la porte. Mon père leva la tête d'un air ennuyé, et le bruit reprit.

La troisième fois, je vis les gonds vibrer. Mon père se redressa. La quatrième, ils cédèrent, et la porte s'ouvrit en grand.

– Par les âmes hurlantes de nos ancêtres ! lança mon oncle Abydos. C'est donc vrai. Tu contrecarres la magie de ton propre fils !

– Abydos, sors de cette pièce ! ordonna mon père. Ce qui se passe ici ne concerne pas un Sha'Tep.

Il lui rappelait délibérément son statut pour lui signifier qu'il était de notre famille par le sang, mais non par le rang.

– Keo, ne fais pas ça, le supplia mon oncle.

Tu ignores s'il s'agit vraiment de l'ombre au noir. Tu pourrais…

Mon père posa délicatement l'aiguille sur la table.

– Ça fait très longtemps que personne ne m'a appelé Keo. (Il s'approcha de son frère et immobilisa son visage tout près du sien. Je ne les avais jamais vus comme ça, face à face, presque égaux.) Je suis à présent Ke'heops, mage Jan'Tep et maître de cette maisonnée. Tu devrais peut-être t'en souvenir et, par conséquent, te souvenir de ta propre place dans cette hiérarchie.

Ma mère se leva pour s'interposer :

– Je vous en prie. Calmez-vous, tous les deux.

Quand un Jan'Tep parlait à un Sha'Tep, ce dernier détournait presque toujours les yeux. Je n'avais jamais remarqué la couleur de ceux de mon oncle parce qu'il regardait toujours par terre ou sur le côté quand l'un de nous s'adressait à lui. Ce qu'il ne fit pas cette fois-ci.

– Bene'maat, Kelen est mon neveu. Je ne vous permets pas de…

La main de mon père se leva, bien trop rapidement pour qu'il s'agisse d'un sort. J'entendis un claquement retentissant, et je compris qu'il venait de gifler mon oncle.

– Tu ne *permets* pas ? Ce n'est pas ton rôle de permettre ou pas, Abydos. Tu es un membre de cette maisonnée, pas de cette famille.

– Ke'heops, je t'en supplie, tu es si fatigué, insista ma mère. C'est… difficile pour nous tous. Peut-être que si tu expliquais à Abydos pourquoi…

Mon père leva à nouveau la main, ce qui coupa court à toute discussion.

– Le chef d'une maisonnée Jan'Tep ne se justifie pas devant un serviteur Sha'Tep.

– Frappe-moi encore, Keo, dit mon oncle d'une voix qui poussait presque au crime. Mets de côté ta grande et belle magie. Défie-moi comme avant que nos chemins se séparent. Montre-moi quel genre d'homme tu es quand tu ne te dissimules pas derrière ta toge de maître mage.

Mon père serra les poings. Abydos resta immobile. Pour la première fois, je me demandai comment mon père avait été, enfant. Était-il comme moi petit et maigre, obligé de chercher des moyens de survie en attendant que ses pouvoirs se développent ? Cela paraissait incroyable et pourtant, tout à coup, il me semblait d'une certaine manière moins grand qu'Abydos.

Je sentis ma mère s'agiter derrière moi. La soie de ses manches produisit un bruissement quand elle tendit les mains. Je compris qu'elle préparait un sort.

– Moi aussi, tu veux me défier, Abydos ? demanda-t-elle. Dois-je mettre ma magie de côté de façon que tu puisses me frapper avec la force du ressentiment qui brûle dans tes yeux ?

Mon oncle eut l'air choqué, comme si ma mère l'avait giflé deux fois plus fort que mon père.

– Bene'maat... Kelen est ton fils. Il doit bien y avoir un moyen de...

– Il n'y a qu'une autre solution, déclara mon père en se tournant de nouveau vers moi. Soit je contrecarre la magie de Kelen, je la scelle de façon que l'ombre au noir ne puisse pas s'en nourrir, sachant que je devrai ensuite l'envoyer à jamais en exil, seul, loin de tous ceux qui pourraient reconnaître la maladie et s'en prendre à lui. Soit je tue mon fils de mes propres mains afin de protéger notre peuple. (Il se tourna vers Abydos.) Quelle solution préfères-tu, mon frère ?

Mon oncle hésita un instant. Et là, je vis son désir de rébellion se tarir. Il baissa la tête vers le sol, qu'il ne quitta plus des yeux quand il reprit la parole :

– Je vais préparer à dîner. Kelen aura besoin de forces quand vous en aurez fini ce soir.

Pour la troisième fois en moins d'une semaine, Abydos mettait un coup de canif à la règle des repas familiaux. C'était, à sa manière, une ultime forme de résistance.

Comme s'il ne s'était rien passé, comme si l'ordre et la courtoisie avaient repris leur place, mon père dit :

– Ce serait plus que bienvenu, Abydos. Merci.

Puis il se retourna vers sa table de travail, où j'étais attaché par des sangles en cuir qui m'entaillaient la peau dès que je me débattais, et il reprit la destruction soigneuse et méthodique de mon avenir.

Le lendemain matin, la lumière du soleil qui se déversait par la fenêtre me tira péniblement du sommeil. J'entendais une voix dans le jardin en bas.

– Kelen ?

Une voix féminine. Furia ? Non, la voix était

trop jeune. Shalla ? Pas assez arrogante. Puisqu'il n'y avait qu'un nombre limité de femmes dans mon entourage, j'aurais dû trouver la réponse très vite mais, à ma décharge, j'étais lourdement drogué, et puis, qui aurait cru qu'elle m'adresserait un jour à nouveau la parole ?

– Nephenia ? demandai-je dans un sifflement râpeux qui ne dépassa sans doute pas mes dents, ce qui ne suffit pas à couvrir les cinq mètres de vide jusqu'au jardin où se trouvait ma bien-aimée.

J'essayai à nouveau de parler, mais je ne pus produire autre chose qu'un gémissement.

– Kelen… c'est… moi.

« Ce "moi" est très insistant », me dis-je.

Je n'avais aucune idée de ce que ça signifiait, mais c'était agréable de penser que je justifiais ce long silence devant un mot aussi simple.

– Kelen, je sais que tu es furieux, mais…

Je crois qu'elle ajouta autre chose, mais je restai bloqué sur le mot « furieux ». Pourquoi serais-je furieux contre elle ? Était-ce Nephenia qui m'avait drogué et attaché à une table dans l'étude de mon père pour me transpercer nuit après nuit les bras avec des aiguilles ?

« Cuivre. » Ce mot surgit de nulle part dans ma tête. « Le cuivre pour la braise. Le cuivre pour les sorts de feu et de l'éclair. » La nuit précédente, mon père était venu à bout de la bande cuivrée autour de mon avant-bras gauche, m'interdisant à jamais la magie de la braise.

– … Furia, dit Nephenia.

« Quoi, Furia ? »

J'essayai de me concentrer sur ce qu'elle avait dit pendant que je songeais à ma magie perdue.

– … masqués, mais personne ne…

Quelqu'un avait vu Furia se faire attaquer par un groupe d'hommes masqués à l'extérieur de la cité. C'était l'idée. À moins que je vienne de tout inventer ? Mais pourquoi je n'arrivais pas à réfléchir normalement ?

« À cause des potions de ta mère, crétin. Tu as l'esprit embrouillé, alors arrête de vouloir réfléchir. »

– … deux jours que…

Incapable de concentration et de réflexion, qu'est-ce qui me restait ? Laisser flotter mes pensées. Nephenia était sous mes fenêtres. Elle ne serait pas venue si elle avait été au courant pour l'ombre au noir, donc mes parents avaient gardé le secret. Elle m'appelait du jardin, ce qui signifiait qu'elle avait dû essayer de me rendre visite, mais qu'elle s'était vu refuser l'entrée.

– … quand Shalla et toi allez enfin…

Que venait-elle de dire sur Shalla ? Quelque chose sur nous deux, ce qui signifiait que Nephenia la croyait ici. Autrement dit, mes parents avaient dû prévenir Osia'phest qu'ils nous gardaient tous deux à la maison.

« À moins que Shalla ne soit de retour ? »

Non, ce n'était pas possible. Elle serait venue me voir. Même si elle acceptait le choix de mes parents de contrecarrer ma magie, elle aurait trouvé un moyen de se glisser dans l'étude de mon père pour me dire que tout était ma faute, que je devais faire plus d'efforts.

« Conclusion, où en sommes-nous ? »

Shalla n'avait pas réapparu. Mes parents avaient gardé le secret à la fois sur l'ombre au noir et sur la décision de contrecarrer ma magie. Quelqu'un avait vu Furia faite prisonnière et emmenée par des hommes masqués, qui devaient être les mêmes que ceux qui nous avaient attaqués Shalla et moi dans la forêt, la nuit où nous étions partis à la recherche de familiers.

« Pas mal pour quelqu'un de complètement drogué, me dis-je. Pas mal du tout. »

Sauf que j'étais presque sûr que personne ne s'inquiétait pour Furia, et que tout le monde se moquait bien qu'elle soit prisonnière.

– Nephenia ? appelai-je d'une voix un peu plus forte.

Je n'obtins aucune réponse, ce que je jugeai très incorrect de sa part, jusqu'à ce que je me rende compte que le soleil avait disparu, remplacé par la teinte violette tirant sur le gris du crépuscule.

Des heures avaient passé depuis la visite de Nephenia. Entre-temps, j'avais replongé dans le sommeil. Les ténèbres me recouvraient comme une couverture. Bientôt, mes parents reviendraient s'attaquer à la bande suivante. Serait-ce la magie du sang, cette fois ? Ou celle du souffle ? En étaient-ils déjà à la dernière bande, la plus faible de toutes ?

Malgré l'étourdissement causé par ces drogues qui me rendaient docile, malgré les sangles en cuir qui me retenaient prisonnier, je ressentis un immense désir de faire quelque chose, n'importe quoi, qui indispose mes géniteurs. Mais comme je ne pouvais user d'aucune violence, je fondis en larmes et, entre deux sanglots, je marmonnai :

– Ke'heops, tu n'es plus mon père. Bene'maat, tu n'es plus ma mère. Vous êtes juste deux êtres malfaisants qui m'avez attaché là pour me prendre ma vie. Un jour, je vous tuerai. Je tuerai tout le monde dans cette saloperie de ville pourrie.

Même en prononçant ces mots, je savais que ce n'était rien d'autre que des menaces vaines et puériles. C'est pour ça que je fus étonné quand une tête poilue noir et marron apparut sur le bord de la fenêtre et qu'une petite voix feula :

– Tuer tout le monde dans cette ville pourrie ? Tu commences à parler ma langue, gamin.

28. *La négociation*

En voyant le chacureuil apparaître à la fenêtre, j'avais cru être victime d'une hallucination. J'étais tout de même sous l'emprise de drogues et ligoté à cette table depuis plusieurs jours.

– T'es attardé, gamin ? demanda la créature.

– Hein ?

– Lent à la détente. Couillon. Bouché. Stup…

– J'ai compris, le coupai-je. La réponse est non.

L'animal tendit une patte dans l'espace de dix centimètres entre les deux panneaux de verre allongés et encadrés de bois. Ils étaient fixés par un cadenas qui ne s'actionnait qu'avec une clef. Quand j'étais plus jeune, j'avais passé des heures à chercher un moyen de l'ouvrir avec tout ce qui allait d'une aiguille à un maillet.

– Tu n'y arriveras pas, informai-je l'animal, qui tripatouillait le cadenas.

Celui-ci se détacha et tomba par terre. Les deux panneaux de la fenêtre s'ouvrirent, et le chacureuil se dressa sur ses pattes arrière.

– Comment tu as fait ça ? demandai-je.

– Fait quoi ?

– Ouvert le cadenas.

Il tourna vers moi son museau poilu, la tête inclinée sur le côté, l'air de ne pas comprendre.

– T'avais dit que t'étais pas attardé.

Des feulements s'élevèrent dehors. Ce qui parut l'énerver. Il tourna la tête en direction de la fenêtre ouverte.

– Mais t'inquiète pas. Je suis venu en ami.

– Tu as amené un autre…

Et là, je pris conscience que je ne savais même pas comment les appeler. Préféraient-ils chacureuil ou nekhek ?

– Elle a absolument voulu venir, fit-il en se retournant vers moi. (Puis il haussa les épaules jusqu'aux oreilles. Ce que je pris pour un geste de résignation.) Les femmes… tu vois, non ?

Je n'avais aucune idée de ce dont il parlait.

– Ouais, dis-je, me sentant particulièrement maladroit, avant de lui demander : Tu as un nom ?

Il feula quelque chose et, voyant mon trouble, répéta.

– *Rakis* ? tentai-je.

– Pas mal.

Il sauta sur la table depuis le rebord de la fenêtre, puis rampa sur ma poitrine, ses griffes contre le tissu de ma chemise. Je dus m'empêcher de bouger. J'avais vu ce dont elles étaient capables.

– Bon. On ferait bien d'ouvrir les négociations, dit-il en plongeant dans les miens ses yeux noirs de fouine.

– Les négociations ?

Il souffla directement dans mes narines. C'était dégoûtant.

– T'es vraiment sûr que t'es pas…

– Non, je ne suis pas attardé, protestai-je,

l'énervement prenant le pas sur l'inquiétude. C'est juste que… je n'ai jamais négocié avec un chacureuil, voilà tout.

– Sans déc, dit-il en s'immobilisant sur mon torse, toujours en équilibre sur ses pattes arrière. (De là, il se mit à observer, dans l'étude de mon père, toutes les babioles brillantes et autres instruments en métal.) C'est joli, chez toi.

Il amena ses pattes à hauteur de ses moustaches et se mit à faire claquer ses griffes les unes contre les autres en agitant son épaisse queue touffue.

– Pourquoi tu fais ça ? demandai-je, tout à coup tracassé.

Rakis eut l'air surpris.

– Pourquoi je fais quoi ? Je…

– Taper tes pattes l'une contre l'autre.

– Je fais rien, dit-il en cessant aussitôt.

– Si. Je t'ai vu. Qu'est-ce que ça signifie, ce geste ?

Il hésita.

– C'est… quelque chose que les gens de mon espèce font quand ils sont… tu vois… intimidés par une intelligence supérieure. C'est pour ça que je veux bien te libérer en échange de juste quatre… ou cinq colifichets que tu as là.

– Cinq ?

Je ne sais pas pourquoi ce chiffre m'ennuya. Rien de ce qui se trouvait dans cette pièce ne m'appartenait, malgré tout, j'avais l'impression que la bestiole cherchait à me rouler dans la farine.

– Gamin, crois-moi, c'est une bonne affaire. (Il cligna des yeux à plusieurs reprises d'une façon étrange.) Tu as envie de faire cette affaire. Tu as envie de me dire oui.

Mon expérience avec les chacureuils était de toute évidence très limitée, pourtant les quelques échanges que nous avions déjà eus me firent comprendre ce qu'il était en train de faire.

– Tu cherches à m'hypnotiser ? demandai-je.

– Quoi ? Non. (Il cessa de cligner des yeux.) Hypnotiser ? Je sais même pas ce que ça veut dire. Jamais entendu ce mot.

– Tu mens très mal, déclarai-je.

Ce qui parut le vexer pour de bon.

– Je mens très bien, grogna-t-il en découvrant ses crocs. Demande à n'importe qui, tu verras…

Il fut de nouveau interrompu par des feulements dehors.

– Par tous les dieux, fous-moi la paix, grogna-t-il.

« Les chacureuils ont donc des dieux ? »

Il feula quelque chose à l'intention de l'autre animal à l'extérieur, trop vite pour que je comprenne ce qu'il disait. Puis il se tourna vers moi et grogna :

– Bon, écoute, gamin, puisque tu m'as libéré de ces autres sacs à peau, je veux bien te tirer gratuitement de cette fâcheuse situation. (Il feula de nouveau vers la fenêtre.) Même si tout a commencé parce que j'ai été fait prisonnier en sauvant ton idiote de sœur de ce chiot mourant.

À l'intérieur de la maison, des bruits se firent entendre. Je vis que la lune avait progressé dans le ciel. Mes parents allaient bientôt arriver pour s'attaquer à la bande suivante. « Ô esprits des tout premiers mages, priai-je, je vous en prie, ne les laissez pas recommencer. »

– Hé, gamin, fit Rakis, qui maintenant reniflait mon visage. Débrouille-toi pour endiguer cette rivière de larmes. On a du boulot.

– Je pleure pas, protestai-je.

Il fit son petit rire étrange.

– Et maintenant, qui c'est qui ment ?

Avant que je puisse répondre, il rampa jusqu'à la sangle emprisonnant mon poignet droit, qu'il attaqua avec ses crocs, tirant d'un côté, puis de l'autre, ses moustaches me chatouillant le poignet et les poils de sa queue me rentrant dans le nez. J'avais peur de ricaner comme un imbécile mais, en moins d'une minute, il m'avait libéré de la première lanière.

– Tu peux te charger de l'autre ? demanda-t-il. Je m'occupe de tes chevilles.

Je me mis à défaire la sangle qui retenait mon poignet gauche. Je fus un peu gêné que ça me prenne plus de temps que lui. Dès que je fus débarrassé de toute entrave, il bondit sur le rebord de la fenêtre et me dit :

– Bon, tu es libre, gamin. (Comme je ne bougeais pas, il fit un geste avec une patte :) Allez, petit oiseau. Envole-toi, maintenant.

Je commençais à comprendre que les chacureuils étaient vraiment de la vermine. Sarcastique, en plus.

Aussi doucement que possible, je fis glisser mes jambes dans le vide et tentai de me mettre debout. Ce qui se révéla une très mauvaise idée parce qu'une seconde plus tard, j'étais face contre terre.

Les feulements reprirent de plus belle de l'autre côté de la fenêtre.

– Oh, ça va, j'avais oublié, rétorqua Rakis, qui sauta près de moi. Gamin, t'es encore drogué, et ça fait plusieurs jours que t'es attaché, alors c'est normal que t'aies un peu de mal.

« Un peu de mal ? »

La seule raison pour laquelle je n'avais pas hurlé pendant ma chute, c'est que je n'en avais même pas la force. Lentement, maladroitement, je me hissai à quatre pattes. Je n'allais jamais réussir à m'évader par la fenêtre.

– T'en fais pas, dit Rakis, qui vit mon inquiétude. J'ai apporté quelque chose pour t'aider. (Il ouvrit la gueule, y glissa une patte et en ressortit une petite chose verte.) C'est de l'herbe éclair. Ça va te requinquer.

– Tu voudrais que je mange quelque chose que tu as transporté dans ta bouche ?

Il désigna son corps.

– Tu vois des poches quelque part, toi ? (Ses fines lèvres se contractèrent en ce que je compris être un sourire.) C'est vrai, il y a un autre endroit où j'aurais pu transporter ça.

« Oh, non. »

– Ça ira, merci.

J'attrapai la petite feuille verte, mais je fus aussitôt distrait par des bruits de dispute de l'autre côté de la porte.

Ma mère disait d'une voix faible :

– Ke'heops, tu dois te reposer, ce soir. Tu tiens à peine debout. Tu t'épuises trop.

– Non, répliqua-t-il. (Je crois que je n'avais jamais entendu mon père avec une voix aussi lasse.) Je dois terminer. J'ai juste besoin… d'un petit moment.

Une clef cherchait le trou de la serrure, sans succès.

– Ah, zut, fit Rakis en me reprenant l'herbe.

– Qu'est-ce que tu fais ? murmurai-je. Dans une minute, mes parents vont franchir cette porte.

– C'est bien ça, le problème, gamin. Même si tu mâches l'herbe éclair, ça mettra trop de temps à atteindre ton estomac puis ton sang.

À l'idée d'être découvert et rattaché sur la table, cette fois avec des liens plus épais qui ne me permettraient plus de m'évader, je fus saisi de panique. J'essayai d'escalader la fenêtre, mais j'en étais incapable. De désespoir, je me tournai vers Rakis.

– Aide-moi, dis-je. Je t'en supplie, je ne veux pas…

C'est là que je remarquai qu'il avait remis la feuille dans sa gueule, et qu'il était en train de la mâcher.

– Donne-moi ton bras, dit-il, la gueule couverte de mousse verte.

Comme je restais sans bouger, il grogna, tendit une patte et m'attrapa le poignet droit. Et avant que je comprenne ce qui se passait, il me mordit très fort, ses dents perçant ma peau et s'enfonçant dans ma chair. J'allais crier de surprise et de douleur quand quelque chose changea subitement. C'était comme si une flamme parcourait mon bras, mon torse, puis le reste de mon corps. La pièce s'éclaira. Les couleurs étaient plus fortes et plus vives. Je pensais à nouveau sans la moindre pesanteur. Et surtout, j'avais de la force dans les membres.

– Ça marche mieux quand ça passe directement dans le sang, m'expliqua Rakis en sautant sur le rebord de la fenêtre. (Il regarda autour de lui les bocaux et les instruments de l'étude de mon père.) Si tu veux emporter un souvenir, gamin, c'est le moment. Parce que je pense pas que tu vas avoir envie de revenir de sitôt.

Je n'imaginais pas emporter quoi que ce soit, puis je vis le jeu de cartes que Furia m'avait donné sur une petite étagère près de la table, ainsi que la carte rasoir et la carte rouge sombre. Je les glissai dans la poche de mon pantalon.

– C'est parti, dis-je en escaladant la fenêtre et en inspirant une bouffée d'air nocturne. J'ai pris les seuls souvenirs dont j'avais besoin.

29. *La planque*

Je descendis vers le jardin en m'accrochant aux treilles de la façade. En temps normal, ça m'aurait pris dix minutes avec le risque de me briser le cou, mais grâce à l'herbe éclair, je glissai au sol en moins d'une minute.

– Comment vous autres sacs à peau, vous échappez à vos prédateurs en vous déplaçant si lentement ? me demanda Rakis depuis le rebord de la fenêtre où il était toujours perché.

Et là, il sauta dans le vide. Les membranes duveteuses entre ses pattes se gonflèrent, et il se laissa flotter sans effort jusqu'au sol, passant près de ma tête pour atterrir à quelques mètres de moi. Puis il fila dans la rue. Je réussis à le suivre, ce dont je fus assez fier, d'autant que j'étais pieds nus.

On s'élança en sautant d'ombre en ombre et en évitant les places où se rassemblaient les gens. Je m'efforçai de ne pas songer aux marques noires autour de mon œil gauche ni à la douleur sur mes avant-bras, là où mes parents avaient brisé ma magie. Je chassai également l'idée que ma vie telle que je l'avais toujours imaginée était désormais obsolète.

« Shalla et Furia sont prisonnières. Pense plutôt à ça. »

Rakis avait l'air de connaître la ville comme sa poche. Il se glissait entre les maisons et dans les jardins pour rattraper des ruelles obscures.

– Comment tu arrives à t'orienter si bien ? lui demandai-je, toujours sur ses talons.

– Gamin, je suis un pro. Ça fait des jours que je surveille ta maison. J'ai trouvé ce chemin dès le premier soir.

« Les chacureuils ont donc des professions ? »

Rakis et l'autre chacureuil ne ralentissaient pas leur course. Pour ma part, j'étais à bout de souffle. Enfin, lorsqu'on atteignit un bâtiment bas détruit par un incendie non loin du quartier Sha'Tep, il nous permit de faire une pause.

– Si tu veux, tu peux aller vomir là-bas, me dit-il en désignant du museau la porte noircie qui ne tenait plus que par un gond.

– Pourquoi tu me dis ça ? J'ai pas besoin de vomir, dis-je.

Rakis s'approcha et me renifla.

– Je te jure que tu vas vomir, gamin.

Tout à coup, je fus pris de nausée. Je courus dans le bâtiment et tombai à genoux. De la bile verte se déversa de ma bouche tandis que je hoquetais de manière incontrôlable.

– Et voilà, siffla le chacureuil derrière moi. J'aurais sans doute dû te préciser que l'herbe éclair a quelques effets secondaires un peu désagréables.

– Sans blague ? dis-je en m'essuyant la bouche sur ma manche avant d'être repris de nausée.

J'étais incapable de faire autre chose que trembler pendant que je me vidais l'estomac. La pluie se mit à tomber, ce qui était rare à cette époque de l'année. Elle retentit sur les bardeaux du toit et s'infiltra bientôt par les trous pour ruisseler sur ma nuque et mon cou tandis que je continuais à vomir.

« Tuez-moi, pensai-je, tuez-moi ici même, tout de suite. »

Rakis s'approcha et se dressa sur ses pattes arrière.

– Tu peux pas... tu vois ?

Il fit un étrange geste avec une patte.

– Quoi ?

– Faire un peu de magie, ou un truc dans le genre. Ton peuple est censé être doué pour ça, non ?

Un feulement suivi d'un petit grognement attira notre attention. Rakis ne parut pas s'en formaliser.

– Ah, d'accord, fit-il en se retournant vers moi. Je comprends, tu es handicapé, ou un truc comme ça.

– Je ne suis pas handicapé. Je suis juste...

« Juste quoi ? » Je regardai mes avant-bras, où mes parents avaient tatoué des contre-sigils sur cinq des six bandes. Le fer, la braise, le sable, la soie, le sang... les encres métalliques que mon père m'avait injectées étaient épaisses et parfaitement opaques, comme si on avait fait fondre des menottes dans mes bras. « Mais des menottes, ça se rompt. Les contre-sigils, non. » Tout ce qui me restait, c'était la bande du souffle, la magie la moins puissante de toutes.

– Hé, gamin, fit le chacureuil, ton barrage a encore cédé.

– Je pleure pas.

Il ricana.

– Bien sûr. Alors, ça doit juste être la magie Jan'Tep qui convoque la pluie dans tes orbites.

– Tu fais un familier pourri, tu sais ça ?

Ce qui me valut un sale grognement. Sa fourrure se hérissa. J'aurais juré qu'elle était soudain plus sombre. Je vis de féroces rayures gris argenté apparaître sur ses flancs.

– Mon peuple est le plus grand prédateur de la terre, tu te souviens ? cracha-t-il. Quand les démons veulent faire peur à leurs petits, tu sais ce qu'ils leur disent ?

– Je ne savais pas que les démons avaient des enfants.

– Ils les menacent de laisser les chacureuils leur manger les yeux. On n'est pas des animaux de compagnie. De quoi j'ai l'air, selon toi ? D'un faucon sans volonté et sans cervelle qui va te rapporter un mulot à grignoter pendant que tu passes la journée le cul sur ta chaise ?

– Ce n'est pas ça, le rôle des familiers.

Il détourna les yeux et agita une patte.

– Bref. Essuie-toi un peu, tu veux ? On dirait que t'as la rage.

Je chassai les dernières traces de mousse verte avec ma manche.

– Donc j'imagine que toutes les histoires sur votre espèce au service des Mahdek, ça n'était qu'un mythe ?

– Les Mahdek n'avaient pas de familiers, répliqua-t-il. Nous étions plutôt… des partenaires.

– Des partenaires ? répétai-je.

Il hocha la tête.

– Disons que, pendant cette guerre, les Mahdek et nous avions des ennemis communs. Essentiellement, ton peuple.

– Alors, pourquoi tu m'aides ?

Le chacureuil se dirigea tranquillement vers la porte et feula vers l'extérieur :

– Bonne question. Pourquoi je l'aide ?

Il y eut un échange de grognements que je ne compris pas. Quand Rakis se tourna de nouveau vers moi, il se contenta de marmonner :

– Ah, les femmes…

– Pourquoi est-ce que je te comprends, mais pas les autres chacureuils ?

Rakis me dévisagea.

– Tu parles notre langue ?

– Pas que je sache.

– Alors tu as ta réponse.

Je ne voyais pas en quoi ça expliquait quoi que ce soit, mais j'eus l'impression qu'il n'avait pas envie d'en dire davantage. Ma nausée était presque passée. Je me redressai. À mesure que l'effet de l'herbe éclair se dissipait, je sentis l'épuisement me gagner. La plante de mes pieds me faisait un mal de chien. Au bout de quelques vaines tentatives, je parvins à tenir debout. Avec peine.

– Tu fais des progrès, gamin, dit Rakis d'un air peu convaincant.

Tout à coup, l'autre chacureuil surgit en un bond et grogna.

– Génial, reprit Rakis, qui m'annonça : Bon, apparemment, ça n'était pas la meilleure des planques.

– Quoi ? Et pourquoi ?

– Quelqu'un t'a traqué jusqu'ici.

L'autre chacureuil feula quelques instants, puis Rakis ajouta :

– Plusieurs quelqu'un.

La plupart des sorts de traque combinent la magie de la soie et celle du fer. La soie pour aveugler l'esprit de la personne poursuivie, le fer pour créer l'attraction et rapprocher le mage de sa cible. Plusieurs personnes pouvaient utiliser ce sort sur moi. À commencer par mes parents, mais aussi Tennat et ses cinglés de frères. Ainsi que les Mahdek assoiffés de sang. En fait, je commençai à me demander *qui* ne cherchait pas à me tuer ou à m'estropier.

– À quelle distance sont-ils ? demandai-je.

Rakis courut renifler l'air à la porte.

– C'est difficile à dire. Toute cette ville pue le sac à peau. Il y en a un qui est assez près. Une femelle. (Ses oreilles s'aplatirent un peu, et il montra les crocs.) Qui va mourir.

– Attends… Quoi ?

Rakis ne répondit pas. Il s'accroupit, prêt à bondir, les muscles de ses pattes arrière bandés, la queue s'agitant dans tous les sens. J'entendais toujours la pluie dehors, mais aussi celui de pas légers qui approchaient.

– On va bien s'amuser, grogna Rakis.

Je me glissai le long du mur jusqu'à la porte. Puis je plongeai une main dans ma poche et en sortis la carte rasoir de Furia.

– Kelen ? appela une voix. Tu es là ?

« Nephenia. »

Elle apparut dans l'embrasure, les doigts de sa main droite traçant toujours la forme du sort qu'elle avait utilisé pour me retrouver.

– Kelen, tu dois partir d'ici ! Ils arrivent pour…

Elle vit Rakis et l'autre chacureuil, mais trop tard. J'avais saisi leur mouvement à la périphérie de mon champ visuel et, dans ce qui fut certainement l'un des gestes les plus stupides de ma vie, je me plaçai devant Nephenia, les bras écartés en criant :

– Rakis, non !

Si vous n'avez jamais été percuté par un chacureuil lancé à pleine vitesse, les mâchoires béantes, toutes griffes dehors, les membranes tendues et les yeux fous de rage, je vous conseille de continuer à vous en abstenir.

– Rakis, arrête !

Je levai le bras juste à temps pour qu'il y plante ses crocs. Il me mordit une longue seconde tout en essayant de me griffer. Je suis presque sûr que le petit monstre m'aurait arraché le bras si l'autre chacureuil n'avait pas bondi sur lui pour le choper à la nuque. Rakis me lâcha presque instantanément et atterrit par terre, retournant sa colère contre l'autre animal.

– Elle était à moi ! grogna-t-il.

L'autre chacureuil grogna en retour.

Nephenia s'approcha.

– Kelen, qu'est-ce qui se passe ? Qu'est-ce qu'ils font ?

Rakis se mit à feuler et à grogner de façon incohérente. Il me fallut quelques instants pour comprendre ce qu'il disait.

– Je m'en cogne de son parfum ! beuglait-il.

Les autres sacs à peau et elle ont essayé de me tuer !

L'autre animal répondit, mais pas aussi fort. En fait, il murmurait presque. Ce qui coupa l'herbe sous la patte de Rakis. Il avait l'air résigné. Il s'inclina, menton vers le sol.

– D'accord, laissons-la parler, marmonna-t-il. Je pourrai toujours la tuer ensuite.

– Kelen ? appela Nephenia.

En me tournant vers elle, je vis qu'elle était dégoulinante de pluie. Ses cheveux collaient à son visage et elle avait l'air terrorisée. À cet instant, j'eus une terrible envie de la prendre dans mes bras pour la rassurer. Mais j'ignorais si je pouvais lui faire confiance.

– Nephenia, qu'est-ce que tu fabriques ici ? demandai-je.

Elle regarda Rakis.

– C'est celui… qu'on a… ?

– Torturé ? grogna-t-il. Avec cette saloperie de magie Jan'Tep ?

– Il a l'air différent, dit-elle. Il ne ressemble pas du tout aux monstres dont on nous a toujours parlé.

Je ne savais pas quoi répondre à ça, car il ressemblait tout de même beaucoup à la créature qu'elle avait torturée, alors je me contentai d'annoncer :

– Il s'appelle Rakis.

Allez savoir pourquoi, ça la fit fondre en larmes.

– Je suis tellement désolée, sanglota-t-elle. Je ne sais pas pourquoi on a… Je voulais tellement impressionner les autres. Je voulais leur montrer que j'étais capable de manier la haute magie. (Elle se tourna vers moi. Son visage n'était plus que détresse.) Tu peux lui dire que je suis désolée ?

– Il te comprend, répondis-je.

Elle se tourna et, avec ce que je trouvai un courage incroyable, s'agenouilla face à Rakis. Les poils du chacureuil se hérissèrent tandis qu'il découvrait ses crocs et grognait quelque chose que je ne compris pas.

– Je suis désolée, déclara-t-elle. Je sais qu'il n'y a pas d'excuses pour ce que j'ai fait.

Comme Rakis ne répondait pas, Nephenia leva la tête vers moi.

– Il comprend, tu es sûr ? Il ne…

– Dis à cette salope qu'un soir, bientôt, je me glisserai dans sa chambre, je bondirai sur sa tête, je lui arracherai les oreilles et mangerai ses yeux directement dans leurs orbites.

Il bouillonnait tellement de rage que les gouttes de pluie qui tombaient du toit se transformaient presque en vapeur quand elles touchaient son pelage. Je ne pouvais pas lui en vouloir.

– Rakis, elle s'imaginait que tu étais un monstre. Elle ne te connaissait pas.

– Si je pouvais tout effacer, je jure que je le ferais, insista Nephenia d'un ton suppliant.

Rakis avait toujours le poil hérissé. C'était un spectacle étrange.

– Bon, grogna-t-il. Dis-lui de choisir son œil favori. Elle peut en garder un. (Il me regarda en feulant :) L'autre, il est pour moi.

– Qu'est-ce qu'il a dit ? demanda Nephenia.

– Il a dit… (Je regardai le chacureuil droit

dans les yeux et fis de mon mieux pour ne pas flancher.)… qu'il comprenait. Qu'on fait tous des choses stupides, parfois. Qu'il te pardonnait.

Rakis ne se laissa nullement impressionner.

– Très bien, fit-il. Alors, à toi aussi, je vais arracher les yeux, espèce de…

Il fut interrompu par l'autre chacureuil qui l'attrapa par l'oreille. Rakis grogna :

– T'avoir sans arrêt dans les pattes, c'est comme avoir des épines entre chaque coussinet, tu sais ça ?

Nephenia se redressa.

– Kelen, il faut partir d'ici. Tennat et ses frères te cherchent. Ils se servent de sorts de traque.

– Comme toi, dis-je.

– Oui, mais je t'ai trouvé en premier. Le sort est plus fort quand il comporte une part… émotionnelle. Bref, je suis arrivée avant eux. Kelen, ils sont tous devenus fous. Tennat se pavane comme si son père était déjà le nouveau prince de clan. Le conseil a annoncé que les élections auront lieu demain soir, alors qu'elles ne devaient pas se dérouler avant plusieurs semaines.

– Je ne comprends pas. Je croyais qu'ils voulaient attendre les résultats des épreuves de mage pour voir quelle maisonnée avait la lignée la plus forte ?

– En effet. C'est pour ça qu'ils les ont avancées à demain. La classe est dans tous ses états, tout le monde cherche un secret pour la quatrième épreuve. Panahsi refuse de m'adresser la parole. Il se prépare dans le sanctuaire de sa famille.

L'autre chacureuil renifla l'air et feula quelque chose. Rakis traduisit :

– Il y en a d'autres qui arrivent. Ils sont quatre. Et ils puent tous le mage.

Nephenia ferma les yeux un instant.

– C'est Tennat. Il utilise le même sort que moi... Ça crée une tension entre nous deux. (Elle rouvrit les yeux.) Kelen, tu dois partir. Immédiatement.

– Et comment ? Ils vont continuer à me traquer.

– J'ai fait étinceler ma bande de la soie hier. Je vais les envoyer sur une fausse piste pour qu'ils me suivent, et non toi. Je me servirai de sorts d'altération. S'ils me trouvent, ils croiront juste que Tennat a raté son coup.

– Et si ce n'est pas le cas ? Et s'il se rend compte que tu... ?

– Il ne s'en apercevra pas. Tennat me prend pour une idiote qui s'amuse à jouer au mage.

– Vite, feula Rakis. Ils fouillent une maison de l'autre côté de la rue.

Nephenia m'attrapa les mains.

– Kelen, j'ai entendu ce que les gens disent. Selon eux, ce sont les Mahdek qui ont enlevé ta sœur. On raconte que Furia Perfax était partie à sa recherche et qu'elle a été enlevée, elle aussi.

Rakis s'approcha de la porte.

– Décide-toi, gamin. Moi, je me casse.

Je croisai le regard de Nephenia.

– Tu es sûre que tu en es capable ?

Elle acquiesça.

– Pars à la recherche de ta sœur, Kelen. Si elle passe les épreuves demain, il est encore possible que ton père soit élu à la place de Ra'meth. (Comme j'hésitais, elle ajouta :) Laisse-moi faire, Kelen. Laisse-moi être courageuse une fois dans ma vie.

« Comment diable on fait ce genre de choix ? »

– Qu'est-ce qu'il faut faire pour ça ? demandai-je.

Elle ferma les yeux et créa une forme somatique avec ses mains, deux petits sorts simples, l'un d'attirance, l'autre d'évitement, chacun l'inverse de l'autre, de façon à ne faire qu'un seul sort. Puis elle effectua les évocations à l'envers. C'était malin.

– J'ai besoin de renforcer le lien entre nous. Ça sera plus facile pour tromper le sort de traque de Tennat.

Elle passa les bras autour de mon cou et me serra fort contre elle. On resta un instant comme ça avant qu'elle relâche son étreinte, puis elle resta immobile.

– Je crois… Je crois que ça marche, dit-elle.

Je ne savais pas quoi répondre. La seule chose à laquelle j'étais capable de penser, c'était que mes lèvres n'avaient jamais été aussi proches des siennes.

Rakis ricana :

– Tu te souviens qu'il y a quelques minutes à peine, tu dégueulais de la mousse verte ?

« Argh. »

– Je dois y aller, dis-je.

– Non, dit Nephenia. Tu restes là. J'y vais d'abord. J'attire Tennat et les autres loin d'ici. Tu attends un bon moment, et ensuite tu pars à la recherche de Shalla.

Avant que je puisse l'arrêter, elle franchit la porte.

– Attends! lançai-je. Pourquoi tu fais ça?

Nephenia s'arrêta à la porte.

– À l'oasis, tu m'as dit qu'un jour je me rendrais compte que j'étais spéciale.

Elle se retourna vers moi. Sa silhouette se détachait dans l'embrasure. Elle était baignée de pluie. Nephenia était prête à risquer sa vie pour moi.

– J'en ai assez d'attendre.

30. La prisonnière

Au bout de quelques minutes, je crus devenir fou. Chaque bruit que je percevais – une goutte de pluie qui heurtait le sol en franchissant le toit endommagé, la course des Sha'Tep qui rentraient chez eux après leur journée de travail en trébuchant dans la boue – me faisait sursauter. Je ne cessais de me demander si, l'instant suivant, Tennat et ses frères allaient surgir comme des fous, ou si j'allais entendre Nephenia crier.

– Tu sais, j'aime bien cette fille, en fait, me dit Rakis. Je vais peut-être lui laisser les deux yeux.

– C'est très aimable de ta part.

– Mais je lui boufferai quand même une oreille.

Au bout d'une minute, il alla renifler dehors. Vu le côté prétentieux de la bestiole, je me demandai si son odorat était aussi bon qu'il l'affirmait.

– Ils sont partis, annonça-t-il. C'est là que nos chemins se séparent.

Il franchit le seuil.

– Arrête ! Attends ! m'écriai-je.

Le chacureuil se retourna.

– Hein ?

– Je croyais que tu allais m'aider ! lançai-je,

regrettant aussitôt le désespoir bien trop perceptible dans ma voix.

Rakis fit une imitation à peine passable d'un haussement d'épaules.

– Mais je t'ai aidé ! Je t'ai libéré de tes parents avant qu'ils aient fini de… te faire ce qu'ils faisaient. Je t'ai donné de l'herbe éclair, je t'ai tiré de là. Maintenant, tu peux rester dans cette confortable planque pour reprendre des forces aussi longtemps que tu le souhaites.

– Ma sœur est en danger ! Furia aussi. J'ai besoin que tu m'aides à…

– Tu as *besoin* ? répéta le chacureuil. Tu as besoin de beaucoup de choses, gamin. Qu'est-ce que tu proposes en échange ? Pas grand-chose, j'imagine ?

Il s'approcha pour tapoter les poches de mon pantalon.

– Arrête, dis-je en le repoussant.

Si j'avais été plus malin, j'aurais pris des objets dans l'étude de mon père. Pour ma défense, je n'avais jamais eu besoin de confier la vie de gens qui m'étaient chers à un rongeur à moitié félin et vénal.

– Tu as dit…, repris-je, tu as dit qu'il y avait un accord entre ton peuple et les Mahdek. Tu as dit qu'autrefois, vous travailliez ensemble.

– Et alors ?

– Alors, sois mon partenaire.

L'autre chacureuil feula.

Rakis émit ce qui ressemblait à une quinte de toux. Je mis un moment à comprendre qu'il riait.

– Toi ? Et qu'est-ce que t'as à m'offrir ? lança-t-il en faisant les cent pas comme un commerçant qui inspecte des marchandises défectueuses. Tu ne possèdes rien, tu n'es pas capable de te battre, et de ce que j'ai vu pour l'instant, tu n'as même pas de magie. Alors pourquoi je voudrais… ?

L'autre animal intervint. Rakis tenta de résister mais, en quelques secondes, la femelle l'avait plaqué au sol, les dents sur sa nuque, et le secouait dans tous les sens.

– D'accord, d'accord !

Elle le secoua une dernière fois, puis le libéra. Avec toute la dignité dont on est capable dans ce genre de situation, Rakis se redressa et grogna :

– T'es vraiment une mère horrible, tu sais ça ?

– C'est ta *mère* ?

– Ben ouais, c'est ma mère. Tu vois pas la ressemblance entre nous ? (Puis, sans attendre ma réponse :) Bon, OK, on tente le coup. Je t'aide à retrouver ta sœur et l'Argosi, et en échange, tu m'aides à obtenir quelque chose que je veux. Mais je suis pas ton familier, compris ? Je suis pas ton animal de compagnie, et je suis même pas ton pote. Si tu ne peux pas payer, tout s'arrête. OK ?

– C'est honnête, j'imagine, répondis-je sans quitter l'autre chacureuil des yeux, qui paraissait maintenant aussi calme que de l'eau dormante.

– Donne-moi ta main, demanda Rakis.

« Génial. Il va encore me mordre. » Je me dis que ça devait faire partie du rituel. Comme je n'étais pas en position de refuser, je m'exécutai. Il planta ses crocs dans ma paume. Ce qui me fit encore plus mal que les fois précédentes.

– Et sinon, vous avez des traditions qui

n'impliquent pas de morsures, vous autres? demandai-je.

Rakis se dirigea vers la porte.

– C'est pas une tradition. C'est juste que tu m'as foutu en rogne.

Sans plus aucun effet de l'herbe éclair, j'avais vraiment du mal à suivre Rakis et sa mère. Tous deux me conduisirent juste avant l'aube dans les ruelles à une telle allure que bientôt, je ne sus plus où j'étais. Ce n'est que lorsqu'on s'arrêta au pied d'un long mur de plus de trois mètres de haut couvert de vigne que je reconnus l'endroit.

– Qu'est-ce qu'on fait à l'arrière du palais?

– Grimpe, me dit Rakis en sautant au sommet du mur.

Puis il se tourna vers moi et ajouta :

– Sans bruit, si possible.

Je mis des heures à escalader la paroi. Pour ne rien arranger, Rakis ne cessait de se moquer de moi. Quand j'atteignis enfin le sommet, j'étais tellement essoufflé que je pouvais à peine parler.

– Je ne comprends pas. Ma sœur est ici?

J'entendis un bruit de feuilles alors que la mère de Rakis montait sur le mur sans effort. Elle feula quelque chose que je ne compris pas.

– On sait pas où est ta sœur, me répondit-il. C'est pour ça qu'on est là. Il faut qu'on consulte la prisonnière.

À force de scruter les immenses jardins protégés par les murailles, je finis par apercevoir la silhouette sombre de la bicoque où vivait la mage douairière. Je me sentais mal. J'avais cru qu'elle voulait m'aider. Je ne parvenais pas à croire qu'elle faisait partie d'une conspiration qui s'évertuait à déchirer notre clan.

– Qui Mer'esan garde-t-elle prisonnière ?

Rakis inclina la tête d'un côté.

– T'es vraiment mou du bulbe, toi, hein ? La vieille garde personne prisonnier. C'est elle, la prisonnière.

31. *La prison*

– J'imagine que ça devait arriver, déclara Mer'esan en ouvrant la porte de la cabane.

Lorsqu'elle remarqua les traces autour de mon œil, quelque chose qui s'apparentait à de la compassion s'afficha sur son visage.

– Entre. Il faut cacher ça avant que quelqu'un te voie.

Comme je franchissais le seuil, Mer'esan découvrit les deux chacureuils qui me suivaient, et retroussa la lèvre supérieure.

– Ce sont vraiment d'affreux petits monstres, n'est-ce pas ?

Rakis sautilla près d'elle.

– T'es pas très belle à voir non plus, vieille peau.

Il sauta sur la seule chaise dans la pièce, puis bondit sur une étagère et se mit à examiner les bibelots.

– Mal embouché, en plus, rétorqua Mer'esan en me faisant signe de me placer sous une lanterne.

– Attendez... Vous comprenez ce qu'il dit ?

– Kelen, j'ai trois cents ans. Comment peux-tu imaginer que je n'aie pas la magie nécessaire pour décoder des esprits aussi simples ?

Elle me regarda alors d'un air dédaigneux, exactement comme Rakis avait l'habitude de le faire. Je décidai de taire cette similitude.

Des plis de ses vêtements, Mer'esan sortit un minuscule pot, qu'elle ouvrit. Puis elle y plongea un doigt et étala une petite quantité de pâte autour de mon œil gauche.

« Elle savait, me dis-je. Non seulement que j'avais l'ombre au noir, mais aussi que j'allais lui rendre visite. »

– Et voilà, dit-elle quand elle eut fini. (Elle me tendit le pot.) Garde ça. La pâte se fond relativement bien avec ton teint, mais tu auras besoin d'en remettre de temps en temps. (Puis elle m'attrapa par le menton et m'obligea à la regarder droit dans les yeux.) Ça ne te protège de rien, tu le sais ? Les mages qui connaissent les sorts adéquats pourront quand même te traquer s'ils le veulent. Et crois-moi, Kelen, fils de la maisonnée de Ke, ils ne vont pas se gêner.

– Est-ce qu'il y a un remède ? Pouvez-vous… ?

La mage douairière se rassit dans son fauteuil.

– Qu'est-ce que je t'ai déjà dit sur les questions dont tu connais la réponse ?

Mon cœur se serra. Elle avait raison. Je connaissais la réponse. Mes parents m'avaient déjà confessé qu'ils craignaient depuis longtemps que la maladie se manifeste chez moi. Ils devaient avoir cherché tous les remèdes possibles, ne serait-ce que pour que je ne nuise pas à ma maisonnée et ne puisse pas empêcher mon père de devenir prince de clan. « Y a-t-il jamais eu un moment, juste un moment, où ils m'ont vu comme leur fils et non comme un danger pour notre maisonnée avec lequel il fallait composer ? »

– Génial, feula Rakis en me regardant depuis son perchoir sur l'étagère. Il pleure encore.

– Je ne…

– Ce sont des créatures simples, me répéta Mer'esan. Ils ont beau être terriblement rusés, ils n'ont aucune idée de ce qu'est l'empathie.

La mère de Rakis s'avança et grogna sourdement. La mage douairière inclina la tête, puis répondit :

– Vous avez raison, petite mère. Je me corrige.

– Qu'est-ce qu'elle a dit ? demandai-je.

– Elle m'a rappelé que certains membres de notre peuple souffrent des mêmes déficiences.

– C'est donc vrai ? Vous êtes enfermée ici ?

J'examinai l'unique pièce de la petite bicoque, l'arête des murs et du plafond, la porte. Je ne voyais là aucune trace de ce qui pouvait maintenir un mage captif.

– Je suis libre de partir quand je veux, me répondit Mer'esan.

– Donc vous n'êtes pas prisonnière ?

– Nous sommes tous prisonniers de quelque chose, Kelen.

– Oui, mais…

Je me tus en remarquant l'expression étrange sur son visage. Je compris qu'elle ne répondrait à aucune question à ce sujet. Ce qui, en soi, me fournissait l'explication.

– Une chaîne de l'esprit, murmurai-je, stupéfait que cela soit possible d'enchaîner une mage aussi puissante que Mer'esan.

Elle garda le silence, se contentant de se tenir bien droite dans son fauteuil en contemplant le mur devant elle comme si c'était un paysage charmant. Le sort qui éclairait sa peau sous la soie de ses vêtements se déplaça et chatoya. Ses traits changeaient constamment. Elle paraissait tout à coup jeune et belle, presque innocente et, à d'autres moments, elle portait la trace de chacune de ses trois cents années.

Je fus saisi de colère. Qui l'enchaînait comme ça ? Qui disposait d'une telle puissance ? Mer'esan était bien plus forte que Ra'meth ou même mon père. Peut-être que tout le conseil des mages œuvrait de concert, ce qui était peu probable. Ça ne laissait que…

– Votre mari. C'est le prince de clan qui vous a jeté ce sort, n'est-ce pas ?

À nouveau, il n'y eut pas de réponse, comme si elle n'avait pas entendu ma question. « La chaîne de l'esprit l'empêche de dire ou de faire quoi que ce soit qui la libérerait de cette entrave. » Sous son air indifférent, je vis dans ses yeux un profond chagrin. Du chagrin, mais aussi de la colère à l'idée d'avoir été trahie.

La mère de Rakis s'approcha et sauta sur les genoux de la vieille dame – un geste étrangement intime.

– Dégoûtante créature, déclara la mage douairière, qui se mit pourtant à caresser son pelage.

– Et si vous sortiez d'ici ? Est-ce que la chaîne continuerait à… ?

– J'aime cette vieille bicoque, m'interrompit Mer'esan avant que je puisse terminer ma phrase.

J'y suis habituée. C'est comme ma petite... (Elle parut refouler ce dernier mot avant de le prononcer :) oasis personnelle.

« C'est donc de là qu'elle tient sa puissance. » C'était pour ça qu'elle ne quittait jamais la cabane : il n'y avait qu'ici qu'elle possédait assez de pouvoir pour jeter les sorts qui maintenaient son corps en un seul morceau.

– Toutes ces années consacrées à rester en vie...

Aurait-elle en fait attendu la mort du prince de clan dans l'espoir que son sort meure avec lui ?

– Ce que l'on construit dans l'existence nous survit souvent, dit-elle d'un air absent.

Je compris qu'elle signifiait par là que la chaîne de l'esprit était toujours active. Même avec son mari en terre, cette entrave la ligotait encore.

Par conséquent, elle ne romprait jamais ce sort, elle serait à jamais empêchée de révéler la vérité. Tout ce qui lui restait, c'était à espérer qu'on lui pose la seule question qui permette de briser la chaîne.

– C'est pour ça que vous m'avez fait venir la première fois, dis-je, tout en sachant qu'elle ne répondrait pas. Vous vous moquiez bien que je réussisse mes épreuves. Vous cherchiez quelqu'un qui puisse deviner votre secret. C'est pour ça que Furia vous intéressait tant. Vous vous êtes dit qu'une Argosi comme elle pourrait peut-être le découvrir, et vous aider à le révéler.

Mais dans ce cas, pourquoi n'avoir pas fait venir Furia, tout simplement ? « Parce que cela aurait été trop direct. La chaîne de l'esprit ne l'aurait jamais permis. »

Mer'esan, la mage la plus puissante de mon peuple, en était réduite au seul espoir que, par une combinaison d'événements extérieurs et de manipulations subtiles, ses mystères soient révélés par le mage le plus faible de notre clan : moi.

« D'accord, joue le jeu. Cherche le secret qui l'entrave. »

Je réfléchis à un moyen de contourner la chaîne. À une façon indirecte de poser des questions qui lui permette d'y répondre. Mais un sort aussi puissant, jeté par le prince de clan lui-même sans doute lorsqu'il était au sommet de sa gloire, ne pouvait être brisé par quelques paroles intelligentes. Il ne suffirait pas de répondre à une simple énigme ou autre devinette pour mettre au jour ce qui était enfermé en elle. « Invente quelque chose. Change les règles du jeu. »

– C'est quoi le plan, gamin ? lança Rakis.

Il y avait une petite table dans un coin de la pièce. Je la tirai devant Mer'esan et je sortis de ma poche les cartes que Furia m'avait données. Je les étalai sur la table, face visible. Le jeu comportait quatre couleurs, chacune avec ses symboles : les petites étoiles blanches à sept branches appelées heptagrammes, qui représentaient l'enseigne des sorts, donc le peuple Jan'Tep, les boucliers dorés pour l'empire daroman, les calices en argent pour les Berabesq, et les feuilles noires pour les Mahdek.

– J'aurais cru que quelqu'un avec autant d'ennuis que toi utiliserait son temps autrement qu'en jouant aux cartes avec une vieille dame, commenta Mer'esan.

– Juste une partie.

Je passai les doigts à la surface des cartes. Chaque enseigne avait les mêmes figures, mais leurs noms étaient différents. La plus forte carte des Daroman était le roi, mais chez les Berabesq, elle s'appelait Grand vizir. Et Prince de clan chez les Jan'Tep, bien sûr. Ça continuait ainsi jusqu'aux cartes les plus faibles, qui illustraient des personnages dans différentes situations, un peu comme des acteurs qui attendent leur tour pour monter sur scène.

– Et à quel jeu souhaites-tu jouer ? demanda Mer'esan.

En croisant son regard, je vis dans ses yeux qu'elle avait compris. Ma ruse allait nous permettre de contourner la chaîne de l'esprit. Je pris une carte, un neuf de feuille, illustrée par un personnage qui s'appelait le chaman mahdek. Je la jetai sur la table devant elle.

– Inventons nos propres règles, proposai-je.

Elle plissa les yeux et me fit un petit sourire.

– Malin, dit-elle, puis elle attrapa le reste des cartes. Et comment allons-nous appeler notre jeu ?

– Appelons-le du nom de l'adversaire qui ne peut être défait par la magie : le jeu de la vérité.

32. *La partie de cartes*

La partie fut jouée sans aucune logique, selon des règles contradictoires et incompréhensibles. Mais ça n'avait aucune importance. La seule chose qui comptait, c'est l'histoire que Mer'esan essayait à tout prix de me raconter. L'histoire enfermée en elle depuis des siècles.

Nous étions face à face. Elle mélangea les cartes et en distribua treize à chacun, qu'elle disposa, à découvert, sur deux rangées. Chacune de ses cartes représentait une figure aux étoiles à sept branches. Que ce soit par ruse ou par magie, elle s'était attribué l'enseigne des sorts : la couleur des Jan'Tep.

Je baissai les yeux vers mes propres cartes. Chacune avait une figure ou un chiffre orné de feuilles noires. « Je vais donc jouer les Mahdek. »

Mer'esan répartit le reste des cartes en trois cercles. Elle plaça le plus grand au centre de la table, face cachée.

– Voici l'oasis, déclara-t-elle.

Puis elle disposa deux cercles plus petits, l'un sur la gauche, l'autre sur la droite. Je mis un moment à comprendre ce qu'ils représentaient.

– Les cercles de duel ?

Elle acquiesça et plaça l'une de ses cartes dans son cercle, face visible. Elle montrait une jeune femme aux bras tendus, au-dessus de laquelle flottaient sept heptagrammes.

– À ton tour, dit-elle.

J'allais attraper l'une de mes cartes, mais je m'écriai tout à coup :

– Vous… rejouez le duel de la dernière guerre entre les Jan'Tep et les Mahdek. Mais pourquoi ?

– Il ne s'agit là que d'une simple partie de cartes, répondit-elle. Maintenant, fais ton choix.

La dernière guerre avait eu lieu près de trois siècles plus tôt, quand Mer'esan était encore jeune. Nous avions failli être décimés par ce conflit. Les Mahdek avaient utilisé la magie de l'ombre, celle du vide, pour libérer des démons qui attaquaient les enfants Jan'Tep dans leur sommeil de façon à détourner l'attention même des plus grands mages. Mes ancêtres avaient répliqué en puisant dans les six autres formes fondamentales de la magie : le fer et la braise, le sable et la soie, le souffle et le sang.

Puisque je n'avais aucune idée des règles, j'allai vers le choix le plus simple. Je pris l'une de mes cartes, le Gardien des feuilles. Elle représentait un archer qui tirait huit flèches en l'air, dont chaque empenne était composée d'une feuille noire. Je la plaçai dans mon cercle de duel.

– Mauvais choix ! déclara Mer'esan en me prenant ma carte.

– Je ne comprends pas. Ma carte était un huit de feuille, et la vôtre seulement un sept de sort. La mienne ne devrait-elle pas… ?

– Cette carte n'a aucune puissance, me répondit-elle. Car elle est en deuil.

– En deuil ? Qu'est-ce que ça veut dire ?

Elle désigna les rangées de cartes devant moi. Deux cartes étaient à présent retournées.

– Ces cartes sont mortes. Si bien que ton Gardien des feuilles est en deuil.

Je regardai dessous. C'étaient des valeurs faibles, un deux et un trois. Chacune représentait un enfant.

– Maintenant, choisis un autre attaquant, m'ordonna Mer'esan.

Troublé, déboussolé, je plaçai une nouvelle carte sur la table, un neuf, cette fois : le chaman de feuille.

– Non ! s'exclama Mer'esan en me prenant de nouveau cette carte.

– Laissez-moi deviner. En deuil ?

Ses yeux lançaient des éclairs.

– Oui.

Je regardai mes cartes restantes et vis qu'une autre avait été retournée sans que je m'en rende compte. Un cinq, cette fois.

– Ça ne veut rien dire, protestai-je, comprenant enfin son intention. Ce sont les Mahdek qui ont attaqué notre clan, pas le contraire. Ce sont eux qui...

– Joue le jeu !

Énervé, je sortis d'un coup trois de mes cartes, dont la plus forte, le porte-parole de feuille, et les plaçai dans mon cercle.

– En deuil, dit Mer'esan en balayant les trois cartes hors du cercle. (Elle jeta la première sur le tas qui grandissait de son côté, avant de faire de même avec la deuxième et la troisième.) En deuil, encore en deuil, toujours en deuil. Tu ne pourras jamais vaincre de cette manière.

Mon cercle de duel était de nouveau vide. De plus, presque toutes les cartes de mon côté avaient été retournées. On aurait dit des rangées de cadavres sur un champ de bataille.

– Mais ça ne s'est pas passé comme ça ! Les Jan'Tep ont battu en duel les Mahdek qui avaient invoqué les démons, ils n'ont pas tué leurs enfants. Pourquoi vous mentez ?

Je me redressai. Mer'esan refusa de me regarder.

– Ne bouge pas, dit-elle. La partie n'est pas encore terminée.

– Dans ce cas, que dois-je faire ? Chaque fois que j'essaie de jouer une carte, vous me dites qu'elle ne peut pas se défendre !

– Il ne te reste plus aucune carte à jouer, annonça-t-elle. Maintenant, tu ne peux que regarder.

Je m'exécutai à contrecœur. Mer'esan plaça l'une de ses cartes, le Prince de clan, au centre de l'oasis. Elle avait les mains tremblantes. J'ignore si c'était parce qu'elle luttait contre la chaîne de l'esprit ou contre la souffrance ravivée par ses souvenirs.

Elle glissa un ongle sous l'une des cartes qui figurait le cercle de l'oasis et la retourna. Les autres suivirent en cascade jusqu'à ce que toutes se retrouvent face apparente. Elles représentaient chacune un heptagramme. L'oasis avait été prise par les Jan'Tep.

– Tu as perdu, déclara-t-elle.

– Je ne comprends pas. Quel sort le prince de clan a-t-il jeté ?

– Le seul sort qui compte. Celui qui lui a permis de remporter la partie.

Je suivis son regard jusqu'aux cartes mahdek devant moi. Elles aussi étaient face apparente, maintenant. Chaque feuille noire qui représentait leur enseigne était devenue rouge sang.

– Ça n'a pas de sens, insistai-je.

« Si, ça a du sens. C'est juste que tu refuses de le voir. » Mon peuple vivait dans des cités magnifiques, et pourtant nous n'avions jamais eu de grands architectes. Notre magie nous venait de l'oasis, et pourtant nous n'avions pas les moyens d'en créer de nouvelles. Nous racontions que c'étaient nos ancêtres qui avaient édifié tout ça, et que notre devoir était de protéger ces biens de nos ennemis.

Alors qu'en réalité, les Mahdek n'avaient jamais tenté de nous prendre l'oasis.

Au contraire, les Jan'Tep la leur avaient volée.

Ce n'étaient pas eux qui nous avaient attaqués. C'est nous qui les avions massacrés dans leur sommeil, en commençant par leurs enfants.

Nous leur avions volé leur avenir pour notre propre profit.

– Comment cela a-t-il pu se produire ? demandai-je.

Le visage couvert de larmes, Mer'esan retourna une carte dans le grand cercle, si bien que toutes les figures se retrouvèrent masquées d'un coup. Le dessin au dos des cartes avait disparu, remplacé par un noir intense, la couleur de l'ombre. La magie qui en appelait à la puissance du vide.

Un sanglot s'échappa des lèvres de Mer'esan tandis que les derniers anneaux de la chaîne de l'esprit se rompaient peu à peu.

– Ce n'est pas possible, dis-je. Les Mahdek invoquaient les démons. Notre peuple n'aurait jamais… Apprenez-moi la règle du jeu.

J'observai les cartes représentant ces ancêtres que j'avais toujours vénérés, alors qu'ils avaient en réalité commis des atrocités, notamment assassiner les enfants de nos ennemis pour affaiblir leurs mages.

– Comment la guerre s'est-elle terminée ? À coups de meurtres et de magie noire ?

– Terminée ? (Mer'esan préleva une carte de l'oasis et la tint dans sa main.) Non, Kelen de la maisonnée de Ke. Lorsqu'une partie comme celle-là commence, elle n'a jamais de fin.

Elle se mit à empiler les cartes qui se trouvaient sur la table, qui défilèrent si vite que j'avais du mal à les identifier. Malgré tout, je crus distinguer quelque chose…

– Plus doucement ! m'écriai-je. Je n'ai même pas le temps de voir.

– Tu ne pourras jamais voir, dit-elle en s'arrêtant enfin comme elle déposait une dernière carte au sommet de la pile.

Celle-ci figurait un jeune homme entouré de six livres, chacun décoré d'un heptagramme. La carte s'intitulait l'Initié des sorts. Je l'avais déjà vue quand Furia m'avait montré son jeu. Mer'esan l'avait également jouée au cours de notre partie. Mais tout à coup, quelque chose avait changé.

La figure avait la même expression studieuse, à ce détail près que, à présent, je distinguais des traces noires autour de l'un de ses yeux. « Exactement comme les miennes. »

– Ça ne... Qu'êtes-vous en train de me dire, Mer'esan ?

Elle retourna la carte. Le dos était de nouveau orné des motifs banals que j'avais vus un peu plus tôt.

– Je ne dis rien, fils de Ke. Nous jouons simplement aux cartes.

Mes doigts tremblaient comme je les approchais de la peau froide autour de mon œil gauche. L'ombre au noir...

– Quand nos ancêtres ont compris qu'ils n'étaient pas assez puissants pour vaincre les Mahdek, ils... nous... avons invoqué les démons afin d'en venir à bout. D'abord, nous avons attaqué leurs familles pour les affaiblir moralement, puis nous avons tué leurs mages.

Mer'esan garda le silence quelques instants tandis que les larmes continuaient à dévaler ses joues. Puis elle reprit :

– C'était une stratégie sûre, à condition de vouloir remporter la partie à n'importe quel prix.

– C'est ça, à n'importe quel prix... Les Mahdek ne nous ont jamais maudits avec l'ombre au noir ; c'est nous qui nous sommes infectés en utilisant la magie du vide pour invoquer les démons.

Mer'esan libéra de ses poumons ce qui ressemblait à un immense soupir et essuya ses dernières larmes. La chaîne de l'esprit était enfin rompue.

– L'histoire est écrite par les vainqueurs, dit-elle. Mais la vérité finit toujours par trouver sa voie.

J'entendis un grognement sourd et vis la mère de Rakis lancer un regard noir à la douairière.

– Qu'a-t-elle dit ? demandai-je à Rakis.

Ce fut Mer'esan qui répondit :

– Elle dit qu'il n'est pas tolérable d'infliger à un enfant des souffrances pour des crimes dont il n'est nullement responsable.

Je sentis quelque chose de froid et dur dans mon ventre. Je déclarai :

– Dans ce cas, dites-lui qu'elle ne comprend pas les Jan'Tep.

Lentement et soigneusement, Mer'esan rassembla les cartes sur la table, puis me les tendit.

– Toute société commet des atrocités, Kelen. Penses-tu que l'empire daroman ait été uniquement bâti grâce au courage et à l'intelligence militaire ? Que les vizirs berabesq honorent leur dieu à six têtes par les prières et les fêtes, et rien d'autre ?

– Comment pouvez-vous rester si calme ? demandai-je. Votre propre époux vous a jeté un sort pour vous empêcher de révéler les horreurs que lui et d'autres ont commises au nom de notre peuple !

– Ce n'était pas un homme mauvais, répondit-elle. Il a voulu nous défendre. Le royaume daroman se rapprochait à l'est. Au sud, les Berabesq étaient sur le point de perpétrer un génocide contre ceux qu'ils voyaient comme des individus démoniaques. Pour survivre, nous avions besoin de renforcer notre magie et de disposer de plus de mages que jamais. Les Mahdek savaient créer les oasis qui rendaient leurs sorts puissants et permettaient aux jeunes mages d'apprendre la magie avec facilité.

– Les Mahdek auraient-ils pu nous anéantir ?

– Ça n'a pas d'importance. Nous ne pouvions

courir ce risque. Nous devions leur prendre cette oasis, ainsi que toutes les autres. (Elle quitta son fauteuil et s'éloigna de moi.) Voici donc la règle du jeu, Kelen.

– Attendez… Où allez-vous ?

Elle s'arrêta un instant, la main sur la porte.

– Les chaînes qui me lient depuis près de trois cents ans viennent de se briser. Je pense que j'ai bien le droit d'aller faire une petite promenade.

Lorsque je rejoignis Mer'esan dans l'air frais de la nuit, elle observait les ténèbres qui enveloppaient les jardins. Je me demandai depuis combien de temps ces plantes étaient là, qui les entretenait, et si la mage douairière les avait jamais vues d'aussi près. Mais aucune de ces questions ne comptait.

Derrière les jardins se dressait fièrement le grand palais. Le siège de la gouvernance de notre clan. Un endroit que nous n'avions même pas construit.

– Nous n'avons donc rien créé par nous-mêmes ? demandai-je.

Mer'esan eut un petit rire amer.

– Bien sûr que si. Les Mahdek n'ont jamais été très nombreux. Cette cité, par exemple, était bien trop petite pour abriter notre clan. Alors nous avons construit…

– Les taudis, l'interrompis-je, les taudis Sha'Tep.

Des structures branlantes en bois brut et en grès friable.

– En trois cents ans, nous n'avons bâti que des abris de mauvaise qualité.

– Il n'y a jamais eu d'architectes ou de maçons chez les Jan'Tep, Kelen. Notre seule vocation, c'est la magie, et cet effort prime sur tout le reste.

Je songeai à la maladie qui avait récemment touché certains initiés, dont Shalla.

– Je dois retrouver ma sœur, déclarai-je. Quelqu'un essaie de faire du mal à notre peuple comme nous avons fait du mal aux Mahdek. Ils veulent tuer les enfants pour que…

Mer'esan m'interrompit.

– C'est ça, ce qu'ils font ? Tuer ?

Pour une fois, j'aurais aimé qu'elle ne transforme pas tout en énigme, mais je compris que je connaissais encore la réponse. Lorsque les hommes avec des masques mahdek nous avaient attaqués Shalla et moi la nuit où nous essayions d'appeler des familiers, ils n'avaient pas tenté de tuer ma sœur, ils avaient voulu la lier à un animal malade. Ils cherchaient à affaiblir sa magie. « Ce qui est exactement en train de se produire chez les autres initiés. »

– Qui voudrait que notre peuple survive, mais avec une magie faible ? demandai-je.

Mer'esan haussa les épaules.

– C'est une question intéressante, mais ce n'est pas la bonne.

Je fermai les yeux pour essayer de visualiser chaque pièce du puzzle, puis je les arrangeai dans mon esprit, comme je l'aurais fait avec la géométrie complexe d'un sort.

– Vous avez dit qu'avant la guerre, les mages Jan'Tep n'étaient ni aussi nombreux ni aussi puissants qu'aujourd'hui.

– Ouais, lâcha Rakis avec un ricanement. On appelle ça le bon vieux temps. (Je m'étais tellement habitué à ne pas penser à lui comme à un nekhek que j'avais oublié que, pour les chacureuils, nous représentions l'ennemi.) Hé, me regarde pas comme ça, cracha-t-il. Si mon peuple en voulait vraiment encore au tien, il nous suffirait de nous glisser dans vos chambres pour vous arracher les...

– Yeux, je sais.

Mer'esan me tapota le front.

– Concentre-toi.

– Donc la véritable question, c'est : qui a le plus à gagner à affaiblir les mages ?

« Non, ce n'est pas encore ça. » Mettre au jour la vérité, c'était comme jeter un sort : il fallait que chaque élément soit en place pour que ça fonctionne.

Tout à coup, je m'écriai :

– Qui souffre le plus quand notre magie devient trop puissante ?

Mer'esan sourit.

– Bien. Malin. Maintenant que tu as la question, j'imagine que tu as également la réponse.

Combien d'heures avais-je passées dans ma chambre à paniquer à l'idée de ne pas parvenir à faire étinceler mes bandes ? À me sentir de plus en plus amer à mesure que Shalla ou n'importe quel autre initié gagnaient en puissance ? Car je savais qu'ils allaient me prendre de haut, se moquer de moi, voir en moi leur futur serviteur. Parce que c'est ce qui se passait pour les gens dépourvus de magie.

– Ceux qui souffrent le plus quand la magie

devient trop puissante sont ceux qui n'en ont pas, déclarai-je. Ce sont les Sha'Tep. (Mer'esan hocha la tête.) À mesure que notre magie s'accroît, le fossé entre nous se creuse. Chaque génération de Sha'Tep devient un peu plus esclave des Jan'Tep.

– C'est quoi un esclave ? demanda Rakis.

L'autre chacureuil lui feula une réponse et, après quelques instants, il me regarda en disant :

– Les humains sont vraiment dégueulasses.

– Bon, reprit Mer'esan. Si nous voyons juste et que les conjurés sont les Sha'Tep, ils ont emmené ta sœur et l'Argosi dans l'endroit qui nous fournit notre magie, mais où nous ne pouvons nous rendre nous-mêmes.

– L'oasis ? Mais nous y allons tout le temps. C'est même là que nous apprenons la magie !

– L'oasis est-elle vraiment la source ? Ne serait-ce pas plutôt la fontaine ?

– Arrêtez avec vos questions ! protestai-je. Ma sœur et mon amie sont en danger !

Je baissai les yeux vers les bandes sur mes avant-bras en regrettant de ne pas avoir fait étinceler la bande de la soie, qui m'aurait permis des sorts de divination si mes parents ne l'avaient pas brisée à jamais. « Mais ma mère dit avoir déjà essayé de trouver Shalla de cette manière, en vain. La source ou la fontaine… ? »

– Les mines ! m'écriai-je. Vous parlez des mines ! L'oasis est la fontaine, mais c'est le minerai qui est la source et qui permet de fabriquer les encres pour les bandes.

– Et alors ? me demanda Rakis.

– Les mages ne peuvent se rendre dans les mines sans tomber malades à cause de la pureté du minerai. C'est pour ça que les Sha'Tep doivent l'extraire à notre place afin qu'on puisse ensuite se faire tatouer les bandes des six magies fondamentales.

Mer'esan tendit un doigt vers ma pommette, juste en dessous de mon œil gauche. Cette sensation était étrange… Comme une vibration dans l'air quand il y a un orage.

– Les sept, Kelen. Il y a sept formes de magie.

Tout à mon excitation d'avoir brisé la chaîne de l'esprit et ainsi libéré la mage douairière, puis découvert ce que mes ancêtres avaient infligé aux Mahdek, j'avais oublié l'ombre au noir qui soulignait mon œil gauche et me marquait à jamais. Une trace que ma grand-mère avait placée là.

– Pourquoi Seren'tia m'a-t-elle fait ça ?

– Comment le savoir ? Par folie ? Peut-être que la maladie avait rongé son esprit ?

Les mots sortirent de ma bouche sans que je puisse les retenir :

– Je suis content que mon père l'ait tuée. Elle le méritait.

Mer'esan retira sa main.

– La Seren'tia que j'ai connue était une femme sage, une mage de grand talent et de grande finesse.

– Jusqu'à ce qu'elle perde la tête.

La mage douairière me regarda d'un air moins désapprobateur que… triste.

– Toi et moi, nous devons faire un choix. Nous devons décider s'il faut haïr une folle qui a tenté de t'anéantir, ou croire que ta grand-mère avait conservé un petit bout de son âme, et qu'elle avait peut-être compris quelque chose qui nous dépasse. La magie n'est pas blanche ou noire. C'est la façon dont nous l'utilisons qui lui donne sa couleur.

– Et quel aurait été le dessein de ma grand-mère ? Pourquoi aurait-elle voulu me donner l'ombre au noir ?

– Seul l'avenir nous le dira, si tu survis assez longtemps pour emprunter le chemin qui s'ouvre à toi. (Elle se détourna et s'enfonça dans les jardins.) Mon propre chemin me mène autre part.

– Attendez ! criai-je. Nous devons mettre fin à la conspiration Sha'Tep ! Vous devez m'aider…

Elle s'arrêta un bref instant.

– J'ai offert plus de trois cents ans à notre peuple, Kelen. Presque tous enchaînée par un sort jeté par l'homme que j'aimais et qui m'aimait. J'ai été prisonnière de la magie, et maintenant j'en suis lasse. De même que du passé. L'avenir vous appartient, à toi et à ta génération. Il ne me reste qu'une seule chose à faire.

– Laquelle ? demandai-je. Qu'est-ce qui peut être plus important que l'avenir de notre peuple ?

– Me promener dans mes jardins, répondit-elle en se dirigeant vers les parterres de fleurs et les arbres.

À chacun de ses pas, les sorts qui éclairaient ses vêtements en soie faiblissaient. Ils se mirent à disparaître, puis la peau sous le tissu, puis les muscles et les os sous la peau. Avant qu'elle touche un seul pétale, la mage douairière n'était plus que poussière.

33. *La mine*

L'entrée des mines était matérialisée par de vieux pieux abîmés par le temps et recouverts d'une horrible mousse grise qui luisait d'un éclat sinistre. Je me cachai derrière un arbre, de crainte que les gardes du palais soient à mes trousses. La forêt était silencieuse, à l'exception notable de ma respiration laborieuse.

Sans herbe éclair, et avec toutes les péripéties de ces derniers jours, j'avais fait de mon mieux pour soutenir le rythme de ce fichu chacureuil.

Rakis semblait pour le moins dubitatif quant à mes efforts.

– Vous autres humains, vous êtes vraiment…

– Oh, ça va, dis-je, penché en avant, les mains sur les genoux pour tenter de reprendre mon souffle. Je sais. Les humains sont des minables. Les chacureuils sont les plus grands chasseurs, traqueurs, coureurs, bagarreurs… Ai-je oublié quelque chose ? Poètes, peut-être ?

Il lâcha un petit ricanement.

– Tu sais que je comprends les sarcasmes, hein ?

J'aurais rêvé que sa mère lui inflige un coup de crocs bien mérité, ce qu'elle n'hésitait jamais à faire, mais elle nous avait abandonnés en chemin. Sans doute pour rejoindre sa tribu.

Je regardai la grange à une trentaine de mètres. En l'inspectant, nous avions découvert qu'elle ne contenait rien, à l'exception d'un cheval gris pommelé dont j'étais presque sûr qu'il appartenait à Furia.

Si Furia était dans la mine, il y avait de grandes chances que Shalla s'y trouve aussi. Autrement dit, il me suffirait d'inspecter les milliers de tunnels, de localiser Furia et Shalla, de les libérer puis de les sortir de là en toute discrétion. « Facile. »

Je jetai un coup d'œil à mes avant-bras, au cas où la bande de la soie se serait mise à étinceler : j'aurais pu me servir d'un sort de brouillard d'esprit qui aurait dissimulé notre présence. Ce qui était bien sûr impossible, puisque mon père avait à jamais brisé tout espoir que j'utilise la magie de la soie. « Bon, pas si facile que ça. »

J'avais bien songé à aller chercher des secours, mais Tennat et ses frères étaient toujours à mes trousses. Ra'fan me jetterait un sort d'entrave avant que j'atteigne le cœur de la cité. Et quand bien même j'arriverais jusque chez moi, ça serait juste pour que mon père m'attache sur une table afin d'achever son travail consistant à contrecarrer ma magie. Je n'avais pas le moindre espoir qu'il prête attention à une théorie absurde sur la douairière qui venait de me révéler que notre peuple avait lâchement massacré les Mahdek et que, à présent, les Sha'Tep, dont personne ne pensait qu'ils étaient capables ne serait-ce que d'insolence envers un mage, fomentaient un complot pour affaiblir les jeunes mages Jan'Tep.

Pas étonnant que Rakis nous déteste. On était vraiment un peuple pourri.

« C'est la raison pour laquelle ce n'est pas forcément une bonne idée de placer ma vie entre ses mains. Entre ses pattes, pour être précis. Les pattes d'une créature qui méprise tout ce qui se déplace sur deux jambes. »

– Tu détestes vraiment notre espèce ? lui demandai-je.

– Je ne déteste pas *tous* les humains. Les Mahdek étaient les gens les plus paisibles qui soient. Mais ton peuple ? (Il fit un geste de dédain.) De bons gros crétins qui cherchent juste à semer la désolation.

– Comment tu sais à quoi ressemblaient les Mahdek ? Ils sont tous morts bien avant ta naissance.

Il se tapota la tempe avec une patte en déclarant :

– Les chacureuils ont une excellente mémoire tribale.

Je voulus faire une objection, mais je me rendis compte que j'étais en train de me lancer dans une polémique avec une créature qui, très probablement, saluait les membres de son espèce en leur reniflant le derrière.

– Assez parlé, grogna-t-il en courant vers l'entrée de la mine. Allons sauver l'Argosi et rendre ce monde meilleur en tuant quelques Jan'Tep.

Ce fut l'odeur qui me frappa en premier. J'avais toujours imaginé que les mines sentaient... en fait, je ne savais pas à quoi m'attendre. Celle-ci puait l'eau croupie. Chaque fois que je prenais une bouffée d'air, j'avais un goût d'air rance et de poussière dans la bouche. Comment pouvait-on travailler là jour après jour à extraire le minerai nécessaire à la fabrication d'encres à tatouage qui serviraient à d'autres ?

Comment osions-nous faire supporter ça à des membres de nos propres familles ?

Rakis avait raison. Mon peuple était vraiment dégueulasse.

J'aurais pu me sentir coupable longtemps d'avoir participé à ce système, mais j'étais davantage préoccupé par le petit tunnel humide où je me trouvais. Je n'étais jamais descendu aussi profondément sous terre, ce qui expliquait qu'il m'ait fallu attendre quinze ans avant de savoir que je ne supportais pas les espaces clos.

– Ça va, gamin ? me demanda Rakis. Tu as encore une plus sale tête que d'habitude.

– Chut ! lançai-je férocement. Tu veux qu'ils t'entendent ou quoi ?

– Je suis un chacureuil, espèce de crétin. La seule chose que les humains entendent sortir de ma gueule, ce sont les cris d'un animal. (Il désigna de la patte une colonie de rats qui trottinait dans une rainure de la paroi.) Et au cas où tu ne l'aurais pas remarqué, des animaux, il y en a beaucoup par ici.

En effet, je ne l'avais pas remarqué, mais je n'étais pas près de l'admettre.

Devant moi, Rakis s'enfonçait de plus en plus

profondément dans la mine. Il s'arrêtait souvent pour renifler le sol ou les parois. Si souvent que je me demandais s'il avait un si bon instinct et un si bon odorat qu'il le prétendait.

Je n'étais pas rassuré dans ces tunnels. Nous n'avions aucune lumière. Seuls les épais morceaux de mousse luisante révélaient à quel point les poutres qui soutenaient les parois et le plafond étaient pourries. Plus d'une fois, on dut rebrousser chemin car le passage était bloqué par un effondrement.

Nous avions aussi un autre problème.

– Tu es sûr que ça va, gamin ? insista Rakis. Tu as l'air…

– Ne dis rien.

Il s'approcha de moi et renifla.

– Non, sérieux. C'est comme si tu allais être malade ou…

– Je suis juste fatigué, dis-je en m'appuyant contre un mur pour me reposer un instant.

Tout à coup, la nausée devint si forte que je dus me concentrer pour ne pas vomir. Je ne me souvenais pas de m'être jamais senti aussi mal, et pourtant, ces derniers jours, j'avais vécu quelques expériences peu agréables. Je regardai ma paume et vis des cloques rouges s'y former. En examinant l'endroit où j'avais posé la main, je distinguai une veine de minerai sur la paroi.

– On doit approcher du cœur de la mine, soufflai-je. Les Jan'Tep y sont malades. Maître Osia'phest dit que plus le mage est puissant, plus il se sent mal dans les mines.

– Dans ce cas, qu'est-ce qu'on fait ? demanda Rakis.

« Ô ancêtres… Si moi, je ne me sens pas bien, Shalla doit être à l'agonie. »

– On continue, déclarai-je en me remettant en route. Je ne suis pas vraiment un mage. Espérons que, pour une fois, ça soit à mon avantage.

Il nous fallut une vingtaine de minutes pour découvrir où Shalla et Furia étaient détenues et, pour moi, que ma sensation de nausée était le cadet de mes soucis.

– Ils sont trois, m'annonça Rakis en trottant vers l'angle où je l'attendais. Ils portent les mêmes masques que ces crétins que j'ai fait fuir l'autre jour.

– Tu es sûr que Shalla et Furia sont là ?

Je prenais soin de murmurer mais, de toute façon, je n'avais pas la force de parler autrement.

Il acquiesça, ce qui était un geste très étrange chez un chacureuil.

– L'Argosi est attachée à un poteau. Il y a une autre femelle humaine par terre, sans connaissance. J'ai senti son odeur juste à l'entrée de la grotte. Pas de doute, ça pue la jeune Jan'Tep. Très arrogante, si tu veux savoir.

– Tu sens *l'odeur* de l'arrogance ?

– Pas toi ?

Je ne savais pas s'il se moquait de moi ou non. Rakis avait le don de faire des blagues au pire moment.

Je rampai le plus discrètement possible jusqu'au bout du tunnel pour y jeter un coup d'œil.

On n'y voyait pas grand-chose. Les lampes à

huile n'ajoutaient pas beaucoup à l'éclat de la mousse grise. Les hommes ne semblaient pas craindre d'être découverts. Assis sur des chaises, deux riaient tandis qu'un troisième cuisinait dans un chaudron en fonte posé sur des braseros. Ils portaient tous trois des masques laqués, comme ceux que j'avais vus la nuit où Shalla et moi nous étions fait attaquer.

Furia Perfax était suspendue aux poutres de soutènement. Les cordes qui liaient ses poignets l'obligeaient à garder les bras en l'air. Il y avait une autre silhouette étendue par terre. Je ne la voyais pas bien dans l'ombre, mais je ne doutai pas que ce soit ma sœur.

– Alors ? demanda Rakis.

Je revins en rampant, cherchant désespérément un moyen de sortir Furia et Shalla de là.

– Je réfléchis.

– Qu'est-ce qu'il y a à réfléchir ? On entre, on tue ceux qu'on n'aime pas et on sauve ceux qu'on aime bien. C'est simple, non ?

– Il y a trois hommes costauds, sans doute armés. Comment on leur règle leur compte ?

– On leur mange la langue ? suggéra-t-il. T'en prends un, j'en prends deux ?

J'étais en train de comprendre que, malgré ses nombreuses qualités de guerrier, Rakis n'avait pas un instinct de survie très développé. Et pourtant, l'excitation du petit monstre à la perspective d'une bagarre était contagieuse. Tout à coup, je ne supportai pas l'idée qu'il cherche à s'arroger plus de proies que moi.

« Mais qu'est-ce qui me prend ? Depuis quand ça m'intéresse de me battre ? »

Quelque chose était en train de changer en moi. Peut-être que c'était le cas depuis un moment. C'était soit un effet secondaire de l'herbe éclair, soit à cause de mon étrange lien avec le chacureuil. Mais peut-être que c'était juste parce que je savais que jamais plus mon clan ou ma famille ne m'accepteraient. Toute ma vie, j'avais cru être destiné à devenir un grand mage à cause de mes parents. Un héros Jan'Tep comme ceux des histoires qui avaient bercé mon enfance. Sauf que je n'étais pas un héros. Car je n'avais rien de particulier.

J'étais juste très, très en colère.

– Allez, viens, gamin, feula Rakis. Ces salopards vont pas s'entre-tuer tout seuls.

« Bien sûr, pensai-je. Il a raison. Quoique ? »

– Je n'ai pas d'arme, murmurai-je.

– Sers-toi de tes dents.

Voilà en quoi consista le conseil remarquablement inutile de Rakis.

Comme nous avancions vers la salle, je ramassai une pierre par terre.

« Bien vu. Appuie-toi sur ce que tu connais. »

34. *Le sauvetage*

Dans les vieilles histoires, il y a plein de brillantes manières pour un mage solitaire et son familier de vaincre des ennemis en supériorité numérique dès qu'il s'agit de sauver la princesse prisonnière. Malheureusement, ces héros ont recours à la magie. Une magie bien plus puissante que celle dont j'étais capable avec ma misérable bande du souffle. Et puis, je n'avais pas vraiment de familier. J'avais… comment Rakis avait-il appelé ça un peu plus tôt ? Un partenaire. En réalité, un partenaire, ça ressemble beaucoup à un familier. À ce détail près qu'il ne fait rien de ce que vous lui demandez.

– Il faut créer une diversion, soufflai-je en regardant partout autour de moi.

– Pas de problème, fit-il. Je peux m'en charger.

Sans plus attendre, il bondit dans la salle en grognant et en feulant comme s'il avait la rage. Apparemment, il n'avait pas cru dérangeant que sa diversion implique de dévoiler notre présence à nos adversaires. À court d'options, je serrai la pierre dans mon poing et me précipitai derrière lui.

Les masques noirs laqués de deux de nos ennemis étaient les mêmes que ceux que portaient nos agresseurs la nuit où Shalla et moi avions essayé d'appeler des animaux de puissance. L'un avait deux défenses tordues et une bouche béante, et le deuxième un œil supplémentaire terriblement menaçant.

Le troisième portait un masque que je n'avais encore jamais vu, avec de longues oreilles entortillées sur les côtés. Je me demandai un instant s'il en voulait aux autres de s'être vu attribuer le masque le moins intimidant, puis je remarquai le grand couteau dans sa main et décidai que si c'était le cas, il avait trouvé un bon moyen de compenser.

Rakis s'en prit à Défenses d'Éléphant, le plus grand des trois. Il bondit très haut pour atterrir sur une étroite niche creusée dans la paroi, dont il se servit comme appui pour se jeter à sa tête. Vu le masque laqué qui la protégeait, cela semblait une stratégie plus que discutable, mais le chacureuil plongea les pattes arrière dans les trous pour les yeux. J'entendis un cri quand l'homme derrière le masque comprit ce qui se passait. Il essaya de se débarrasser de la bestiole qui s'échappa, arrachant au passage un bout de scalp.

– Un nekhek ! hurla Grandes Oreilles.

– Dis pas n'importe quoi, fit Troisième Œil, son propre couteau pointé vers le chacureuil. T'as pas entendu ? C'est pas des démons, en fait. C'est juste un genre de chien très laid.

Rakis grogna en guise de réponse. Il était tellement furieux que ses propos furent incompréhensibles.

– Viens ici, corniaud, lança Troisième Œil en

fonçant sur lui tandis que Défenses d'Éléphant s'emparait d'un gros gourdin.

Ils voulaient coincer le chacureuil.

Aucun d'eux n'avait encore remarqué ma présence, alors je me jetai sur Défenses d'Éléphant pour le blesser avec ma pierre. Il avait le crâne bien plus dur que je le pensais. Il pivota et me donna un coup de coude dans la poitrine, ce qui m'envoya contre la paroi. Faute d'une meilleure idée, je décidai d'imiter la technique de Rakis, et je continuai à le frapper avec ma pierre. Je ratai sa tempe, mais atteignis sa mâchoire, ce qui brisa un bout du masque et lui arracha un cri de douleur.

Grandes Oreilles m'attrapa par la taille et me projeta à nouveau contre le mur. Je sentis ma respiration se couper, mais par un mélange de chance et d'instinct de survie, je réussis à le frapper dans le dos avec ma pierre tout en remontant mon genou le plus haut possible. Je l'atteignis au menton. Mais j'aurais juré que la douleur causée par le choc de ma rotule contre le bois de son masque fut pire que celle que je lui causai.

J'entendis un feulement et, en me retournant, je vis Défenses d'Éléphant donner un coup de pied à Rakis. Le bout de sa botte atteignit le chacureuil et le fit valser. Je poussai un cri en me précipitant sur Défenses d'Éléphant, ma pierre en l'air. Il recula si vite qu'il se cogna la tête contre l'autre paroi et s'assomma tout seul. Je vis alors Troisième Œil me foncer dessus en passant non loin de la poutre où Furia était attachée. Au dernier instant, elle tendit la jambe et le fit tomber.

Troisième Œil atterrit face contre terre. Il m'attrapa la cheville d'une main puissante et me tira vers lui. Je tentai de le frapper avec ma pierre, mais Rakis fut plus rapide que moi. Il lui sauta sur le dos et planta ses griffes dans sa peau à travers le tissu de sa chemise. Apparemment, c'était aussi douloureux que ça en avait l'air. En quelques secondes, Troisième Œil me lâcha. Puis il traversa la salle à quatre pattes en essayant de se débarrasser de Rakis, qui ne cessait de feuler :

– C'est qui le corniaud, maintenant, hein, c'est qui ?

– Rakis, viens m'aider ! criai-je.

Heureusement, Défenses d'Éléphant gisait sans connaissance tandis que Grandes Oreilles restait à quatre pattes, sonné par mes coups de pierre. Il agita son couteau en direction de mes jambes. Je vis Furia, toujours suspendue à la poutre, lever le genou et lui donner un coup de pied à la tempe. Il retomba lourdement et ne bougea plus.

– Salut, gamin, dit-elle, même si elle avait du mal à tourner la tête vers moi. (Malgré le peu de lumière, je voyais les contusions sur son visage et les zébrures rouges dans son cou.) C'est ça ton plan de sauvetage ?

– On peut pas dire que j'aie beaucoup d'entraînement, protestai-je. (Je tremblais, et la pierre glissait dans ma main. Je vis qu'elle était couverte de sang.) Comment je m'en sors, pour l'instant ?

Elle eut un rire rauque.

– Détache-moi et aide-moi à sortir ta sœur de

cette saloperie de mine pour que je puisse fumer tranquillement à l'air libre. Et là, je te dirai.

Je m'exécutais quand Rakis revint en courant.

– On a un problème.

– Quoi encore ? demandai-je, occupé à couper les cordes qui retenaient les poignets de Furia avec le couteau de Troisième Œil.

Rakis avait l'air étrangement gêné.

– En fait, je me suis trompé quand j'ai dit qu'il n'y avait que trois hommes.

35. *Les tunnels*

Une fois Furia libérée et Shalla dans mes bras, on se précipita en direction des tunnels. Mais on n'avançait pas très vite. Je n'étais pas aussi costaud que je l'aurais voulu, et je craignais sans cesse de lâcher Shalla ou de tomber tête la première.

– Laisse-moi la porter, me dit Furia. Tu tiens à peine debout.

– Et vous, vous n'avez pas l'esprit clair, rétorquai-je.

Elle secoua la tête.

– Ces saloperies de drogues. Ils m'ont mis de force quelque chose dans la gorge. Ça donne des vertiges.

J'avançais en tendant l'oreille pour savoir quel tunnel prendre. J'entendais l'écho des bottes de nos poursuivants sur le sol rocheux de la mine.

– Combien ils sont ? demandai-je.

– Cinq, feula Rakis.

– Il a dit combien ? demanda Furia en baissant la tête vers le chacureuil. Ils sont six.

Les quelques secondes suivantes furent marquées par une dispute entre Furia et Rakis pour savoir qui avait la meilleure ouïe. Ce qui aurait été amusant si je n'avais pas dû traduire. Je me moquais de qui avait raison, mais comme je ne savais pas si les chacureuils pouvaient vraiment compter, je décidai de prendre en compte le chiffre le plus élevé.

On atteignit une nouvelle intersection. Trois tunnels, tous aussi sombres, humides et étroits, partaient dans trois directions différentes.

– C'est par où la sortie ? demandai-je.

Furia inspecta nos trois options en plissant les yeux pour lutter contre l'effet des drogues.

– Trente mètres tout droit et on tourne à droite, déclara-t-elle.

Rakis y courut et revint.

– On peut pas passer par là, annonça-t-il.

Pendant quelques minutes, on s'aventura dans différents tunnels pour revenir sur nos pas chaque fois qu'on entendait les types masqués se rapprocher. Furia proposait le chemin le plus probable et Rakis filait en éclaireur pour voir si ça nous conduisait hors de la mine ou dans la gueule du loup.

Le problème, c'est que même si Furia avait un excellent sens de l'orientation, elle n'était venue qu'une fois dans la mine, alors que les hommes masqués la connaissaient par cœur. Dès qu'on approchait de la sortie, ils réussissaient à nous barrer la route, ce qui nous obligeait à faire demi-tour.

– Ils nous renvoient toujours plus profond dans la mine, grommela Rakis.

– Ouais, c'est vrai, fit Furia, quand j'eus traduit. J'imagine que c'est l'objectif.

Mais on n'avait pas d'autre choix. Je m'arrêtais de plus en plus souvent, posant Shalla afin de soulager mes bras. J'essayai de la réveiller dans l'espoir qu'elle puisse marcher toute seule, mais les veines de minerai des parois qui me donnaient la nausée devaient être terribles pour quelqu'un avec les pouvoirs magiques de ma sœur.

On perdait du terrain, et nos poursuivants le savaient. Le bruit de leurs pas s'accompagnait maintenant de rires. Les hyènes avaient presque épuisé leurs proies.

– Vas-y tout seul, gamin, dit Furia en s'adossant à une paroi. Le chacureuil et moi, on va les ralentir le temps que…

– Je vous laisse pas ici !

– Quand est-ce que je me suis porté volontaire pour mourir afin que deux pourritures d'humains survivent ? feula Rakis.

Une voix s'éleva dans le tunnel derrière nous :

– Personne ne va nulle part.

Mus par la panique et un ultime sursaut d'énergie, Furia et moi, on ramassa Shalla, la prenant chacun sous un bras, et on se mit à courir en trébuchant dans le passage.

La poursuite reprit mais, très vite, les pas derrière nous se transformèrent presque en promenade. On atteignit le bout du tunnel – un cul-de-sac.

– Les mineurs Sha'Tep ont étudié le plan de ces galeries toute leur vie, annonça la voix, encore plus proche qu'avant. Car à la moindre erreur, on tombe dans un trou ou on se perd à jamais dans des couloirs déserts. On peut mourir sous un éboulis sans que son cadavre soit retrouvé avant des années. Vous avez la moindre idée d'où vous êtes, là ?

On découvrit alors six silhouettes avec des masques noirs laqués, tous plus effrayants les uns que les autres. Le premier avait deux paires de cornes incurvées, l'une rouge, l'autre noire. C'était le chef qui nous avait attaqués dans la forêt.

– Kelen, je suis désolé d'en arriver là, dit-il d'une voix un peu étouffée par son masque.

Cette voix résonnait contre les parois, ce qui lui donnait un écho encore plus terrible et irréel. Malgré tout, je me demandai comment je ne l'avais pas reconnue plus tôt.

Aussi doucement que possible, je déposai Shalla par terre. Puis je me redressai, les poings serrés, et me plaçai devant le chef de la conspiration Sha'Tep.

– Bonjour, oncle Abydos, dis-je.

On décrivit alors les silhouettes avec des précisions moins floues, mais plus effrayantes les uns que les autres. Le premier avait deux marques de cornes recourbées, l'une rouge, l'autre noire. C'était le chef qui nous avait attaqués dans la forêt.

[illegible]

[illegible] contre les [illegible] qui [illegible] demandaient celui qui me semblait le plus redoutable [illegible] [illegible] je me demandai [illegible] ne [illegible] pas romantique [illegible]

[illegible] que [illegible] Shalla par terre. Puis [illegible] des [illegible] que [illegible] le chef de la [illegible] Shalla.

[illegible]

IX
NEUF de FEUILLE

LA QUATRIÈME ÉPREUVE

Les magies les plus puissantes sont aussi les plus secrètes. Un mage Jan'Tep doit être capable de mettre au jour des coutumes disparues, mais il doit tout autant être capable de découvrir les secrets de ses ennemis. Là, et seulement là, il mérite véritablement son nom de mage.

36. *Le traître*

– J'aurais dû me douter que toi, tu devinerais, me dit Abydos en retirant son masque pour le tendre à l'un de ses hommes. Tu as toujours été plus malin que le croyaient tes parents et tes professeurs.

«Je suis aussi doué pour donner le change, mon oncle.» Je desserrai les poings et plaçai les mains devant moi. Mes doigts prirent la position d'un sort de braise particulièrement vicieux, et je dis :

– Puisque nous sommes de la même famille, je n'ai pas envie de mettre le feu à tes intestins, alors tu ferais bien de ne pas approcher.

À la réflexion, j'étais remarquablement calme et confiant. «À force de mentir, je deviens bon.»

Plusieurs types masqués éclatèrent de rire. L'un d'eux me montra du doigt.

– Regardez-moi ce petit mage qui s'imagine qu'il va utiliser des sorts contre nous ! Ici, dans la mine !

Abydos me dit d'un ton bien plus gentil :

– Kelen, la magie Jan'Tep fonctionne mal ici. C'est pour ça que ta sœur est si faible.

Je glissai à Furia :

– J'imagine que vous n'avez pas vos cartes en métal ?

Elle fit signe que non en m'expliquant :

– Ils me les ont prises quand ils m'ont capturée. (Elle ajouta à leur intention :) Ainsi que mes roseaux de feu, bordel !

Défenses d'Éléphant se plaça face à nous.

– Et c'est pas tout ce qu'on va te prendre, saloperie d'Argosi…

Mon oncle le retint d'une main sur l'épaule.

– Arrête. Je te l'ai déjà dit, cette femme a sauvé la vie de mon neveu. Pas plus de violence que le strict nécessaire.

J'avais envie de lui dire qu'il était déjà responsable de pas mal de violence malgré tout, mais Furia s'avança le poing dressé, comme pour les défier.

– Eh bien, je suis désolée de vous décevoir, mais à moins que votre petite troupe de théâtre masquée nous laisse passer, moi, je vous prédis une bonne dose de violence dans un futur proche.

Abydos l'ignora et s'approcha sans me quitter des yeux. Rakis me sauta sur le dos pour se percher sur mon épaule. Son grognement résonna dans le tunnel exigu.

– Suffit que tu me donnes l'ordre, gamin, et je lui arrache la figure pour m'en faire un masque.

Je décidai de traduire ses propos pour mon oncle. Il n'eut pas l'air aussi effrayé que je l'aurais espéré. Il déclara :

– Kelen, ne fais pas ça. Nous ne sommes pas tes ennemis. Ton peuple, ta vraie famille, c'est nous.

– Vous avez kidnappé ma sœur et capturé mon amie. Pour moi, ça fait de vous mes ennemis.

L'un des types sortit son couteau.

– On a perdu assez de temps comme ça. On peut pas prendre le risque de…

– Tais-toi, dit Abydos, et, pour la première fois de ma vie, je reconnus le ton autoritaire de mon père dans la bouche de mon oncle. Kelen, écoute-moi bien. Vous allez nous accompagner. Tu peux porter Shalla si tu veux, sinon, mes hommes s'en chargeront.

– Tu ne toucheras plus jamais à ma sœur.

– Ce n'est pas ta sœur, Kelen, pas de la manière qui compte. C'est une Jan'Tep. Elle est comme eux.

La puissance de sa voix, sa confiance, que je n'avais jamais eue moi-même, me donnèrent tout à coup un sentiment de faiblesse. Je tenais à peine debout.

– Pourquoi tu ne peux pas juste nous laisser partir ? demandai-je.

Je ne voulais pas avoir l'air de supplier, pourtant ce fut le cas.

– Parce que ça ne marche pas comme ça, Kelen, ça ne concerne pas que toi et moi. Je vais te conduire quelque part pour ton bien. Si tu essaies de t'échapper, si l'un de vous attaque, je tue cet animal. Tu comprends ? Et je tue l'Argosi. Je tuerai même ma nièce si j'y suis obligé. Tu me crois, Kelen ?

Il me regarda droit dans les yeux. J'essayai de détourner le regard, mais j'en fus incapable. Je me sentais prisonnier de sa certitude. Toute ma vie, j'avais ignoré mon oncle, je n'avais vu en lui que l'ombre de l'homme qu'était mon père. Je venais de comprendre que je m'étais trompé.

– Je te crois.
– Bien, dit-il en tournant les talons sans même s'assurer que nous allions le suivre. Tu as toujours été le plus malin.

Abydos nous fit emprunter un trajet alambiqué dans les tunnels qui plongeaient vers le cœur de la mine. Au début, j'avais refusé qu'ils touchent à Shalla, mais mes bras finirent par céder. Quand mon oncle vit que je peinais trop, il ordonna à ses hommes de la porter, et je n'eus pas la force de m'y opposer.

Les tunnels ressemblaient à ceux que nous avions déjà parcourus : vieux, en mauvais état, avec des poutres qui semblaient prêtes à céder à tout moment. Mais au bout de quelques minutes, on atteignit une partie très différente de la mine. C'était comme quitter un taudis Sha'Tep pour pénétrer dans le sanctuaire en marbre et pierre blanche d'un mage seigneur : les parois étaient parfaitement lisses, presque polies. À intervalles réguliers, il y avait deux grosses colonnes, semblables à celles qui bordaient l'oasis, destinées à soutenir le plafond, où je distinguai des symboles gravés à l'encre métallique qui, je le compris au bout d'un moment, représentaient les étoiles qu'on voyait au-dessus de la cité dans le ciel nocturne.

– Impressionnant, non ? fit Abydos.

Rakis lâcha un petit feulement depuis mon épaule.

– Quel intérêt ? Si on veut voir les étoiles, suffit d'aller dehors.

– Depuis combien de temps ça existe ? demandai-je.

Mon oncle secoua la tête en passant un doigt sur la paroi lisse.

– Qui sait ? Des siècles, sans aucun doute. Les Mahdek étaient très doués pour l'architecture.

J'essayai de dissimuler ma surprise. En vain. Mon oncle gloussa.

– Oui, Kelen, nous connaissons la vérité sur les Mahdek, l'oasis et le reste.

« Comment est-ce possible ? » Mer'esan était la seule dans le secret, ce qui lui avait valu d'être liée par une chaîne de l'esprit pendant des siècles.

– Hé, regardez-le, dit l'un des hommes au masque noir laqué. Sa petite tête est en train de chauffer à l'idée que les Sha'Tep puissent savoir quelque chose que les mages ignorent.

– Si ça peut te rassurer, nous n'avons pas eu besoin de mener des recherches approfondies, me dit Abydos, qui s'arrêta pour désigner l'un des tunnels adjacents bloqué par un éboulis. Jusqu'à récemment, nous ignorions l'existence de cette partie de la mine.

L'un des hommes d'Abydos toussa bruyamment, puis lança :

– Les Jan'Tep veulent toujours plus de minerai pour fabriquer plus d'encre et tatouer leurs précieuses bandes. Ils se moquent des hommes et des femmes qui doivent aller le chercher. On doit creuser toujours plus profond sans avoir les moyens d'étayer correctement les tunnels. Chaque année, il y a plus d'éboulements. Chaque année, il y a plus de Sha'Tep tués. Des vies gâchées, des morts pour rien !

Il y avait une terrible colère et un chagrin infini dans ses paroles. Abydos posa une main sur l'épaule du gars.

– Mais il y a une vie qui n'a pas été gâchée, Paetep. La mort de ton épouse a permis de découvrir la mine originelle, celle qui possède les veines de minerai les plus pures. Que les ancêtres des Jan'Tep avaient murée pour que personne n'y pénètre de nouveau.

« Les veines les plus pures ». Cela expliquait pourquoi je me sentais de plus en plus faible. Dans les bras d'un sbire de mon oncle, Shalla avait le teint grisâtre. Je devais trouver un moyen de la sortir de là avant qu'il ne soit trop tard.

– Mais pourquoi nos ancêtres auraient-ils condamné la mine ? Nous avons besoin du minerai.

– Sans doute parce que, après avoir pris l'oasis, ils ignoraient qu'ils devraient se tatouer des bandes. La magie ne vient pas aussi naturellement aux Jan'Tep qu'elle venait aux Mahdek. Ce n'est qu'après avoir muré la mine qu'ils ont compris qu'ils auraient toujours besoin de minerai.

Paetep se plaça devant moi. Son torse imposant se soulevait et retombait sous le coup d'une respiration lourde. Une colère à peine contenue secouait chacun de ses membres.

– Toute notre vie, ils nous ont menti en

nous racontant que c'étaient eux qui avaient créé notre cité, et que l'oasis nous protégeait. Que c'était notre rôle de les servir pour qu'ils puissent servir le clan, voilà ce qu'ils nous disaient. Des menteurs. Tous, jusqu'au dernier.

Il ne cessait de serrer et desserrer les poings.

– Calme-toi, l'ami, dit Furia. Je commence tout juste à apprécier ce gamin.

Deux hommes s'approchèrent d'elle. Malgré leurs masques, je sentis à quel point ils étaient tendus.

Rakis sauta de mon épaule sur celle de Furia pour lui glisser :

– Je t'en supplie, dis-moi que c'est fini, la parlote, et que je peux leur bouffer les yeux.

Furia ne comprit pas les mots, mais elle en comprit le sens. Elle lâcha un petit rire.

– Vous savez, les gars, les effets de la drogue que vous m'avez fait avaler commencent à se dissiper. Le chacureuil et moi, on a très envie d'une bonne petite bagarre, alors si ça vous dit, allez-y.

Même si elle avait parlé d'une voix calme, je découvris une lueur mauvaise brûler dans ses yeux. Elle avait l'air plus en colère que je ne l'avais jamais vue. Je fus soulagé quand Abydos rappela ses hommes.

– C'est inutile, dit-il en les poussant dans le tunnel. Les Jan'Tep qui dirigent actuellement le clan ne sont pas ceux qu'il faut blâmer. Ils ne font que transmettre un mensonge qu'ils se racontent depuis si longtemps qu'ils ignorent même que c'en est un.

– Et tu crois vraiment avoir tout compris, Aby ? lui lança Furia.

Il désigna au bout du passage une entrée symbolisée par une arche en marbre.

– Pas du premier coup, reconnut-il. Seulement après avoir découvert le mausolée.

37. *Le mausolée*

La salle était plus vaste que tout ce qu'on avait pu voir dans la mine. Elle mesurait dix mètres de large et était au moins aussi haute de plafond. Pour creuser un espace pareil, il avait fallu déployer des efforts considérables. Les fondations et le soutènement avaient également dû causer de gros soucis, et pourtant c'est la forme de cette grotte qui me surprenait le plus.

Ce qu'Abydos appelait mausolée avait une forme heptagonale. Chacun de ses sept murs était recouvert de sigils. J'en reconnus certains, mais la plupart ne figuraient dans aucun livre ni parchemin, pas même dans l'esprit d'un maître Jan'Tep. Je me plaçai face à un mur et levai mon bras droit, où étincelait ma bande du souffle. On y voyait neuf sigils, chacun représentant une forme de la magie du souffle qui me permettait d'élaborer un sort, à condition d'en avoir la puissance. Le mur en comportait des dizaines et des dizaines.

– Nous sommes dans une arcane, déclarai-je sans que personne n'y prête attention.

De toutes les personnes présentes, seule Shalla aurait pu s'y intéresser, or elle était inconsciente.

– Dépose la fille ici, ordonna Abydos à l'un de ses hommes. Sur l'autel.

Au centre de la salle, sept volées de marches descendaient vers un endroit de la même forme heptagonale, mais qui ne pouvait contenir qu'une simple table en pierre.

– Pourquoi poser Shalla sur l'autel ? demandai-je.

– C'est mieux que par terre, me répondit Abydos.

Rakis sauta de mon épaule et renifla tout autour de nous en disant :

– Y a plein de morts, ici.

Il avait raison. J'étais tellement concentré sur les sigils que je n'avais pas remarqué les dizaines de niches creusées dans la partie basse des murs. Chacune abritait un corps enveloppé de bandelettes en lin, les pieds au fond, la tête vers nous. Ce n'était pas la pratique funéraire de mon peuple, pas plus que celle des masques laqués qui couvraient le visage des morts.

– Ce sont des masques funéraires, déclara Abydos, qui en attrapa un pour me le montrer. (Son absence de respect pour le défunt me choqua, mais mon oncle, lui, ne semblait pas du tout gêné.) J'ai passé des semaines à observer cet endroit avant de comprendre que les Mahdek n'avaient jamais vénéré les démons. Au contraire, ils les craignaient.

– Dans ce cas, pourquoi les masques ?

– Par superstition, ou sans doute par tradition. Ils devaient penser qu'ils effrayeraient les démons si jamais ils cherchaient à les déranger dans les ténèbres de l'éternité.

– Abydos, tu profanes ces morts sans une once de culpabilité, lança Furia. Tu leur as même pris leurs masques pour effrayer ton propre peuple. Tu as vraiment un culot incroyable!

– Ce n'est pas *notre* peuple! protesta Défenses d'Éléphant en arrachant son masque. (Il était plus jeune que je ne l'aurais cru, avec des cheveux couleur sable et des traits fins. Il devait avoir au maximum deux ans de plus que moi.) Notre peuple est réduit en esclavage. On n'est pas libres de choisir notre travail, on ne peut pas se marier sans autorisation. On n'a même pas le droit de...

Il se tut, comme s'il était à court d'air.

– Les Sha'Tep n'ont pas le droit d'avoir d'enfants, termina Abydos. (Il désigna de la tête l'autel où Shalla était étendue.) Les grands mages ne veulent que des descendants comme elle. Si les mages seigneurs avaient le choix, les gens comme toi et moi..., ajouta-t-il en tendant la main vers ma joue.

– Je ne suis pas un Sha'Tep, dis-je en repoussant sa main.

– On s'est tous dit ça avant toi, rétorqua-t-il. Que ça allait passer. « Ma magie va revenir, il me suffit de la désirer plus fort. »

Un homme plus âgé que mon oncle retira son masque.

– Ça n'a pas toujours été comme ça. Autrefois, nous étions tout autant soldats que serviteurs. Certains d'entre nous devenaient même érudits ou diplomates. Nous disposions de sièges au conseil, aussi. Mais au fil du temps, génération après génération, les gens comme ton père nous ont retiré tous nos droits.

– Pourquoi vous n'avez pas protesté ? questionnai-je, aussi honteux que furieux de leurs révélations. Pourquoi ne pas avoir exigé de conserver vos droits ?

– Nos grands-parents ont essayé, déclara une femme, dont le visage était dissimulé derrière un horrible masque avec des crocs. Tout comme leurs grands-parents avant eux. Ils ont été réprimés. On leur a jeté des sorts de douleur. Des chaînes de l'esprit. Toujours grâce à la *magie*.

Elle avait prononcé ce mot comme si la magie était quelque chose de dégoûtant.

J'observai mon oncle. Toute ma vie, je l'avais considéré comme un type sans intérêt, satisfait de nous servir nos repas et d'entretenir la maison.

– Père aurait écouté. Il n'aurait jamais…

– Ke'heops est le pire de tous, m'interrompit-il en se détournant. Quand nous étions enfants, on nous prenait pour des jumeaux. On était les meilleurs amis du monde. On faisait tout ensemble : on riait, on se défendait l'un l'autre contre tous ceux qui nous en voulaient, on terminait chacun les phrases de l'autre. Et puis, un matin, ses bandes ont commencé à étinceler. (Abydos exhiba ses avant-bras. Les sigils y étaient tellement effacés qu'on aurait dit de vieilles cicatrices.) Et pas les miennes. À partir de ce jour, le frère que j'avais aimé, que j'avais protégé, s'est mis à me traiter comme un domestique.

– C'est dur, intervint Furia. Mais un homme

courageux devrait se révolter et se battre pour que ça change. Au lieu de s'en prendre à des enfants.

Abydos s'approcha d'elle, l'air aussi démoniaque que les masques laqués que portaient ses camarades. Un instant, je crus qu'il allait la frapper. Pourtant, il se calma et dit d'une voix presque plaintive :

– Vous ne comprenez donc pas ? Je fais ça pour Kelen !

– Pour moi ? Mais qu'est-ce que tu racontes ?

– Quand les autres m'ont approché la première fois, j'ai refusé. J'ai déclaré que j'aimais ma famille. Mais Kelen, à quoi bon cet amour si je dois rester au service de tes parents alors qu'ils sont en train de détruire la magie que tu as attendue si longtemps, encore plus longtemps que Ke'heops ?

– Ils savaient que j'avais l'ombre au noir, dis-je. Ils essayaient de me protéger.

Mais ces paroles sonnèrent creux.

– Non, c'est *elle* qu'ils protégeaient, déclara Abydos en descendant les marches qui conduisaient à l'autel où gisait Shalla. Cette fille, qui n'a pas la bonté de sa mère mais toute l'arrogance de son père. Shalla deviendra un monstre pire qu'eux tous réunis, si on lui en laisse la possibilité.

Je voulus me jeter sur lui, mais deux hommes me saisirent par les bras avant que je puisse faire un pas.

– Mon oncle, qu'est-ce que tu vas faire ?

Il attrapa un petit plateau, qu'il posa près de Shalla. Je découvris alors les flammes de six braseros. Au-dessus de chacun, un petit pot en terre avec un symbole représentant le métal liquide qu'il contenait. Un morceau de soie était posé sur la droite du plateau, de ceux que l'on utilise pour ranger les plumes d'écriture, mais dont je compris qu'il contenait une série de longues et fines aiguilles, une pour chaque pot.

– Je fais ça pour toi, Kelen. Je n'ai pas pu empêcher Ke'heops de contrecarrer ta magie. En revanche, toi et moi, on peut lui faire payer ce qu'il t'a fait. On peut faire ça ensemble.

Il y avait tellement d'amour dans son regard que cela m'immobilisa bien davantage qu'un sort d'entrave ou que les hommes qui me retenaient par les bras. J'étais tellement au désespoir que je me sentais incapable de prononcer ces mots, mais encore plus incapable de me taire. Alors, je dis d'une voix qui était à peine un murmure :

– Tu... Tu veux contrecarrer la magie de Shalla pour moi.

Combien de fois en avais-je voulu à ma sœur de cette chance qu'elle ne méritait même pas, de cette magie qui lui venait si facilement ? Combien de fois avais-je souhaité en secret qu'elle échoue et que ses bandes n'étincellent pas ? Combien de fois, ces derniers jours, attaché sur la table de travail de mon père, avais-je souhaité que mes parents enfoncent les contre-sigils dans sa peau à elle et non dans la mienne, qu'ils lui retirent à jamais sa magie ?

– Shalla n'y est pour rien, dis-je, autant pour

moi que pour Abydos. Elle a même essayé de m'aider à trouver ma magie.

– Shalla est la pire de tous, insista Abydos d'une voix douce, presque emplie de regrets. J'ai essayé… à ma faible mesure, j'ai essayé de la faire changer, mais elle est la réplique de Ke'heops en femme, à ce détail près qu'elle sera plus forte qu'il ne l'a jamais été, une fois qu'elle aura acquis toute sa puissance. Elle sera le pire tyran que notre peuple ait jamais connu. Au mieux, elle te traitera comme son domestique, au pire, comme un esclave, Kelen.

– Abydos, tu ignores tout de l'avenir, insista Furia Perfax. Même les plus sages d'entre nous ne le connaissent pas.

– Peut-être que non, Argosi. Kelen, interroge ton cœur et dis-moi si j'ai tort. Dis-moi que Shalla t'appellera toujours frère quand tu deviendras Sha'Tep.

J'en avais très envie. J'avais envie de le traiter de menteur, de dire qu'il ne comprenait pas ma sœur, qu'il y avait autre chose sous son arrogance. J'avais envie de lui dire qu'elle m'aimerait toujours comme son frère, mais j'en étais incapable. Car je doutais que ce soit vrai.

Abydos attrapa une aiguille et la plongea dans un pot en céramique.

– Savais-tu que c'est plus facile pour un Sha'Tep de tatouer les contre-sigils que pour un Jan'Tep ? La magie qui coule dans les veines d'un mage entrave un tel acte, comme si c'était contre nature.

– Comment connais-tu les contre-sigils ? Seuls les mages seigneurs apprennent leur forme.

– Grâce à ton père. Il ne voulait sans doute pas laisser sans surveillance les ouvrages de son étude, mais il était trop préoccupé par le fait de te voler ton avenir. (Abydos leva l'aiguille. Au bout luisait une goutte de cuivre liquide.) Je vais te montrer. On peut le faire ensemble.

– Tu vas me montrer comment…

Les Jan'Tep étaient des monstres qui faisaient preuve de cruauté envers les Sha'Tep de leur famille, tout comme ils s'étaient montrés impitoyables envers les Mahdek trois siècles plus tôt. Mon père prétendait agir au mieux pour notre maisonnée mais, en réalité, il agissait au mieux pour lui. Mon oncle… Mon oncle avait souffert en silence depuis ma naissance, jusqu'à ce que je déclenche toute une série d'événements, le premier en trichant lors de mon duel contre Tennat. Puis Shalla avait failli me tuer, et mon père m'avait involontairement révélé que depuis mon enfance, il cherchait à empêcher ma magie de surgir. Mon oncle avait enfin trouvé un moyen de me rendre ma place en ce monde.

« On peut le faire ensemble. »

– Oncle Abydos ? dis-je.

Il posa l'aiguille.

– Oui, Kelen.

– Je suis prêt. Dis à tes hommes de me lâcher.

Il fit un signe de tête, et les hommes libérèrent mes bras.

– Je vais descendre ces marches pour récupérer ma sœur, déclarai-je alors. Puis, Furia et moi allons la sortir de la mine. Ensuite, je la mettrai sur le dos du cheval qui est dans la grange et je la ramènerai à la maison.

– Je ne peux pas te laisser faire ça, dit-il avec une expression si triste que je mesurai sa déception.

– Mon oncle, si tu essaies de m'en empêcher, je te tuerai.

38. *Coup de bluff*

Abydos posa l'aiguille sur le plateau et monta les marches vers moi. Du coin de l'œil, je vis ses hommes préparer leurs armes. Furia déplaçait son poids d'un pied sur l'autre en vue de la bagarre.

Rakis grimpa le long de ma jambe jusqu'à mon épaule.

– C'est pas trop tôt ! Qui je tue en premier ?

– Je crois que l'animal va attaquer, déclara le jeune homme blond, son couteau prêt.

Il se plaça près d'Abydos.

La colère qui m'avait conduit à menacer mon oncle se dissipa plus vite que je n'aurais pu l'imaginer, remplacée par de la lucidité quant à notre situation. Ils étaient beaucoup trop nombreux. Malgré ses sarcasmes, Furia était encore sous l'emprise des drogues qu'ils l'avaient obligée à avaler. J'avais utilisé le peu de forces qui me restaient en portant Shalla plus longtemps que mes bras ne pouvaient le tolérer. Même Rakis, malgré toutes ses bravades, avait l'air conscient qu'on ne gagnerait pas ce combat.

– Ça serait bien d'avoir un bon petit sort vraiment puissant, là, me feula-t-il à l'oreille.

– Je peux canaliser une petite brise, dis-je,

ignorant l'air perplexe de mon oncle et des autres conjurés. Tu crois que ça va servir?

Rakis soupira.

– Mais pourquoi j'ai accepté comme partenaire un sac à peau sans magie?

– Sans doute parce que ta mère te l'a ordonné.

– C'est une sale bagarre qui s'annonce.

«Bon, on ne peut pas lutter avec la magie, et on n'a pas d'armes.» Il fallait que je trouve une ruse. Ce pour quoi j'étais plutôt bon. J'avais convaincu Tennat de retourner sa magie contre lui au cours du duel d'initiés. «Le problème, c'est qu'un jeune crétin est plus facile à berner que six hommes et femmes mortellement sérieux.» Notre seul espoir, c'était de les diviser. «Quel est le point faible d'une conspiration?» La réponse me frappa comme un sort de braise : «La confiance.»

– Mon oncle, il y a une chose que tu as oubliée dans ton grand projet.

Il ricana et déclara avec un sourire aux autres Sha'Tep :

– Vous voyez, je vous l'avais dit. Il a toujours une idée derrière la tête. Il ne montre jamais sa peur. Et il ne renonce jamais.

Je repris :

– Votre plan est faillible, car il repose sur la capacité des Sha'Tep qui travaillent dans les grandes maisonnées à empoisonner leurs initiés.

– Ce n'est pas du poison, protesta une femme, sur la défensive. Ça anéantit juste leur lien avec l'oasis.

– Ce qui fait croire aux mages seigneurs que

les lignées faiblissent, complétai-je, suivant leur logique.

Le jeune homme aux cheveux blonds acquiesça, apparemment excité à l'idée que j'aie compris ça. Il ajouta :

– Depuis la mort du prince de clan, le conseil craint que les Berabesq profitent de notre faiblesse pour nous attaquer une fois de plus, ou que l'armée daroman cherche à nous envahir.

Le grand type qui portait le masque avec les défenses prit la parole :

– Quand ils se rendront compte que seuls quelques initiés ont réussi les épreuves, ils comprendront qu'ils ont vraiment besoin des Sha'Tep. Car les mages n'auront pas le courage de prendre les armes. Ils ne savent pas se battre, ils ne connaissent pas la douleur physique que nous devons supporter dans le travail.

– Tout à fait, renchérit Abydos. Les Jan'Tep comprendront enfin qu'ils ont besoin de nous, non comme serviteurs, mais comme égaux.

Je secouai la tête.

– Oh, par les ancêtres ! Pas étonnant qu'il n'y ait jamais eu de conspiration Sha'Tep avant. Vous êtes vraiment trop bêtes !

– Ça suffit ! lança Abydos. Ne te moque pas de ces gens et des risques qu'ils prennent.

« Eh bien, mon oncle, le moment est venu de voir à quel point tu es crédule. »

Je lançai :

– L'un de vous a trahi votre conspiration.

– Quoi ? Qui ça ? s'écria le plus âgé.

– Personne, affirma Abydos. Il cherche juste à nous déstabiliser.

– Comment pouvez-vous être aussi stupides ? Bien sûr que jusqu'à présent, je bluffais. J'espérais que Shalla se réveillerait. Mais là, je viens de comprendre que vous avez vraiment été imprudents.

Plus j'y pensais, plus je croyais à ma théorie. Ce qui me rendait d'autant plus convaincant.

– Ra'meth sait ! La rébellion que tu as fomentée n'est pas viable, Abydos. Tout ce que tu as fait, c'est offrir davantage de pouvoir au plus grand ennemi de notre famille !

– Mais de quoi parles-tu ?

Les pièces du puzzle se mettaient d'un coup en place dans ma tête.

– Le lendemain du jour où les fils de Ra'meth ont attaqué Furia, quand Tennat est arrivé à l'oasis, sa magie avait disparu. Il n'a pu jeter aucun sort.

– Il avait eu droit au même régime que les autres, déclara fièrement le plus grand des conjurés.

– Sauf que le soir même, il jetait un sort de sympathique du sang ! Et il y a quelques heures, il combinait la magie de la soie et du fer pour me traquer ! Vous ne comprenez donc pas ? Ra'meth a démasqué votre petite conspiration, il a compris que les Sha'Tep empoisonnaient son fils.

– Ne sois pas ridicule, dit Abydos. Stephan ici présent… (Il désigna le jeune homme blond.) … est le serviteur personnel de Ra'meth. Si quelqu'un dans la maisonnée de Ra était au courant, il le saurait.

Je m'adossai au mur, l'air las.

– Mon oncle, toute ma vie j'ai cru que la seule

différence entre mon père et toi, c'était que tu n'avais pas de magie. Maintenant, je sais que tu es aussi incroyablement stupide. Ra'meth a jeté une chaîne de l'esprit à Stephan. Sa volonté est prisonnière, il ne peut même pas te dire qu'il a été dénoncé.

Tous se tournèrent vers Stephan, qui leur lança un regard éperdu.

– Je ne sais pas de quoi il parle. Je vais bien. Je n'ai pas pu ajouter la substance dans la nourriture de Tennat ce soir-là, c'est tout. Tout va bien.

– Sauf que si tu es sous l'emprise d'une chaîne de l'esprit, tu ne peux pas le dire, souligna le grand.

Je retins un soupir de soulagement. Je venais de réaliser une excellente performance. La peur puis la colère sur mon visage étaient cohérentes, et mon mensonge juste assez plausible pour semer le doute parmi eux.

Mon coup de bluff n'avait qu'un seul défaut, dont j'étais en train de prendre conscience. Il y avait une raison pour laquelle mon histoire était si vraisemblable.

C'est qu'elle était vraie.

– Bien, bien, bien, dit une voix dans le couloir du mausolée. Nous venons de frôler le désastre.

C'était Ra'meth.

39. *Un héros*

Il est intéressant de constater que j'éprouvais tellement de haine et de crainte envers Ra'meth que ma première réaction fut d'essayer de lui jeter un sort.

– La magie du souffle ? s'amusa-t-il. C'est vraiment ce qu'on peut espérer de mieux de la part du fils du grand Ke'heops ?

Il fit un petit geste de la main, murmura une unique syllabe, et je me retrouvai paralysé. Puis le mage seigneur entreprit de contempler chaque mur du mausolée.

– Absolument remarquable. Cela va faire de mon accession au rang de prince de clan un événement encore plus mémorable pour notre peuple.

Rakis bondit, mais il se heurta à quelque chose d'invisible et tomba. Le chacureuil grognait, prêt à attaquer le mage, quand Ra'meth jeta un autre sort, et Rakis perdit connaissance.

– J'aurais juré que nous avions décimé ces sales bestioles il y a des siècles.

– Comment est-ce possible ? demanda un conjuré Sha'Tep. Les mages ne sont pas censés pouvoir jeter de sorts dans les mines.

Les coins de la bouche de Ra'meth se retroussèrent en un sourire de chacal.

– Je ne vais pas vous mentir. Ce n'est pas aussi facile que ça en a l'air. Le breuvage que j'ai dû avaler a des effets secondaires assez désagréables sur les intestins. En revanche, il annule les conséquences d'une trop grande proximité avec le minerai.

Il joignit ses paumes comme en prière, puis les fit pivoter de façon que le dos de ses mains se touche, avant d'entremêler ses doigts. Tout à coup, nous étions tous déséquilibrés, comme si la salle tournoyait à toute vitesse. Je fus projeté contre un mur où je restai collé, à croire que des dizaines de mains y plaquaient mon corps.

– Vous voyez, dit Ra'meth en s'adressant à Abydos et aux conjurés, la raison pour laquelle ce ne sont pas les mages qui extraient eux-mêmes le minerai ? Ce n'est pas que ça nous est impossible, c'est que cette tâche n'est pas digne de nous.

– Salopards de Jan'Tep ! s'écria Défenses d'Éléphant.

Mais malgré sa colère et sa grande taille, il était comme une mouche prisonnière d'une toile d'araignée invisible.

L'astuce pour résister à un sort d'entrave, ce n'est pas de lutter physiquement, c'est de chercher à le briser avec son mental. Je commandai à chaque fibre de mon être de dissoudre le sort, mais j'aurais tout aussi bien pu essayer de contenir un océan à mains nues.

Ra'meth semblait s'amuser de mes efforts.

– J'ai vu ton père briser des entraves bien plus solides. Ce n'est pas si difficile, tu sais. C'est juste une question de volonté. (Il s'approcha de moi, sans s'inquiéter à l'idée que je rompe le sort.) Eh bien, Kelen de la maisonnée de Ke, n'es-tu pas le fils de ton père ? Montre-moi la puissance de votre lignée.

– Laissez ce garçon tranquille, dit Abydos en luttant contre ses propres entraves. Kelen n'a rien à voir avec ça.

Ra'meth s'arrêta.

– Rien à voir avec ça ? Ce n'est pas faire honneur à ce garçon. Sans lui, rien de tout cela ne serait arrivé. (Il m'attrapa par un poignet. Alors que j'avais l'impression d'avoir des menottes, Ra'meth le souleva sans effort pour examiner les bandes de mon avant-bras.) Ke'heops a fait un excellent travail. Très précis. Je doute que cent mages travaillant de concert puissent briser ces contre-sigils. Ton père a dû risquer une bonne partie de sa puissance pour contrecarrer la tienne de façon aussi parfaite.

« Eh bien, me dis-je en me laissant aller à l'amertume qui me gagnait, ce n'est pas dur de voir de qui Tennat tient son charmant caractère. »

– Ne lui faites pas de mal ! s'écria Abydos en se débattant si fort que je voyais les veines saillir dans son cou.

Un soupçon de tristesse apparut un instant sur le visage de Ra'meth.

– C'est une sacrée volonté dont tu fais preuve, Abydos. Je ne crois pas avoir déjà vu quelqu'un lutter avec autant de force contre un sort d'entrave. Tu serais devenu un mage puissant, si seulement tu étais parvenu à faire étinceler tes bandes.

– Je n'ai pas besoin de votre magie, répliqua

Abydos en se débattant contre les menottes invisibles qui le retenaient au mur. Je n'ai pas besoin de ces saloperies de sorts Jan'Tep pour vous défier. Je suis un homme ! Vous entendez ! *Un homme !*

À nouveau, Ra'meth sursauta, tendant les muscles de sa main droite pour attirer un peu plus de magie du fer par le biais de sa bande.

– Tu veux bien arrêter ? Tu me donnes la migraine.

Tandis que mon oncle continuait à lutter contre le sort d'entrave de Ra'meth, je me triturais les méninges. Shalla était toujours évanouie, Rakis inanimé par terre, et Furia prisonnière, comme moi. Mon expérience de la vie me disait qu'il était inutile d'espérer que quelqu'un surgisse par miracle pour me sauver. Ma seule issue, c'était donc de parler.

– Vous n'avez pas une vision claire de la situation, mage seigneur, dis-je.

– Oh ! toi, tais-toi.

Ra'meth agita le pouce et le majeur de sa main gauche et, tout à coup, je fus réduit au silence.

« J'imagine qu'il ne me reste plus qu'à espérer un miracle. » Mon peuple n'étant pas porté sur la religion, nous avions renoncé depuis des générations à toute forme de superstition. « Donc pas de miracle à espérer non plus. »

– Comment osez-vous le faire taire ? protesta Abydos. À moins que vous n'ayez aussi peur des mots, maintenant, espèce de lâche ?

– Toi aussi, je peux te faire taire, rétorqua Ra'meth en lui jetant le même sort.

Il est incroyablement difficile de tenir autant

de sorts en même temps. J'eus donc le faible espoir que Ra'meth se disperse trop et que l'un de nous puisse finalement l'attaquer. Il promena quelques instants son regard sur la salle.

– Maintenant, si ça ne vous dérange pas, j'aimerais reconstituer la scène du crime.

Ra'meth se tourna vers l'homme qui portait le masque muni d'un troisième œil.

– Bon. Toi, tu étais en train de faire quelque chose… d'inconvenant à cette pauvre Shalla quand, dans un sursaut désespéré, elle a réussi à lutter contre les terribles drogues que vous lui avez administrées et elle t'a jeté… un sort d'éclair ? Ta sœur en serait-elle capable, Kelen ? Sans doute. (Il se tourna vers Paetep, l'homme qui avait perdu sa femme dans un éboulement.) Un petit sort d'éclair, ça ne se refuse pas.

D'un claquement du pouce et de l'auriculaire avec les deux mains, il projeta une lueur blanchâtre qui toucha le type en plein torse.

Il y eut des crépitements, ainsi qu'une odeur de chair brûlée. Paetep était mort.

Réussissant à briser le sort de silence, Abydos lâcha un grognement de rage pure.

– Tu es vraiment fort, dit Ra'meth en posant un instant une main sur son front. Bon, et maintenant ? ajouta-t-il en se tournant vers Stephan. Toi, mon intelligent et loyal serviteur, tu as le droit de mourir dans un sublime acte de courage. Tu as pris conscience que tu avais agi contre ta maisonnée et, au dernier instant, tu as voulu empêcher Abydos de provoquer davantage de dégâts dans notre peuple. Hélas, il t'a étranglé.

Ra'meth porta les doigts des deux mains à ses

lèvres, puis les écarta. Stephan se tortilla, son corps glissa le long du mur, ses jambes s'agitant sous lui. Puis le mage serra les poings, et j'entendis un craquement quand le cou de Stephan se brisa.

– Salopard, lança Abydos, défiant à nouveau le sort de silence.

Il continuait à se débattre contre les menottes invisibles du sort d'entrave de Ra'meth. Avec une force intérieure que je mesurais à peine, il réussit même à faire un pas.

– Arrête, lui ordonna le mage.

Abydos fit un deuxième pas et proféra même :

– Vous n'auriez pas dû venir seul ici, mage seigneur.

L'air tremblait presque autour de lui, comme si lui aussi essayait de l'immobiliser, malgré tout, Abydos continua à avancer.

– Mais quel mage peut imaginer qu'il lui faille de l'aide pour tuer des Sha'Tep ? poursuivit-il.

Un troisième pas.

– Tu n'approcheras pas davantage, dit Ra'meth en mettant encore plus de volonté dans son sort.

Il avait commis une erreur en nous entravant tous : il ne disposait plus de la concentration nécessaire pour un sort de protection.

Pas après pas, centimètre après centimètre, Abydos progressait.

– Comment est-ce possible ? demanda Ra'meth qui, maintenant, peinait. Tu n'as pas de magie.

– Pas de magie, répéta mon oncle. (Le sang se mit à goutter du coin de ses yeux, puis de ses oreilles et, pour finir, de sa bouche. Il était en train de mourir, et pourtant il continuait à avancer, les bras tendus vers le cou du mage.) Mais je suis un homme. Un homme Sha'Tep las de votre petite magie de lâches.

– Non ! s'écria Ra'meth en essayant de s'éloigner alors que les mains de mon oncle se refermaient sur son cou.

Subitement, nos menottes disparurent. Les sorts d'entrave qui continuaient à tenir les cadavres se dissipèrent, et ils heurtèrent le sol. Je pouvais à nouveau bouger et parler. Je me précipitai pour aider Abydos.

Les yeux de mon oncle étaient injectés de sang. Je savais qu'il ne pouvait pas me voir, mais tandis qu'il retirait la vie à Ra'meth, il souriait. Son visage affichait une telle fierté qu'on aurait dit la statue d'un ancien héros ressuscité. Il arborait toujours ce sourire quand Ra'meth ferma les yeux. Mais aussi quand une demi-douzaine de couteaux, qui surgirent dans les airs comme une volée d'oiseaux, se plantèrent dans son dos, le soulevèrent et l'emportèrent loin de Ra'meth.

Je criai le nom de mon oncle et essayai de courir vers lui, mais je fus immobilisé par un nouveau sort d'entrave. Un instant, Abydos resta en suspens. Ses paupières clignaient en vain pour chasser le sang qui coulait dans ses yeux. Il tourna la tête vers moi et me dit :

– Si j'avais eu un fils…

Je voulus le rejoindre, mais mes jambes refusèrent de m'obéir. Je ne pus que regarder, horrifié, les couteaux s'extraire du corps d'Abydos comme il s'effondrait, le regard tourné vers le plafond. Puis, une par une, les lames s'abattirent de nouveau et transpercèrent ses mains, ses pieds et, pour finir, son torse.

Je hurlai, même après qu'un sort de silence eut empêché le moindre son de franchir mes lèvres.

J'avais longtemps vu mon oncle comme un simple serviteur satisfait de son sort, puis un bref moment comme un terrible traître à notre peuple. Dans les derniers instants de sa vie, j'avais entraperçu l'homme bon et intègre qu'il était réellement.

Un mage vêtu d'une toge bleue surgit dans la salle en compagnie d'un autre qui, lui, était tout en blanc.

– Êtes-vous blessé, mage seigneur ?

Ra'meth se releva en se frottant le cou.

– Un peu contusionné, mais j'ai compris la leçon. (Il baissa les yeux vers le corps de mon oncle.) Tu avais raison, Abydos, cela aurait été terriblement arrogant de ma part de m'aventurer seul ici.

40. *En suspens*

Je flottais en l'air. Mon corps dérivait dans les tunnels tortueux de la mine à la manière d'une brindille emportée par un ruisseau. En redressant un peu la tête, je vis derrière moi Furia, Shalla et Rakis qui flottaient de la même façon, à ce détail près qu'ils semblaient endormis. Cela s'apparentait tellement à la sensation de voler que je finis par croire que je rêvais, jusqu'à ce que j'entende le mage en bleu demander :

– Où voulez-vous qu'on les mette, mage seigneur ?

Je tournai la tête et vis que nous étions dehors. Ra'meth désigna la grange au bout du chemin.

– Là-bas, ça sera parfait. (Il se tourna vers moi.) Ah, tu es réveillé. Bien. Nous allons donc pouvoir finir notre histoire.

– Qu'est-ce que vous avez fait aux autres ?

– Ta sœur va se sentir mal un petit moment, je le crains. Elle est restée trop longtemps dans les mines. L'Argosi et le nekhek commençaient à m'ennuyer, alors je les ai endormis. (Il me tapota l'épaule.) Mais parlons de toi. En garçon courageux et brillant que tu es, tu as réussi à traquer ton oncle et ses conjurés jusqu'ici, où tu as mis au jour leur vil complot. (Nous approchions de la grange. Il fit signe au mage en blanc d'ouvrir les portes.) Hélas, ils t'ont capturé. Or il se trouve que les Sha'Tep sont cruels quand on les laisse faire, alors ils ont… (Il se tut, puis regarda les deux autres mages.) Une idée ?

– Le feu, mage seigneur ? suggéra celui en blanc.

– Le feu. Excellent !

Le mage en bleu envoya le corps de Shalla flotter dans la grange, où il dériva jusqu'au sol, suivi par ceux de Furia et Rakis.

– Sais-tu pourquoi les Sha'Tep adorent le feu ? me demanda Ra'meth alors que je passais près de lui en flottant. Parce que c'est ce qui se rapproche le plus de la magie. C'est pour ça qu'ils t'ont enfermé ici avant d'enflammer la grange.

L'un des hommes de Ra'meth revint avec une torche éteinte. Le mage seigneur ferma les yeux, créa une série de formes somatiques, puis prononça un mot unique. La torche s'alluma instantanément. Il fit un autre geste, et les flammes se réduisirent à un rougeoiement, que Ra'meth contrôlait parfaitement avec sa volonté.

– Je suppose que tu ne maîtrises pas le sort de feu assoiffé ? (Son homme de main jeta la torche dans la grange où était attachée la jument de Furia qui, terrifiée, se mit à ruer et à se débattre.) Tu peux toujours essayer de l'éteindre.

Ils refermèrent les portes sur nous et je les entendis les verrouiller. Je me levai et me mis à tambouriner en hurlant de nous laisser sortir. Une fois que Ra'meth aurait lâché le feu assoiffé, rien ne pourrait l'éteindre jusqu'à ce que la grange soit réduite en cendres.

– Pourquoi tous ces cris ? lança Rakis. (Il me rejoignit à petits pas hésitants.) Saloperie de magie Jan'Tep. Laisse-moi une minute et j'arrache la gorge de ce sac à peau.

– Remarquable, fit Ra'meth de l'autre côté de la porte. Le nekhek a déjà brisé le sort de sommeil. Voyons s'il est tout aussi résistant au feu.

– Les mages seigneurs vont découvrir ce que vous avez fait ! criai-je en cognant sur l'épais panneau de bois qui nous séparait. Vous ne deviendrez jamais prince de clan !

– Vraiment ? Tu ne vois donc pas que je suis déjà un héros ? C'est moi qui t'ai retrouvé dans les ruines de cette grange. Hélas, trop tard, bien trop tard pour te sauver. De rage, j'ai risqué ma vie en pénétrant dans les mines pour y poursuivre l'homme qui t'a assassiné. Imagine mon horreur quand j'ai découvert que le coupable était un membre de ta famille. Alors, dans un acte de vengeance légitime, j'ai réglé leur sort aux traîtres qui vous avaient exécutés, ta sœur et toi.

– Mon père vous tuera ! hurlai-je. Sauf si c'est ma mère qui vous attrape d'abord !

Ra'meth éclata de rire, un doux bruit musical dépourvu de la moindre colère ou peur.

– Tu touches là un point sensible, Kelen. De toute ma vie, je n'ai jamais été aussi fort que ton père, ni même que ta mère.

Puis, ce fut le silence. Je m'attendais à ce que la torche s'enflamme sans aucun espoir de l'éteindre, mais elle continua à rougeoyer. Apparemment, Ra'meth n'en avait pas encore assez de me torturer.

– En toute honnêteté, reprit-il, j'en étais arrivé à croire que je n'oserais jamais confronter ma magie à la leur. Puis a eu lieu un événement remarquable. Toi, un garçon sans magie, qui allait être déclaré Sha'Tep quelques semaines plus tard, tu as battu Tennat, mon propre fils. Pas grâce à ta puissance magique, mais en faisant usage de ton esprit. C'est là que j'ai vu le chemin qui allait me conduire à la victoire. J'allais vaincre ton père exactement comme tu as vaincu mon fils.

– Sauf que mon père n'est pas un imbécile ! criai-je en cherchant désespérément dans la grange quelque chose qui me permette d'ouvrir la porte.

– Ah bon ? Pourtant, il vient de passer plusieurs jours à épuiser sa magie afin de contrecarrer la tienne. Il est actuellement aussi faible qu'un enfant. Je l'imagine essayer de se lever, chercher à rassembler ses forces, sans conscience de ce qui va se produire. Ke'heops a utilisé ses pouvoirs contre lui-même, et maintenant je vais le tuer. J'ai juste une petite chose à faire d'abord, un dernier acte de courage, un grand cadeau à notre peuple. Puis je me présenterai devant le conseil et je leur révélerai l'ignominie de ta maisonnée. Je calomnierai tellement tes parents que Ke'heops s'en étranglera. Il me traitera de menteur. Je le provoquerai en duel. Il n'aura d'autre choix que d'accepter. Et vu sa faiblesse, je le vaincrai.

– Mais pourquoi ? m'écriai-je en direction de la lourde porte.

Ça n'avait pas de sens. Aucun différend, aucune querelle, ne justifiait un tel venin.

– Pourquoi êtes-vous comme ça ? insistai-je.

Je crus qu'il était parti et que je n'aurais jamais de réponse, mais quelques instants plus tard, j'entendis sa voix tout près de la porte, qui murmurait presque :

– Toute ma vie, j'ai vu ton père se pavaner comme le parangon de la société Jan'Tep. Il m'a toujours regardé de haut. Il m'a toujours considéré comme un minable.

Après un bref silence, il ajouta :

– Tu ne peux pas imaginer ce que ça fait.

Et là, la torche s'enflamma.

41. La grange

La première flamme s'éloigna de la torche en direction de la paroi du fond. Rakis bondit sur mon épaule et me cria en tremblant de colère et de peur :

– Éteins ça ! Tout de suite ! Sinon, tout va brûler !

Il n'avait pas besoin de me le dire. J'étais déjà en train d'essayer de le faire. J'attrapai un seau à moitié rempli d'eau près de l'abreuvoir et le jetai sur la torche. En guise de réponse, les flammes se contentèrent de crépiter de plus belle.

Le chacureuil bondit de mon épaule et se mit à courir comme un fou entre mes jambes.

– Ça s'éteint pas ! Pourquoi ça s'éteint pas ?

– C'est du *feu assoiffé*, m'écriai-je en remplissant le seau pour en asperger de nouveau la torche. Il ne s'éteindra pas avec des moyens naturels.

Les flammes se propageaient déjà d'une paroi à l'autre. Dans quelques instants, toute la grange s'embraserait.

– Étouffe le feu, Kelen ! Sinon, on va tous brûler vifs !

– Ça ne servira à rien ! Si je me jette dessus, ça ne fera qu'enflammer mes vêtements !

– Dans ce cas, trouve un truc pour contrer ce sort ! Fais *quelque chose* !

J'imaginai ma volonté surmonter la flamme. Je récitai les formules que le vieil Osia'phest nous avait enseignées. Comme il ne se passait rien, je redoublai d'efforts. En guise de réponse, les sigils de la braise contrecarrés sur mon avant-bras se contractèrent et étranglèrent mes veines.

« Étincelle, bon sang ! Je refuse de mourir à cause d'un stupide tatouage. »

On a toujours l'espoir, même profondément enfoui, que le jour où on en aura vraiment besoin, quand ça comptera vraiment parce que c'est une question de vie ou de mort, on surmontera tous les obstacles de la vie et la puissance se manifestera. C'est comme ça que ça se passe dans les histoires : face aux démons qui attaquent son village, le jeune mage Jan'Tep réussit subitement à jeter le sort d'oubli qui lui échappait depuis si longtemps.

– Tu as l'intention de faire quelque chose ? demanda Rakis. Parce que là, on a juste l'impression que t'es constipé.

En réalité, tous nos récits sont des mensonges. « Ou alors, tu n'es pas un jeune héros Jan'Tep. Peut-être même que tu es un démon. »

Le feu attaquait lentement mais sûrement chaque paroi. J'avais les yeux qui pleuraient à cause de la fumée. Une panique sourde s'empara de moi, et je me jetai à plusieurs reprises contre la porte. À part déclencher une violente douleur dans mon épaule, ça ne servit à rien.

– Plus fort ! feula le chacureuil.

– Impossible, crachai-je, hors d'haleine. Je ne suis pas assez costaud pour l'enfoncer.

– Alors…

– Tais-toi, dis-je en essayant de me concentrer.

Je focalisai toute mon attention sur la porte, à la recherche d'un point faible, sans en trouver aucun. La seule faiblesse que je voyais était en moi. Ce que Rakis voyait aussi.

– Bon sang ! Quitte à prendre un crétin d'humain comme partenaire, pourquoi j'ai pas choisi Ra'meth ? feula-t-il comme un fou. Au moins, lui, il a assez de magie pour contrer un sort de braise !

Ma gorge se serra de peur et d'énervement. Je rétorquai :

– Si je dois mourir dans cette grange en feu sans personne à part un stupide *nekhek* pour faire mon éloge funèbre, je préférerais que tu trouves quelque chose de plus sympa à dire.

– Laisse-moi réfléchir, fit Rakis. Tu es faible, tu es lâche, et tu as l'air d'être le seul individu de ton peuple à ne pas avoir de magie. En même temps…

Il se tut.

Je me retournai pour voir ce qu'il regardait, mais je ne vis que les parois en feu.

– Quoi ? demandai-je.

– Rien. Je ne trouve rien de bien à dire à ton sujet, Kelen. Tu es le membre le plus inutile de l'espèce la plus inutile que j'aie jamais rencontré, et maintenant, à cause de ça, on va tous mourir.

Les flammes progressaient en crépitant sur la charpente en direction du foin stocké sous les combles. La fumée avait presque envahi tout l'espace.

– Je fais ce que je peux, dis-je en tirant d'abord le corps de Shalla, puis celui de Furia, vers l'abreuvoir.

À défaut de meilleure idée, je les aspergeai avec le peu d'eau qui restait, sans savoir à quoi ça servirait. Je regardai tout autour de moi à la recherche de n'importe quoi qui puisse m'aider. S'il y avait eu assez de chevaux, j'aurais pu espérer qu'ils se jettent contre une paroi. Mais il n'y avait là que la jument de Furia, et même si elle était de plus en plus nerveuse, je savais que ça ne suffirait pas.

« Quel que soit ton nom, je suis désolé. Tu n'as pas mérité de mourir comme ça. »

La chaleur était terrible, et le peu d'humidité encore en moi s'évaporait par chacun de mes pores. Contrairement au cheval, Rakis comprenait ce qui allait se passer, et sa peur instinctive du feu le rendait fou. Il voulut grimper, mais il y avait trop de fumée et de flammes. Le chacureuil arriva à mi-hauteur puis retomba en tremblant. Je ressentais une étrange empathie pour ce petit monstre. J'avais beau être terrorisé, ça devait être pire chez un animal à poils, pour qui le feu était une aberration. Je m'agenouillai pour le protéger. Il me mordit.

– M'approche pas, l'humain ! grogna-t-il.

Il se releva et se secoua. Le choc causé par sa chute semblait l'avoir électrisé. Il avait le regard plus clair, et paraissait avoir dompté sa peur. J'aurais aimé pouvoir en faire autant.

– Je voulais juste t'aider, dis-je.

Il leva les yeux et ricana :

– Quitte à pleurer, fais-le au-dessus de la torche. Peut-être que tu réussiras à l'éteindre, comme ça.

– Je ne pleure pas. Je transpire à cause de la chaleur.

– Ouais, bien sûr.

J'allai vers le centre de la grange, où la fumée n'était pas aussi dense, et je fouillai dans les sacoches de Furia posées par terre, à la recherche d'un bout de tissu pour me couvrir le nez et la bouche. J'y trouvai des cartes rasoirs et la petite bourse contenant la poudre rouge qu'elle m'avait montrée le jour où elle peignait. En continuant à fouiller, je trouvai l'autre bourse, celle qui contenait la poudre noire. « Bon », me dis-je en me souvenant que Furia m'avait expliqué qu'elles explosaient si on les mettait en contact. « Pour ce qui est de brûler vifs, pas besoin de s'inquiéter. » Je songeai à les lancer chacune à un bout de la grange pour qu'elles ne se touchent pas, puis j'eus une meilleure idée. Peut-être pas la meilleure mais, en tout cas, la seule. Je courus vers la porte de la grange.

– Qu'est-ce qui se passe ? demanda Rakis en me suivant.

– Ces poudres. Elles explosent au contact l'une de l'autre.

– Ça veut dire quoi, exploser ?

Je faillis éclater de rire. Mais comment un chacureuil aurait-il pu savoir ce qu'était une explosion ? De la main gauche, je pris une poignée de poudre noire, que je déposai près de la porte. Je m'attendais à ce qu'elle s'enflamme aussitôt, mais pas du tout. Quelle que soit sa composition, il fallait croire qu'elle restait stable jusqu'à entrer en contact avec son contraire chimique. De la main droite, j'attrapai une petite poignée de poudre rouge.

– Écarte-toi, dis-je à Rakis.

Je reculai moi-même de quelques pas, puis je jetai la poudre rouge en direction de la noire. Elles formèrent une petite boule de feu et, un court instant, j'eus l'espoir que la porte cède. Mais non.

– Recommence, dit Rakis. Avec plus de poudre, cette fois.

– J'ai déjà pris la moitié de chaque sac.

– Dans ce cas…

Le cheval avait brisé sa longe et galopait maintenant en cercle dans la grange, cherchant en vain une issue. Le chaos qu'il provoquait m'empêchait de réfléchir.

Je fermai très fort les yeux et mis mes mains sur mes oreilles pour me concentrer. Je repensai aux poudres dans leurs bourses. Ma première tentative n'avait fait qu'alimenter l'incendie. Une seconde ne servirait à rien.

« La solution, c'est la poudre. Même si je ne sais pas comment. J'ai besoin de contrôler l'explosion pour qu'elle ne se dissipe pas. Mais pourquoi n'ai-je pas fait étinceler la bande de la braise ? » Sauf que… ce dont j'avais besoin, ce n'était pas la magie de la braise. Qui sert à créer l'énergie, pas à la canaliser.

Je retirai mes mains de mes oreilles et

regardai fixement les particules de poudre sur mes doigts. Maître Osia'phest m'avait rappelé à l'oasis que le sort *carath* ne générait pas vraiment de souffle ; l'intérêt de ce sort, c'était de canaliser une force. Si la seule énergie disponible était un léger souffle, ça ne donnerait pas grand-chose. S'il y avait quelque chose de plus puissant…

– Rakis, j'ai…

– Kelen, attention ! hurla-t-il.

Je me retournai juste à temps pour voir un chaos de sabots et de muscles fondre sur moi. Les flancs couverts d'écume, la jument piétinait tout sur son passage. Je bondis hors de sa trajectoire juste à temps, et vis les sabots se planter dans la poussière. La bourse contenant la poudre rouge se renversa, et de la poudre se répandit vers la bourse noire. J'essayai de la récupérer, mais le cheval rua et, quand ses sabots retombèrent, ce fut la bourse de poudre noire qui pencha dangereusement. Si cette poudre se répandait à son tour…

– Il a peur du feu, déclara Rakis, comme s'il venait de s'en rendre compte.

Je tendis la main pour essayer de calmer le cheval, qui montra les dents.

– Bon sang, tu vas tous nous tuer ! lui criai-je. Rakis, attention à la poudre !

– Je m'en occupe, feula-t-il.

Je me tournai pour le voir bondir à l'autre bout de la grange. J'avais imaginé qu'il se précipiterait sur la bourse de poudre noire pour la retirer du chemin, mais il sauta sur un tonneau, puis sur une étagère où était entreposé un harnachement.

De là, il s'élança dans les airs en écartant ses palmures de façon à atterrir sur l'encolure du cheval. La bête rua pour le faire tomber, mais le chacureuil s'accrocha à sa crinière d'une patte et lui attrapa une oreille de l'autre. Je crus qu'il allait la mordre ; il se contenta d'y feuler furieusement. Le cheval rua et se cabra une fois de plus, puis ses sabots se posèrent, et il ne bougea plus.

– Kelen, sa robe est en train de prendre feu, me dit Rakis en s'installant sur la tête du cheval.

J'attrapai une couverture posée sur une stalle et m'en servis pour tamponner la croupe du cheval. Qui accepta ce traitement avec un calme étonnant.

– Qu'est-ce que tu lui as fait ? demandai-je en regardant la jument droit dans les yeux.

J'y voyais toujours de la terreur.

– Les chevaux ont peur du feu, expliqua le chacureuil. Ça les rend fous.

– Ça, je sais. Alors comment tu as fait pour calmer celui-là ?

– Ils ont peur du feu, mais il y a une ou deux choses qui leur font encore plus peur. Je lui ai détaillé ce qu'on pouvait lui infliger avant de tous brûler vifs.

« Que mes ancêtres me protègent de mon nouveau partenaire. »

– Bon. Éloigne-toi.

– Qu'est-ce que tu vas faire ?

« Quelque chose qui va sans doute juste m'arracher les mains avant que je meure carbonisé. » Je m'agenouillai et, de la main droite, ramassai un peu de poudre rouge par terre. De la gauche, je pris une quantité égale de poudre noire.

Je les laissai s'écouler lentement entre mes doigts jusqu'à ce qu'il ne me reste plus qu'une pincée entre l'index et le pouce de chaque main. Ça ne ferait sans doute que me brûler les doigts, mais si je réussissais sans me tuer, ça pouvait nous sauver. « J'espère que vous saviez de quoi vous parliez, Osia'phest. » Je toussai de nouveau sans pouvoir reprendre mon souffle. Je ne doutais pas que c'était là ma toute dernière chance. Je devais viser les gonds de la porte. Si j'y parvenais, peut-être que je créerais assez de force pour qu'elle cède. Sachant que les mages de Ra'meth montaient sans doute la garde dehors. Tant pis. C'est le chacureuil qui s'occuperait de leur cas.

Je n'avais droit qu'à une seule tentative. Qu'à un seul sort que je maîtrisais à peu près, grâce à la magie du souffle – la seule bande que j'avais réussi à faire étinceler, celle que mon père n'avait pas contrecarrée. « Si j'échoue... »

– Kelen, si tu comptes juste t'endormir...

Je vidai mes poumons du peu d'air qui y restait, je fis une petite prière à mes ancêtres pour leur demander, en cas de réincarnation, de ne pas revenir dans la peau d'un chacureuil, et je jetai les poudres en l'air. Puis, avec mes mains, je créai la forme somatique adéquate : l'auriculaire et l'annulaire contre la paume en signe de contrôle, le majeur et l'index tendus, et le pouce vers les cieux, en signe, disons de... « que quelqu'un là-haut me vienne en aide ».

Dès qu'elles entrèrent en contact, les poudres explosèrent. Une boule rouge et noir apparut, comme si elle essayait de me sauter à la figure. Puis quelque chose, sans doute le sort, prit le contrôle de cette boule de feu et l'éloigna de moi. « Je t'en supplie, va jusqu'aux gonds de la porte. »

La fumée et la chaleur me sautèrent au visage. Je perdis l'équilibre et ressentis un bref soulagement, comme si je flottais, avant de heurter le sol. « Ne t'évanouis pas, me dis-je. Quoi qu'il arrive, ne... »

Je sentis quelque chose de poilu contre ma joue gauche. Cette sensation disparut pour revenir quelques secondes plus tard. Ce schéma se répéta à plusieurs reprises avant que j'ouvre les yeux. Deux yeux de fouine en retrait d'un museau écrasé et moustachu me regardaient. Assis sur mon torse, le chacureuil me frappait avec ses pattes.

– Mais qu'est-ce que tu fous ? demandai-je.

– Je te donne des claques. J'ai vu des humains faire ça quand quelqu'un s'évanouissait. Ça aide ? (Il me frappa de nouveau.) Je dois mettre les griffes ?

– Arrête, protestai-je en le repoussant.

J'essayai de me relever, mais tout devint noir. Je pris une bouffée d'air au ras du sol et me redressai plus lentement. La fumée paraissait moins épaisse qu'avant.

– J'ai réussi à enfoncer la porte ?

Mais dans ce cas, les hommes de Ra'meth ne seraient-ils pas déjà là, en train de planter quelque chose de pointu dans mon ventre ?

– Même pas, fit Rakis.
– Zut, dis-je en me redressant et en m'efforçant de chasser les effets de l'explosion. Je peux recommencer. Je peux…
– Te bile pas pour ça, dit Rakis.
Je suivis la direction qu'il montrait avec sa patte. Le feu faisait toujours rage, et j'entendais les poutres de la charpente qui commençaient à céder. La fumée s'éclaircit juste assez pour que je comprenne. J'avais raté la porte de deux mètres, mais ça n'avait pas d'importance. À la place de la paroi, il y avait maintenant un trou béant entouré de bouts de bois calciné. Je fis un pas hésitant vers ce qui restait de la grange et j'aperçus deux corps partiellement enfouis sous les débris, là où les mages de Ra'meth montaient la garde. Je ne pris pas la peine de vérifier s'ils étaient en vie. Je partais du principe que, pour vivre, il fallait un torse.
J'entendis quelque chose derrière moi et, un instant plus tard, je sentis la patte de Rakis sur ma jambe.
– Kelen ?
– Ouais ?
– Je crois que, finalement, j'ai trouvé quelque chose que j'aime bien en toi.
Je regardai les bouts de bois brûlé et de métal fondu. Je n'avais jamais vu une telle explosion. Même la torche de feu assoiffé avait été déchiquetée. Une petite brise s'engouffrait dans la grange, qui ne possédait plus que trois parois. Elle nourrissait les flammes, mais m'offrit une bouffée d'air frais que je n'espérais plus.
Je m'agenouillai pour ramasser délicatement

les bourses de poudre rouge et noire. J'en mis une dans chaque poche avant d'aller tirer Shalla et Furia hors de la grange.

– Ouais, dis-je. Moi aussi, je crois que j'ai trouvé quelque chose.

42. *La partie de chasse*

Il me fallut un moment pour récupérer un peu de forces. Entre-temps, Furia avait repris connaissance. En revanche, Shalla était toujours évanouie. Les effets de l'exposition aux métaux de la mine allaient être longs à se dissiper.

– T'as un souci, gamin ? me demanda Furia.

En me retournant, je vis qu'elle était à peine capable de tenir les rênes de sa monture et tanguait dangereusement d'un côté à l'autre tandis que l'animal progressait sur le sol irrégulier de la forêt. Furia était encore tellement sonnée que le seul moyen de la maintenir consciente, c'était que Rakis grimpe de temps à autre sur son épaule pour lui donner des claques avec sa patte. Le chacureuil semblait trouver ça très amusant.

– Non, pas vraiment, dis-je en regardant à nouveau droit devant moi pour m'assurer que le cheval que j'avais pris à l'un des mages de Ra'meth ne s'écartait pas de l'étroit sentier.

On longeait une gorge à pic qui nous mènerait au nord de la ville. Shalla était posée comme un sac en travers de ma selle. Elle respirait si faiblement que je ne pouvais m'empêcher de vérifier son pouls à tout instant.

Furia gloussa.

– Tu mens très mal, gamin.

– Je crois que je gagnerais à m'exercer, répondis-je.

Mon oncle avait conspiré contre notre peuple. Mes parents avaient affaibli ma magie pendant des années parce qu'ils savaient depuis mon enfance que je développerais un jour l'ombre au noir. Mon clan n'avait jamais eu à se défendre contre les Mahdek. Au contraire, nous les avions assassinés dans leur sommeil pour leur voler leurs cités. Ainsi que leur magie.

– Parce que personne n'est vraiment ce qu'il prétend être, déclarai-je.

– C'est la première chose qu'on apprend sur les routes, gamin. Tout le monde aimerait être le héros de sa propre histoire.

– Il y a quelqu'un dans les parages, feula tout à coup Rakis.

Ses yeux de fouine luisaient depuis l'épaule de Furia où il était perché. Je regardai tout autour de moi mais ne vis que des arbres, des rochers et des sous-bois.

– Qui ça ?

Les moustaches du chacureuil tressautèrent d'un air circonspect.

– Je sais pas. Ils se cachent. Mais je te le dis : ça pue le Jan'Tep.

– Qu'est-ce que raconte ce petit salopard ? demanda Furia, une main dans son gilet à la recherche des cartes rasoirs que je lui avais rendues. On devrait peut-être…

Elle fut interrompue par un bruit qui ressemblait au crissement d'ongles sur un tableau noir. Par réflexe, mes mains créèrent la forme somatique du sort de bouclier que je répétais chaque jour depuis que j'étais un initié.

– *Senhathet!* m'écriai-je.

Ce qui, bien sûr, ne servit à rien, car je n'avais pas fait étinceler la bande du fer tatouée autour de mon avant-bras, qui m'aurait donné accès à une telle magie. Et puis, ce n'était pas moi la cible.

Rakis bondit de l'épaule de Furia un instant avant qu'elle soit arrachée à sa selle. Il n'y eut besoin d'aucune arme, juste d'une lumière violette qui se déplaçait comme de l'eau, l'encerclant et la maintenant en l'air, pour ensuite se transformer en longs tentacules noirs et se mettre à la frapper.

« Un étau de lumière », me dis-je en cherchant autour de moi qui jetait ce sort.

Je fis rouler Shalla sur la selle et sautai à terre pour aider Furia. Sa monture ruait, comme si elle cherchait à frapper l'étrange lueur qui avait attaqué sa cavalière. En réaction, l'étau de lumière forma trois tentacules qui plongèrent dans le ventre de l'animal, puis se séparèrent de nouveau, éventrant la bête. Ses hennissements firent un contrepoint terrifiant aux cris de joie que j'entendis quelque part dans l'ombre.

Je tendis les mains vers mes poches qui contenaient les bourses. « On peut briser un étau de lumière. » Mais comment allais-je réussir sans brûler Furia ?

– Ça suffit, lança une voix.

Le son était étouffé, voire déformé. « Quelqu'un utilise un sort de brume. C'est pour ça que je ne vois rien et que je ne reconnais pas la voix. »

Un instant plus tard, la lumière violette se dissipa, et Furia s'effondra par terre. Je courus jusqu'à elle, et m'aperçus qu'elle respirait encore. En revanche, c'était comme si une dizaine d'hommes l'avaient passée à tabac pendant toute une nuit. Elle avait l'œil droit fermé, et le gauche s'ouvrait à peine.

– Hé, gamin ? Pourquoi c'est toi qui énerves tout le monde et c'est moi qui trinque ?

– Écarte-toi de la Daroman, Kelen, dit de nouveau la voix.

Cette fois, je la reconnus. En me retournant, je constatai que le sort de brume s'était dissipé.

– Panahsi ?

Mon ancien ami secoua la tête.

– Plus maintenant. J'ai passé mon épreuve de mage ce matin. Je suis devenu Pan'erath.

– C'était donc toi, le façonneur de lumière, dis-je sans réussir à dissimuler l'admiration dans ma voix.

Il fit un sourire à la fois fier et dédaigneux.

– Je m'entraîne depuis le début des épreuves. Depuis que tu nous as trahis en soutenant une espionne daroman contre ton propre peuple.

– Pan, ce n'est pas une espionne ! C'est juste une…

Tennat surgit des ténèbres en compagnie de ses frères.

– Allez, Kelen, vas-y. Prouve-nous qu'elle n'est rien d'autre qu'une gentille petite Argosi arrivée pile au moment où ton traître d'oncle et ses alliés Sha'Tep envisageaient de détruire notre clan.

Ra'dir projeta une flamme dans les airs, ce qui illumina la forêt.

– Où est le nekhek ?
– Il s'est sans doute enfui, dit Ra'fan, dont les mains préparaient déjà l'une des formes somatiques de sort d'entrave dont je savais qu'il l'utiliserait contre Rakis à l'instant où il le repérerait.
Ra'fan était enchaîneur et Ra'dir mage guerrier. Aucun d'eux n'avait donc pu jeter le sort de brume.
– J'imagine que le mage aveugleur dans cette petite partie de chasse, c'est toi, Tennat ? demandai-je.
– Je m'appelle Ra'ennat, maintenant, annonça-t-il.
« Génial. Tout le monde a un nom de mage, sauf moi. »
Je sentis que Furia essayait de m'agripper par le bras. Mais elle n'avait plus de forces.
– Gamin, dès que j'attaque, tu attrapes ta sœur et tu détales. Je vais les…
– Vous êtes à moitié morte, allongée par terre sur le dos, murmurai-je. Comment vous voulez attaquer ?
Elle eut l'air étrangement vexée.
– J'ai encore quelques tours dans mon sac.
– Allez, Kelen, fit Panahsi.
« Non, c'est Pan'erath, maintenant. »
– Écarte-toi de la Daroman. Ne complique pas la situation plus que nécessaire. On est tous au courant, pour la conspiration. On sait que ton oncle et elle avaient l'intention d'utiliser le nekhek pour anéantir la magie de notre clan.
– C'est logique que tu te sois allié à eux, quand on y songe, déclara Tennat. (Je n'avais aucunement l'intention de l'appeler Ra'ennat.)

Si notre clan perd sa magie, tu ne seras plus un raté n'est-ce pas ?

Je me relevai.

– Tu mens, Tennat. Ta famille savait ce qui se passait, et…

Je fus interrompu par un gémissement. En me retournant, je vis que Shalla, toujours couchée en travers du dos du cheval, était prise de tremblements et de convulsions. Je m'approchai d'elle.

– Je dois la ramener à la maison et…

Je fus tout à coup projeté au sol.

– Écarte-toi d'elle ! me cria Pan'erath.

Quand je me retournai vers lui, je vis qu'il était animé d'une colère qu'il croyait légitime. « Il s'imagine devoir la protéger. De moi. »

Je compris enfin ce qui se passait dans sa tête. Il ne prenait pas position contre un ami. Il affrontait le méchant des histoires de notre enfance : l'espion étranger qui venait déchirer le clan ; le monstre nekhek avide de mordre les mages Jan'Tep pour détruire leur magie. « Et le pire de tous : le traître Sha'Tep, capable de livrer sa sœur aux ennemis de son clan par amertume et jalousie. » Pan'erath était le héros de cette histoire, le jeune mage venu avec ses pairs sauver la princesse sans défense. Tout s'orchestrait à la perfection.

– Tu es un crétin, lui dis-je.

Ra'fan prononça un seul mot, et mes bras se retrouvèrent plaqués contre mes flancs, m'écrasant les côtes.

– Non, protesta Pan'erath. Garde ce sort pour le nekhek.

Ça ne dut pas beaucoup plaire à Ra'fan de

recevoir un ordre de la part d'un aussi jeune mage. Il obéit tout de même, et je sentis la douleur dans mes côtes disparaître.

– Le petit monstre a sans doute déjà rejoint son terrier, fit-il d'un air désabusé. On devrait…

– On fait comme j'ai dit, déclara Pan'erath en s'avançant vers moi. Kelen, rends-toi. Je te promets que je témoignerai en ta faveur devant le conseil. Je ne veux pas qu'on te fasse du mal. (Des vrilles de lumière, rouge cette fois, se formèrent autour de ses mains tandis que ses doigts dessinaient de petits symboles en signe de préparation.) À moins que tu choisisses le duel. Dans ce cas, je ferai mon possible pour ne pas te tuer.

« Il est tellement fier de son étau de lumière qu'il ne peut résister au plaisir de le montrer. » Mais Pan ne m'avait pas vu utiliser les poudres, il ne savait pas ce dont j'étais capable. Le feu pouvait surpasser son sort. Si j'étais assez rapide, j'avais la possibilité de le vaincre en un seul coup. Les plus anciennes lois de notre peuple exigeraient alors qu'ils nous laissent partir.

Mais d'après les regards qu'échangeaient Tennat, Ra'fan et Ra'dir, je compris qu'ils n'avaient nullement l'intention d'honorer les termes d'un duel. « Il n'y a donc aucune chance que mon unique sort me sorte vivant de là. »

– Ta proposition est séduisante, Pan, dis-je en m'approchant lentement de Furia pour m'accroupir devant elle. (Je refermai son gilet pour la protéger de l'air frais.) Mais tu n'aurais pas dû attaquer mes amis.

– Gamin, ce plan est nul, me souffla-t-elle.

– Arrête de m'appeler gamin, dis-je en cachant

dans ma main les cartes en métal que je venais de lui reprendre.

Je me redressai pour me placer face à eux quatre, puis je déclarai :

– Ça suffit, les duels, Pan. Ça suffit, les règles. Ça suffit, les petits jeux. Je te laisse une chance, parce que…

« Parce qu'on a été amis. Parce que tu as attendu un an pour passer tes épreuves afin de ne pas me laisser tout seul avec des gens comme Tennat. » Je n'en revenais toujours pas qu'il ait placé notre amitié si haut. Mais tout ça appartenait désormais au passé.

– Fais-moi dégager ces trois crétins, poursuivis-je, et aide-moi à réparer le désastre qu'a provoqué le père de Tennat avant que notre clan ne soit véritablement en danger.

La magie de façonneur de lumière de Pan ondula et grandit autour de ses mains.

– Je préfère voir notre peuple rayé de la surface de la terre plutôt que recevoir des ordres d'une mauviette de Sha'Tep, cracha-t-il.

Un instant, je cherchai quelque chose qui brise le mur entre nous, mais il n'y avait rien à dire. Pan'erath était à présent un mage Jan'Tep. Moi, un traître Sha'Tep. Voilà tout. Je regardai en direction de la cime des arbres à la recherche de Rakis. Je ne pouvais qu'espérer qu'il soit tapi quelque part. « Si c'est le cas, je me demande bien ce qu'il va exiger en retour. »

– Très bien, messieurs, je retire ma proposition. Maintenant, je vais vous botter le cul et sauver moi-même notre peuple.

Quand on ne dispose que d'un seul sort, il est difficile de résister à l'envie de l'utiliser. La magie de la poudre était mon arme la plus puissante, d'autant plus que ni Pan ni les autres ne la connaissaient. Avec un peu de chance, je pouvais les surprendre et en neutraliser un ou deux sans attendre. J'avais aussi très envie de leur montrer que j'avais ma propre magie, que j'étais aussi fort qu'eux. « Et ensuite ? » Je ne serais jamais assez rapide. L'entraînement de mage guerrier de Ra'dir signifiait qu'il savait gérer les imprévus. Ra'fan utiliserait l'un de ses pouvoirs d'enchaîneur pour m'entraver à l'instant même où je jetterai mon sort. « Bon. Il ne me reste que les cartes. »

– Ne fais pas ça, dit Pan, qui pour la première fois avait l'air vraiment préoccupé.

C'est une chose de proférer des menaces contre un ennemi, c'en est une autre de se rendre compte qu'on est à quelques secondes de tuer son ami d'enfance.

– Ne t'inquiète pas, dis-je. Je vais essayer de ne pas vous faire trop mal.

Ma seule chance, c'était de cesser de penser comme un Jan'Tep et de me mettre à réfléchir à la manière d'un Argosi. Ce que faisait Furia chaque fois qu'elle tendait un piège. La seule référence de Pan et des autres, c'était la magie. Qui est capable de quel sort, comment le contrer. Ils ne remarquaient ni le sol couvert de feuilles et de creux, ni les ombres ou les arbres autour de nous. Ils ne réfléchissaient pas au fait qu'ils étaient tous les quatre très proches, et que je n'étais peut-être pas seul. Leurs seules références, c'étaient les vieilles histoires Jan'Tep du bien contre le mal, où le bien l'emporte toujours. Moi, ma référence, c'était un jeu de cartes avec une demi-douzaine d'actions possibles. « Ancêtres, sauvez-moi, pensai-je. Je suis vraiment en train de tourner argosi. »

– Allez, lança Tennat. Attaque, espèce de lâche.

Je faillis éclater de rire. Même là, après tout ce qui venait de se passer au cours des derniers jours, alors qu'on était prêts à se jeter les uns sur les autres pour s'entre-tuer, Tennat continuait à utiliser les mêmes provocations que pendant notre enfance. Je l'ignorai et me concentrai sur mon seul véritable problème : Ra'dir. S'il me touchait avec la flamme ou l'éclair d'un sort guerrier, je serais mort avant même d'avoir essayé de me battre. Mais si Ra'fan me jetait l'un de ses sorts d'entrave, je ne pourrais pas me défendre non plus. Je devais trouver un moyen de les surprendre. Je dis à Tennat en souriant :

– Hé, tu te souviens, l'autre jour, quand je t'ai presque obligé à écrabouiller tes intestins avec ton propre sort ? Combien tu paries que j'arrive à te faire t'aveugler toi-même ?

Il fit un pas vers moi et cracha :

– Je rêve de me retrouver seul contre toi, mauviette.

Puis il écarta largement les bras, pour signer le début du plus puissant des sorts d'aveuglement. Après avoir montré ses intentions et prononcé la formule, il rapprocherait ses bras et une sorte de rideau se refermerait autour de moi. À la seconde où il ouvrit la bouche, je jetai l'une des cartes rasoirs de Furia droit sur lui.

Ra'dir et Ra'fan avaient plus d'expérience et savaient garder leur calme, mais Tennat trébucha.

– Pousse-toi de là, imbécile, lui cria Ra'dir en le bousculant pour me garder dans sa ligne de mire.

Je plongeai sur la droite, roulai sur mon épaule endolorie, mais je réussis à ne pas lâcher les cartes, et à ne pas me couper non plus. En équilibre sur un genou, je lançai deux nouvelles cartes. L'une disparut dans la nuit, mais l'autre toucha Ra'fan à la jambe. Il poussa un cri et tituba contre Pan'erath.

Une sensation de chaleur passa près de mon oreille gauche quand le sort de Ra'dir faillit me toucher. Si je n'avais pas bougé, j'aurais brûlé vif à la place de l'arbre derrière moi. Je continuai à me déplacer le plus vite possible. « Ça ne va pas marcher longtemps, me rappelai-je. Les mages guerriers s'entraînent aussi à atteindre des cibles mouvantes. »

Je me réfugiai derrière les arbres en continuant à les bombarder de cartes et en faisant en sorte qu'ils restent groupés, tout en les empêchant d'avoir une trajectoire dégagée vers moi. J'eus de la chance en touchant Ra'fan à la main gauche. Un filet de sang apparut sur sa paume. Il ne pourrait plus jeter de sort d'entrave pendant quelques instants. « Ça marche ! » me dis-je. Puis un étau de lumière presque noire m'enveloppa, et je me retrouvai plaqué contre un tronc. Pan'erath avait réussi à jeter son sort.

Bien sûr, je savais que ça allait arriver. Si j'avais pris des pincées de poudre à la place des cartes, j'aurais pu faire exploser l'étau, mais ce n'était pas mon plan.

« C'est là que je vais découvrir à quel point les chacureuils sont fiables. »

– Rakis, vas-y !

Un instant, rien ne bougea. Les autres commençaient à se détendre quand une voix feula :

– OK, mais tu vas m'en devoir une belle.

Une forme noire sauta de la cime des arbres sur la tête de Pan. Je regardais avec une fascination malsaine Rakis couvrir les yeux de mon ancien ami avec ses palmures duveteuses tandis qu'avec ses griffes arrière il lui labourait la nuque, ce qui fit hurler Pan de douleur.

Je sentis l'étau se relâcher, et je jetai deux autres cartes pour empêcher la famille de Tennat d'attraper Rakis.

– Débarrassez-moi de ça ! hurlait Pan.

– Ta gueule, espèce de sac à peau de tortionnaire, grogna Rakis. On va voir comment tu te sers de ta magie du sang quand je t'aurai arraché les yeux !

– Rakis, non, pas ça !

Le feu apparut dans les mains de Ra'dir, qui se préparait à envoyer le chacureuil dans l'au-delà. Je me demandai s'il avait pris en compte le fait qu'il allait sans doute tuer Pan au passage. Rakis n'y prêtait pas attention, tant son désir de vengeance surpassait sa peur. Je lançai mes dernières cartes sur nos adversaires dans une tentative désespérée de les déconcentrer. Je les ratai tous, à l'exception de Ra'fan, pour qui j'avais vraiment un faible, puisque c'était la troisième fois que je le blessais. La carte rasoir se logea dans le muscle de son épaule.

– Argh ! hurla-t-il. Tennat, aveugle-le !

– Je m'appelle Ra'ennat, insista son frère.

Mais dans le chaos, il ne parvenait pas à obtenir la concentration nécessaire pour jeter son sort.

« Tu n'as toujours pas compris que tu ne peux pas utiliser la magie quand tu as peur. »

Ra'dir avait bien plus d'entraînement et d'assurance. Il jeta son sort sans quitter Rakis des yeux. Le chacureuil bondit de la tête de Pan, mais fut touché au flanc gauche, et sa fourrure prit feu. Je me précipitai et, par un petit miracle, le rattrapai au vol. Je me roulai en boule et me jetai sur le sol pour étouffer les flammes avec mon corps. Vu la sensation de brûlure sur mon torse, je crois que je n'étais pas près d'y voir pousser des poils.

Rakis m'échappa et disparut dans la forêt. Je ressentis un pincement au cœur face à un tel manque de gratitude, mais lui pardonnai une seconde plus tard quand il réapparut derrière nos adversaires et griffa profondément Ra'dir au mollet avant de disparaître de nouveau dans les fourrés.

– Attrapez le nekhek, ordonna Pan'erath en se relevant, le front rouge, le regard noir. Je m'occupe du Sha'Tep.

L'ombre mouvante grandit autour de ses mains et se glissa vers moi. « On y est », me dis-je alors que je plongeais les mains dans mes poches pour mettre en contact deux généreuses pincées de poudre rouge et noire.

– *Carath*, prononçai-je, ce sort de souffle tout simple, avant d'envoyer les poudres dans l'air.

Mes doigts créèrent les formes somatiques nécessaires à l'explosion qui fit voler en éclats l'étau de lumière de Pan. Il bascula en arrière, le souffle coupé.

– Comment… ? dit-il en levant la tête vers moi.

– Je te l'ai déjà dit, Pan. Je ne suis pas un Sha'Tep.

– Mais tu n'es pas un Jan'Tep non plus, me lança Ra'fan, une main ensanglantée tendue vers moi.

Il parvint à passer outre la douleur et le choc pour me jeter un sort d'entrave qui me paralysa.

Rakis surgit de nouveau des fourrés et se précipita sur Ra'fan mais, cette fois, Ra'dir était prêt. Il projeta une nouvelle flamme. Le chacureuil s'arrêta juste à temps pour ne pas s'y jeter.

– Rakis, file ! criai-je.

Il hésita, mais je crois qu'il avait compris que la chance avait changé de camp.

– Désolé, gamin, dit-il en disparaissant dans l'obscurité avant que Ra'dir puisse le toucher de nouveau.

Ra'fan grinçait des dents. Des gouttes de sueur apparurent sur son front comme il serrait les poings. « Oh non, il ne se contente pas de vouloir m'enchaîner. » Chaque partie de mon corps était compressée par la puissance de sa volonté. Je suis sûr d'avoir entendu mes côtes craquer tandis que la chaîne invisible se resserrait autour de ma cage thoracique.

– Tout est fini pour toi, Sha'Tep. Je suis en train de te tuer.

– Je crains d'avoir encore besoin de lui, s'interposa Furia Perfax.

À la périphérie de mon champ de vision, je la vis réussir à se redresser et lancer une carte rasoir vers les yeux de Ra'fan.

La carte dessina une trajectoire parfaite, mais disparut dans la lumière aqueuse qui jaillit des mains de Pan'erath.

– Tout ça, c'est ta faute, Daroman. (Je ne l'avais jamais entendu parler d'une voix aussi froide et aussi dure.) C'est toi qui as tout gâché.

Les vrilles de lumière s'enroulèrent autour de Furia pour lui tirer les cheveux et les mains, puis lui replier les doigts en arrière à un angle bien trop droit. J'essayai désespérément de récupérer de la poudre dans mes poches. Peut-être que je pourrais au moins créer un flash pour faire diversion.

– N'y compte pas, me dit Ra'fan.

La pression autour de mes côtes se resserra. Je ne pouvais plus respirer.

Ayant enfin surmonté sa peur, Tennat se dirigea vers moi.

– Tout est fini, Kelen. Tu nous as montré tes petits tours, maintenant c'est l'heure de plonger dans le noir.

Il écarta les bras, prononça une formule et, l'instant d'après, j'étais totalement aveuglé.

J'entendis Ra'dir les mettre en garde :

– Guettez le nekhek. Il reste dangereux.

Tennat gloussa presque.

– Non, dit-il. Mon sort d'aveuglement s'étend à eux tous. Si la créature se montre, on la crame.

Quelque chose s'affala lourdement sur le sol

à quelques pas de moi. « Probablement Pan qui a relâché Furia », pensai-je.

– Ça suffit, dit-il d'une voix lasse. On les ramène au conseil. Ils seront jugés pour leurs actes.

– Non, dit Tennat.

– On était d'accord pour…

Un bruit de pas accompagna la voix de Tennat alors qu'il s'approchait de moi.

– Toi, tu étais peut-être d'accord, Pan, mais nous, on a un autre plan.

Je fermai les yeux par réflexe alors que des pouces s'enfonçaient dans mes orbites.

– Tennat, non ! hurla Pan.

– Regardez ! fit Tennat en grattant de l'ongle de son pouce la pâte qui recouvrait la marque autour de mon œil gauche. Regardez ces traces ! Mon père a raison : Kelen a l'ombre au noir.

La forêt se fit silencieuse. J'entendis les autres approcher si près que je sentis leur haleine sur mon visage.

– C'est donc vrai, dit Pan.

Une chose gluante m'atteignit juste sous l'œil. Il m'avait craché dessus.

– On l'amène aux mages du conseil, ordonna-t-il. On doit les mettre au courant.

– Ils sauront aussi bien avec son cadavre, rétorqua Tennat.

Je sentis qu'il m'attrapait par les tempes.

– Pas ça, dis-je.

J'entendis un bruit de pas, puis Ra'dir déclarer :

– Tout ça est encore très nouveau pour toi, Pan'erath. Tu ne sais pas comment ça se passe vraiment, la guerre. Considère ça comme ta cinquième épreuve. Celle que tout mage guerrier doit réussir.

Les pouces de Tennat s'enfonçaient dans mes yeux. J'aurais crié si le sort d'entrave ne s'était pas enroulé autour de ma bouche et que Ra'fan n'avait pas chassé tout l'air qui restait dans mes poumons. « Et voilà, me dis-je. Je vais mourir. Pour de vrai. Pour toujours. »

La voix de Tennat explosa dans mon oreille :

– Tu le mérites, Kelen. Tu as menti, tu as triché. Tu as…

Il criait si fort que, un instant, il me rendit sourd.

J'entendis alors un hurlement de douleur, sans doute en provenance de Ra'dir. Suivi de nouveaux cris. Le chaos envahit mes ténèbres. Je ne savais pas ce qui se passait. Puis je me rendis compte que le sort d'aveuglement avait disparu. J'ouvris les yeux juste à temps pour distinguer une lumière dorée qui heurta si violemment Ra'fan qu'elle le projeta loin dans la forêt. Un bruit sourd retentit un instant plus tard.

Ra'fan désormais K.-O., le sort d'entrave se dissipa et je m'affalai par terre. En levant les yeux, je vis Pan tout seul, les yeux pleins de larmes.

D'abord, je crus qu'il s'était ravisé. Qu'en comprenant les intentions de ses compagnons, il s'était retourné contre eux pour me sauver la vie. Puis la lumière dorée surgit de nouveau, et le corps de Pan fut soulevé de terre. Il tournoya lentement, presque gracieusement, comme s'il était dans l'eau. Pour finir, il s'immobilisa à deux mètres du sol, bras et jambes écartés, comme s'il était attaché à quatre chevaux qui tiraient dans quatre directions différentes. Il était toujours conscient. Il protesta :

– Mais j'ai fait ça pour toi… Pour te sauver.

Je tournai la tête et découvris Shalla adossée à un arbre, car elle était très faible. Mais elle tendait les bras devant elle. Un par un, les sigils de ses bandes tatouées éclatèrent tels de minces anneaux de verre sous la vibration d'une note parfaite. Les dernières entraves à ses capacités magiques se levaient. Les yeux de Shalla, d'habitude d'un bleu perçant, étaient couleur or pur, comme la lumière de son sort. Elle leva les paumes et le corps de Pan monta encore plus haut dans le ciel. Puis elle ferma les poings, et il s'écrasa par terre.

– On ne touche pas à mon frère, déclara-t-elle.

43. *Pan'erath*

Je me relevai lentement, sans savoir si j'avais sous les yeux ma petite sœur ou l'un de ces dieux vengeurs qu'évoquent les Berabesq dans leurs livres saints.

– Shalla ?

Elle ne m'entendit même pas. Une magie pure et scintillante cascadait de ses mains, formant un monticule qui allait bientôt anéantir Pan, sa bande, ainsi que la moitié de la forêt.

– Shalla, non ! m'écriai-je.

Elle se tourna vers moi. Tout d'abord, elle eut l'air de ne pas me reconnaître, puis le doré de ses yeux céda la place à une teinte bleue.

– Kelen ? demanda-t-elle. Tu as une sale tête.

Elle laissa retomber ses mains le long de son corps. Et, tout à coup, ses genoux cédèrent. Elle glissa le long de l'arbre avec une élégance surprenante.

– Je te jure, gamin, cette enfant est trop belle pour son propre bien, dit Furia en gémissant tandis qu'elle se relevait. Et trop puissante pour le bien de n'importe qui d'autre.

Je m'agenouillai près de Shalla.

– Elle respire mal. Qu'est-ce qu'elle a ?

– Le corps humain n'est pas fait pour contenir

une telle énergie. Je pense qu'elle va guérir, mais elle a besoin de repos.

– Tu peux…

Furia secoua la tête.

– Je ne connais pas ce genre de médecine. C'est ta mère dont elle a besoin. (Elle se pencha et passa un bras sous les aisselles de Shalla.) Viens, aide-moi à la remettre sur ce cheval.

Dans les buissons, des bruits attirèrent notre attention. Un instant plus tard, Rakis apparaissait. Lui aussi était mal en point. Il avait tout le flanc gauche brûlé.

– Enfoirés, jura-t-il. Ils ont failli m'envoyer tout au sommet de cet arbre.

Avec ses yeux de fouine, il observa les mages évanouis par terre, puis releva la tête vers nous.

– Vous m'en avez pas laissé un seul ?

Je traduisis pour Furia tout en déposant Shalla sur le dos du cheval. Elle éclata de rire, puis poussa un nouveau gémissement.

– Dis à ce petit salopard d'arrêter de faire des blagues. J'ai trop mal aux côtes.

Rakis grimpa à un tronc avant de sauter sur mon épaule et de commencer à s'arracher les touffes de poils brûlés.

– Qui a parlé de blague ?

Furia et moi, on passa les quelques minutes suivantes à ligoter les autres avec du fil de cuivre trouvé dans le sac de Panahsi. « Non, il s'appelle Pan'erath, me rappelai-je. C'est son nom de mage. Un Jan'Tep de la tête aux pieds. »

En le regardant, je vis ce visage replet que je connaissais depuis toujours, ces traits fins couverts de boutons à cause de sa passion indéfectible pour le gâteau au citron et autres sucreries. Mais j'y vis autre chose, aussi. De la colère. De la détermination. Quelque chose en lui était devenu aussi dur et acéré que les cartes rasoirs du jeu de Furia.

Combien de fois Panahsi m'avait-il soutenu au cours de ces deux dernières années, à mesure que sa magie croissait et que la mienne faiblissait ? Combien de fois les autres initiés l'avaient-ils encouragé à se tenir à l'écart de moi ? À m'ignorer ? Pan aurait pu passer ses épreuves il y avait des siècles. Il pourrait déjà être un mage puissant, apprenti chez un maître, peut-être même se préparer à devenir un jour mage seigneur au conseil. Pourtant, il était resté à mes côtés.

« Nous ne serons plus jamais amis. » Cette pensée me brisa le cœur. Il n'y avait aucun moyen d'abattre le mur dressé entre nous. Nous nous étions infligé l'un à l'autre des choses que nous ne pourrions jamais pardonner. Nous avions fait des choix que l'autre ne pourrait jamais comprendre ou accepter.

– C'est fini, dis-je en achevant de lui ligoter les mains derrière un tronc d'arbre.

Je ne promis pas d'envoyer quelqu'un pour les libérer. Soit Pan'erath avait compris que j'allais le faire, et c'était inutile de le préciser, soit il n'y croyait pas et il aurait la surprise.

– Tu es certain qu'on ne doit pas le tuer ? me demanda Rakis depuis une branche d'arbre.

– Certain, lâchai-je.

Pour une fois, le chacureuil ne parut pas vexé. Il me regarda avec ce qui, chez une créature moins dangereuse que lui, aurait pu passer pour de la sympathie.

– Il te pardonnera jamais, gamin. Sens-le, tu verras.

– Rakis, je n'ai pas l'intention de le sentir.

Le chacureuil bondit sur le sol et renifla le visage de Pan.

– C'est dommage parce que, si tu le faisais, même idiot comme tu es, tu planterais tes dents dans sa gorge avant de lui tourner le dos.

– On y va, gamin ! lança Furia.

Alors qu'elle essuyait la sueur sur son front, je vis combien sa main tremblait. L'épuisement et les blessures étaient en train d'avoir raison d'elle. Pan avait tué sa jument, si bien qu'il ne restait plus que ma monture.

– Prends le cheval, lui ordonnai-je. Ramène Shalla à mes parents. Ma mère pourra vous guérir toutes les deux.

– Ça va aller, gamin, c'est juste que…

– Non, ça ne va pas aller ! protestai-je. Rien ne va ! Shalla respire à peine et toi, tu ne tiens pas debout. Alors prends ce fichu cheval et va mettre ma sœur à l'abri !

– OK, gamin, OK, dit-elle en plongeant son regard dans le mien. Et toi ?

Je ramassai toutes les cartes rasoirs que je pus trouver.

– Je te rejoins vite.

– Tu ne vas pas t'en prendre à Ra'meth, dit-elle.

Ce n'était pas une question.

Rakis grimpa le long de mon flanc pour s'installer sur mon épaule.

– Bien sûr que si, on va s'en prendre à lui. Puisque j'ai pas le droit de goûter à la chair de ces sacs à peau-là, je veux le responsable.

Furia leva un sourcil en direction du chacureuil.

– Il est encore en train de faire le malin ? Son espèce est réputée pour ça, tu sais.

– Dis à cette stupide Argosi de…

– Tais-toi, lançai-je.

Tous deux me regardèrent, surpris. Contrairement à ce qu'ils pensaient, je n'avais pas du tout envie de me lancer à la poursuite de Ra'meth. J'avais retenu la leçon : je n'étais pas le jeune héros Jan'Tep qui vaincrait son ennemi dans une glorieuse bataille. Ra'meth était un mage seigneur de notre clan. Il était immensément plus puissant que Pan, Ra'dir ou les autres. Et plus intelligent, aussi. Il avait réussi à mettre hors d'état de nuire mon oncle et les conjurés Sha'Tep. Tout ça pour se faire élire prince de clan. Il lui suffisait maintenant de se présenter devant le conseil et de raconter ses mensonges en accusant mon père. « Mais cela suffira-t-il ? » Ke'heops avait de nombreux soutiens. Ra'meth pouvait-il être sûr qu'il serait élu ? Ou aurait-il besoin d'autre chose encore ? « Un dernier acte de courage, avait-il dit. Un grand cadeau à notre peuple. »

Ça n'avait pas d'importance. Rien de tout ça n'avait d'importance. Ni ma peur, ni les projets de Ra'meth. Je ne pouvais tout simplement pas le laisser devenir prince de clan. Je devais l'empêcher de se présenter devant la chambre du conseil. Je me tournai vers Furia.

– J'ai besoin que tu fasses ça pour moi. J'ai besoin que tu ramènes Shalla à mes parents. Ils la croiront, et ça leur donnera du temps pour se préparer à la suite.

Elle tendit une main et serra mon épaule.

– Tu es fort, gamin. Tu l'as prouvé. Mais tu ne peux pas te lancer seul à la poursuite d'un mage comme Ra'meth.

– Laisse-moi le sac à peau, proposa Rakis.

Je traduisis. Étonnamment, Furia ne se moqua pas de lui. Elle inclina la tête vers le chacureuil.

– Tout le monde sait que tu es un guerrier féroce, un chasseur talentueux et un respectable charognard, lui dit-elle d'un ton étrangement solennel. Mais le sac à peau en question sera en compagnie d'autres mages. Ils sont trop nombreux par rapport à vous.

Rakis lâcha un petit rire méprisant. Il y avait quelque chose de vraiment troublant à entendre un chacureuil ricaner d'un air dédaigneux.

– Trop nombreux ? (Il bondit de mon épaule sur le dos de Furia et s'élança sur le chemin.) Allez, viens, gamin. Allons chercher le reste de mon peuple. Ils vont être ravis de déchiqueter ce salopard sans poils.

Le chacureuil filait à toute allure dans la forêt en évitant les épais bosquets et en traversant des clairières au sol meuble. Il se déplaçait comme l'eau d'une rivière sinueuse. Ses pattes trouvaient naturellement leur chemin sous les arbres et par-dessus les gros rochers. J'étais incapable de me maintenir à sa hauteur.

– Arrête, dis-je, hors d'haleine, en m'adossant contre un arbre, obligé de faire une pause.

Le chacureuil se tourna vers moi.

– Quoi ? Pourquoi ?

La sueur me dégoulinait sur le visage et me piquait les yeux. Sans compter que, depuis une demi-heure, j'avais à mon compte des dizaines de blessures et de plaies supplémentaires.

– Parce que je serai mort avant que Ra'meth ait même la possibilité de m'achever, voilà pourquoi. Laisse-moi reprendre des forces une minute.

– On y est presque. Tiens bon.

– Non, insistai-je en essayant de calmer mon cœur.

Rakis inclina la tête.

– Tu sais, des fois, je me demande vraiment pourquoi mon peuple avait peur du tien. Vous pouvez même pas mettre un pied hors du lit sans risquer la crise cardiaque.

– Juste…

« Pourquoi est-ce que je n'arrive pas à reprendre mon souffle ? »

– Juste une seconde.

La vérité, c'est que mon peuple n'est physiquement pas très fort. La plupart de nos tâches, on les exécute grâce à la magie. Même les Sha'Tep se servent d'objets ensorcelés par les mages pour les aider dans leur travail. « Donc oui, j'imagine qu'on n'est pas très costauds. »

– Bon, gamin, dit Rakis en se dressant sur deux pattes pour se gratter sous le menton.

Quand on sera avec les miens, laisse-moi parler.

– Dans la mesure où je ne parle pas chacureuil, comment je pourrais faire autrement ?

Il émit un petit gloussement.

– C'est vrai, mais mon peuple n'est pas aussi stupide que le tien, donc même si tu ne comprends pas ce qu'ils disent, eux te comprennent. Alors, quand les négociations commenceront…

– Les négociations ? Tu es en train de me dire que ta meute va vouloir se faire *payer* ?

Rakis me regarda comme si j'étais un sombre crétin.

– Gamin, tout a un prix. On est des chacureuils, pas des chiens. On bosse pas pour un os et une caresse sur la tête. Alors réfléchis bien à ce que tu dis, d'accord ?

– D'accord. Et qu'est-ce qu'ils vont attendre en échange de leur aide ?

La fine ligne de ses babines tressauta, et je me rendis compte que je venais de tomber dans un piège. Il me déballa une liste remarquablement exhaustive d'objets de valeur qui se trouvaient chez moi ainsi que dans la moitié des demeures de la ville. Des objets que je ne connaissais même pas. D'après Rakis, les chacureuils passent beaucoup de temps en « repérages ».

– Tu sais bien que je ne peux pas te promettre des choses qui ne m'appartiennent pas, dis-je quand il eut terminé.

– Oh, ça, c'est pas grave. Tu peux juste nous aider à y avoir accès. Ou à trouver par la suite des objets de valeur égale.

« Par la suite ». Cela me fit presque rire qu'il

imagine qu'il y ait une suite. Quand tout ça serait fini, si j'avais de la chance, je serais au mieux envoyé en exil, et au pire exécuté. Quelqu'un de plus intelligent que moi aurait déjà renoncé en comprenant qu'il n'avait aucun avenir parmi son peuple. « Qu'aurait fait un Argosi ? Se serait-il contenté de partir ? » Mais je n'étais pas un Argosi. Je n'étais ni un Jan'Tep, ni un Sha'Tep, ni rien de tout ça. J'étais juste un gars avec un seul sort, un chacureuil, et une incapacité à accepter que Ra'meth triomphe ou s'en prenne à Shalla si jamais il devenait prince de clan.

– Bon, dis-je pour finir, si tout se passe bien, je t'obtiendrai ce que tu veux.

Il me fit l'équivalent d'un sourire chez les chacureuils.

– Génial ! C'est vraiment…

Je crois qu'il avait dû remarquer que je le regardais de nouveau faire claquer ses griffes les unes contre les autres, parce qu'il arrêta net.

– Qu'est-ce qu'il y a ? demandai-je.

Rakis leva le museau. Je sentis alors que le vent avait tourné, or il convoyait une étrange odeur. L'odeur du feu, accompagnée d'un goût âcre qui me donna aussitôt la nausée. Une puanteur de chair brûlée.

« Un dernier acte de courage, m'avait dit Ra'meth. Un grand cadeau à notre peuple. »

Rakis partit comme une flèche. Je le suivis aussi vite que possible sans plus me soucier de la douleur et de l'épuisement, mes muscles propulsés par l'odeur de la mort, inexorablement attirés par le bruit des flammes et les cris les plus atroces que j'avais jamais entendus.

44. *Les flammes*

Les premières lueurs des flammes apparurent entre les arbres à plus d'une centaine de mètres devant nous. J'avais du mal à respirer à cause de la fumée, ce qui ne m'aidait pas à suivre Rakis. Enfin, sa peur du feu le ralentit et je pus le rattraper. Les flammes formaient un immense mur qui finissait par s'incurver pour dessiner un cercle autour d'une clairière. Rakis courait le long de l'incendie en cherchant une brèche, en vain.

– Ils ont enflammé toute la zone, feulait-il frénétiquement. Mon peuple est prisonnier !

– Comment il les a trouvés ? demandai-je. Je croyais que...

Le chacureuil grogna.

– Ma stupide mère. Elle a demandé à toute la tribu de se rassembler ici. (Il me lança un regard noir, que les flammes transformèrent presque en haine pure.) Elle voulait être prête à vous aider et à vous protéger, toi et cette fichue Argosi...

D'autres cris retentirent, cette fois en provenance des hommes de Ra'meth.

– Qu'est-ce qui se passe ? demandai-je en voulant approcher, mais la chaleur était trop intense.

– Mon peuple est en train de tuer le tien,

lança Rakis sans cesser de courir le long du rideau de flammes. C'est comme ça que ça doit être. Que ça aurait dû être depuis longtemps.

Je le regardai avec horreur s'approcher trop près des flammes. Sa fourrure prit feu.

– Arrête-toi ! criai-je.

Sans réfléchir, je me jetai de nouveau sur lui pour l'envelopper de mon corps. Je sentis le reste de ma chemise brûler et je dus lui rouler longtemps dessus pour étouffer les flammes. Rakis fut moins que reconnaissant.

– Lâche-moi ! grogna-t-il en se dégageant. Je dois les aider !

Je voulus le rattraper par la peau du cou.

– Tu seras mort avant même de pouvoir approcher.

Il me mordit jusqu'à ce que je le lâche.

– Dans ce cas, fais-nous franchir ces flammes ! Tu es censé être un mage, bordel. Utilise ton… (Il agita les pattes en l'air.) Ce truc que tu sais faire.

Il y avait au moins une dizaine de sorts susceptibles de faire tomber un mur de flammes, soit en annulant le sort originel, soit en refroidissant l'air. Mais je n'étais capable de jeter aucun d'eux. Je cherchai mon souffle.

– Attends…

Le problème, c'était l'air. L'air alimente le feu. Ce qui me laissait deux possibilités. La première ne risquait pas de m'arracher les mains. Je décidai de commencer par celle-là.

Je m'éloignai du mur de flammes. Les sorts de souffle influent sur le mouvement de l'air. Un sort en particulier pouvait jouer sur l'origine du feu. Je répétai la forme somatique à deux reprises. Les mains tendues, les doigts qui se replient doucement sur la paume en alternant main droite et main gauche, qui se meuvent comme l'air lui-même. Ce geste était assez simple, mais il devait être effectué avec une fluidité parfaite.

– Qu'est-ce que tu fais ?

– Un instant.

La seconde partie, c'est la visualisation. Se concentrer sur l'air est plus difficile qu'on pourrait le croire. Il faut *éviter* de penser à ce qu'il fait bouger, les feuilles ou la poussière, pour s'intéresser à l'air lui-même. Ensuite, ne restait plus que la formulation. Et celle-ci n'était pas simple. Elle devait être prononcée en un seul souffle. Et pour ne rien arranger, il fallait la maintenir pendant toute la durée du sort.

– *An-ahl-ha-teht*, murmurai-je.

Rien.

J'insistai. Osia'phest disait toujours que, dans la magie, il faut se concentrer sur l'acte, pas sur le résultat. *An-ahl-ha-teht... An-ahl-ha-teht...*

– Continue, me dit Rakis. Il se passe quelque chose.

Je poursuivis mes efforts. Le mur diminuait. Les flammes perdaient de leur force par manque d'oxygène.

– Continue, ça marche ! cria-t-il.

– *An-ahl-ha...*

Je fus interrompu par de la fumée qui pénétra dans mes poumons. Mon estomac se souleva, et je m'accroupis sans pouvoir contrôler ma toux.

– Je ne peux pas... Je n'arrive plus à respirer à cause de la fumée.

Les flammes avaient repris toute leur puissance.

– Dans ce cas, lance-moi ! dit Rakis.

J'essayai de comprendre.

– Te lancer ?

– La cime des arbres est en feu, alors je ne peux pas y grimper pour sauter de là-haut. Lance-moi à travers les flammes !

– Non, dis-je. Même si je réussissais, tu te retrouverais tout seul là-dedans.

– C'est mon peuple qui est tout seul là-dedans, et il est en train de mourir !

– Donne-moi une seconde, dis-je en essayant de reprendre mon souffle.

Mon autre idée était de toute évidence la pire des options. Malgré tout, elle valait mieux que la proposition de Rakis. Je m'écartai du mur de flammes et pris une pincée de poudre dans chacune de mes poches.

– Approche, dis-je au chacureuil tout en continuant à réfléchir.

– Qu'est-ce que tu fais ?

Je désignai les flammes d'un signe de tête.

– Quand je me mets à courir, tu cours avec moi. À ma vitesse. Ne me passe pas devant, et ne te laisse pas distancer. Compris ?

Je regardai les grosses pincées de poudre rouge et noire entre mes doigts et inspirai une dernière bouffée d'air frais.

Rakis comprit ce que j'avais l'intention de faire.

– Tu as perdu la tête ou quoi ?

– Obéis-moi, dis-je en me mettant à courir en direction des flammes.

À l'instant où mon pied droit toucha le sol, je projetai les poudres en l'air à un mètre devant moi. Comme mon pied gauche se posait et que la première étincelle surgissait entre les grains de poudre, je créai la forme somatique avec mes mains en m'écriant :

– *Carath!*

L'explosion secoua le sol jusqu'au mur de flammes et nous propulsa dans les airs. Un bref instant, le souffle écarta le rideau de feu, ce qui nous permit de le franchir sans nous brûler. On était passés de l'autre côté. Je roulai cul par-dessus tête jusqu'à m'arrêter lourdement sur le dos. Le chacureuil me lança un coup d'œil.

– Pas mal. Maintenant, viens m'aider à tuer ce mage.

En me relevant, je découvris l'ampleur du désastre. Il y avait partout des buissons en flammes, comme si un prêtre fou avait allumé des dizaines de braseros autour d'un temple en ruine. Par terre gisaient des corps humains et de chacureuils. Un combat sanglant s'était déroulé crocs contre lames, griffes contre sorts. Seule une silhouette tenait encore debout, les bras tendus, comme si elle dansait seule au milieu d'un bûcher. Ra'meth.

Je n'attendis pas qu'il me voie. Je ne proférai aucune menace. Je ne réfléchis même pas. Je plongeai les mains dans mes poches et jetai suffisamment de poudre en l'air pour faire exploser un rocher. Avec le geste et l'incantation, je projetai le sort en direction de son cœur. L'explosion retentit dans le ciel nocturne, et la flamme embrasa Ra'meth. Mais, un instant plus tard, celle-ci se dissipa, comme si je n'avais rien produit d'autre qu'une petite étincelle avec une pierre à aiguiser.

Il se tourna vers moi et me dit :

– Bonjour, Kelen.

45. La voix du feu

Et là, Rakis perdit la tête. À la vue de ses congénères morts, sa férocité qui, en général, restait malgré tout sous contrôle se transforma en rage pure qui faillit m'emporter, moi aussi.

– Rakis, attends…, l'avertis-je en voyant ses muscles se contracter comme il se préparait à bondir. Il faut qu'on…

Quoi qu'il ait grogné à mon intention, ce furent des sons trop bestiaux, sans équivalent humain. Je voulus l'attraper, mais il fut plus rapide. Il souleva un nuage de poussière avec ses pattes en courant vers Ra'meth. Un instant, je me dis qu'il avait peut-être une chance. Sa vitesse et sa colère le propulsaient vers son ennemi tel un sort. S'il réussissait à planter ses crocs dans le cou du mage avant que celui-ci ne lève les bras… Mais non. Quand le chacureuil bondit, Ra'meth se retourna et prononça un seul mot. Rakis se figea en l'air, comme pendu au bout d'une corde.

– C'est vraiment de la vermine, ces machins-là, dit le mage seigneur.

Puis il claqua des doigts, et le chacureuil alla s'écraser contre un arbre. J'entendis des os se briser.

J'aurais dû courir. J'aurais dû aller me cacher

pour réfléchir à un plan. Mais j'en étais incapable. Les gémissements de Rakis résonnaient à mes oreilles et me rendirent sourd au bruit des flammes, aux arbres qui tombaient, à mon cœur qui battait de plus en plus vite, toujours plus vite. Pour finir, je perçus un autre son. Un grognement qui s'échappait de ma propre bouche. Je plongeai les mains dans mes poches et en sortis plus de poudre que je ne l'avais jamais fait pour le sort *carath*. Je les jetai en l'air, créai la forme somatique et prononçai la formule. L'explosion illumina le ciel, entourant Ra'meth d'une parfaite boule de feu. Elle fit rage un instant, puis se dissipa. Le mage était indemne.

– Fascinant, dit-il en faisant un pas vers moi. Recommence.

Il n'y avait pas une once de peur chez lui, contrairement à moi. Je ne pouvais que lui obéir. Je pris encore plus de poudre. À tel point que je me brûlai les doigts avant même de prononcer l'incantation. L'explosion suivit la ligne de mon index et de mon majeur dirigés vers le cœur de Ra'meth. À nouveau, mon sort atteignit sa cible, à nouveau, Ra'meth le balaya d'un haussement d'épaules.

– Remarquable, dit-il comme la dernière flamme s'éteignait. Tu as également échappé au feu assoiffé dans la grange. Impressionnant. Et je considère que, si tu es là, c'est que tu as dû croiser mes fils. As-tu tué Tennat ?

– Je me suis dit que vous avoir pour père était une punition suffisante.

Il rit de bon cœur. Je saisis ce moment de distraction pour jeter à nouveau mon sort. Mais même sans concentration, il avait maintenu son bouclier. Je me demandai pour la première fois si Ra'meth ne s'était pas trompé depuis toutes ces années. Peut-être qu'en réalité, il était bien plus puissant que mon père, c'est juste qu'il n'avait jamais eu le courage de le provoquer en duel.

– Ce petit sort que tu as créé, Kelen, dit-il en regardant le sol calciné tout autour de lui, c'est juste la première forme évocatrice du souffle qui canalise une explosion chimique, n'est-ce pas ? Très ingénieux. Ça me fait penser à ces frondeurs de sort qui allaient de ville en ville et s'en sortaient grâce à quelques vagues sorts couplés à des astuces de ce genre. C'est une image assez romanesque, tu ne trouves pas ?

Et là, il jeta son propre sort de douleur mineure, qui n'aurait pas dû causer davantage de gêne qu'une démangeaison. Pourtant, j'eus l'impression que tous mes organes se glaçaient, et je hurlai.

– Le problème, reprit Ra'meth, c'est qu'il y a une grande différence entre un garçon qui ne possède qu'un seul sort et un véritable mage. Un Jan'Tep est un mage complet. Il peut attaquer, mais aussi se défendre. Il sait affaiblir la puissance de son adversaire tout en alimentant la sienne.

Il jeta un nouveau sort, et je fus propulsé en l'air jusqu'à ce que mon dos heurte le même arbre que Rakis. J'atterris par terre près de lui.

Je cherchai de l'air avec un goût de sang dans la bouche. Ra'meth ne se montra guère apitoyé par mes difficultés.

– Je ne te hais point, Kelen, cria-t-il dans

ma direction. En réalité, j'admire ton audace. Tu es un homme meilleur que ton père, je dois l'admettre. Pour lui, la magie n'est qu'un petit château qu'il bâtit brique par brique autour de lui en espérant pouvoir un jour escalader ses murs et devenir prince de clan. Avec quelle vision ? Aucune. Il nous ferait vivre comme des animaux traqués qui espèrent que les vrais prédateurs passent leur chemin à la recherche de meilleures proies. Moi, je vais nous rendre notre puissance, Kelen. Je veux voir le roi daroman ramper à mes pieds en me suppliant.

J'ignore s'il attendait une remarque intelligente de ma part mais, dans la mesure où je pouvais à peine respirer, il risquait d'attendre longtemps.

– Nous étions faits pour régner sur ce monde tous les deux, Kelen.

En regardant autour de moi, je remarquai un rocher à quelques mètres. Je pris Rakis dans mes bras aussi doucement que possible. Il gémit de douleur à cause de ses côtes brisées. « Au moins, il est en vie. Fais en sorte que ça dure. » Je m'avançai lentement vers le rocher.

– J'aimerais que mes fils te ressemblent davantage, déclara Ra'meth. Malgré tout ce que je leur ai donné, ce ne sont que de petits tyrans à l'esprit étriqué. Ils se pavanent comme des crétins imbus de leur personne, heureux de profiter de la faiblesse des autres au lieu de faire les sacrifices nécessaires pour devenir forts.

Il me jeta un nouveau sort, qui m'atteignit sur le côté. Je roulai par terre en essayant de protéger Rakis. Quand l'effet du sort diminua, je repris mes efforts pathétiques, presque instinctifs, pour atteindre une sécurité toute relative.

– Je pourrais faire quelque chose de toi, tu sais, lança-t-il comme je me réfugiais enfin derrière le rocher. Tu le mérites, vu ton intelligence et ton audace. Et puis, notre peuple adorerait l'histoire d'un jeune orphelin courageux recueilli par le maître d'une grande maisonnée. Il faut juste qu'on commence par faire de toi un orphelin.

« Et que dirais-tu de rendre tes fils orphelins, plutôt ? »

J'attrapai le jeu de cartes rasoirs de Furia. Chaque sort de bouclier a ses failles. Peut-être que si je lançais les cartes assez vite en direction de différentes parties du bouclier, l'une d'elles réussirait à le franchir. C'était assez peu probable, mais je n'avais pas de meilleure idée.

– Je sais que je devrais te tuer, Kelen. Il vaut mieux éliminer définitivement ses ennemis de la surface de la terre. Nous aurions dû faire ça avec les Mahdek il y a des siècles. À présent, nous sursautons dans notre lit dès que leur nom est mentionné, de crainte qu'il y en ait un tapi dans le noir qui attende son heure.

Je disposai les cartes devant moi. Je devais planifier mon attaque avec soin. « Et pourtant, à quoi bon ? » Ra'meth pouvait tout simplement maintenir son sort de bouclier jusqu'à ce que j'aie épuisé mes cartes.

– Vraiment, mon garçon, je pense que toi et moi, on devrait faire équipe. Il me faut un chef dans ma maisonnée. Ra'fan se réfugie derrière les autres. Ra'dir a le goût de la violence mais pas l'intellect, et Tennat… Disons que si tu dois le tuer, cela ne remettra pas ma proposition en cause.

« Qui parle comme ça de ses enfants? » J'étais en grave danger d'éprouver de la sympathie pour Tennat.

Un mouvement dans l'ombre attira mon attention. Je vis un chacureuil, qui n'était pas Rakis, ramper vers nous. La créature était couverte de plaies et sa fourrure calcinée. « Le pauvre, il cherche un coin pour mourir. Aurai-je le cran de lui offrir une mort rapide? » me demandai-je en attrapant l'une de mes cartes. Quand le chacureuil fut tout près, je reconnus la mère de Rakis.

Je tendis la main pour l'aider à atteindre la protection du rocher, mais elle se contenta de plonger ses crocs dans mon avant-bras.

– Ça suffit! jurai-je.

J'en avais vraiment assez de me faire mordre.

– Pardon, dit-elle dans un feulement tout en tentant de reprendre son souffle.

Tout à coup, je comprenais ce qu'elle disait. C'était donc en nous entaillant la peau, en mêlant leur salive à notre sang, que les chacureuils créaient le lien qui leur permettait de communiquer avec les humains.

– Je m'appelle Chitra, déclara-t-elle en s'affalant près de Rakis.

Sans qu'elle ait besoin de me le dire, je compris qu'elle était venue mourir auprès de son fils.

– Alors, Kelen? lança Ra'meth. Qu'est-ce que tu en penses? Tu tues ton père pour moi, et je tue Tennat pour toi. On est tous les deux gagnants et, ensemble, on rendra ce monde meilleur.

Chitra toussa, et un peu de sang coula sur son menton.

– Les humains…, dit-elle en continuant de s'approcher de moi, sont vraiment décevants, parfois.

– Qu'est-ce que je peux faire ? demandai-je en lui tendant la main.

Elle posa la tête dessus et répondit :

– Prends ce que je te donne.

Ma main revint pleine de sang.

– Je… Je ne comprends pas.

– La poudre rouge, dit-elle. Mélange mon sang avec la poudre rouge.

Je sortis les bourses de mes poches et plongeai la main dans celle qui contenait la rouge.

– Qu'est-ce que ça va faire ?

Ignorant ma question, Chitra s'effondra près de Rakis. Elle tendit une patte, qu'elle posa sur le museau de son fils.

– Il est tellement plein de colère, celui-là. Tu devras te montrer prudent pour deux, et lui, il sera courageux pour deux. Tu lui apprendras à fuir, il t'apprendra à te battre.

– Je…

Que pouvais-je lui dire ? Nous étions tous sur le point de mourir, et Rakis me détestait.

– C'est promis, répondis-je.

Elle eut une étrange petite toux, et du sang coula de nouveau de sa bouche. Je mis un instant à comprendre qu'elle avait ri.

– Peut-être qu'il faudrait aussi qu'il t'apprenne à mentir. Tu n'as pas l'air très doué pour ça. (Le bord de ses babines se retroussa un peu, ce qui dessina un sourire las.) Et tu dois être ferme en négociation avec lui. De toute façon, il te volera tout le reste.

Rakis cligna des paupières, et ses petits yeux noirs finirent par comprendre la scène qui se jouait sous ses yeux. Il lâcha un gémissement si douloureux et si triste que je me sentis dévasté. Je me rendis compte que je n'avais jamais connu l'amour maternel, et là, il se brisait à jamais sous mes yeux.

– Empêche-le de voler et de faire du chantage, si tu le peux, reprit Chitra, son feulement presque inaudible à cause du crépitement des flammes. Il est plein de mauvaises manières. Mais de temps à autre, il se débrouille pour que sa mère soit très fière de lui.

Elle posa son museau sur le sien.

Ma main ne cessait de trembler tandis que j'essayais de mélanger son sang avec la poudre rouge.

– Je ne comprends pas, dis-je, aveuglé par les larmes qui emplissaient mes yeux alors que je regardais la vie la quitter. Que dois-je faire ?

– Les Mahdek croyaient que la magie devait être utilisée pour donner voix aux esprits de ce monde, dit-elle presque dans un murmure. Laisse la tienne s'exprimer pour moi.

Chitra poussa son dernier soupir, et son corps sans vie s'affaissa. Dans la bourse, la poudre rouge dégageait une telle chaleur qu'elle menaçait de s'enflammer.

Une flamme illumina l'air au-dessus de ma tête.

– Je ne crois pas que tu aies pris mon offre au sérieux, Kelen.

– Je suis en train d'y réfléchir, répondis-je.

Je mentais, bien sûr. Mais Ra'meth aussi. Pour lui, tout ceci n'était qu'un jeu. Une dernière petite chose à prendre à Ke'heops. Il voulait pouvoir dire à mon père en le tuant : « Ton fils t'a trahi. Il était prêt à t'assassiner dans ta propre demeure en échange d'une chambre dans la mienne. »

Je baissai les yeux vers l'endroit où Rakis était étendu près du corps de sa mère. Il respirait à peine, et ses yeux n'exprimèrent rien quand il leva la tête vers moi.

– Tu as raison de refuser, lança Ra'meth, alors que je n'avais pourtant rien dit. Une alliance comme la nôtre aurait peu de chances de durer. (Il projeta une flamme, qui éclaira le rocher derrière lequel je m'étais réfugié.) Dans ce cas, sors de là. Affronte-moi une dernière fois. Un dernier acte de courage avant de mourir. Quand tu entreras dans le passage gris, tiens-toi bien droit devant nos ancêtres et dis-leur que tu as regardé la mort sans crainte. C'est le plus beau cadeau que je puisse te faire, Kelen : une belle mort. Mourir en Jan'Tep.

En plongeant les mains dans les bourses de poudre, je sentais toujours le sang poisseux de Chitra sur mes doigts.

– J'arrive, dis-je.

Je me redressai très lentement pour me retrouver face à Ra'meth. Il rougeoyait de magie, des vagues se formaient, se dressaient, retombaient et se soulevaient autour de lui. On aurait dit le tableau animé de l'un des tout premiers mages seigneurs. Il me fit un signe de tête qui n'avait rien d'inamical.

– Bien. C'est mieux comme ça. Tu n'étais pas fait pour ce monde, Kelen. Tu seras mieux…

Je levai les mains. Les poudres brillèrent un instant dans le halo de magie de Ra'meth. J'attendis que les premières étincelles enflamment les grains de poudre noire et rouge sang, puis je créai la forme somatique et prononçai la formule, lentement mais avec force, cherchant à la faire résonner dans le ciel nocturne :

– *Carath Chitra.*

Ra'meth leva à son tour les mains, ses doigts créant une fois de plus le bouclier qui l'avait si facilement protégé de mes attaques précédentes. Il avait l'air déçu.

Mais la boule de feu fila vers lui, ses flammes comme des griffes qui saisirent le bord invisible de son bouclier.

– Je te l'ai déjà dit, mon garçon, la magie, ce n'est pas…

Il se tut lorsque nos sorts entrèrent en collision. Tout autour de lui, l'air se transforma en cendres rouges et noires, puis son bouclier fondit d'un coup. Et Ra'meth s'effondra. Le feu de la vie et de la mort de Chitra faisait rage autour de lui, les flammes rouge sang mordaient ses vêtements, sa chair. Je l'entendis pousser un dernier cri, puis il se tut.

Le sang de Chitra avait donné voix à la colère de son peuple.

Je regardai le sol de la clairière où gisait Ra'meth. Il y avait un cercle presque parfait autour de lui, là où le bouclier qui l'avait protégé de mes tentatives s'était désintégré d'un coup. J'attendis de voir sa poitrine se soulever pour m'assurer qu'il était encore en vie, puis je plongeai les mains dans les bourses pour en finir.

Mais là, j'eus une étrange vision. La forêt, ou ce qu'il en restait, était toujours bien visible. Il y avait des arbres brûlés, des cadavres d'hommes et de chacureuils partout. Rien ne bougeait, et pourtant, quand je fermai l'œil droit pour regarder uniquement avec le gauche, celui de l'ombre au noir, la violence me vint. Des cris de douleur, de colère, d'agonie résonnèrent à mes oreilles. Je tremblai, non parce que le spectacle me rendait malade, mais parce qu'il me faisait du bien.

– Ça monte à la tête, hein, gamin ?

Je me retournai pour découvrir Furia Perfax qui s'avançait vers moi avec deux chevaux.

– Je ne vois pas de quoi tu parles, protestai-je en faisant de nouveau face à Ra'meth.

– Au cas où tu voudrais le savoir, ta sœur va guérir, dit Furia. Et le chacureuil vivra, lui aussi.

C'était comme si les marques autour de mon œil gauche, à la fois froides et brûlantes, se tortillaient sous ma peau. Je me sentais vivant. Puissant.

– Et toi ? demandai-je.

J'eus l'impression que ces mots sortaient de la bouche de quelqu'un d'autre, d'une personne faible et stupide, de quelqu'un qui oubliait le danger que représentait son ennemi à ses pieds, alors qu'il avait sa vie entre ses mains. Mes doigts caressèrent les poudres dans mes poches. Dans quelques secondes, j'allais mettre fin à la vie de Ra'meth. Je n'aurais plus jamais à le craindre.

Furia roula des épaules, et inclina la tête d'un côté puis de l'autre.

– Je suis un peu endolorie. Rien d'inhabituel. (Elle s'approcha de moi. Très près.) Gamin, tu as prouvé que tu étais un grand. Et là, tu vas enfin faire quelque chose pour de vrai.

« Pour de vrai ? » Elle ne savait jamais quand la plaisanterie allait trop loin. Je baissai les yeux vers l'homme qui avait tué mon oncle, tenté de prendre le pouvoir sur mon clan et d'assassiner ma sœur.

– Je dois mettre fin à ses jours.

La main de Furia se posa sur mon bras.

– Tu *veux* mettre fin à ses jours. Ce n'est pas pareil. Regarde-le, Kelen.

Je lui obéis. Je vis de la peau et de la chair brûlées par les trous de la toge de Ra'meth, là où l'explosion avait franchi le bouclier. Il était toujours évanoui, pourtant je crus l'entendre gémir.

– Vas-y, attends encore un peu, avec de la chance, il se réveillera, me souffla Furia. Et si tu as vraiment de la chance, il tendra la main, peut-être qu'il agitera un doigt. Tu pourras te dire qu'il était sur le point de te jeter un sort.

– Ça reste toujours possible.

La main de Furia se referma sur mon bras.

– Non. Pas avec toutes ces blessures. Il va

lui falloir des mois avant de pouvoir à nouveau utiliser sa magie, et tu le sais.

– Tais-toi, Furia, dis-je sans quitter des yeux le corps étendu à mes pieds.

« Dis quelque chose, le suppliai-je. Fais un geste. »

– Tu serais dans ton droit, insista Furia. J'ai arpenté ce continent de long en large, et je peux t'assurer qu'aucune cour ne te condamnerait pour ce que tu t'apprêtes à faire.

– Dans ce cas, pourquoi tu cherches à me convaincre de ne pas le faire ?

Elle me fit pivoter face à elle.

– Gamin, les Argosi n'ont pas de pays. En revanche, on a des manières, et ça, c'en est pas une. Tu dois décider quel chemin tu veux prendre.

– Mais je n'y suis pour rien, c'est l'ombre au noir, protestai-je en rêvant qu'elle me laisse tranquille.

Je devais obliger mes mains à rester dans mes poches alors qu'elles ne demandaient qu'à en sortir pour jeter la poudre en l'air et mettre un terme à sa philosophie troublante, suffisante, incessante.

– L'ombre au noir ? répéta-t-elle en éclatant de rire.

C'était un son étrange, pourtant je compris quelque chose : Furia ne riait pas quand elle trouvait ça drôle. Elle ne riait pas parce qu'elle en avait envie. Elle riait parce que c'était la façon de Furia Perfax de dire au monde qu'elle refusait de le craindre.

– Imagine si on pouvait attraper une maladie

qui donne le droit de faire ce qu'on veut, de tuer qui on veut. Pas de culpabilité, pas de comptes à rendre. Ça serait merveilleux, non ?

– Je n'imagine rien du tout ! m'écriai-je, rêvant qu'elle parte avant que je ne commette un acte pour lequel je me détesterais ensuite. L'ombre au noir est vraie. Elle est en moi !

Elle me prit par le cou et serra. Bon sang, elle avait vraiment de la poigne.

– On a tous de la laideur en nous, Kelen. La tienne est plus noire encore ? Eh bien, lutte plus fort. Trouve un moyen. Mais ne dis jamais que tu n'as pas le choix.

Comme je serrais les poings, je sentis les poudres frotter contre mes paumes.

– Tu ne comprends pas ! Il a assassiné le peuple de Rakis ! Il a voulu tuer ma sœur ! Tu ne peux pas savoir ce que c'est. Tu ne...

Elle me comprimait le cou si fort que je commençai à avoir du mal à respirer.

– Je ne peux pas comprendre ? Tu crois vraiment ça, Kelen, fils de Ke'heops, membre du peuple Jan'Tep ?

Elle ne s'était jamais adressée à moi de façon aussi solennelle. Elle avait dit ça comme d'habitude, comme si c'était un commentaire sardonique sur le monde et que rien n'avait jamais vraiment d'importance. Pourtant, la noirceur dans ses yeux racontait une tout autre histoire. Je compris alors le secret qu'elle dissimulait derrière ses railleries et ses plaisanteries. La colère noire en moi se dissipa subitement.

Depuis qu'elle avait surgi, je me demandais qui était Furia Perfax. Ce qu'elle était *vraiment*.

Elle avait beau se présenter comme une simple voyageuse argosi, elle se défendait si mal d'être une espionne daroman que tout le monde, moi y compris, avait cru qu'elle œuvrait véritablement pour leur roi. Je m'étais plusieurs fois demandé pourquoi quelqu'un d'aussi intelligent et d'aussi rusé était aussi mauvais quand il s'agissait de nier son rôle d'espionne. Maintenant, je savais.

– Tu n'es pas une Daroman, dis-je.

– Je n'ai jamais prétendu l'être.

– Et tu n'es pas non plus une Argosi.

– Bien sûr que si, gamin. (Elle plongea la main sous son gilet et exhiba un jeu de cartes.) Tu vois ça ?

– Montre-moi, dis-je.

Elle inclina la tête.

– Te montrer quoi ?

– *Ta* carte. La vraie.

Sans que ses mains ne bougent, une carte se détacha lentement des autres. Je la pris et la retournai. C'était un valet, comme j'en avais déjà vu, mais sans l'heptagramme pour les Jan'Tep, ni le bouclier pour les Daroman, ni même le calice pour les Berabesq. Ce valet possédait une feuille noire dans son coin droit supérieur.

– Tu es une Mahdek.

– N'importe quoi, gamin. Tout le monde sait qu'il n'y a plus de Mahdek sur cette terre.

– Parce que mon peuple les a massacrés. Mais… on ne peut jamais massacrer un peuple tout entier, n'est-ce pas ? Quelques-uns ont bien dû en réchapper. Des individus qui ne se trouvaient pas dans les villes au moment où les attaques ont eu lieu.

Furia reprit la carte et rangea le jeu dans son gilet.

– Oh si, ils se sont vraiment débarrassés de nous. Il ne reste plus assez de sang mahdek pour faire revivre notre peuple. La seule chose qu'il reste, ce sont… des fantômes, d'une certaine manière.

– Et toi…

J'hésitai à poser la question, ne sachant pas si je serais capable de supporter la réponse. Furia avait changé ma vie. Elle m'avait tant offert que je ne pouvais imaginer qu'elle soit aussi froide et mauvaise que tout le monde se révélait l'être.

– Tu es venue chercher vengeance ? C'est pour ça que tu es là ? Pour tuer mon peuple à cause de ce qu'il a fait au tien ?

Elle s'adossa au flanc d'un cheval et sortit un roseau de feu de son gilet.

– Gamin, rassemble un peu de ces poudres, tu veux bien ?

Ne sachant pas quoi faire d'autre, je m'exécutai. Je créai une petite explosion dans l'air. À la vitesse d'un coup de fouet, elle tendit son roseau, dont le bout s'alluma.

– Quand j'étais petite, dit-elle en prenant une bouffée, mes grands-parents – car mes parents étaient déjà morts – m'ont fait prêter le serment qu'ils avaient eux-mêmes prêté, celui que mon peuple prête depuis le jour où votre prince de clan et ses mages nous ont massacrés.

– Tu as prononcé le serment de te venger, dis-je, presque surpris de me rendre compte que l'une des plus grandes peurs de mon peuple était justifiée.

Furia acquiesça en expulsant des jets de fumée jumeaux par les narines.

– Des fois, c'est comme ça que ça se passe. (Elle désigna Ra'meth.) Dent pour dent.

– Donc tout ça... me sauver la vie...

Elle m'interrompit :

– Quand mes grands-parents sont morts, j'étais encore trop jeune pour me défendre. On ne vit pas vieux, dans mon peuple, il faut croire. Il faut dire que, sans point d'ancrage, la vie, ça n'est pas facile. Je suis partie sur les routes du désert sans savoir ce que je faisais. Assez vite, je me suis retrouvée sans ressources. Je crevais de faim, de soif, j'étais blessée. J'allais mourir.

J'essayai d'imaginer ce que ça avait dû être – se sentir totalement seul au monde.

– Et là, les Argosi t'ont recueillie.

Elle gloussa.

– Ce sont vraiment des cinglés. Avec eux, tout passe par les cartes. Il y en a toujours une pour ci, une pour ça. Mais ce jour-là, ils m'ont sauvée. Et pas seulement ce jour-là, mais dès que je repartais et manquais de me faire tuer. Et chaque fois... (Elle plongea la main dans son gilet et en sortit l'une des cartes rouge sang.)... ils m'obligeaient à prendre l'une de ces cartes.

– Des dettes ? Pour t'avoir sauvé la vie ?

Elle acquiesça.

– Chacune de ces cartes, c'est une vie que je leur dois.

Je plongeai la main dans mon pantalon et en sortis celle qu'elle m'avait forcé à prendre le jour où elle m'avait parlé de dette.

– Et ça, c'est une vie que je te dois.

– Yep.

– Et donc… Tu as renoncé à venger ton peuple ?

Furia observa le ciel nocturne. Les flammes restantes illuminaient son visage, ce qui la rendit tout à coup terrifiante.

– Non, gamin, je me suis juste dit que peu importait combien de Jan'Tep je tuerais, ça ne ramènerait jamais mon peuple. (Elle lâcha le roseau de feu et l'écrasa sous le talon de sa botte.) Pour les Argosi, le monde repose sur un équilibre fragile. Certains faits, comme la façon dont ton peuple abuse de la magie, ou celle dont les Daroman écrasent le reste du monde sous leur puissance militaire, nous rapprochent de la destruction. D'autres, des actions parfois minuscules, le rééquilibrent. Puisque je n'ai pas la possibilité de faire revivre mon peuple, le moins que je puisse accomplir, c'est tenter de sauver le monde. (Elle posa un instant la main sur mon bras.) Ça te dit de m'aider ?

Je reculai, autant à cause de ses paroles que de son inhabituelle douceur. Comment pouvait-on vivre ce genre de vie ? Comment pouvait-elle accepter que le peuple qui avait anéanti le sien occupe les cités qu'il lui avait volées ? Je jetai un coup d'œil à Ra'meth. Je me souvins de l'expression du visage de mon oncle quand les couteaux l'avaient transpercé.

– Furia, je ne suis pas comme toi.

– Je n'ai jamais dit ça.

Elle s'approcha de l'endroit où gisait Rakis et, très doucement, le ramassa pour le mettre dans son sac, qu'elle prit ensuite à son épaule.

– C'est un vrai dur, ce petit salopard, hein ? Tu dois faire un choix, gamin. Il y a une cabane un peu à l'écart de la ville. Habitée par un gars que je connais qui a quelques talents de guérisseur. Je crois qu'il pourra aider ce chacureuil. Il fabrique aussi le genre de boisson qui fait tourner la tête de toute personne saine. Je ne prends pas beaucoup de risques à te dire que j'y serai dans les heures qui viennent. Si tu veux découvrir le chemin des Argosi, viens m'y retrouver. (Elle mit un pied à l'étrier et se hissa à cheval.) Sinon, eh bien, j'imagine que ça me fait une carte de moins à honorer.

Elle fit tourner sa monture. Je compris tout à coup que je risquais de ne plus jamais la revoir.

– Attends, dis-je, cherchant à tout prix un moyen de la ralentir. La carte que je t'ai vue peindre dans l'oasis… La mage douairière pensait que tu es venue parce que tu crois qu'il y a des choses qui peuvent édifier ou détruire une civilisation. Elle avait raison ?

Elle se retourna.

– Maligne, la vieille bique, hein ?

Furia tendit doucement la main vers sa poitrine pour ne pas faire souffrir inutilement Rakis, puis extirpa une carte de son gilet.

– Je l'ai terminée en attendant de m'assurer que ta sœur allait survivre.

Elle lança la carte en l'air. Je la rattrapai.

– Tu me la donnes ?

– Ça dépend. Si tout ce que tu prévois de faire de ta vie, c'est tuer Ra'meth, tu peux la déchirer, ça m'est égal.

– Et si… Et si je ne le tue pas ? Et si je te rejoins ?

Elle sourit.

– Dans ce cas, arrange-toi pour apporter la carte, gamin. J'en ai besoin pour mon jeu.

– Pourquoi ?

Elle talonna les flancs de son cheval et partit sur le sentier.

– Parce que cette carte pourrait changer la face du monde.

Comme elle disparaissait, je retournai la carte et découvris enfin ce qu'elle peignait depuis son arrivée en ville. Comme l'avait prédit Mer'esan, c'était une discordance. Tout en bas était écrit « Frondeur de sort ». Elle représentait un jeune homme debout face à une route, un chacureuil sur l'épaule et du feu dans les mains. Qui me ressemblait.

46. *L'épreuve de mage*

Une heure plus tard, je tirai le corps toujours évanoui de Ra'meth dans la rue sablonneuse qui menait à la cour des mages seigneurs. Mon cheval s'était mis à boiter avant d'arriver en ville. Considérant que trop d'animaux et d'humains étaient morts ou blessés à cause de moi, j'avais mis sur mes épaules le sac que Furia m'avait donné et parcouru le reste du chemin à pied en traînant Ra'meth. Maintenant, c'était moi qui boitais.

L'un des gardes placés à dix mètres des marches qui conduisaient à la cour m'aperçut. L'escalier était envahi par les familles qui attendaient que leur enfant se présente devant les mages seigneurs pour que lui soit révélé le résultat de ses épreuves.

– Reste où tu es ! me cria le garde.

C'était un homme de grande taille âgé d'une quarantaine d'années. Il courait vers moi les mains le long des flancs tandis que ses doigts créaient une forme somatique. Je compris qu'il était enchaîneur. Je commençais à en avoir assez de me retrouver entravé.

J'obéis en observant les gens sur les marches. Je reconnus plusieurs initiés de ma classe. Eux aussi me reconnurent, et se détournèrent. Ça ne m'atteignit pas. En revanche, je fus surpris de constater que, tandis que notre clan avait failli être renversé par une conspiration, la vie des Jan'Tep continuait à tourner autour d'épreuves déterminant qui deviendrait mage, et qui serviteur.

– Je dépose juste quelque chose, dis-je au garde en lâchant le col de la toge de Ra'meth.

Puis je me frottai l'épaule, en partie pour montrer que je n'allais pas jeter de sort, en partie parce que, tout simplement, j'avais mal à l'épaule.

Les gens sur les marches approchèrent pour examiner le corps sans connaissance à mes pieds. Il leur fallut à peine quelques secondes pour comprendre qui c'était. Deux autres gardes s'avancèrent.

– Restez où vous êtes !

La détermination froide dans la voix de ma mère me surprit. En me retournant, je la vis avancer à grands pas, le long tissu de sa robe flottant dans la brise.

– Tu vas bien ? me demanda-t-elle sans quitter des yeux les gardes, qui tentaient malgré tout d'approcher.

– Il a attaqué un mage seigneur, déclara le garde le plus proche.

Je trouvai ça un peu injuste. Et pourquoi n'aurais-je pas plutôt *sauvé la vie* de Ra'meth ? Mais ça n'avait pas d'importance, parce que lorsque ma mère se plaça en face des gardes, elle avait l'air bien plus effrayante que moi.

– Kelen a empêché cet assassin de prendre le contrôle de notre clan, dit-elle en se tournant vers moi. (Vu son expression, je compris que Furia lui avait raconté ce qui s'était passé.) Et il a sauvé ma fille.

La gratitude dans son sourire était pure et sincère. Je ne pense pas qu'elle ait compris que le revers de la médaille, c'était qu'elle ne me voyait pas comme son fils, mais comme un serviteur bien-aimé. J'avais rempli mon rôle, qui consistait à protéger Shalla.

Je décidai de ne pas m'appesantir là-dessus.

– Elle va bien ? demandai-je.

– Elle est un peu désorientée, mais elle se remettra vite. Elle voulait venir, mais nous nous sommes dit…

– Il vaut mieux qu'elle ne soit pas là, complétai-je, n'ayant pas envie de creuser davantage les motivations de mes parents.

Ma mère observa Ra'meth.

– Tu lui as laissé la vie sauve.

– Oui.

Elle soutint mon regard un long moment avant de se tourner vers les gardes.

– Emmenez Ra'meth en prison. Attachez-le avec des fils de cuivre et d'argent. Il devra répondre de ses crimes.

J'imagine que je n'avais jamais réfléchi à la puissance de ma mère. Car, malgré tous ses pouvoirs, elle s'en remettait toujours à mon père. Mais à voir comment les gens lui obéissaient, je me demandais à présent pourquoi ce n'était pas elle, le chef de famille. « Je crois que je ne comprends vraiment pas mon peuple. »

Il y eut une certaine confusion parmi les gardes à l'idée d'exécuter les ordres de ma mère.

Elle n'avait aucune autorité hiérarchique sur eux; malgré tout, je pense qu'ils ne voulaient pas énerver une femme dont la magie dansait tout autour d'elle.

– Le conseil va également demander que ce garçon soit mis aux arrêts, déclara le chef des gardes en me désignant.

Je profitai de la brève hésitation de ma mère pour répondre à sa place :

– Dites aux mages seigneurs que je me présenterai à eux. J'ai juste besoin de reprendre des forces quelques instants.

Ma mère acquiesça.

– Je vais informer le conseil que tu iras le voir quand tu seras prêt, dit-elle en me serrant l'épaule. Je sais que tu feras ce qu'il faut.

Cette dernière phrase résonna dans ma tête comme l'un des sorts fondamentaux auxquels nous nous entraînions dès l'enfance en prononçant chaque syllabe de plein de manières différentes jusqu'à trouver le ton parfait, pour ensuite la relier à la syllabe suivante, jusqu'à ce que tout devienne clair. « Je sais que tu feras ce qu'il faut. »

Je m'approchai des marches et m'y assis lourdement en plongeant la main dans le sac de Furia toujours sur mon dos. J'en sortis une petite flasque. Je l'ouvris et bus sans savoir ce qu'elle contenait. Ce qui était une erreur, car le breuvage commença par me brûler la langue. Un instant plus tard, la chaleur se répandait dans ma gorge et mon ventre. Je me sentis un peu étourdi. Je venais de boire de l'alcool pour la toute première fois.

« C'est peut-être une bonne idée de m'abrutir un peu avant de me présenter devant le conseil. »

Au bout de quelques minutes, je me sentis envahi par une étrange clarté. Pourquoi étais-je assis là, sur ces marches ? J'aurais mieux fait de me trouver un autre cheval et de quitter la ville au plus vite.

Je ne craignais pas d'être mis en prison. J'en savais trop et, même si parfois cela peut se révéler dangereux, là, de nombreuses personnes étaient aussi au courant. On savait qu'il y avait eu une conspiration contre notre clan. Des gens puissants voulaient des réponses et, si j'étais arrêté, cela ne ferait que semer davantage le trouble dans les esprits.

Ce n'était donc pas l'inquiétude des représailles qui faisait que je restais assis sur ces marches. En fait, j'avais juste peur de renoncer à tout ce que je connaissais.

– Kelen ?

Levant la tête, je découvris Nephenia à moins d'un mètre de moi. Ses longs cheveux retombaient sur ses épaules dénudées, car elle portait sa robe blanche de cérémonie. Un vêtement similaire à celui des autres initiés qui attendaient de passer devant le conseil, ce qui constituait l'ultime épreuve de mage. Elle avait les bras croisés devant elle, chaque main sur le coude opposé, l'air désespérée. Elle était aussi belle qu'elle semblait triste.

– Qu'est-ce qu'il y a ? demandai-je.

Elle voulut parler, prit une bouffée d'air et renifla. Ses lèvres se mirent à frémir.

– Je… Rien. Je suis désolée, c'est idiot.

Elle leva une main tremblante pour essuyer une larme qui n'avait pas encore coulé.

– Je vais devenir Sha'Tep.

– Quoi ? Et pourquoi ? Tu es déjà passée devant le conseil ? Pourtant, tu as réussi toutes les épreuves. Comment…

Elle regarda en direction de la cour.

– Je passe bientôt, mais maître Osia'phest est venu me prévenir… Je crois qu'il ne voulait pas que je sois surprise. Je n'ai aucun secret à offrir au conseil.

Je faillis rire du ridicule de la situation. La plupart des initiés, qui arboraient fièrement leur vêtement de cérémonie, n'avaient pas non plus de secret. C'était une simple formalité. « Alors pourquoi ont-ils décidé à l'avance que Nephenia échouerait ? » La réponse était simple : elle s'était fait des ennemis en refusant de s'acoquiner plus longtemps avec Tennat, Panahsi et les autres. Leurs parents avaient dû en toucher un mot aux membres du conseil et exiger que Nephenia soit exclue. Or sa famille n'avait aucune influence.

« Notre peuple est vraiment minable, me dis-je. Malgré toute notre magie, nous ne sommes en réalité que des enfants apeurés et paranoïaques qui tentent de se protéger des méchants en devenant eux-mêmes méchants. »

Je l'observai. Je crois que je n'avais jamais vu quelqu'un d'aussi désespéré. Alors, comme il est impossible de rester sans rien faire devant une personne en souffrance à ce point, je décidai de tenter un sort.

Je me levai très lentement et tendis les deux mains, paumes vers le ciel. J'attendis longtemps pendant qu'elle me regardait, et que sa nervosité se transformait peu à peu en curiosité. Elle commençait à comprendre que ce n'était pas une ruse. Pour finir, je sentis la chaleur de ses paumes sur les miennes.

– J'ai un secret pour toi, déclarai-je.

La surprise et l'espoir qui s'affichèrent sur son visage ne durèrent qu'un instant. Elle secoua la tête.

– Non. Ne me révèle pas quelque chose qu'ils pourraient utiliser contre toi. Je ne…

Je souris.

– De toute façon, le conseil l'apprendra. Tennat et les autres vont vite réapparaître, et ils raconteront tout. Nephenia, ce que j'ai à t'offrir, c'est un ticket qui ne sera valable que quelques heures. Je veux que tu l'utilises maintenant. (Elle hésita, comme si elle refusait d'être mêlée à autant de laideur.) Je t'en supplie. Si tu ne le leur dis pas, c'est moi qui le ferai.

Elle finit par hocher la tête.

– D'accord.

Il y avait tellement de gens autour de nous que je dus murmurer à son oreille.

Imaginez que quelqu'un que vous aimez vous apprenne qu'il a la pire maladie qui soit, quelque chose de tellement affreux qu'on craint d'être infecté rien qu'à rester près de lui. Maintenant, ajoutez la conviction que cette maladie signifie que cette personne est mauvaise en soi, déformée, d'une manière ou d'une autre. Imaginez découvrir que cette personne ne vaut pas mieux qu'un démon prêt à attaquer. Que feriez-vous ?

Nephenia tendit les bras et me serra contre elle un long moment. Même quand j'essayai de la repousser, elle m'en empêcha, me tenant si fort que je pouvais à peine respirer. Je sentis sa joue contre la mienne.

– Kelen, je n'ai pas peur de toi.

Je la serrai à mon tour dans mes bras aussi doucement que je pus, en m'interdisant de prendre son visage dans mes mains et de poser mes lèvres sur les siennes. À quelques heures de mes seize ans, je n'avais encore jamais embrassé de fille. Combien de temps s'écoulerait avant que cette occasion se présente à nouveau ? Mais j'avais beau en avoir terriblement envie, et je pense qu'elle aussi, il y avait des centaines de personnes autour de nous, qui toutes nous regardaient. Si nous échangions un baiser, Nephenia aurait des problèmes quand la nouvelle se répandrait que j'avais l'ombre au noir. On la croirait atteinte à son tour.

Je sentis son visage s'approcher du mien, et je compris qu'elle avait décidé de ne plus m'attendre. Très doucement, je me dégageai de son étreinte.

– Quoi que les gens puissent dire, tu vas devenir une grande mage, affirmai-je.

Elle sourit. Tout d'abord de ce sourire timide et modeste que j'avais déjà vu des centaines de fois sur ses lèvres. Et là, il se produisit quelque chose d'étrange. Un coin de sa bouche se recourba un peu plus que l'autre, ce qui la fit paraître plus fière, plus sûre d'elle. Il y avait de la malice dans sa voix quand elle déclara :

– Ce que j'ai l'intention de devenir, c'est une femme qui ne demande la permission à personne.

Et tout à coup, prenant mon visage entre ses mains, elle pressa ses lèvres contre les miennes. Je sentis ses doigts dans mes cheveux, et je l'enlaçai. On resta un long moment comme ça, à s'embrasser.

Toute ma vie, j'avais rêvé d'embrasser une fille. En réalité, *être embrassé* par une fille, c'est infiniment mieux.

– Nephenia, fille d'Ena'eziat, appela un serviteur. L'heure est venue de vous présenter à votre épreuve de mage.

Je la sentis retirer doucement mes mains de sa taille. Elle recula d'un pas et me sourit.

– Kelen, nous nous reverrons.

– D'abord, tu dois devenir mage. La meilleure que ce clan ait jamais eue.

– Et ensuite ? demanda-t-elle.

Je tapotai d'un doigt la pâte que Mer'esan avait appliquée autour de mon œil pour cacher l'ombre au noir.

– Tu devras trouver un moyen de me guérir.

Je ne vis pas Nephenia ressortir de la cour. Par tradition, les initiés pénétraient par-devant et ressortaient par l'arrière, où leurs familles les attendaient pour les féliciter ou les consoler.

Je restai sur les marches. Deux heures plus tard, une fois les épreuves terminées, un serviteur vint me chercher.

Il y avait sept sièges dans la chambre du conseil, chacun placé à environ trois mètres du sol sur un épais pilier de marbre entouré d'un escalier en colimaçon pour permettre à ceux qui délivraient leur jugement de gagner leur perchoir. Trois hommes, dont maître Osia'phest, et deux femmes occupaient cinq des sièges. Deux étaient vides : celui de Ra'meth et celui de mon père.

– Les membres d'une famille sont toujours récusés quand il s'agit de leur progéniture, déclara Te'oreth, le chef du conseil. Tu n'es désormais plus sous la protection de Ke'heops, mon garçon.

« L'ai-je jamais été ? » me demandai-je.

– Je me présente ce jour devant vous, mages seigneurs, déclarai-je.

C'était la phrase rituelle qu'Osia'phest nous avait enseignée quand nous avions commencé à préparer nos épreuves.

Le vieil homme eut l'air rassuré que je me soumette à l'étiquette.

« Ils sont tous vieux », me dis-je. Te'oreth, An'atria… Si, la veille encore, on m'avait demandé de décrire les mages seigneurs, je me serais répandu sur les particularités de leur magie, sur leur puissance et leurs pouvoirs, j'aurais détaillé les sorts extraordinaires qu'ils avaient jetés. J'aurais décrit des guerriers ayant fait leurs preuves sur les champs de bataille de ce monde pour protéger notre peuple des hordes de soldats daroman et de fanatiques berabesq, ainsi que de bien d'autres ennemis. Mais là, dans cette salle étouffante et sombre, tout ce que je vis, ce fut des hommes et des femmes âgés qui s'accrochaient à leur pouvoir grâce à d'anciennes histoires et de sales petits secrets.

– À genoux, mon garçon, me dit Te'oreth en désignant le *supplicantia*, un bloc en bois sur une pierre plate et circulaire placée au centre de la salle.

L'initié, le prisonnier, ou toute personne qui venait plaider sa cause devant le conseil devait mettre ses poignets, paumes vers le haut, dans des encoches semi-circulaires. Un garde refermait alors les menottes. Il y avait à cela une raison pratique : un suppliant qui contestait le verdict de la cour ne pouvait jeter aucun sort. Mais il y avait aussi une raison symbolique : on passait toute la durée de l'audition à genoux, les mains tendues, comme un mendiant.

– Je suis très bien debout, répondis-je.

L'un des membres du conseil voulut faire une objection, mais Osia'phest l'en empêcha.

– Ne perdons pas notre temps en cérémonies. Des sujets de grande importance nous attendent.

– Peut-être, déclara An'atria, qui avait un regard noir et perçant au milieu d'un épais halo de cheveux gris. Mais considérons-nous toujours que ce garçon se présente pour son épreuve de mage ?

– Et pourquoi pas ? demandai-je en croisant les bras sur mon torse pour signifier mon désintérêt quant à leur problème. Aujourd'hui est le dernier jour des épreuves, je suis un initié, et il se trouve que j'aurai seize ans dans quelques heures.

– Tu t'imagines vraiment que nous allons t'attribuer un nom de mage ? me demanda Te'oreth.

Pendant tes épreuves, tu n'as fait que prouver que tu es un menteur, un tricheur et un lâche.

– C'est même pire que ça, ajouta Ven'asp. Il est directement impliqué dans cette conspiration contre notre clan !

Osia'phest se leva.

– Non, c'est lui qui a empêché la conspiration contre le clan ! Au prix de sa personne, il a déjoué une tentative de prise de pouvoir par Ra'meth.

Te'oreth lâcha un rire peu convaincu.

– Osia'phest, vous voudriez faire passer ce lâche pour un héros ? Tant que Ra'meth n'aura pas suffisamment récupéré de ses blessures pour répondre par lui-même, le conseil s'interdit toute prise de position à ce sujet. Je trouve pour ma part difficile de croire que ce garçon a fait ce que sa mère prétend. Je crains qu'il n'y ait là un enjeu bien plus grand que ce que nous savons.

– Bien vu, mage Te'oreth, déclarai-je. J'ai récemment découvert que les gens disent rarement toute la vérité.

– Est-ce pour cette raison que tu es là, Kelen ? demanda Osia'phest d'un ton plein d'espoir. Pour dire toute la vérité ?

Je souris.

– Non, mages seigneurs, ce n'est pas la raison de ma présence devant vous.

– Dans ce cas, pourquoi nous faire perdre notre temps ? lança Ven'asp. Attachez-le avec du cuivre et enfermez-le jusqu'à ce que nous soyons prêts à nous occuper de lui. Ce garçon n'a pas réussi la moindre épreuve. Il n'y a aucune raison qu'il comparaisse en ce lieu sacré.

– Ce n'est pas tout à fait vrai, mage Ven'asp. En réalité, je crois avoir réussi chacune des épreuves.

Te'oreth cracha :

– Tu tournes cette institution en dérision. Je ne…

– Laissez ce garçon parler, dit Osia'phest. En tant que l'un de mes initiés, je lui en accorde le droit.

Je regardai mon vieux maître de sort. Je lui étais reconnaissant de ses interventions, mais curieux d'en connaître les motivations. Osia'phest aurait-il fait partie de la conspiration Sha'Tep, lassé de voir année après année des enfants arrogants et cruels devenir initiés, puis mages ? Je décidai que ce n'était pas mon problème. De plus, je n'étais pas certain de vouloir connaître la réponse. Je me concentrai sur les hommes et les femmes qui m'observaient, prêts à me juger.

– Quatre épreuves, mages seigneurs. Quatre parties de l'initiation. J'ai réussi la première en gagnant un duel grâce à la magie.

– Menteur ! s'écria Ven'asp. Ta propre sœur a révélé ta supercherie. Tu t'es servi de Tennat pour…

– Je n'ai jamais dit qu'il s'agissait de *ma* magie.

Il y eut quelques protestations, mais de nouveau, Osia'phest leva la main.

– Nous irions plus vite si nous laissions Kelen exposer son cas sans l'interrompre.

– Je vous remercie, professeur, dis-je. La deuxième épreuve consiste à trouver une source de pouvoir. Je ne sais pas si vous l'avez appris, mais j'ai attiré un animal de puissance qu'aucun autre mage Jan'Tep n'a jamais réussi à attraper de toute notre histoire.

– Un nekhek, déclara Ven'asp en se tournant vers les autres. Rien que pour ça, nous devrions jeter ce garçon au cachot. Il a pris comme familier l'un de nos plus anciens ennemis.

– Si je veux être totalement honnête, Rakis est davantage un partenaire qu'un familier. Mais vous êtes bien obligés de reconnaître qu'il a de la puissance.

Je m'essuyai les mains sur mon pantalon pour chasser la sueur causée par la chaleur de la salle, mais aussi par ma terreur pour ce qui allait suivre. Par-dessus tout, j'avais besoin d'avoir les mains sèches.

– Quant à la troisième épreuve, j'ai su combiner deux disciplines différentes de façon à créer un nouveau sort.

Depuis son perchoir, Te'oreth inspecta les bandes de mes avant-bras.

– Tu n'as fait étinceler que la bande du souffle. Quelle est la seconde discipline que tu as utilisée ?

– La chimie, répliquai-je en plongeant les mains dans les bourses à l'intérieur de mes poches.

Je jetai une pincée de chaque poudre en l'air avant de créer la forme somatique et de prononcer la formule. Mais je me brûlai le bout des doigts et dus inspirer très fort pour dissimuler ce qui aurait été un embarrassant cri de douleur. Heureusement, personne ne me regardait. Ils étaient tous concentrés sur le *supplicantia*, que je venais de briser en mille morceaux.

– Pas mal pour un sort d'initié, qu'en dites-vous ? commentai-je.

Te'oreth se tourna vers moi, les mains prêtes à me jeter un sort particulièrement mauvais au moindre mouvement de ma part. Une partie de moi, sans doute celle qui avait déjà intégré les manières brutes de décoffrage de Rakis, se demanda si je pourrais vaincre ce vieux mage. « Il vaut sans doute mieux ne pas chercher à le savoir. » J'étais conscient que je ne devais pas faire le malin, mais il était important pour moi que ces gens comprennent qu'il y aurait désormais un prix à payer pour me nuire.

– Eh bien, venons-en à la quatrième épreuve, proposa Osia'phest.

Je crus voir un léger sourire sur son visage face à la gêne de tous les autres.

Ven'asp eut l'air ravi.

– Que dites-vous de son propre secret ? demanda-t-il avec un sourire triomphant. Cette fille t'a trahi, mon garçon. Elle t'a vendu pour réussir ses épreuves et s'assurer le nom de Neph'aria. Elle nous a révélé que tu avais l'ombre au noir. Alors, es-tu toujours aussi fier ?

– Je suis surtout soulagé. (Pour une fois, j'étais sincère.) Je craignais que Nephenia… (« Non, Neph'aria… ») n'obtienne pas son nom de mage. C'est quelqu'un de bien, qui s'est retrouvée dans la situation où je me serais moi-même retrouvé si je n'avais pas fait la connaissance de Furia Perfax. Elle méritait un nom de mage.

– Et tu as gardé cette vile maladie secrète ? demanda Ven'asp. Y compris de Ke'heops ?

« Pour tout dire, ce sont mes parents qui m'ont

caché ma maladie.» J'étais sur le point de leur avouer cela quand je remarquai leurs regards. «C'est donc comme ça qu'ils font. C'est comme ça qu'ils réécrivent l'histoire.» Ils savaient que mes parents m'avaient tu le fait que j'étais atteint de l'ombre au noir. Mais puisque Ra'meth était exclu de la course au titre de prince de clan, ils devaient maintenant soutenir mon père. Ce qui signifiait fermer les yeux sur son crime, et donc me faire porter le chapeau.

– Je pense que ça n'a plus vraiment d'importance, vous ne croyez pas?

– Les paroles d'un lâche, déclara Te'oreth. Alors, quel est ton secret? Tu ne peux tout de même pas croire que tes petits mensonges sur la maisonnée de Ra qui aurait profité d'une conspiration Sha'Tep vont t'offrir un nom de mage?

Il y avait donc une autre partie de l'histoire à réécrire. Le conseil ne pouvait se permettre d'accuser Ra'meth de meurtre et de conspiration, car sa famille avait trop de pouvoir et d'influence. À quoi bon s'en faire un ennemi, alors qu'il était à présent redevable envers chacun des mages seigneurs?

Je scrutai le visage de ces grands guerriers devenus de vieux personnages flétris. Je décelai de l'optimisme dans l'expression pourtant neutre d'Osia'phest. Y avait-il une chance pour que, malgré tout ce qui s'était passé, le conseil m'attribue finalement un nom de mage et une place au sein de mon peuple?

– Non, déclara une voix. (La mienne, ce qui me surprit.) Non, mages seigneurs, le secret que j'ai découvert n'est pas que Ra'meth a tenté d'utiliser la conspiration des Sha'Tep pour prendre le contrôle de notre clan. Pas plus que le secret que notre peuple a massacré les tribus mahdek pour leur voler leur magie, ainsi que ces cités que nous occupons.

Je me dirigeai vers la petite table où se trouvaient une plume et de l'encre à côté de rouleaux de parchemin longs comme un doigt, sur l'un desquels l'initié devait noter le secret qu'il allait soumettre au conseil. J'écrivis une seule phrase avant de le rouler et de le tendre à l'un des serviteurs, qui gravit les marches du pilier de Te'oreth pour le lui présenter.

Le vieux mage ne lui accorda qu'un seul regard avant de murmurer un sort qui enflamma le parchemin et envoya les cendres voler jusqu'à mes pieds.

– Qu'était-il écrit dessus ? lui demanda An'atria.

Il ne répondit pas, alors je le fis à sa place :

– Il était écrit qu'aucune magie de ce monde ne vaut le prix de la conscience d'un homme.

Il est de coutume qu'à la fin de son audition, la personne, qu'elle soit libre ou non, attende le verdict du conseil les yeux fermés. Le succès d'un initié lui est révélé par un parchemin placé entre ses mains, qui contient son nom de mage. L'absence de parchemin signifie l'échec. Je ne fermai pas les yeux, et ne tendis pas les mains. J'avais fini de me voiler la face et de supplier. Je me dirigeai vers la porte.

– Tu renonces à l'épreuve ? me demanda An'atria. Tu fais fi de la chance de réussir toutes les épreuves et de recevoir ton nom de mage ?

Je m'arrêtai un instant, la main sur la porte qui séparait le temple de la magie du vaste monde.

Comme je franchissais le seuil qui menait à l'escalier devant la cour, je m'assurai qu'ils entendent :

– J'en ai déjà un. Mon nom est Kelen Argos.

Épilogue

Je rejoignis à pied l'endroit où attendait ma monture et tâtai son sabot. Elle semblait ne plus souffrir, mais comme je ne connaissais pas grand-chose aux chevaux, je décidai de marcher un moment près d'elle pour m'en assurer. Peu de temps après, je me retrouvai avec des crins dans la bouche. J'avais dû m'assoupir contre sa crinière. Après ça, on décida tous deux que ce serait moins gênant que je monte sur son dos. Alors je me mis maladroitement en selle et pris la direction de la cabane que Furia m'avait indiquée.

À la hauteur de l'arche qui marque la limite de la ville, une silhouette féminine apparut sur la route devant moi.

– Ne pars pas, me dit Shalla.

Elle était en larmes. De la magie bleu et or tournoya autour de ses avant-bras pour descendre vers ses mains.

D'un coup d'œil aux mouvements de ses doigts, je compris qu'elle préparait un sort d'éclair. Considérant que mon cheval avait déjà assez souffert comme ça, je mis pied à terre.

– Je suis content de voir que tu vas mieux, Shalla.

Elle me fit un petit signe de tête. J'étais presque sûr que je n'obtiendrais pas davantage de remerciements pour avoir manqué de laisser ma peau afin de sauver la sienne.

– Père et Mère m'ont guérie. Nous sommes une famille.

Cette dernière phrase sonna presque comme une accusation.

– En effet, vous l'êtes, dis-je en essayant de masquer l'amertume de ma voix. Toi, Mère, Père. Vous formez une famille. Une véritable famille Jan'Tep. (J'aurais aimé en rester là, mais je me rendis compte que ce que j'avais dit était vrai, quoique pas suffisant.) Pourtant, tu restes ma sœur, Shalla. Tu seras toujours ma sœur.

– Dans ce cas, reviens ! me supplia-t-elle d'une voix qui se brisa.

Le scintillement autour de ses mains disparut.

– Il n'y a pas de place pour moi ici, dis-je en me frottant l'œil gauche avec un pan de ma chemise. (Je devrais vite réappliquer la pâte de Mer'esan.) Tout est fini pour moi dans cette cité, Shalla.

Elle courut vers moi et m'attrapa par le bras, un geste étonnamment puéril de sa part.

– Mais tu n'as pas compris, tu peux rester. Père a le soutien de presque tout le conseil, et quand ils apprendront ce que Ra'meth a essayé de faire…

– Et ce que notre oncle a essayé de faire…

Elle secoua la tête, comme si ça n'avait pas d'importance.

– C'était un Sha'Tep. Tout le monde le sait. De plus, les gens croient que Père t'a envoyé mettre un terme à tout ça. Que c'est notre famille qui a réglé le problème. C'est la preuve de la dignité de notre maisonnée.

« Dignité » me paraissait un mot bien mal approprié.

– Je ne peux que constater que Ke'heops n'est pas ici pour me remercier en personne.

Shalla eut l'air gênée. Je me doutais qu'elle l'avait supplié de venir.

– Ne t'inquiète pas, dis-je. C'est mieux comme ça.

– C'est compliqué, reconnut-elle.

Je ne pus m'empêcher de sourire à ces mots. Je tendis la main pour saisir une mèche de ses cheveux. C'était l'un des gestes de notre enfance : de l'affection déguisée en défi. Nous n'étions pas très portés sur les embrassades, dans notre famille. Mais, cette fois, je décidai de passer outre, et je serrai Shalla dans mes bras. De façon surprenante, elle ne me jeta pas un sort d'éclair, ni même un regard mauvais.

– Ce n'est pas nécessaire de changer quoi que ce soit, insista-t-elle en s'accrochant à moi comme si le vent allait me chasser sur la route. Père dit que tu n'auras même pas à devenir Sha'Tep. Tu pourras rester avec nous le temps que Mère et lui trouvent un moyen… d'empêcher ton état d'empirer…

– Nos lois proclament que toute personne qui a l'ombre au noir peut être tuée sans que cela soit reproché au meurtrier. Pourquoi Père m'autoriserait-il à vivre sous son toit ? l'interrogeai-je.

La réponse me vint presque aussitôt : le

grand et honorable Ke'heops avait enfin compris que protéger une maisonnée comme la nôtre impliquait parfois des actes peu glorieux. J'avais montré que j'en étais capable. Je pouvais devenir le protecteur de la famille, la personne en charge de nos ennemis.

« Puisque, de toute façon, mon âme ne peut être sauvée. »

Aussi doucement que possible, je repoussai Shalla.

– Petite sœur, je t'aime. Il faut croire que ça ne changera jamais.

Elle plissa les yeux.

– *Il faut croire* ? Tu ne peux plus parler sans te montrer aussi sarcastique que cette Furia, Kelen ? Tu n'es pas un paria argosi. Tu es un Jan'Tep de la maisonnée de Ke.

Je pensai à la carte dans ma poche, celle qui me ressemblait : le Frondeur de sort. Une discordance. Un obstacle qui pouvait modifier la direction que prenait le monde. Ça ne me correspondait pas du tout.

Quoique.

Je fis faire demi-tour à mon cheval, empoignai le pommeau de la selle et mis le pied à l'étrier.

– Ce que je suis, Shalla, c'est un garçon de seize ans avec un seul sort, un chacureuil comme partenaire et une condamnation à mort marquée en noir autour de mon œil gauche. (Je pris les rênes et mis mon cheval en route.) Je dois maintenant découvrir si je peux devenir davantage que ça.

Shalla me coupa la route, les mains tendues

devant elle, ses doigts préparant déjà un sort contre lequel je ne pourrais lutter.

– Arrête ! Je vais te jeter un sort, Kelen ! Je le jure !

L'éclat de sa magie était si fort que je la vis se refléter dans le sable entre nous.

– Shalla, respecte ta conscience. Ça, n'importe qui peut le faire.

Je demandai à mon cheval de repartir au pas. À contrecœur, l'animal s'exécuta. À contrecœur aussi, Shalla nous laissa passer. Je n'avais parcouru que quelques mètres quand elle me cria :

– Ils vont te poursuivre, tu sais ? Sans la protection du clan, tout mage Jan'Tep du continent se sentira en devoir de te tuer. Les Daroman ne t'accueilleront pas, ni les Berabesq. Tu seras tout seul, Kelen ! Tu vas passer le reste de ta vie dans la peau d'un paria.

Je tirai sur les rênes juste un instant, et me retournai pour faire à ma sœur mon plus beau sourire avant de reprendre ma route.

– Je crois que je préfère le terme « hors-la-loi ».

Table

Remerciements

Concevoir l'univers de *L'Anti-Magicien* a nécessité sept sorts périlleux d'une nature bien particulière. Par bonheur, les maîtres mages de ma vie littéraire ont su relever le défi.

Une conjuration de l'inspiration

Eric Torin, mon ami et parfois compagnon d'écriture, a, comme à chacun de mes livres, su formuler les questions fondamentales à la création de *L'Anti-Magicien*.

Une incantation pour un sort meilleur

Je ne me serais jamais lancé dans l'écriture d'un roman sans avoir rencontré mon épouse Christina, qui fait du mariage la plus belle et la plus séduisante des aventures, de celles dont un escroc désœuvré comme moi n'aurait jamais osé rêver.

Un goût pour l'exploration

Des membres passés et présents de mon excellent (et cruel à souhait) groupe d'écriture ont lu de nombreuses versions de *L'Anti-Magicien*, et ils m'ont toujours révélé avec gentillesse (et, à nouveau, cruauté à souhait) ce qui était parlant, et ce qui devait être réécrit. Mes remerciements sincères à Kim Tough, Wil Arndt, Brad Dehnert, Claire Ryan, Sarah Figueroa et Jim Hull de *Narrative First*.

Certains parmi ceux qui me sont chers ont pris le temps de lire des versions antérieures de ce roman et m'ont aidé à faire le tri entre ce qui était achevé et ce qui ne se comprenait pas bien. Mes remerciements à Anna Webster, Mike Church, Sandra Glass, Sarah Bagshaw, Dougal Muir, Kat Zeller et Sam Chandola.

Un sortilège de clarté

Mon éditrice, l'adorable et très obstinée Matilda Johnson, m'a obligé à répondre à toutes sortes de questions sur Kelen et son univers, si bien que j'ai fini par être presque convaincu que sa magie était réelle.

Une série d'étincelles

Talya Baker de chez Hot Key Books, avec son œil infaillible, a non seulement apporté au texte son vernis et son piquant, mais aussi su repérer des erreurs qui m'avaient échappé.

La magie de la publication

Ce livre n'aurait jamais été imprimé sans mes incomparables agents, Heather Adams et Mike Bryan, qui ont su lui trouver la maison adéquate. Sans oublier l'inimitable Mark Smith, qui croit en moi depuis ma première série. Et Jane Harris, qui m'a aidé à résoudre les dilemmes ésotériques qui entourent une certaine créature poilue aux instincts meurtriers.

Un rassemblement d'âmes sœurs

Merci à vous qui prenez le risque de publier de nouveaux auteurs et de nouveaux livres. L'un des grands plaisirs de l'écriture, c'est de rencontrer et d'écouter ses lecteurs qui, plus que de simples fans, sont mes compagnons de voyage sur les étranges chemins de la fantasy et de l'aventure.

Après avoir décroché un diplôme en archéologie, **SÉBASTIEN DE CASTELL** s'est rendu compte lors de sa première fouille qu'il détestait creuser le sable. Depuis, il se consacre à sa nouvelle carrière de musicien, de médiateur, de chorégraphe de combat, de professeur, de chef de projet et d'écrivain.
Il est également l'auteur d'une série de livres de fantasy, *Les Manteaux de la gloire* (éditions Bragelonne), qui a été saluée par la critique avec des nominations pour les prix Goodreads Choice 2014 et Gemmell Morningstar pour le meilleur premier roman, ainsi que pour le prix du meilleur premier roman étranger aux Imaginales en France.
L'Anti-Magicien est le premier d'une série de six romans pour adolescents. À l'image de son héros Kelen, Sébastien de Castell est persuadé que chaque être humain est la combinaison de tous les choix qu'il fait, bien loin du mythe de l'élu habituellement présenté dans les romans de fantasy.
Il vit à Vancouver au Canada, avec sa charmante épouse et deux chats pugnaces qui ne sont pas sans rappeler une certaine créature du roman que vous tenez entre vos mains.

Retrouvez toute son actualité sur son site Internet : decastell.com

Découvrez le deuxième volume de la série

L'Ombre au noir

Quête de vérité, scènes d'action musclées et malédiction mortelle : la suite des aventures d'un jeune mage sans pouvoir, dans une grande fresque originale et puissante.

Kelen l'Anti-Magicien se fait de nouveaux ennemis où qu'il passe. Toujours accompagné de ses deux acolytes incontrôlables, Furia et Rakis, il parcourt les terres de la Frontière à la recherche d'un remède contre le mal qui le ronge : l'ombre au noir.

Le papier de cet ouvrage est composé de fibres naturelles, renouvelables, recyclables, et fabriquées à partir de bois provenant de forêts gérées durablement.

Mise en pages : Nord Compo

ISBN : 978-2-07-513915-1
Loi n° 49-956 du 16 juillet 1949
sur les publications destinées à la jeunesse
Dépôt légal : avril 2020
N° d'édition : 361016 – N° d'impression : 244316

Imprimé en France par Maury Imprimeur - 45330 Malesherbes